ポスト〈3・11〉小説論

芳賀浩一

ポスト〈3・11〉小説論

遅い暴力に抗する
人新世の思想

水声社

ecocriticism collection
エコクリティシズム
コレクション

目次

はじめに――人新世の文学　13

第一章　ポスト〈3・11〉小説、その概要と展望　19

1　ポスト〈3・11〉　21
2　ポスト〈3・11〉小説と環境批評　23
3　先行研究　25
4　ポスト〈3・11〉小説の出版と意義　26

第二章　人新世の批評理論としての物質的環境批評　47
1　無人間論的転換における新物質主義――『躍動するモノ』とジェーン・ベネット　52
2　生気物質論はいかなる解釈を導くか――物質的共感の世界　57
3　エージェンシーの問題　61
4　津波のエージェンシー　62
5　物質志向の存在論――ティモシー・モートンの環境批評　65
6　存在論の岐路――物質志向の存在論と生気物質論　69
7　生命記号論の展開　72
8　ポストモダン環境批評の展開　83
9　動物論　93
10　ポスト〈3・11〉小説と物質的環境批評　104
第三章　震災に揺れる「私」の世界　109
1　震災が生んだ語りの断層
――椎名誠「かいじゅうたちがやってきた」と佐伯一麦『還れぬ家』　111
2　揺らぐ語りの秩序――大江健三郎『晩年様式集』　142
3　原発事故を起こした「私」たち――奥泉光『東京自叙伝』　163

第四章　震災によって揺らぐ「動物」と「人間」の境界
——ポスト〈3・11〉小説における熊　185
1　「くま」が人間らしく振舞うこと——川上弘美「神様2011」　189
2　揺れが結ぶ人間とヒグマ——津島佑子「ヒグマの静かな海」　192
3　池澤夏樹『双頭の船』における動物の三様態（野生、家畜、ペット）　194
4　エネルギーのエージェンシーと古川日出男『冬眠する熊に添い寝してごらん』　199
第五章　ポストモダンから人新世の小説へ　211
1　高橋源一郎『さよならクリストファー・ロビン』と東日本大震災　214
2　環境と身体を繋ぐ小説——多和田葉子『献灯使』　237
3　ポストモダン後の世界へ——古川日出男『あるいは修羅の十億年』　257
第六章　東日本大震災とポストコロニアル小説　269
1　古川日出男『ドッグマザー』　277
2　東北の潜在性と木村友祐『イサの氾濫』　282
3　資源の簒奪と汚染——津島佑子「半減期を祝って」　287

4　古川日出男『女たち三百人の裏切りの書』　291

第七章　時を動かすモノ――ルース・オゼキ『あるときの物語』　299
1　津波の力――瓦礫とゴミ　304
2　メタファーとしての東日本大震災、津波、放射能　307
3　作家の仕事――消えた言葉はどこへ行くのか　314
4　動物たち　318
5　消えた人々に出会う　321

第八章　地球、人間、そして新しい「私」
――人新世文学としての川上弘美『大きな鳥にさらわれないよう』　325
1　「神様 2011」からの変奏　330
2　人間は「私」を超えられるか　333
3　ポスト人間、あるいは世界の人間化――ハラウェイ、ヘイルズ、ハイザから川上へ　336
4　わたし（母）たち　338
5　生気物質論と新しい人間　341

おわりに——「遅い」小説に何が出来るか　349
註　357
ポスト〈3・11〉小説リスト　375
参考文献　387
あとがき　397

凡例

一、英語文献からの引用の頁と出版年は算用数字、日本語文献の場合は漢数字で表記する。

一、英語文献からの引用の日本語訳は筆者による。

はじめに――人新世の文学

二〇〇〇年二月、メキシコのクウエルナバカで開催された地質・生物圏プログラムの国際会議では、人間が地球に影響を与えた時期とその強さをめぐって熱い議論が繰り広げられていた。するとオゾン層の研究でノーベル賞を受賞した大気化学者のポール・クルツェンが立ち上がって叫んだのだ。「いや、我々は完新世にいるのではない、人新世にいるのだ！」これが新しい地質年代を示唆することになる、新たな言葉の誕生だった。[1]

地球環境において人類が大きな影響力をもつようになった十八世紀後半以降の時代を「人新世（アントロポセン）」と呼ぶことをクルツェンとストーマーが提唱してから十七年以上が過ぎた。[2] この間、欧米では盛んに「人新世」をテーマとする国際会議やシンポジウムが開催され、国際地質科学連合の小委員会の要請により「人新世」を正式な地質区分として採用するかどうかが検討されている。また、様々な議論を通して「人新世」の意味や定義にも変化が生じている。人新世を「地質年代」として認めるためには、この概念に含まれる人間中心性とその活動の影響を地層上の物質によって証拠づける必要があるのだ。そして、人間を環境物質から検証するという試みは、近年は人文学の分野においても重要な意味をもつようになっている。

当初、人文学、特に環境思想において「人新世」の概念の内容は目新しいものではなく、むしろ既視感さえあったに違いない。一九八〇年代において既に「人間」が地球に大きな変化を与えていることは広く認識されており、ビル・マッキベンが一九八九年に出版した『自然の終焉』(*The End of Nature*)などによって「人新世」とよく似た考えが浸透していたからだ。(3) こうした考えを辿れば、一八五四年にトマス・ジェンキン(Thomas Jenkyn)が提唱した「人間の時代」や一八六五年にサミュエル・ホートン(Samuel Haughton)が用いた「アントロポゾイック」(Anthropozoic——我々が住む時代)にまで遡ることができる。(4)「自然の終焉」や「第二の自然」といった考えは「人新世」と平行して現代の環境思想においても繰り返し議論されている。一般に「人新世」は「人間」を地球環境における最も重要なプレーヤーとして認知することで自らが環境を改善する責任をもち、またそれが可能であるという肯定的な態度の基盤となる一方で、「人間」というカテゴリーが産業化を終えた国の中産階級以上の人々によって代表され、他の地域の人間やあるいは同じ国の中でも経済的に不平等な位置に取り残された人々の存在を見えなくするという問題点も指摘されている。(5) 二酸化炭素やプルトニウムによる環境への影響は全ての人間が加担して引き起こしたものではないのだろう。賛否両論が拮抗する中で認知度を高めてきた「人新世」は、温室効果ガスやプラスチックのゴミ、そして核廃棄物の問題が具体的な解決を迫られる時代において必要な基盤形成の役割を担った概念なのだ。

また、人新世の意味を少し哲学的に考えてみると、一九七〇―八〇年代の言語論的転回をはじめとする様々なポスト近代主義によって近代の人間主義が相対化されポストモダン・ポスト人間の思想を生んだ後、二〇〇〇年代になって再び人間（言説、文化）と環境の具体的な相互作用を見直す思想へと変化しているといえる。人間の他者としての自然ではなく、人間の創造物としての人工的空間でもなく、相互に作用し合い不可分な関係にある人間と環境が問題となるのだ。つまり「人新世はポスト―ポスト人間」であり、近代の人間主義を否定した非人間主義の修正・部分的な再人間化の思想であるのだ。[6]

ところが日本においてこの「人新世」という概念が注目され議論されることは最近までほとんどなかったようだ。一般的には二〇一五年にガイア・ヴィンスの *Adventures in the Anthropocene* (2014) が『人類が変えた地球――新時代アントロポセンに生きる』として邦訳され、また二〇一六年に出版された田家康『異常気象で読み解く現代史』（日本経済新聞社）が冒頭でこの概念の成り立ちを紹介し、『日経サイエンス』二〇一六年十二月号と翌二〇一七年一月号が短い特集を組んでいるのが目につく程度である。専門書では『環境人文学Ⅱ　他者としての自然』（二〇一七年）の中で結城正美とウルズラ・ハイザの論文が人新世を取り上げている他、『エコクリティシズムの波を超えて――人新世の地球を生きる』（二〇一七年）の「はじめに」でも松永京子がこの概念を簡潔に紹介している。[7] そしてようやく『現代思想』二〇一七年十二月号が「人新世」を特集した。いずれにせよ、日本において「人新世」はごく最近になってようやく人文学の一部の人々が語り始めた言葉に過ぎない。一方、筆者は東日本大震災が地球の力の大きさのみならず、それと比較することが可能なほど大きくなった人間の科学技術の破壊力を示した複合災害として、「人新世」という時代概念を象徴するような出来事だったのではないかと考えている。東日本大震災は天災と人災が不可分であることが自明となった時代の新しい災害だったのではないだろうか。無論、人新世が十八世紀後半から現在を指すのであれば、例えば関東大震災も人新世の災害であったことになる。しかし、東日本大震災は人新世という概念が世界で議論されつつある中で起こった同時的な現象である。そして、地球環境と人間の活動との関係が見直される中で起こった震災の表象・文化的表現はおそらくこれまでとは違ったものになってくるのではないだろうか。

本書は、東日本大震災によって触発され書かれた震災後の小説を、天災と人災が不可分になった人新世の時代の文学として環境批評の視点から読んでいく試みである。それは、ポスト構造主義以降失われてしまったように見える理論的な枠組みを文学批評に取り戻すことで、世界における人文学的な関心ともつながり、日本の現代文学に関する議論を開かれたものにしていきたいという動機に支えられている。震災後の小説を環境から捉える試みと「人新世」の概念は深くかかわっている。この概念は地球環境と人間活動の相互作用が実体化されたことによって形成され、人間の身体と知的活動が他の物質や生命活動とつながりを持っていることを主張している。前景と後景、人間と非人間、意識と身体を分けることで細分化し狭く深く知ることを目指した近代文化が今や環境の危機によって全体のつながりを現実として認識し思考のモデルチェンジを迫られている。文学に限っていえば、既に常態化しているSFと純文学のジャンルの越境や「私」の描写の多様化・多面化は世界的な文化のパラダイムシフトである「環境化」の一環と考えることが可能だ。

現実の風景を一変させた東日本大震災は多くの人々に虚構の物語を読み書くことの意味を問う惨事だった。メディアが伝える被災者の語りや地震、津波と原発事故の映像、さらに個人が直接記録しインターネットを通じて世界に公開された様々なレベルの情報は、小説において書かれるべきことを一個人の内面である「私」の時空間の枠から大きく解き放った。東日本大震災は、地球史の一コマとしての天災と近代史の帰結としての人災の側面が不可分であると同時に、それが多様なメディアによってイメージ化された三重の複合性をもった災害である。そんな中でおそらく災害を表現するメディアとして最もスピードの遅い「小説」は、再帰的で多様化した現実を捉え消化し表現するという困難に立ち向かう中で徐々に「環境文学化」しつつあると筆者は考えている。東日本大震災は日本の小説を「環境の時代」である二十一世紀のパラダイムへと押し上げる働きをしたのである。

本書の第一章は、東日本大震災後に書かれた小説について筆者が読んだ作品を時系列的に紹介し同時にその全体像を示すことを試みている。第二章は一転して環境批評（エコクリティシズム）の理論的な問題を取り上げ、その議論の一端を紹介している。人新世という大きな枠の下でどのような種類の環境理論が展開されているか示すと共に、本書の解釈の基盤となっている考えを読者と共有するためである。そして第三章からが個別の作品論となる。各章はそれぞれ「私」「動物」「ポストモダン」「地球」などといったテーマに沿って書かれ、それら全体を「人新世」という課題が貫いている。「人新世」の概念は、文学が西洋において研究に値するジャンルとして認識されるようになった十八世紀以降の「近代」のパラダイムを問い直す契機を孕んでいる。東日本大震災によって書かれた小説になんらかの理論的・歴史的な意義があるとすれば、それは「環境」と「人間」の相互作用を表現することによって近代人文学の時空間と認識の枠組みの歴史性と限界を示したことにあるのではないだろうか。環境批評の視座から震災後の小説を解釈する本書が人間中心的な世界観に支えられた文学評価の枠組みを少しでも拡げることができれば幸いである。

第一章　ポスト〈3・11〉小説、その概要と展望

1　ポスト〈3・11〉

二〇一一年三月十一日の午後二時四十六分を前に宮城県沖約四十キロ付近の海底で北米プレートと太平洋プレートの間の力の均衡が破れた。その際、日本海溝付近ではプレートの接面が五十メートルから七十メートル以上滑り、地殻は広い範囲で三メートルから五メートル以上隆起した。(1) この際に生じたエネルギーの量を示すM九・〇は、筆者の推計によるとヒロシマ型原子爆弾約三万六千四百発分に相当し、(2) その力によって引きずり込まれた海水は海底に跳ね返されて上昇し大きな長いうねりとなって東日本の沿岸に向かった。津波は岩手、宮城、福島、茨城県の沿岸部全域と青森、千葉県の一部の沿岸地域に襲いかかり一万五千人以上の人々の命を奪った。被災地では停電と断水が続き、そして電話回線の混乱のため多くの人が家族と連絡をとることもままならず、店先からは乾電池や水などがあっという間に姿を消した。翌日の新聞がこの大地震と津波に関する記事と写真で埋め尽くされたのはいうまでもない。テレビ、ラジオ、インターネットも同様であった。震災以外の事件はあっても忘れ去られた。そして日を追うごとに福島第一原子力発電所に関するニュースが増えていった。この巨大地震に端を発する未曾有の複合災害は当初東日本大震災、東北関東大震災、東日本巨大地震など様々な名前で呼ばれていたが、やがて政府は東日本大震災という名前に統一することに決めマスメディアもそれに従った。また、この災害は日本の歴史的な転換点になるに違いないという意味で「３・11」という名称も一般に使われている(3)。

東日本大震災に対する文学関係者の反応は素早く、新聞やインターネットの俳句や短歌、詩には震災に触れる作品が数多く現れたが、書くことに時間を要する小説が震災をテーマとして登場するまでには少し時間が必要だった。それでも二〇一一年五月末までには少なくとも六つの作品が震災を背景として書かれ出版された(4)。その後、二〇一一年十二月までに、筆者が数えただけで三十以上の作品が東日本大震災を中心的なテーマとして書かれ出版されており、その勢いは二〇一二年、二〇一三年、そして二〇一四年まで衰えることはなかった。二〇一五年に入るとようやく直接的に震災を描く作品数に減少傾向が見られ、熊谷達也や真山仁、古川日出男、黒川創といった震災に強いこだわりを抱く作家が書き続ける姿が目立つようになる。しかし二〇一六年からは震災を中心的テーマとしてではなく、歴史的な背景とする作品が増加しており、こうした作品までを震災後の文学と考えるとその量はむしろ増え続けているともいえる。日本の現代史の中のターニング・ポイントとして、東北地方太平洋沖地震と津波、福島第一原子力発電所の事故の影響は今後も長きにわたって小説化されていくはずである。本書では東日本大震災後に書かれこの震災の影響を直接・間接的に示す一連の作品を「ポスト〈３・11〉小説」と呼ぶことにする(5)。それは東日本大震災後の小説たちの多くが「９・11」からの派生である「３・11」が拠って立つパラダイムには収まり切らないという意味を含んでいる。

2 ポスト〈3・11〉小説と環境批評

ポスト〈3・11〉小説の多様さは自然災害がもたらした大惨事を文化的表現に昇華した例として稀有なものであるが、その一方で「歴史的転換点」を象徴するのにふさわしい一冊の小説は未だに生まれていないことも事実である。チェルノブイリ原発事故を被災者のインタビューを通して語ったスベトラーナ・アレクシエービッチの『チェルノブイリの祈り』（一九九七年）のように世界を震撼させ注目を集める文学作品はまだ書かれていない。おそらく日本において現時点で『チェルノブイリの祈り』に比すべきは水俣病患者の生を自らの言葉で語り直した石牟礼道子の『苦海浄土』なのであろう。『チェルノブイリの祈り』に比べ石牟礼作品の方がフィクションである度合いが高く、それが世界的な受容の差となって現れているのかもしれないが、どちらも現実に被災あるいは患者となった人々の声を伝えるドキュメンタリー文学としての側面と文学作品としての作者の内面を伝える側面を併せ持つ[6]。一方、ポスト〈3・11〉小説にも事実に基づいた作品は少なくない。いやむしろ初期の作品は震災の事実に衝撃を受けて書かれたものがほとんどである。しかし、東日本大震災はチェルノブイリ原子力発電所事故や水俣病と異なり、地球の運動による地震と津波が発端となって起こった複合災害である。この複合性は自然と人間（前近代と近代、田舎と都会）といった二項対立に基づく思考を無効にする。この複合性、つまり「人新世」の問題がポスト〈3・11〉小説に立ちはだかる、それ以前の災害文学には意識されていなかった難題なのである。

しかし、ポスト〈3・11〉小説には興味深い傾向も表れている。作家達の多くが東日本大震災をきっかけに日本の未来と過去に向かって想像の時間軸を伸ばし、作品が歴史性を帯びるようになったのだ。多くの場合、作家たちは日本が暗い時代に入っていくことを予感し、その想像力をディストピア小説に昇華させている。ディストピア小説は、最悪を想定することで現実を少しでも改善することを願って書かれるものである。福島第一原子力発電所の事故に際し事業者は「想定外」という言葉で責任を回避しようと試みたが、小説の想像力がこうした事態に及んでいなかったこともまた事実である。ポスト〈3・11〉小説の中のディストピア小説の多さは、再び想定外を作らないという社会の意志を反映しているのかもしれない。

また、ポスト〈3・11〉小説は、地震と津波という地球自然の力を再認識させられたことが出発点となっており、同時に福島原発の事故が原子力発電から自然再生エネルギーへの転換を考えるきっかけとなったことも影響し、地球史の視点で環境と人間の関係を再考するという視野を獲得するようになった。これは「エコロジー」という言葉が一般に使われていなかった水俣病の一九五〇―六〇年代や日本のバブル期にあたるチェルノブイリ原発事故の一九八六年には意識されていなかったテーマであろう。つまり、東日本大震災は小説の時間軸と空間の枠を大きく拡げる働きをしたといえる。

天災と人災が連動して被害を増幅した東日本大震災は、自然と人間という近代的な区分による思考の限界を示し、近代の災害において隠れた被害者であった動物や植物や土地の姿を明るみに出す。このことは文学においては「人間」であることを自明視した上で成り立つ「他者」と「私」の境界そのものを疑問視することにつながる。こうした問題意識は、現代における「環境批評」（エコクリティシズム）が「人新世」の概念の是非を中心に議論しているものであり、ポスト〈3・11〉小説に期待される成果が時代を超えた普遍的な人間性に訴えるものであると同時に、現代における環境思想を反映しその先を予見するものではないだろうかと筆者は考えている。良質の「ポスト〈3・11〉小説」は、多くの作者がおそらく意図していないにもかかわらず、なんらかの形で「環境」の問題を取り入れ、人間同士の加害と被害に限定されない、より複雑で開かれた関係を描いている。東日本大震災後の小説は、惨事の衝撃を前に「作家に何が出来るか」を模索する過程で人間中心主義の限界にぶつかり、さまざまな形で非人間の作用主体性（エージェンシー）を表現することを試み、近代の想定を超えた新たな関係性に形を与えようとしているのである。そうした意味でポスト〈3・11〉小説は一つの作品によって代表されるものではない多義性を孕んでおり、むしろ群として歴史的な変化を表している。

3　先行研究

震災後文学に関しては既にいくつかのまとまった先行研究が存在し、本書はその恩恵を受けている。まず言及されるべきは木村冴子『震災後文学論』（二〇一三年）だろう。情報収集と整理の速さが光るこの書の中で木村が最も評価していると思われる津島佑子や震災後文学における「熊」の表象について、本書では別の角度から論じる。佐々木敦の『シチュエーションズ「以後」をめぐって』（二〇一三年）はまさにその場の「状況」を伝える評論で、佐伯一麦への言及などは本書にとっても参考になった。また川村湊『震災・原発文学論』（二〇一三年）は原発推進と反原発のイデオロギーを中心とした論考で荻野アンナをはじめ古川日出男にも言及している。川村は『群像』二〇一七年四月号から「光との戦い――フクシマから遠く離れて」という震災後小説の評論を始めており、今後の展開が期待される。さらに二〇一六年には前田潤『地震と文学』、二〇一七年三月には限界研（編）『東日本大震災後文学論』が出版された。前田の本は前半が東日本大震災、後半が関東大震災を扱っていてやや焦点がぶれているものの、前半部におけるJ＝L・ナンシーによる複数にして単数の「私」についての論考は本書の論点とも交叉しており興味深い。そして十名の若手評論家による論集である『東日本大震災後文学論』は、エンターテインメントや被災者の川柳を含む文学、映画、そしてゲームまで論じており、東日本大震災のように膨大な量の記録・記憶・作品を生み出した現象に対しては複数の論者による共同作業が有効であることを教えてくれた。本書と直接重なる部分としては杉田俊介による「高橋源一郎論」があり、ポストモダンに対する異なる見方が顕われている。

こうした先行する論に対し、本書が環境批評の立場から作品理解における新たな視点・概念を加えることができ、そしてそれが後に続く論者への一助となることを願っている。まずここで震災後六年間における主なポスト〈3・11〉小説の成果について概観しておきたい。

4 ポスト〈3・11〉小説の出版と意義

二〇一一年

三月十一日に震災が起こった後、この惨事をテーマとしたポスト〈3・11〉小説が読者の目に触れるまでにはかなりの時間を要した[7]。三月十七日発売の『小説すばる』四月号や三月二十二日発売の『小説新潮』四月号に震災の記述は見当たらない。ようやく四月七日発売の『新潮』五月号の中で青木淳悟や間宮緑がエッセイで三月十一日の様子に触れ、佐々木敦は「批評時空間」の最後に「西暦二〇一一年三月二十一日午後三時四十二分、あの日から十日間が過ぎた。私は今こうして批評時空間の第五回を書き終えようとしている」と記している(二四七)。

また『文學界』五月号では大野更紗が「3・11後の『ことば』を、語る」を掲載し(三〇九)、鴻巣友季子も書評エッセイの最後で、「文学は即効性のものではない」と震災について語っている(二六二)[8]。

さらに『すばる』五月号(四月六日発売)の目次前には「東日本大震災で被災された皆様に心からお見

舞い申し上げます」という言葉が載るようになり、他の文芸誌も同様の対応をとるようになる。この頃にはエッセイや書評で震災に触れる例が数多く現れるが、注目されるのは中島たい子が「吉祥寺　メッセージはない余裕のある街」において「前の文章は、震災前に書き上げていたものでほとんど直していない。すっかり変わってしまった日常に違和感を感じると同時に今、この文章を読み返しても違和感を感じる」と書き（一九五）、『小説新潮』の五月号では山田詠美が前月号の内容と社会的なコンテクストのズレについて諧謔的に言及していることだろう（五三三―五三四）。平和な日常を想定して書かれた内容が非常時に出版されることへの違和感が表明され、書き手と社会環境の関係が可視化され、作家は改めて「何を書くか」を考えさせられることになる[9]。

　こうした状況の下、震災をテーマに作家が書いた作品としてしばしば言及されるのは『小説新潮』五月号に掲載された彩瀬まる「川と星――東日本大震災に遭って」である。これは偶然福島県新地町を旅行中に震災に遭った彩瀬が自身の体験を記したもので、小説作品ではないが、彩瀬はこの体験をきっかけに震災というテーマに取り組み、その成果を二〇一六年二月出版の『やがて海へと届く』に結実させる。一方、ほとんど注目されていないが、おそらく文芸誌に掲載された小説として最も早く東日本大震災を取り上げたのは椎名誠「かいじゅうたちがやってきた　第二回」（『すばる』五月号）である。私小説として二〇一一年四月号から連載が始まったこの作品において椎名は連載第二回の冒頭で「今回についてはそうはうまくいかなかった。原稿締切りにむかっていろんなコトがいっぺんにおこりすぎてしまったのだ」と述べ（二三四）、時間を飛ばして二〇一一年三月の「今」を語り始める。後に椎名はこの連載を本にまとめ『三四のかいじゅう』として出版するが、この本の中で連載第二回は削除され、震災時の出来事は私小説の時系列に沿って整理し直されている。この「消えた連載第二回」は、紙媒体である文芸誌の小説によるリアルタイムな反応の極限として記憶されてもよいだろう[10]。

その後、二〇一一年五月以降になると現在最もよく知られるポスト〈3・11〉小説である川上弘美の「神様2011」をはじめ、重松清の新聞連載「獅子王」、高橋源一郎「御伽草子」、榊邦彦「夏のピルエット」、福井晴敏「震災後──こんな時だけど、そろそろ未来の話をしようか」など、新聞、月刊誌や週刊誌において東日本大震災が様々な立場から作品に取り入れられるようになる。ポスト〈3・11〉小説に特徴的なのは、東日本大震災がメジャーな作家だけではなく一般にはほとんど知られていない作家やアマチュアの書き手を小説の執筆へと駆り立て、その成果が出版されていることである。純文学や大衆文学、あるいは同人誌といった既成の序列を超えてテーマが共有されたのである。例えば『新潮』の七月号には福島県郡山市出身の古川日出男が「馬たちよ、それでも光は無垢で」を書いてその後のポスト〈3・11〉小説へ向けて動き始め、『問題小説』七月号では森村誠一が戦後と震災後を重ねあわせる「ただ一人の幻影」を描き、その傍らで同人誌の『いわき文学』二六号は「3・11震災特集」を組んで佐藤光美、伊藤道子、そのべあきらによる三篇の短編小説を載せている。

そんな中で、小説家の中にはまず小説以外の形式で東日本大震災に応答することを選択する人たちもいた。玄侑宗久「あなたの影をひきずりながら」(『kotoba』第四号)は詩的な短文であり、池澤夏樹と辺見庸はそれぞれ「桜の詩二編」(『新潮』六月号)、「眼の海」(『文學界』六月号)という詩によって震災を表現した。震災をテーマとしたエッセイも数多く書かれたが、中でも注目されるのが『群像』七月号に掲載された熊谷達也の「言葉が無力になったとき」であろう。ここで熊谷は「小説に存在する意味があるとすれば、あくまでも平時の暇つぶし」と述べ(一七五)、大惨事におけるフィクションの無力さを正面から受け止める姿勢を表したが、それはむしろ熊谷が「小説にできること」を求める心が書かせたのであろう。

小説の現実的な役割を否定することによって熊谷は「その後」震災を描き続けることになってゆく。

二〇一一年の九月頃からは、フィクションとして練られた形のポスト〈3・11〉小説が出版されるようになる。村田喜代子の「光線」(『文學界』十月号)は主人公の「私」が選択した鹿児島における癌の放射線治療と九州の火山、そして東日本大震災の地震と放射能漏れの事故がゆるやかに反響しながら身体、自然環境と人間の関係を描く。また黒川創は「うらん亭」(『新潮』十月号)、「波」(同十一月号)、そして「泣く男」(同十二月号)と震災をテーマとする短編を矢継ぎ早に発表する。特に「波」は津波に遭って水上に取り残された家族の会話が、波のつながりとともにハワイからサハリンまで広がり、震災と人間を環境的に捉えた作品である。また既に言及した高橋源一郎が9・11に触発されて書いたという「恋する原発」(『群像』十一月号)を、そして池澤夏樹は「大聖堂」(『群像』十二月号)を出版する。また基本的に事実に基づくノンフィクションであるが、被災者に配慮し実名を挙げることを避けた石井光太『遺体 震災、津波の果てに』(十月)は東日本大震災の事実の大きさによって書かれた震災後の小説の典型であり、のちにフジテレビから映画化されてもいる。

またこの年の成果として特に言及しておきたいポスト〈3・11〉小説に津島佑子「ヒグマの静かな海」(『新潮』十二月号)と木村友祐「イサの氾濫」(『すばる』十二月号)がある。[11] 津島は「ヒグマの静かな海」で戦後の日本と東日本大震災、そして未来の日本を重ねて描くことにより歴史的な地層をモチーフとしながら主人公を中心に日常の小さな「その場」の感覚を描いてゆく。この作品では明治の北海道と戦後の東京、そして〈3・11〉の東北の被災地が歴史的に重ねられ、追い詰められたヒグマと人間の運命が相似形を描いて錯綜する。一方、木村友祐の「イサの氾濫」は震災後に東京から八戸へ帰郷した語り手の将司が、以前から行方不明になっている伯父のイサの激情と暴力の不可解さを語る作品である。一見何の関係もない東北の地震・津波が、イサから氾濫し周囲ばかりでなく自らをも呑み込んでしまう激情の力のイメージと重なり合い、家族の中でのイサと日本における東北の姿が混ざり合う。木村が表現する小説の論理が行方不明の伯父と震災の犠牲者との間に歴史的な反復があることを示唆するのである。

二〇一二年[12]

震災の翌年にはポスト〈3・11〉小説が続々と現れる。まず大江健三郎が「晩年様式集」の連載を『新潮』誌上で開始し、また同人誌の『仙台文学』七九号は震災孤児を受け入れた女性の葛藤を描く佐佐木邦子の「黒い水」を掲載する。「黒い水」は後に全国同人誌最優秀賞「まほろば賞」を受賞して二〇一五年に本が出版されることになる。この時期のポスト〈3・11〉小説はまだ短編が主であるが、映画監督の岩井俊二は一月に『番犬は庭を守る』という二三〇頁余りの本を幻冬舎から出版している。岩井は震災復興支援ソング「花は咲く」の作詞で知られるが、この小説ではアルミコットというかつての鯨の町が近代化とともに原発の町となり、そして臨界事故を起こして滅んだという設定で、汚染によって人間が最早自然には生殖出来なくなった世界を描く。臓器移植や卵子の売買が日常化した世界でいかに人間らしさを維持するか、というテーマは性と家族の形が変容した村田沙耶香『消滅世界』(二〇一五年十二月)へとつながるだろう。岩井が監督し同年三月に公開されたドキュメンタリー映画「friends after 3. 11」と平行して読まれるべき作品である。

さらに特筆すべきはこの年に『それでも三月は、また』(講談社、二月)と『早稲田文学』の記録増刊として『震災とフィクションの〝距離〟』(三月)という震災に特化した短編小説集が出版されたことである。『それでも三月は、また』は英語版がほぼ同時にアメリカとイギリスでも発売され、この中には多和田葉子「不死の島」、古川日出男「十六年後に泊まる」や池澤夏樹「美しい祖母の聖書」、佐伯一麦「日和山」あるいは村上龍「ユーカリの小さな葉」などが含まれている。『震災とフィクションの〝距離〟』は古川日出男、阿部和重、円城塔、福永信、芳川泰久、青木淳悟、松田青子、村田沙耶香、中村文則、木下古栗、中森明夫、牧田真有子、川上未映子、鹿島田真希、重松清、といった実力者たちが寄稿しているが、中でもインタビューで古川は、人災である以上、動物たちの目線で書く必要があると語り環境批評的な志向を表明した（一八一）。また村田の「かぜのこいびと」は、カーテンとの恋愛を語り、芳川は「逝き暮れ」においてモノになっている自分が考えているフシギを表現していることも注目される。

前年よりポスト〈3・11〉小説を書いている村田喜代子は「原子海岸」（『文学界』二月号）、「ばあば神」（同四月号）、玄侑宗久は「小太郎の義憤」（『すばる』四月号）、「アメンボ」（『新潮』十一月号）、そして黒川創は東日本大震災とは別の災害を「チェーホフの学校」（『新潮』一月号）、「橋」（同三月号）に描き、五月に『いつかこの世界に起こったこと』を出版する。他方で『すばる』一月号には青来有一「人間のしわざ」やモブ・ノリオ「太陽光発言書」、『文学界』一月号には長嶋有「光」、伊藤たかみ「ある日の、ふらいじん」が掲載された。また橋本治は「助けて」（『新潮別冊』四月号）や「父」（『新潮』九月号）などで東京の日常の中の震災を表現し始め、後に『初夏の色』という本にまとめられる。また、二〇一二年には東日本大震災を間接的なテーマとして、あるいは日常の背景として描く小説も目立つようになり、村松真理「野百合」（『三田文学』春季号）、平山夢明「チョ松と散歩」（『小説すばる』八月号）、日和聡子「行方」（『群像』十一月号）、鹿島田真希「波打ち際まで」（『文藝』冬季号）などが出版された。

既に言及されていることではあるが『新潮』二月号には古川日出男が『ドッグマザー』の第三部「二度目の夏に至る」を掲載して震災後の世界を描き、また佐藤友哉は「今まで通り」で震災が全てを変えたという世間の論調に反駁する短編を書いた[13]。

さらに被災地により近い場所からポスト〈3・11〉小説が出始めたことにも言及しておく。まず小説は平時の暇つぶしであると語った熊谷達也がポスト〈3・11〉小説を書き始めた。彼は、震災に遭った調律師が音と臭いの共感覚を失った結果、過去を断ち切り新しく生き直すことを選ぶ様を「超絶なる鐘のロンド」(『オール讀物』八月号)に描き、「小説にできること」を模索する一歩を踏み出した。熊谷は九月に震災前の二〇〇八年に起きた岩手宮城内陸地震に取材した『光降る丘』も上梓している。さらに物理学者で作家としては素人の圓山翠陵が『小説 Fukushima』(九月)を出版した。圓山は福島第一原子力発電所の事故を「正確に」描くために敢えて小説という形式を選んで発表しており、この複合的な災害において「事実」を把握することがいかに困難であるか、そして複雑な世界を理解する上で小説というフィクションが持つポテンシャルを示唆する事例ではないかと考えられる。

また奥泉光が『すばる』十一月号において東京という場所の意識と災害の相互作用を描く「東京自叙伝」の連載を開始したことも東日本大震災が地史的な距離をもって受け止められるようになったことを示している。

二〇一三年

この年の現象として目を引くのは外国人作家によるポスト〈3・11〉小説である。前年の十二月にはリシャール・コラスが『波　蒼佑、17歳のあの日からの物語』を出版しているのに続き、二月には *The Solace of Open Spaces*(1984)などの作品で知られジョン・ミューアの伝記も書いた旅行作家でネイチャーライターのグレテル・アーリック(Gretel Ehrlich)が東北の被災地域の日本人に取材し、震災の客観的な事実と被災地の人々の生活と感情を織り合わせた『フェイシング・ザ・ウェイブ』(*Facing the Wave*)を刊行した。翌三月には、日系カナダ人作家のルース・オゼキ(Ruth Ozeki)がカナダの島に漂着した日本人少女の日記を読み解く *A Tale for the Time Being* を出版し、この作品は二〇一四年二月に上下二巻の『あるときの物語』として日本語に翻訳された。オゼキの小説は東日本大震災を間接的に扱っていながら、環境という現代人の生活様式に根差した問題が登場人物の日常を通して描かれ、作家にとって、あるいは小説に「何ができるか」を深く追及している作品である。また、三月には中国人作家で日本に滞在経験の豊富な于強が事実をデフォルメした『津波、命がけの絆』を出版している。アーリックとオゼキの作品は日本の震災を外と内の両方の視点から観察しており、『フェイシング・ザ・ウェイブ』の前半に見られる地理・物理的な情報と人間のストーリーの融合や『あるときの物語』における津波が引き起こす環境問題など、この時期の日本のポスト〈3・11〉小説とは違った距離感が現れている。

この年の日本人作家の成果として第一に挙げられるのは辺見庸の「青い花」(『すばる』二月号)であろう。大幅な改稿を経て五月に本として刊行されるこの作品では、「ポラノン」という薬を求めて彷徨する主人公の男が言葉と世界がズレていく様を表現する。この後、日本の戦後と〈3・11〉後の歴史を重ね合せ、歴史の欺瞞を大胆に問い始める辺見の原点を示す作品である。そして池澤夏樹も二月に『双頭の船』を出版する。この小説ではモラトリアムを生きる主人公の青年が被災地でボランティアを経験する間に動物や死者、そして様々な人間に触れて成長のきっかけをつかむ。

また、玄侑宗久が「拝み虫」(『文學界』三月号)と「光の山」(『文藝春秋』三月臨時増刊号)、橋本治が「陸と海」(『新潮』二月号)と「団欒」(書き下ろし、八月)をそれぞれ『光の山』(四月)と『初夏の色』(八月)にまとめてポスト〈3・11〉小説に一区切りを付け、佐伯一麦は山で記憶を失った男と震災で家族を失った女がそうとは知らずに江戸時代の風習を繰り返す「二十六夜待ち」（『群像』二月号）を書いている。また、いとうせいこうの「想像ラジオ」（『文藝』春季号）は不可視の声によって死者の痕跡を表現した印象深い作品である。

穂高健一『小説3・11――海は憎まず』（三月）は作者と思われる主人公がカメラマンと被災地を取材する私小説で、報道が規制して伝えなかったこと（遺体、被災地でのレイプ事件など）に触れているが、小説でなければならない心を描くという作者が掲げる課題を達成できたかどうかは疑問が残るであろう。これはポスト〈3・11〉小説に共通する課題である。

他にも重松清が「おまじない」「盂蘭盆会」といったポスト〈3・11〉小説を収録した『また次の春へ』（三月）を刊行し、綿矢りさの「大地のゲーム」（『新潮』三月号）は、学園祭の二週間前に巨大地震が襲い、避難所となった大学に学生が寝泊まりするようになったという設定で超個人主義を標榜する学生リーダーに惹かれる主人公の心情を描く。これは高橋留美子の漫画を押井守がアニメ化した『うる星やつら　ビューティフル・ドリーマー』（一九八五年）を思わせる内容であるが、ポストモダンをテーマ化した押井に対し、綿矢の問題設定が二〇一〇年代のモチーフを的確に映し出しているのかで評価は分かれるだろう。

夏になると相場英雄が『共振』（七月）で震災現場の暗部をミステリーによって語り、多和田葉子は「動物たちのバベル」（『すばる』八月号）で、洪水で方舟に乗らなかった人間たちの代わりに生き残った動物たちがバベルの塔を建てるという寓話を描く。さらに十一月には佐々木中が『らんる曳く』で愛する女を失った男の精神的な崩壊・空白を表現する。この小説の内面描写には古語が多用されており、死んだ言葉と過去の亡霊のつながりが暗示される。直接に東日本大震災を扱ってはいないが、この作品もまた「小説にできること」を示す試みのひとつである。また山崎ナオコーラは「反人生」（『すばる』十二月号）において震災後の世界に求められる自由を模索している。ポスト〈3・11〉小説がようやく非常時の切迫感を相対化するようになり、表現にも作家独自の幅が取り戻されてきたと考えられる。

さらに熊谷達也が〈3・11〉で失われることになる「場所」の過去と未来をテーマにした群像劇である「仙河海シリーズ」の第一弾『リアスの子』を十二月に出版した。このシリーズは二〇一七年までに八冊を数え、ポスト〈3・11〉小説として最も長い著作群となる。

二〇一四年

この年最初の収穫は吉村萬壱「ボラード病」（『文學界』一月号）であろう。ボラードとは岸壁に立つ動かない杭のことである。ポスト〈3・11〉小説に多く現れた類型のひとつに震災後の世界への暗い予感を表現したディストピア小説があるが、「ボラード病」は普通の日常が知らぬ間に異常さに浸食されている未来を巧みに表現している。この作品は海塚市という架空の町に住む母娘の話である。学校では子どもが亡くなる事例が多いが、誰もそれを社会問題化せず、地元のものを食べ、ボランティアをすることが当たり前の日常となっている。だが、母と町内活動に参加するうち、娘・恭子は海塚市の異常さを自覚するようになり、母はそれを知っていたがために自分に厳しく接していたと気が付く。やがて母が病気になり、恭子は周囲と同調して歌や踊りに参加するようになる。しかし、小説の最後でこの作品自体が、囚われの身となった恭子が自らの身の潔白を示すための調書であり、周囲に同調する部分は彼女のフィクションであることが明らかになる。この作品で吉村は単に暗い未来を暗示するというだけではなく、現在の日本社会における表現の自由に対する切迫した危機感を表している。

二月には前述したルース・オゼキ『あるときの物語』が翻訳・出版され、川上弘美は「形見」（『群像』

二月号）で人間と非人間の境が消えた未来を描いた。数千年後の世界では人間由来の子どもの生命は弱いため、異種の交配が工場で行われ生命を製造している。ここで川上が想像したような世界観は多和田葉子や村田沙耶香といった他の作家達にも部分的に共有されている。この時期にはディストピア小説である多和田葉子「韋駄天どこまでも」（『群像』二月号）やエネルギーと動物の問題を取り上げた古川日出男「冬眠する熊に添い寝してごらん」（『新潮』二月号）も出版された。[14] 多和田は他にも「献灯使」（『群像』八月号）と「彼岸」（早稲田文学秋号）を、古川は「鯨や東京や三千の修羅や」（『すばる』十月号）を発表しており、ポスト〈3・11〉小説を精力的に書き続けている。「献灯使」は震災をきっかけに鎖国政策を採った日本、「彼岸」は原発に戦闘機が墜落し壊滅的な打撃を被った日本、そして「鯨や東京や三千の修羅や」は震災で二つ目の原発が爆発していたという想定で東北が森と化した未来の日本を描く。古川のように「東北」を中心に考えるか多和田のように「日本」を予見するか、あるいは川上のように「人間」の変化を想像するかで視点は異なるものの、東日本大震災は現在予感されている世界の変化を加速させた事件として捉えられ、その結果が小説に表現されているのである。

また三月には熊谷達也の『野生時代』での連載をまとめた『微睡の海』が出ている。そして柳美里の『JR上野駅公園口』は出稼ぎからホームレスとなった相馬の男の運命とオリンピック、東日本大震災、上野公園と天皇家がゆるやかに関係しながら、終わりはあるが終わらない人生を描く。また木村友祐の「聖地Cs」（『新潮』五月号）では浪江町にある仙道牧場（「希望の砦」）にボランティアに行った「わたし」こと西田広美に、死骸と糞尿があふれる牧場で切り捨てられた者たちの想いが乗り移り、「わたし」がついに牛となって叫ぶクライマックスが印象的に描かれる。木村も熊谷や古川のように東北出身（八戸）で〈3・11〉に拘りを持って書き続けている作家のひとりである。この三人は震災以前から「動物」

や「東北」といった共通するテーマを描いていたが、それに「3・11」が加わり、今後それぞれがどのように「東北」を独自の世界として切り開いてゆくか注目される。

東日本大震災は既成の作家たちだけではなく、様々な書き手たちを執筆へと駆り立てた。岡映里『境界の町で』は興味本位で原発二十キロ圏内に赴いた著者がだんだんその非日常の力に取り込まれ、取材しながら自らを問うようになる過程を描くノンフィクションである。新人小林エリカの「マダム・キュリーと朝食を」(『すばる』四月号)はキュリー夫妻や魔術師エジソンなどの歴史的挿話と被災地から街に移り住んだ猫の話が織りなす作品で、見えない光がもたらした「新世界」と生き物の寿命をはるかに凌ぐ「半減期」という視点が効果的である。もうひとりの新人、上田岳弘の『太陽・惑星』も震災の衝撃によって日常的関心における時間と空間の幅が拡張し「人類」の視点を獲得するようになったと考えられる広義のポスト〈3・11〉小説である。

また「民主文学」に二〇一二年一月号から二〇一四年四月まで断続的に連載された作品をまとめた『風見梢太郎原発小説集』が七月に出版され、作中では共産党員で原発再稼動に反対する主人公の姿と主張が描かれている。他にもSF小説である長谷敏司「父たちの時間」(『My Humanity』)や清野栄一「チェルノブイリII」(『新潮』九月号)、ミステリーでは中山千里『アポロンの嘲笑』なども挙げられる。そして意外なポスト〈3・11〉小説としては歌人の道浦母都子が広島、チェルノブイリ、そして福島を繋ぐ物語である『光の河』を十月に出版したことが挙げられよう。

上記以外にも二〇一四年には玄侑宗久「東天紅」、村田喜代子「焼野まで」、辺見庸『霧の犬』などポスト〈3・11〉小説が断続的に書かれ、前年度に続いて東日本大震災による創作活動の活性化が顕著に表れた年となった。

二〇一五年の一月には金原ひとみが「もたざる者」(『すばる』一月号)で震災を機にフランスへ移住する若い母親を、真山仁は『雨に泣いている』で阪神淡路大震災の取材で過ちを犯した新聞記者が東日本大震災に再び立ち向かう話を書いた。また既に紹介した佐佐木邦子の『黒い水』が本となったのもこの月である。さらには震災をきっかけに政治的な発言をするようになった赤川次郎が『三毛猫ホームズの遠眼鏡』を出版している。大手文芸誌、エンターテインメント、同人誌、そしてミステリーと多様なジャンル・媒体を舞台とする書き手たちが東日本大震災をテーマとして作品を書き、この年もポスト〈3・11〉小説が文学市場を席巻するかに見えた。しかし、管見によるとその後ポスト〈3・11〉小説の出版点数は減る傾向にある。震災直後の衝撃を作品化した小説はほぼ出尽くし、継続して東日本大震災にかかわり続ける意志をもった作家が残るようになってきたのではないだろうか。

二月になると、仙台在住の伊坂幸太郎が『火星に住むつもりかい?』を出版する。惨事の後こそ楽しい作品が必要と考え、敢えて軽い調子の『ガソリン生活』などを書いてきた伊坂がここにきて「平和警察」によって、社会の至る所に監視カメラが設置され、危険人物が公開処刑されるようになった世の中を描く。作中では東北大学の研究室で開発された強力な磁石を得た床屋の主人がライダースーツに身を包んで、正義の味方を演じる。伊坂は「正義」とは「平和」とは何かを問いつつ、全てが相対的にしか存在し得ない時代においては、平和警察内部に身をおきながら正義の味方を救い、警視長を失脚させる真壁が真のヒーローだと語る。

伊坂同様、仙台を拠点とする熊谷達也は精力的にポスト〈3・11〉小説を発表し続けている。熊谷は前年の『微睡の海』に続き、仙河海市を舞台とする『ティーンズ・エイジ・ロックンロール』と『潮の音、空の青、海の詩』をそれぞれ六、七月に出版する。『ティーンズ・エイジ・ロックンロール』は仙河海市の高校二年生の主人公、匠とひとつ年上で軽音楽部の部長の遥の淡い恋物語である。匠は、『微睡の海』に登場した小林希という地元の女性に後押しされ、仙河海市にライブハウスを作ることを計画し、人々の協力を得てカフェ「錨珈琲」の離れの土蔵を改造し、オープンにこぎつける。しかし、その一カ月後に東日本大震災が発生して全ては灰燼に帰すことになる。通常詳しく語られることのない東日本大震災以前の人と町に焦点を当てることで、何が震災で失われたのかを表現しようとする意図が感じられる。

『潮の音、空の青、海の詩』は仙河海市出身の川島聡太を中心に過去、未来、そして現在を描く三部構成の物語で、熊谷の「ポスト〈3・11〉小説」の中で最も野心的な作品である。第一部は仙台で働く川島が東日本大震災に遭って混乱の日々を過ごした後、行方不明になった両親を探しに仙河海市へ還る話であるが、第二部「空の青」は、二〇六〇年を現在とする未来小説となる。二〇二八年のアウターライズ地震の津波によって、再び打撃を受けた仙河海は最終処理施設を受け入れ人口は激減し、代わりに多額の補助金でシルバータウン、アトムタウンを建設し、表面上は住みよい街になっている。主人公で小学生の呼人は防潮堤で不思議な老人(聡太)に出会い、防潮堤によって海が見えなくなったことが街のアイデンティティーを壊してしまったことなどを教えられる。この老人は「タキオン粒子」を利用して過去と通信を行い、防潮堤の建設を停止させることを目論んでいた。そして第三部「海の詩」で再び主人公となった聡太は、かつて恋人だった笑子が津波で夫を失い子どもを抱え仙台の風俗産業で働いていることを知り、彼女が仙河海市に還れるよう尽力するが、小説の最後で笑子が息子の祐人(ひろと)を「呼人」と呼び、彼が本来、現街のアイデンティティーを再建するために未来からやって来た子どもであることが暗示される。

実世界における人間と自然の葛藤を描くことを得意とする熊谷が未来小説を描くようになったのも震災が過去と未来に架橋する長い時間軸をもたらしたからに他ならないだろう。

また八月には北野慶の『亡国記』が出版された。この小説は原発事故に関して想像され得る最悪のシナリオを提示した作品だ。作中では島岡原発が地震によって核爆発を起こすと関東に高濃度の放射線が降り注ぎ、ほぼ本州全域が生活困難地域となる。そして政府が北海道に避難するとアメリカが本州を管理下に置き、やがて中国は九州を占領、そしてロシアが北海道を占領し日本は名実ともに滅んでしまう。日本人は世界をさまよう難民となり、日本の若者は福島原発の事故後に原発再稼働を選んだ日本の大人たちを憎み責任を問う。ポスト〈3・11〉小説には『亡国記』のように作者の思想をそのまま小説として吐露したものが少なくなく、芸術作品としての完成度だけでは計れない要素が存在する。同月には藤谷治が東日本大震災の日にマーラーを演奏した新日本フィルハーモニーの実話を小説化した『あの日マーラーが』も出版されている。

その他十月には福島に移住した子どもの立場から震災を描いたことが特筆される田口ランディ『リクと白の王国』、震災から四年後に福島で行われた音楽パーティを舞台に、誰もが男であり女であり、人でも獣でも鉱物でも植物でもあることを伝える赤坂真理「大津波の後」(『新潮』十月号)、そして岩手県の作家の作品を集めた『あの日から』が上梓されている。

二〇一六年

二〇一六年前期は過去に文芸誌に掲載された重要なポスト〈3・11〉小説が本の形式にまとめられ出版された時期である。『悼む人』(二〇〇八年)などで人間の死というテーマに向き合ってきた天童荒太が前年に『オール読物』に掲載した連載をまとめ『ムーンライトダイバー』を刊行し、海底に沈んだ震災遺品を採取するダイバーと遺品を待ち望む人の葛藤を描いた。また柳広司も同じく『オール読物』へ連載した短編に「善知島」を加え、『象は忘れない』と題して二月に出版した。福島原発の地元に生まれ、安全性を疑わないという暗黙の了解を受け入れて原発関連企業に就職した主人公が福島原発一号機のベント作業中に爆発に遭う「道成寺」や福島から東京に避難した母親が〈3・11〉後の状況を理解するため参加した勉強会で疎外感を覚え、次第にヘイトスピーチに染まっていく様を描く「卒塔婆小町」、そしてアメリカ海軍の曹長がトモダチ作戦の裏で行われた福島原発調査に従事しPTSDに罹った経緯を医者に語る「善知島」など、現在の社会的な病理と震災の連関を考察する秀作短編が収録されている。原発事故の問題には福島の地域社会における人間関係、日本国内における東京と福島の関係と同時に、世界におけるアメリカと日本の関係も深く関わっている。そしてこの「関係」には科学と政治と経済が含まれる。東日本大震災を描く小説の難しさは、原発事故に限ってもこうした複数の枠組みを考慮に入れなければ問題の本質に迫ることが困難であることだろう。『象は忘れない』は福島の人間やアメリカを直接語ることを避ける傾向のある純文学の意味を問いかけているようだ。

書き下ろし作品である桐野夏生の『バラカ』は東日本大震災によって福島の原発が全て爆発したという想定で物語を展開する。甲状腺がんの跡が首に残る少女バラカは反原発運動のシンボルとなるが、またそのために原発の安全神話を復活させたいグループにも狙われ監禁されることになる。原発をめぐって対立し、あるいはその間で利益を得ようとする人々がグローバル化や少子高齢化が進む日本を表象しつつ刺激的に描写される。この作品では、独身のキャリアウーマンである由利が中東ドバイの人身売買市場でバラカを得るまでの前半部が印象に残る。

そして、二〇一一年四月に自らの体験を「川と星　東日本大震災に遭って」に書いた彩瀬まるがフィクションによって震災後の世界を描いた『やがて海へと届く』を発表した。この小説では震災時に（まるで彩瀬自身のように）東北の沿岸部を旅していて消息を絶ったすみれをめぐって親友だった湖谷と恋人だった遠野が震災後の世界で生きることの意味を模索する。湖谷はアルバイト先の同僚でやがて恋人となる国木田と旅する中で、この世は死んだ人によって作られているのではないかという考えを国木田に教えられる。この小説中には死んだすみれとこの世での邂逅と思われる挿話が力強く描かれ、死者と生者の共生ともいえる世界観にたどり着くことで主人公は死者を想う呪縛から次第に解き放たれていく。

また前年に二冊のポスト〈3・11〉小説を上梓した熊谷達也が三月にも早坂希（『リアスの子』）や笑子（『微睡みの海』）などに加え、新たな登場人物がかかわり厚みを増す仙河海市の場景を描いた連作短編集『希望の海』を出版した。彩瀬の作品のテーマともつながるが、「ラッツォックの灯」は家族全員（両親と妹）を津波で失った高校生の翔平が妹は生きていると錯覚し、そして死んだ妹もそんな兄を想って現世に留まることで兄が生き延びることを助ける物語である。地域の伝統行事でありお盆の迎え火と送り火を意味するラッツォクを震災後の報道によって初めて知ったという翔平が、ラッツォクを焚くことで妹の死をようやく受け入れ彼女をあの世に送り出す。死が身近になることで古くからの行いの意味が新たに再生される。さらに熊谷はこの年『揺らぐ街』（八月）と『浜の甚兵衛』（十一月）の二冊を上梓する。後者は明治三陸津波とその後の人間模様を描いて東日本大震災へ至る仙河海という場の原点を示している。そして、この年の二月十八日に鬼籍に入ることになる津島佑子が『群像』三月号（二月五日発売）に「半減期を祝って」を掲載し、閉塞していく日本の近未来像を描いたことも注目される。

古川日出男の『あるいは修羅の十億年』は文芸誌『すばる』に二〇一三年一月号から二〇一五年十一月

号まで三年に亘って断続的に掲載された連作短編を加筆修正した作品である。詳しくは第五章で述べるが、ポスト人間的なジャンル横断性とポストコロニアルな歴史性を併せ持ったこの作品は人新世の概念と交叉する世界を小説に描いている。古川は『新潮』六月号から新たに「ミライミライ」の連載を開始、佐伯一麦も七月から『群像』で日本各地の震災の場を訪ねる「山海記」を、そして多和田葉子も日本という国が消滅した世界を描く「地球にちりばめられて」の連載を『群像』十二月号から開始した。このころからポスト〈3・11〉小説は東日本大震災をより普遍的なテーマと結び付けるようになる。震災は常に意識されていることが示唆されるものの、作者が直接に向き合うテーマではなくなってゆく。この年一月に出版され芥川賞を受賞する滝口悠生の『死んでいない者』もそのような作品である。また震災後に人類の変容を大胆にテーマ化してきた川上弘美が『大きな鳥にさらわれないよう』(四月)を出版したことも見逃せない。二〇一六年度の小説は、震災に直接焦点を当てる作品が減少するに伴い、より大きな枠組みの中に震災を位置づける作品が増え、ポスト〈3・11〉の定義が拡散し多様化すると同時に一般化してきたといえるだろう。多くの小説が「広義の」ポスト〈3・11〉小説となってきたのである。

二〇一七年

東日本大震災は多くの人々に死を身近な存在として感じさせることになった。そのスケールはおそらく第二次世界大戦以来のことであったが、『群像』一月号に発表された長嶋有「もう生まれたくない」は、戦争と震災のメタファーによって日本の閉塞感を表現する。この作品は「空母の中に郵便局がある」という書き出しで始まり(八)、「先の震災で内壁にヒビが入ったというのはあのあたりのことか?」など(九)、震災後の世界であることを示しつつ、X-Japan の Taiji から理化学研究所の笹井芳樹まで、十七名余りの「震災と関連のない」死者について語る[15]。東日本大震災は個人の意識（生）を前景、場所（死）を背景とする近代的世界観を一転させる出来事だった。長嶋は〈3・11〉を直接には語り得ぬものとして扱い、震災がもたらしたパラダイムの変化を小説化することを選ぶ。彼が「場所」を主人公に据えた谷崎賞受賞作『三の隣は五号室』（二〇一六年）はそのような意味で広義のポスト〈3・11〉文学といえる。この小説はまさに「語り得ぬ死（四）」を象徴した作品なのである。人間の意識が及ばない死の世界はモノたちによって語らしめる他にないのだ。

この年の二月末から三月にはポスト〈3・11〉小説が立て続けに出版された。黒川創『岩場の上から』、桐野夏生『夜の谷を行く』、高橋克彦『水壁——アテルイを継ぐ男』、熊谷達也『鮪立の海』、そして恩田陸『錆びた太陽』である。これは二〇一三年以来再びポスト〈3・11〉小説が活況を呈してきたように見えるが、その内容はかなり異なる。二〇一二～一三年においては新人やアマチュアを含めて多くの書き手たちが震災を直接語ろうとしていたが、上記五冊はいずれも東日本大震災自体が中心テーマではない。ポスト〈3・11〉小説を書き続けてきた黒川は『岩場の上から』で核燃料の最終処分という原発反対派にも推進派にも避けては通れない問題に焦点を当てた。最終処分を現実の世界で実施するには百年近くかかると予想されるが、黒川は二〇四五年の日本における最終処分をめぐる攻防を考古学と政治運動の知見を織り交ぜながらひとりの少年を通して描く。地味ではあるが現実に則した小説の想像力が発揮された作品である。

桐野の『夜の谷を行く』は連合赤軍事件に関与した主人公の記憶をテーマとした作品で、東日本大震災は記憶を忘却の淵から呼び起すひとつの重要なきっかけである。震災は理想を抱いた平凡な人間が反政府組織に加わり活動をした一九六〇年代の日本とその当事者たちが後期高齢者となり反体制運動への空気が一変し「テロ」と呼ばれるようになった現代の間にひとつの風穴を開ける。そして高橋の『水壁』は貞観地震が起きた九世紀後半における蝦夷の反乱を東日本大震災のアレゴリーとして描いたポストコロニアル小説だ。震災が東北の歴史を根底から見直す試みにひとつの機会を与えたことは注目に値する。さらに熊谷の仙河海シリーズ第八冊『鮪立の海』は戦争を生き延びた若い漁師、守一の戦後の生き様を語る。重要なのは作品の背景となっている仙河海の人々の生活・人間関係や土地の埋め立てと市街地発展の歴史などが後の東日本大震災の一部を成していることだろう。場所の歴史的背景を人々の生活から描こうとする熊谷の作品群は、被災地の作家によるポスト〈3・11〉小説の可能性の在り方を実現している。内容は大きく異なるものの「歴史的」に「場を描く」意図が前述した長嶋有の『三の隣は五号室』や奥泉光『東京自叙伝』に共通するテーマであることは見逃せない。ポスト〈3・11〉小説の大きなテーマに「私」という語り手の問題があるが、ひとりの人間では語りつくせない時空間を開示した東日本大震災を表現するポスト〈3・11〉小説は複数の視点から語りつつ「私」という実感も維持する群像劇や移人称といった方法を採用することで地球史的な時間と場所の多様な意味に迫ることになった。未来志向の作品では、さらに人間を超えた視点で場を捉える試みもなされている。奇しくも人工知能が囲碁・将棋において人間を凌駕するようになった現代においては人工と自然の差異とその意味が大きく変わろうとしている。

一方で、愚直に「福島」に根ざすことにこだわる相馬市出身の志賀泉が同二月に『無情の神が舞い降りる』を出版したことも忘れてはなるまい。この作品は原発事故による避難区域となった地で老母を介護しながら暮らす主人公が、残された動物やボランティア団体の活動を生活者の視点で描いている。

また、四月には台湾の伊格言によるSF小説『グラウンド・ゼロ——台湾第四原発事故』が邦訳・出版された。福島の原発事故をきっかけに反原発政策へと舵を切った台湾においてその政策転換の世論形成にも貢献したとされる作品である。『グラウンド・ゼロ――台湾第四原発事故』は文・理の垣根を超えた環境に取り組む小説にとってSFが必須の想像力となっていることを教えてくれる。東日本大震災がドイツの原発政策の転換を促したことはよく知られるが、小説でも現実を動かしたのは海外においてだったようである。五月には島田雅彦が『カタストロフ・マニア』で太陽のプラズマ嵐によって日本で電気が使用不能になった結果、原発が危機的状況に陥り、さらに未知の伝染病が蔓延する世界をSFの手法で描いた。その一方で冒険小説を描いてきた西村健が六月に出版した『最果ての街』には福島に取材して得たリアルな人間関係と感情が描かれている。ポスト〈3・11〉小説が純文学の枠組みに収まらないことは明らかであり、批評的枠組みの再編が大きな課題となる。

今後、古川日出男「ミライミライ」、佐伯一麦「山海記」、多和田葉子「地球にちりばめられて」等が本にまとめられて世に出るに従い、ポスト〈3・11〉小説はまた厚みを増し豊かになっていくだろう。ポスト〈3・11〉小説の全てが「人新世」の文学として書かれる訳ではない。しかし、東日本大震災をきっかけに「人間」「地球」という枠組みが「日本」と同じような意味をもって意識され、人間活動と地球環境が相互に不可分な関係となったという時代認識が、日本の小説に広く共有されつつあるのではないだろうか。東日本大震災は自然災害であり人間災害であったと同時に歴史上稀に見るほど「メディア化」された災害であった。科学技術は災害を増幅あるいは減退させただけではなく、記録やイメージを世界中に拡散し、二次的三次的な文化活動を生みだした。環境とはそれら全てを実体として捉える。そのような意味でポスト〈3・11〉小説は東日本大震災が生んだ環境の一部なのである。

第二章　人新世の批評理論としての物質的環境批評

本章は本書の理論的な背景となっている現代の環境批評を論じる。一般に環境批評は初期の第一波から現在第四波を唱え始めた一部の論者まで、様々な思想・政治的立場を反映した複雑な運動であるが、ここでは特に東日本大震災という視点から小説を解釈する手掛りとして筆者が注目する生気物質主義、物質志向の存在論、生命記号論、ポストモダン環境批評、動物論を紹介し、それぞれの意義と課題を共有したい(1)。

二〇〇〇年という節目の年に世界に広まった「人新世」という時代区分の登場は、環境問題を「人間のしわざ」として認識し、その克服を目指す二十一世紀を象徴する出来事であった。人間の活動が地球史における地質学・生態学上の新たな段階を形成したことが科学者によって提唱されることで二十世紀の環境思想が新たに見直され、「環境」が二十一世紀における「人間」にとっての最重要課題であることを印象づけた。

震災は地球活動と人間活動の摩擦によって生じる。東日本大震災も例外ではなく、死者の大多数は津波によるものであったが、「人災」である原発事故とそれに伴う汚染地域や避難民の創出そして風評被害には、戦後日本の政策と震災後の意思決定およびメディアによる文化的な表象が大きく影響している。しかし「人新世」の概念は、最早問題が天災か人災かではないことを表明している。それは地球温暖化のような一見自然現象と思われることに人の手が大きく関与していることを認め、天災と人災の二項対立的な区分そのものを見直す必要性を迫るものである。人新世の概念を基盤に考えれば、東日本大震災の津波による被害ですら部分的には人災であることになる。人間が毎年の収穫や短期的な収益、数十年単位での発展を求めて設計した社会インフラや生活形態は、数百年に一度の地球活動に対しては無防備であり壊滅的な被害を招いてしまう。

地球の環境の変化とそれに対する人間の活動の影響が不可分となった人新世の時代認識は、「東日本大震災」が内包する異なる存在の時空間やイメージの摩擦を可視化する。そして「東日本大震災」が生み出した文化の一形態であるポスト〈3・11〉小説は、人間、地球、動植物、そして多様な物質たちが異なる存在であると同時につながっている在り様を物語る。そのような文化表現に対し、二十一世紀の環境批評は、環境と人間の相互作用という点において人新世の概念と認識を共有しつつ時に批判的に問題を提起し、生物であり物質でもある人間と文化表現を環境の中に位置づける。

本章で取り上げる思想は大まかに「物質的環境批評」(Material Ecocriticism) と呼ばれる。ポスト人間主義の流れをくむ「物質的環境批評」は、ジェーン・ベネットの生気物質論 (Vital Materialism) やティモシー・モートンの物質志向の存在論 (Object-Oriented Ontology) のように明らかに「物質主義」と関連があるものからウェンディー・ホイーラーの生命記号論 (Biosmiotics) やサーピル・オパーマンのポストモダン環境批評、あるいはマラチュラとヴァレラのオートポエシスとルーマンのシステム理論まで含み、現代の環境批評の運動を牽引しているものである。この物質的環境批評には、近代の人間主義を批判的に捉える「ノンヒューマン」(Nonhumanism)の思想が流れており、それをジェフリー・コーエンは、「人間から始まり、そこから後にポスト人間へと変化するような線的進化や発展を唱えないこと[2]」と説明している。多文化主義やサイボーグ論など初期のポスト人間主義が人間という枠組みを拡張する過程で人間を対象とした思想を人間以外に適用するようになったのに対し、ノンヒューマンの思想は人間が初めから動植物や鉱物、昆虫や微生物、そして火、水、空気、電子に至るまであらゆる物質と共存し進化してきたと考える。物質的環境批評の論者たちは、人間があくまで環境を構成する物質の一部であることを重視している。しかも、このような物質が「記号」や「不可視のもの」を含むところに筆者は大きな可能性を見出している。無論こうした考え方にも問題はあり論者の間に温度差はあるものの、地球上の存在を物質という共通点から見つめ直すことを通じて人間とその文化を環境の中に位置づけようという方向性では一致している。環境批評は多種多様な考えと分析方法の集まりであり発展途上の思想である。しかし筆者は東日本大震災後の小説の意味を検討するにあたって、この二十一世紀の環境批評が枠組みとしてふさわしいのではないかと考えている。二十世紀の枠組みである国家、宗教、民族、性差の問題が解決したというには程遠い中で、新たに現れた「環境」の枠組みは我々が最早すべての個別の問題に対応することが困難な複雑化した世界において「全体」を論じ考えるための視点と思考の在り方を明らかにしようとする。細分化した還元主義的な研究・分析がそれだけでは不十分であることが認識されるようになった二十一世紀において人文学には異なる世界をつなげる役割が求められている。そうした時代の要請に対してポスト〈3・11〉小説はどのような応答を試みているのであろうか。まずここでは物質的環境批評の理論的な要請を素描することによって本書の背景を明らかにしたい。

1　無人間論的転換における新物質主義――『躍動するモノ』とジェーン・ベネット

ジェーン・ベネット（Jane Bennet）の『躍動するモノ――物体の政治的エコロジー』（*Vibrant Matter: A Political Ecology of Things*. 2010）は、環境批評の新しい潮流である新物質主義を代表する著作であり、彼女の物質主義的アプローチは環境批評の枠を超えて人文学に大きなインパクトを与えている。[3] ベネットは『躍動するモノ』において、スピノザ、ドゥルーズとガタリ、デリダ、ニーチェ、ソロー、デリーシュ、ベルクソン、ラトゥールといった哲学者たちによる思索の成果を手掛りに、生きるモノたちが作る人間と非人間のアジャンスマン（アレンジメント、複合態）の世界を描き出す。それはスピノザの「自存性」（conatus）という言葉に表される、モノたちが多様に躍動する様こそが本来の世界の姿であるとした生命と物質の境を越えた一元論によって語られる。ただし、ベネットはそうした世界観を必ずしも科学的な真実として証明しようとするのではない。環境学者であると同時に政治科学者でもあるベネットは、自らの生気物質論が人間と物とを同一視するという道徳的な問題を孕むことに対して、次のように考える。

道徳が人間の苦しみを和らげる働きをするのは、非人間を器官として見る傾向、つまり人間を頂点とする階層的な考えによって可能となる。しかし、これは長期的に見ると人間にとってもマイナスであり、ゆえに生気物質論は道徳よりも生理的な描写を優先する。（12）

ここに環境批評の要点と難しさが同時に示されているといえる。環境を中心とする思考は人間中心的な価値観に支えられた道徳観に挑戦しなければならず、それは「長期的」な視点によって初めて可能となるのだ[4]。ベネットは、環境か人間かの二者択一ではなく、持続的な共生を可能とするために最も有効な議論を優先する。そうした意味で彼女の議論は「政治的」であり「実践的」(pragmatic)でもある。

ベネットは、人間と非人間が共に持続可能な世界を構築するために最も有効な存在の在り方として、物にエージェンシー(作用主体性)を認めることを提唱している。そこでは、靴であれ鼠であれ、いかなる物も「主体でも客体でもなく、モード」であり、モードとは常に他の物に属性を与え、他の物に属性を与えられることによって成り立つ、関連のない物たちの結合としてのアンサンブルなのである(22)。ベネットはより具体的に、『私』の記憶や意図、主張や体内バクテリア、メガネ、血糖、そしてプラスチックのコンピューターキーボード、窓から聞こえる鳥の声」といったモノたちがアンサンブルへの参加者の一部であると説明する(23)。

この異質なモノたちのアンサンブルは、部分と全体の関係に新しい見方をもたらす。ベネットの構想する相互依存的な全体には、従来の全体論に想定されていたような中心は存在せず、その関係性は創発的に生成される[5]。人とモノとの創発的関係は、現代のように複雑になった社会においてより強く現れる。ベネットは『躍動するモノ』において、カリフォルニアで起こった大停電を例に、その事故がいかに電気、発電所、送電線、火事、消費者、電力会社などといった、モノと人との複雑な関係から発生したかを考察しているが、それは無論、日本における原発事故の「想定外」とも密接につながっているのである。二〇一一年の東日本大震災時に起こった福島第一原子力発電所の事故は、東京電力の認識の甘さが「想定外」という言い訳につながったという見方が大勢を占めている。しかし、ベネットの考え方を敷衍すると、問題はむしろ会社がすべての状況をコントロールすべきであるという思考にあり、主体である電力会社が客体である消費者に電力を届けるという近代的な発想の枠組みこそが「想定」という言葉の正体ともいえるのである。現代社会においては、人間の寿命と情報伝達の精度からは「突発的」に見える千年に一度の震災に対応することは不可能に近い。そこで求められるのは人間以外の立場からも状況を考える柔軟な思考と、その結果を倫理的に反映したより良い政治的選択をすることである。

ベネットは物の民主主義を主張するレヴィ・ブライアントのようなラディカルな新物質主義者とは異なり、生気物質論を全面的に展開するには慎重であり、他の物質に比べて人間のエージェンシーがより重要であることは認めている(34)。彼女の慎重さは、より現実的な社会への働きかけを重視する政治性の現れである一方、いかなる哲学がより地球のためになるかを追求するベネット独特の思考がもたらす結果でもある。ベネットはベルクソンに多くを学んだドゥルーズとガタリが構想した、リアルではあるが実際ではないヴァーチャルな生命の力を、異質な物質間に発生する創造性に求める。モノが孕む生命は、異質なモノ同士が同時に関係する力の多様性の発露なのである。

しかし、このような考えは容易に汎心論(panpsychism)と結びつき、非科学的な信仰と目されることになる。また同時に、物質主義的な生命へのアプローチは、人を近代的な意味での主体性のない物として扱う非人間性を生むことにもつながりかねない。ベネットは、自身の議論が持つそうした危うさに敏感である。彼女の議論は一歩間違えるとプロライフ(生命第一主義)の保守主義や全体主義のファシズムに取り込まれてしまう可能性があるのだ。そこでベネットは生気物質論を待ち構える陥穽を避けるべく、科学者ドリーシュ(Driesch)の思想と生き方に焦点を当てる。ベネットによれば、ドリーシュは科学者として魂の信仰を否定し、それを「実験的な仮説」に置き換えて「生気的力という考えをリベラルな平和主義と結びつけた」人物なのである(84)。彼女はドリーシュの思想が西洋の宗教的信仰による生命と物質の分離や人間の生命の力である魂を特別視したことを科学的立場から否定したことに注目する。ベネットとドリーシュは、人間中心主義的な生命と物との二元論に基づく近代西洋のスピリチュアリズムは「人間を頂点とした階層をイメージし、強者が弱者を守るという論理で暴力が正当化される」と考えたのである(88)。

しかし、ベネットがドリーシュの思想で特に重視するのはその政治性である。ドリーシュはナチスドイツが人種を階層化して分類し、自らの民族を優位に置くことに反対した当時稀な科学者でもあったからである。ベネットは、なぜドリーシュの科学的思想がファシズムに対抗することを可能にしたかに注目し、彼がノンヒューマンなモノとその力からなる世界を構想することによって、「階層化された自然の概念を破壊」したことを高く評価する(89)。ドリーシュは古い生気主義をベネットの考える生気物質論へと発展させる重要な橋渡しをした。ベネットの考えでは、ドリーシュとベルクソンは批判的生気主義者として物理化学的な世界の複雑さを理解していたが、現在のような物質による生命の創造までは考えていなかった(93)。しかし彼らは、従来の生気論の人間中心主義を批判しつつ二元論によらない生気論を尊重することで、ドゥルーズとガタリ、あるいはラトゥールらの思想を可能ならしめたのである。ベネットが提唱する生気物質論は、批判的生気主義の政治性を受け継ぎ、その延長上に存在する。

二元論を批判し生命と物質を分けることを否定するベネット等の思想は、物供養といった儀式が現在でも行われる日本においては既視感のあるものだろう。筆者の考えでは、環境批評は東洋的な思考を取り入れつつ自らを刷新する西洋思想なのだ。ベネットのユニークな点は、科学的な真理の追究と倫理的な正しさをほぼ等価に評価することによって論理の選択基準における政治的帰結を可視化し優先したことだ。このことは実に画期的な企てのように思われる。人間の集団における時代的な価値判断である道徳を科学的な事実によって解き放つ一方、科学的な真理追求の方向性を地球上の存在全体を含んだ倫理性を基準に定めることによって最も暴力性の少ない方向へと導くのである。アインシュタインの相対性理論以来、近代科学の根源的な客観性を疑うことは最早自明のこととなったが、人文学においてそれはむしろ人間個人を中心とする思想の裏付けとして重用された観があった。[6] しかしベネットは、人間の思い込みに対する科学の優位性と科学の客観主義に対する全体的倫理の優位性を両立させる場としての政治性を重視し、その政治を実現する思想として生気物質論の輪郭を描く。ベネットは、環境的物質主義の批評が時に擬人化の方法を用いて非人間を考えることを政治倫理的な結果を重視する立場から容認する。非科学的迷信あるいはロマン主義と批判されうる擬人化が、むしろ人間と自然の二分法の反映としての理性と非理性の分離（人間中心主義）を批判する方法として機能すると考えるからである[7]（120）。そのような擬人化は翻って人間のモノ化を促すことにもなるであろう。それがおそらくベネットの狙いなのだ。なぜなら彼女にとって「人間」は外界から隔離された精神による統一体ではなく、微生物や化学物質、動植物、金属、音、言葉といったモノたちの持つエージェンシーが奏でるアンサンブルなのである（121）。ベネットが明らかにするのは、現代の理論的な争点がもはや環境を重視するか否かではなく、いかに環境を考えることによって人間と非人間の関係を改善出来るか、という点へとシフトしたことである。近代教育が理系と文系を分ける二元論に基づいて行われてきた結果、環境は学際的領域と呼ばれつつも常に科学、あるいは人文的な価値観の一方から考察されてきた。ベネットの思想は現代科学の複雑さを反映しながら地球規模の持続的社会を現実的に作るための倫理性に応える実践的理論を提唱することで二十一世紀の学際的な研究のモデルを示している。

2　生気物質論はいかなる解釈を導くか――物質的共感の世界

生気物質論は、物質による生命の創造の可能性が科学によって示されたことを反映し、従来は二元的に対立させられていた「生」と「物」が結びついたヌエ的な一元論に特徴がある。ベネットがしばしばスピノザに言及することからも想像される通り、哲学的にはむしろ古い考え方の更新なのである。ベネットの新しさは理論そのものの構造にではなく、理論の価値が現代の様々な現象をいかに人間全体にとって有益な解釈へと導きうるかによって決まることを可視化しつつ哲学的探究を進めるその手際にある。科学的な事実は際限のない解釈の多様性に対する歯止めとなる一方、万物の複雑な関係は世界を一様な見方に規定することを拒み、その間で解釈は様々に揺れ動く。

ベネットは「ため込む力――物質のエージェンシーに関する更なる覚書」(“Powers of the Hoard: Further Notes on Material Agency.” 2012) において『躍動するモノ』で示した理論的枠組みを用いて物の「ため込み」という現象を考察することによって自らの思想の肉付けを行い、また「物質的共感、パラケルススとホイットマン」(“Of Material sympathies, Paracelsus, and Whitman.” 2014) では、物質間の「共感」というパラケルススの概念を敷衍することによってホイットマンの詩を解釈し、生気物質論による解釈の可能性を探求している。

『躍動するモノ』の続編かつ派生ともいえる「ため込む力」において、ベネットは所有物を捨てることが出来ずにため込んでしまう人たちの精神的、社会的な「問題」を取り上げ、その現象を別の角度から解釈することが可能であることを示す。一般に膨大な量のガラクタやゴミをため込んでしまう人々は親しい人の死などによって引き起こされた精神的な問題を抱えていると考えられ、その特徴は「人と物の区別」が出来なくなったことにあるとされる（256）。しかし、ベネットにとって「ため込み屋」たちの症状が問題であると映るのは、彼らが「人と物の区別が出来なくなった」と否定的に見るからであり、それに対し生気物質論による見方では、「ため込み屋」はむしろ「あらゆる身体が絡み合い、しみこみ、連携し、浸食し、身体同士がその周辺で競い合っていることに特別に敏感」ということになる[8]（256）。こうした「ため込み屋」たちの敏感さが示すモノの特性が、ベネットの生気物質論を実際化するのに役立つのである。ベネットは同論文においてモノの特性を三つ挙げている。それは、①モノが属性として時間的な遅さを伴っていること、②モノ同士が互いに浸透し合う相互関連性をもつこと、③人間内部にあるモノ性の認識、である（253-259）。そして、二番目と三番目の特性から導き出される概念としてモノの間に働く「共感」のモードが焦点化される。この「共感」は、人と物との階層的な区別が消えた次元で現れる。「ため込み屋」が重要なのは、まさに彼らが人間と非人間の区別を止めたからであり、そしてそのことは「物を命のない受身のものとして捉えることが非理性的な際限のない経済成長と消費を求めることを支えているのかもしれない」というベネットの洞察に結びつく（264）。モノの間の「共感」という考えは、それ自体が正しいか否かというよりも、まず人間の意識より物理的存在の一般的性質としての主体性を重視することがより非暴力的で持続可能な社会関係へとつながる、という視点から有効だと考えられるのである。

　ベネットの「共感」の概念は、一見すると彼女が強い物質中心主義を推進しているかのような印象を与えるが、彼女が試みているのは、「人間」の社会における「過剰な消費と環境的に壊滅的」な状態を分析するための新しいアプローチとしてモノが与える効果に焦点を当てることである（269）。「ため込み」は、人間個人の精神的問題ではなく、現代社会の問題である過剰な消費とそれに伴う廃棄（そして環境へのダメージ）のシステムが人間中心的な物との関係認識によって支えられている可能性を示す現象なのだ。ため込み屋たちのモノへの感覚は、環境に大きな負荷をかけることで成り立つ現代社会の世界観を根源的に変えるヒントを内包している。ベネットは、社会が人間とモノたちとの相互関係で造られていると考える方がより環境全体にとって持続的な社会を構築しうると主張する（269）。故に彼女の立場は完全に「ポスト人間」へ向かうものではなく、人間中心主義とポスト人間主義の中間にあるといえる。人間を知るためにこそモノたちを知らなくてはならないのである。しかし、たとえベネットがポスト人間主義者ではないとしても、近代の人間中心主義の認識をポスト人間主義との中間領域へ移行させるための彼女の探究のベクトルがポスト人間主義を向いていることに変わりはない。そこでは、「ため込み屋」たちが語るモノたちの主体性、つまりエージェンシーをいかに有効に分析するかが課題となる。

さらにベネットは「物質的共感、パラケルススとホイットマン」において、「共感」の概念を導入する手続きとしてパラケルスス（Paracelsus）の思想に触れ、彼の思想が「共感を自然の因果関係のモード」として神によって描かれた全体主義であると説明する（239）。端的にいえば、ベネットはパラケルススの思想における「神」の存在を物質論に置き換えることでより普遍的かつ非暴力的な世界を語ろうとするのである。それは物と物が共感のモードによって作用しあう自然主義の世界だ。

ここで明らかにされなければならないのは、近代科学の含意を帯びた「因果関係」を「共感」という概念で語ることの意味であろう。(9) 新しい物質論はモノとモノの作用が創造性—生命を生み出すことを基盤としており、そこで最も論じられるべきポイントはモノとモノとの「作用」の性質である。モノが「作用」するということ、つまりモノがエージェンシー（行為作用・行為主体性）を持つということが、一元的な生気物質論の最大の主張であると考えてよい。近代科学的な因果関係は人間の観察によって物と物との作用関係を抽出してきたが、そこでは単に人間は物と切り離された立場で「客観性」を担保する役割であり、新しい物質論はそうした人―物の階層的区別をなくし、あるいは緩めることによって、人―物の相互作用、あるいはモノ同士のアンサンブルとしての関係を重視する。こうした関係性におけるモノのエージェンシーとはどのように働くのであろうか。ベネットはそこに「共感」の概念を導入するのである。

ベネットは「私は共感を明らかにする人だ。私は即興の指揮者たちに取り囲まれている」というホイットマンの一節を引用し、彼の「共感」の概念が非個人的で道徳とは距離を置いたモノのエージェンシーの一形態であるとする（240）。彼女はこの「共感」概念に他者の身体をつなぐ複雑な糸を見出すだけではなく、「自然」がそれ自身と我々を人間の幸福には無関心なやり方で規定していることを認識するよう求める。「共感」は人間の感情ではなく、モノとモノがつながる関係の属性なのだ。このようなモノのエージェンシーの世界は、スピノザ的な一元論の世界でもあるが、従来指摘されてきた一元的世界観への批判はその画一性に向けられる。それに対し、ベネットは「変幻自在の一元論」を主張し「それは過程的で内的異質性と創発的な新しさの出現を認める」と説明する（243）。彼女が依拠するのはドゥルーズとガタリの考え方（生気的唯物論）であり、「形式的に一元的で実体的には複数」という存在をイメージしている（243）。ドゥルーズとガタリの複数的一元論に関してはバデューに代表されるような批判（選択肢の失われた世界）もあるが、「人間」という枠を超えたモノとしての身体の「共感」こそが現世界の社会が生み出す暴力性を和らげると考えるベネットにとって、この考え方が自身の政治的「選択」であるのだ[10]。

共感はベネットが選択した物質のエージェンシーの属性のひとつであり、人間中心的ではない結びつきのモードなのである。ホイットマンの解釈を通してベネットが試みていることは、人間と非人間の間に人間中心的ではない関係を作り出し、それを（人間にとっての）認識論的布置として描きだすことである。

環境批評における文学の価値は、人間による芸術がそうした役割の一端を担うことが出来るか否かにかかっているといえるだろう。

3　エージェンシーの問題

ベネットによる生気物質論は「エージェンシーの再考」というテーマをめぐる解釈の議論であり、それは「新しい物質論」全体における傾向でもある。また、本書において「東日本大震災のエージェンシー」という言葉は、文学の解釈を環境的視点から行うためのキーワードとなっている。天災と人災の複合体である東日本大震災を読み解くための理論にとって環境（モノ）のエージェンシーは欠くことの出来ない要素なのだ。

「エージェンシー」は、もともと社会科学、特に文化人類学の分野で使われてきた用語である。日本語では「作用主体性」などと訳され、周囲に何らかの作用をおよぼす力のことと理解される。このエージェンシーが一種の「主体性」と解釈される時、それは物の創造性をめぐる議論とそれに付随する立場の違いを生む。近年では、ギギ・ファビオの「行為者としての『モノ』』（二〇一一年）がパーソンズ、ヴェーバー、レヴィ＝ストロース、ギデンズ、ブルデュー等に言及しつつエージェンシー概念の発展の歴史を手際よくまとめている（二—三）。ここに欠けている思想家がいるとすれば、それはフレドリック・ジェイムソンであろう。ジェイムソンは『カルチュラル・ターン』（*The Cultural Turn*. 1998）において、ポストモダン的な世界では「エージェンシー」が資本による「非人間」の論理となることを指摘している（46）。マルクス主義的なコンテクストにおいては、非人間のエージェンシーは否定的な意味合いを帯びており、ベネットの生気物質論は、そうした人間と非人間の間に横たわる認識論的な階層をよりフラットにすることを目指している。ただし、ファビオの論文が示すように、現在の「モノのエージェンシー」の議論に最も大きく直接的な影響を与えているのはラトゥールである。ベネットやモートンをはじめとする現代の環境批評論者達もラトゥールのアクター・ネットワークセオリー（ANT）に影響を受けており、ここに文学や哲学としての環境批評や新しい物質論と社会学の交差が見られる。あるいは、文学、哲学、社会学の違いが自明ではなくなってきた現代的な状況に環境批評が立脚しているともいえるだろう。

ANTについては日本でも様々に議論されている。[11] ラトゥールが提示するモデルは共時的な人間―非人間の等価な関係性の世界であり、極めてフラットなのが特徴である。そのため当然のことながら、通時的側面（歴史）が欠けている。[12] しかし、ラトゥールのモデルはいわば確信犯的な極言ではないかと考えられ、多くの物質論者はラトゥールのモデルと人間中心主義的な従来の主体性論の間で多様な議論を展開するようになる。ベネットも例外ではない。彼女が主張するのは、あくまで非人間のエージェンシーが看過されてきたことへの批判と、より実際的なバランスの回復である。

エージェンシーは、人間と非人間の複雑な関係の網の目にあって常に過程的、可変的であり、また再帰的でもある。このような関係性は常にその場その場における特定の関係において捉えられなければならないことになる。[13]

4　津波のエージェンシー

ベネットはあらゆるモノにエージェンシー（作用主体性）を認めるという選択をするが、ことはそれほど単純ではない。エージェンシーの定義に関する詳細な議論は他に譲るとして、ここでは環境批評や東日本大震災（ポスト〈3・11〉小説）との関連のある範囲でのみ指摘しておく。『テクノロジーと共に行為する――活動理論とインタラクションデザイン』（*Acting With Technology: Activity Theory and Interaction Design.* 2006）においてカテリニン（Kaptelinin）とナーディ（Nardi）はエージェンシーを分類し図式化することを試みている。そしておそらく偶然ではあろうが、彼らは津波を「自然なもの」として取り上げている（244）。この分類によると、津波は「Things（natural）」として、効果は生み出すものの、生命体として、あるいは文化物としての必要性はなく、人間の意図を実現させることもない。つまり、作用はするものの、主体性はない、という最も単純なエージェンシーのカテゴリーに分類される。彼らはラトゥールのような平等なエージェンシーのネットワークという考えを批判してエージェンシーを様々に分類しているが、こうした分類自体が物と意図、あるいは必要性といった関係においては従来通りの人間中心的発想に陥っている観がある。この考え方を当てはめると、津波は意図や必要性とは無縁で予期せぬ効果のみをもたらす主体性のない部分的なエージェンシーということになる。

それに対し、マラフォーリス（Malafouris）は「陶芸家の轆轤――物質のエージェンシーのために」（"At the Potter's Wheel: An Argument for Material Agency." 2008）や『ものはいかに心を形作るか』（*How Thing Shape the Mind: A Theory of Material Engagement.* 2013）においてエージェンシーをより一元論的な見方から考察している。彼の議論のポイントは、人間の意図や必要性といった主観的な意識は脳における神経や物質の運動の後に生まれる現象であるという事実だ。つまり、人間の意図が身体の主体性を生むのではなく、身体の運動が意図を生んでいるという視点である。そしてこの運動には人間の言語や文化イメージも複雑にからんでおり、人間と非人間の相互作用によっていわゆる人間のエージェンシーも作られる。

つまり、一般的なエージェンシーとは物質による相互作用が生み出す効果であるということになる。更にマラフォーリスは、サール（Searl）の理論を参照しつつ、エージェンシーと意図の関係は、意図が行為の前にあるのではなく、意図が行為と共にあると考えた時に意義あるものとなる、と主張する（31）。マラフォーリスは陶芸を例にこうした考えを展開しており、例えば粘土は陶芸家がどのような陶器を作るかという意図の前にあって陶芸家の意図に影響を与えることになる。彼はここでアフォーダンスという言葉を用い、J・ギブソンの『生態学的視覚論』(*Ecological Approach to Visual Perception*. 1986）から広まった物的環境による感覚意識の生成の概念が応用されている（31）。粘土や轆轤や腕の筋肉や脳や室温などが相互に関係して陶器を作るという行為と意図が生まれるのだ。マラフォーリスの挙げるポイントは様々な物的要素の相関関係が意図の前にあること、そして脳や身体や道具などの環境要因を平等に扱うことである。彼はこうした物的要因の総体を「背景」と呼ぶが、この背景は近代的な二元論における前景と背景の関係とは異なり、この「背景」の物たちは拡張された心の一部でもある。つまり、環境と人間の意識の間に明確な線は引かれておらず、そこには常に物的な交流が存在するのである。

こうした考えから、マラフォーリスはエージェンシーを物の属性とすることを否定し、それはむしろ身体を含むモノの相関関係から生まれる（創発される）という結論を導く。エージェンシーは、モノの流れにおける相関関係の中での媒介の行為において一時的に創発される、その行為の属性ということになる（35）。エージェンシーの問題が発生するのは、我々人間が身体的存在として行為する一方、一人称の個人としても行為を経験するからである。行為の原因は、そのどちらかに存在するのではなく、特定の関係の中における「行為の流れ」に存する、というのが彼の結論である（35）。

エージェンシーをモノの相関関係が生み出す作用主体と考えれば、津波に関してもナーディ等とは違った捉え方をすることが可能である。津波そのものに意図を見出すことは難しいかもしれないが、津波と人間、あるいは社会の様々な生産や様態との間には多様な作用主体が生まれているのではないだろうか。そして物質の相互作用と一人称的個人が状態に応じて自在につながり変化しつつ「行為」を生みだしていくと考える時、地震と津波、原発事故がいかに「行為」としての小説を生みだしていくかを考察することが可能になってくる。モノのエージェンシーという考え方には様々な批判も存在するが、「環境から」文学を考えるという本書の試みにとっては非常に有効な手掛りなのである。[14]

5　物質志向の存在論――ティモシー・モートンの環境批評

ベネットの生気物質論が現在の新物質主義の環境批評に大きな影響をもたらしたとすれば、ティモシー・モートン（Timothy Morton）は新物質主義やポスト人間の環境批評からやや距離を置いた思想家である。それにもかかわらず彼が重要なのは、ポスト構造主義的思想を継承しつつ、非西洋的思想を受け入れることで西洋思想の更なる刷新を図る存在だからである。キーツ、シェリー、ワーズワースなど、イギリスロマン主義文学の研究者であるモートンは、ロマン主義の表現に近代資本主義による物象化の痕跡を読み取るところから環境批評へと近づき、さらに食の表象などの分析を経て、環境思想そのものを論じるようになった。[15]彼は現在のところ最も評価の高い『自然なきエコロジー』（*Ecology Without Nature*. 2007）において「自然」という概念が否応なく近代主義の二元論に立脚していることを指摘し、スパイスのように実体であり象徴でもある商品的なロマン主義の「自然」概念を否定的に乗り越えた「エコロジー」の概念を確立しようと試みる。その後グラハム・ハーマン等の思弁的実在論（Speculative Realism）の哲学に接近したモートンは、文学作品からミュージック・ビデオまで幅広く文化表現を取り上げ、二項対立的な「世界」と「場所」の差異が消えた網の目状の社会における環境について物質志向の立場から論じるようになる。[16]

彼はその後『リアリズムの魔術』(*Realist Magic: Object, Ontology, Causality*. 2013)で「物質志向の存在論」を全面的に展開し、人文学の環境的批評における新しい物質論としてベネットとは別の考え方を提示する。モートンの物質志向の存在論におけるキーワードは「隠された本質」(withdrawn essence)と物質の「痕跡」である。彼は物の存在は常に隠されて(引きこもって)いて、痕跡や足跡を残すだけであるが、それらは感覚的にしか捉えられない存在であり、そうした感覚的な関係が現実を作り上げていると主張する。近代における原因と結果(あるいは主体と客体)という二元論は、こうした感覚的(美学的)な関係のひとつであり、それは常に二項の「間」の「関係」を作り出す。モートンは二元論が必然的に作り出す「間の美学」が具体的な物を抽象化してしまうことを批判する。彼は、ハーマンが「物理的な自然と質のパラドックス」("Physical Nature and the Paradox of Qualities." 2006)において「世界のあらゆることは物質の内部でのみ起こる」と述べた考えを受容し、「関係」とはすなわち他の物質における痕跡のことだと主張する。[17]間主体的ならぬ間客体的関係の重要性を提唱したハーマンに倣い、モートンも主体と客体の間の関係ではなく、物の客体同士が痕跡として残した関係の物質的存在こそが分析されるべきだと考える。同時に彼の思想が存在論である理由は、客体である物が「隠れた本質(物質)と感覚的な現象の間の亀裂、物の存在における深く多義的な場所」を占めているからである(76)。カントの「物自体」と同様にモートンも物の真の現実というのは把握し難いと考えている。しかし、彼の思想が「物質志向」である所以は、捉えがたい本質もまた物質の痕跡として存在すると考えるからである。

モートンが物質志向の存在論を説明する際にしばしば好んで使う例に、紙の上に書かれた文字がある。我々が本で読む文字は、紙という物質に残されたインクであり、「物質が常に既に他の物質の内部にある」ことを示している（143）。インクと紙の関係は、書き手の意志を表す主体性と読み手の脳裏から排除されるべき周縁的物質などではなく、物質たちの相互関係であり、我々はその痕跡を感覚的に読み取っている。そして物質は、その内部に我々に痕跡として読み取られる現象と隠れた本質という二重性による亀裂を抱えており、それが故に物質は常に不安定である。しかし、その不安定さこそが時間を生み、また物同士の相互作用を可能にする、と述べる（177）。物は互いに作用し合うと同時に、まったく異なる世界に存在してもいるのである。このような考えがユクスキュルの環世界（umwelt）の概念とも整合するとモートンは主張する。彼が「物質内部で起こるのは他の物質たちのあらゆる種類の感覚的印象」と述べる意味は、物の相互作用は感覚的なレベルで起こり、それが他者の内部に物質として存在するということである（180）。より分かりやすくいうと、私という存在は他者の中に印象として物質的に存在するのである。そして隠された本質（物質）としての私は、常に他者との相互作用からは排除されている。この二重性の亀裂あるいはギャップこそがモートンの思想の中心にあるといってよいだろう。我々は常に物性を物の現象へと（存在を感覚へと）翻訳することで物との関係を築くが、この翻訳は常に推論的（speculative）な要素を含むのである。ネコがcatと同一ではないこと、さらには砂浜に押し当てた足と砂に遺された足跡、書き手のペンと紙に遺された文字の間に存在する本質と現象のギャップこそが、モートンの存在論の哲学を支えている。この二重性に主体と客体、人間と非人間といった概念を当てはめた近代のイデオロギーはひとつの時代の美学であり、モートンは物質と推論の関係を問い直すことによって、感覚を物質的に、物質を感覚的に読み替えることを提唱するのである。

モートンの理論の価値を図るポイントのひとつは「隠れた本質」という反関係論の意義である。モートンにとって、この「隠れた本質」が存在するからこそ、二重性とその亀裂―ギャップが維持され、またそのことによって物質同士が感覚的に（しかし物質として）相互作用することが可能となるのである。

モートンは美学的な現象（関係）の世界と不可視の物の本質の間の裂け目にこそ異なる存在の痕跡が顕われると考える。そうした思想は主にデリダの継承であると筆者は考えていたが、二〇一五年にブーン、カディンと共に出版した『無――仏教における三つの探究』(*Nothing–Three Inquiries in Buddhism*. 2015)においてモートンは仏教における無の思想を西洋哲学が受け入れ発展させる必要性があることを主張した。そもそも環境批評は西洋近代文明を批判的に検証し自然との新しい関係を構築するという意図を持っているため、仏教的な思想とは高い親和性があった。

モートンもまた因果律の美学性を認識し、論理が常に存在の裂け目（ギャップ）を抱えていることに注意を促す。彼にとって物質たちの関係とは因果関係だけのことではなく、異なる存在がギャップや矛盾を抱えつつ媒介的に共存することであり、その根源的な原理は「非存在論的無」(meontic nothingness)、または日本の仏教思想から考えれば「空」なのである。

このような考え方がモートンの環境理解を支えている。彼は『ハイパーオブジェクト』(*HyperObject*. 2015)において地球温暖化現象や放射能による汚染が近代科学的な因果関係や日常的な感覚の世界を超えて存在するハイパーオブジェクトであると主張した。ハイパーオブジェクトとは複雑で大きすぎるため（あるは小さすぎるため）人間の感覚では把握しきれない物である。それは例えば統計的に示される喫煙との相関関係によって癌が理解されるように地球温暖化は二酸化炭素の排出との相関関係でしか可視的には理解できないが、問題は癌と異なり地球温暖化がひとつの物として観察できないことである(279)。そこにモートンはカントが理性的な相関関係の世界を考えるために排除し括弧にいれた美や物自体の存在のアナロジーを見出す。部分でもあり全体でもある美を理解することと地球温暖化を理解することには認識論的な共通性があると考えられるのだ。そしてモートンにとって矛盾のない相関関係を基盤とする西洋思想が括弧に入れた最大の存在が「無」なのである。

6　存在論の岐路——物質志向の存在論と生気物質論

モートンの物質志向の存在論は、ベネットの生気物質論を批判的に捉え環境批評における対立軸を形成しているが、ベネットは必ずしもモートンの思想が相反するものとは考えていないようだ。二〇一五年に出版された環境批評の論文集である *The Nonhuman Turn*（『ノンヒューマン的転換』）にはブライアン・マッスミの他、モートンとベネットも論文を寄せている。この論文集のテーマは、近代の人間主義やそれを超克せんとするポスト人間主義ではなく、人間は常に動植物や他の物質たちと共にあったとするノンヒューマンな視点で考察することである。モートンの論文「彼らはここに」（"They are Here"）はミュージック・ビデオをビデオの撮影機という機械の構造と機械の物質性との関連において論じるもので、一方、ベネットの「システムと物」"Systems and Things." は副題に「生気物質論と物質志向の哲学」（"On Vital Materialism and Object-Oriented Philosophy."）とあるように、生気物質論と物質志向の哲学との関係を論じるものである。ここでベネットは直接ハーマンとモートンを取り上げ、彼らの思弁的実在論や物質志向の存在論がベネット自身の考えとそう違わないことを主張する。

まずベネットは生気物質論が、従来の史的唯物論では現代の環境問題をはじめとする複雑な状況に対応するのに不十分な点を補うために作られた新しい唯物論であり、生きたモノたちが「我々」として世界の形成に参加していることを描く技術であること、そしてその考えは主にドゥルーズとガタリに由来すると語る(223-225)。それに対し、ハーマン(とモートン)はハイデガーの存在論を出発点とし、物質の否定的な側面、関係を拒否する性質を強調せんとする(226)。しかし、彼女は「恐らく、モノたちとそれらの関係のどちらかを選ぶ必要なはいのだ」とし、更に「課題は『モノたち』と『諸関係』の両方を定期的に理論的な注意の的とすることだ。〔……〕たとえ両方に同時に等しく注意を払うことが出来ないとしても」と述べる(228)。

そしてベネットは物質志向の哲学が主張する内部と外部の差異や還元不能な不可視な内部という考えと生気物質論に大きな違いはなく、不可視の存在というものも、開かれたシステムにおいては常にある身体の側面が相対的に不可視化されてしまうということとほぼ同義ではないかと語る(230)。物質志向の哲学に対してベネットが不満をもつのは、モートンやハーマンが開かれたシステムを拒否し、閉じた世界を維持しようとしているように見えるからである。ベネットは物質志向の根源に、人間の理や真理への意志を否定する「我」の哲学を認めている。

しかし、筆者はモートンの「隠れた本質」へのこだわりは開かれた世界の拒否というだけではないと考える。モートンの「ハイパーオブジェクト」は時間的、地理的なスケールがあまりに大きく、また一方では物質のスケールが人間にとってあまりに小さいという特徴がある。つまり人間の感覚機能には捉えがたい物質の現象が現代の環境問題の根幹を成しているのである。モートンにとって現代の環境問題は、我々が住んでいる場所からだけでは認識することが不可能な地球的な現象である。そしてそれは感覚的な関係性においては経験することの出来ないスケールをもっている。たとえ二〇一七年の東北の夏が冷夏だったからといって地球温暖化が無くなるわけではない。しかし東北の人間がローカルな現象から温暖化を問題として認識するのは難しいことだろう。

同様に千年に一度の地震は、人間個人にとっては考慮をしてもほとんど意味を持たないようなスケールの出来事であるが、地球にとっては常に姿を変えつつ繰り返される運動の一部である。大震災に対応するためには個々の一生を超えた時間幅で社会を考えなければならない。地球のエージェンシーについて我々はまだごく一部しか理解し得ていないのだろう。モートンの物質志向の哲学が主張するのは、決して失われることのない物質の不可知さと、我々が認識する物質の関係の美学的側面であり、現代の環境問題においてはその不可知さそのものが探究の対象のひとつとなっている。モートンの哲学は、常に現代の関係論における美学性（感覚性）を不可知の物質の立場から批判することになる。ベネットの生気物質論が、その不完全さを認識した上で人間の身体や言説を含めたモノたちの関係性の世界を描き、完全さを求める代わりに非暴力的な政治性を優先する実践的な論であろうとするのに対し、モートンの物質志向の哲学はモノの関係が常に分かり得なさを隠して存在することを示し、閉じかけた系を拓くことで論を展開する。ベネットがハーマンやモートンの論を「閉じて」いると見なすのは、「実践的」であろうとする立場からの見方である。常に既に別の系でモノが存在していることを担保する物質志向の存在論は、因果関係では捉えることのできない世界が在ることを否定的に示す哲学なのである。[18] こうしてみると、ベネットとモートンの違いは肯定と否定が織りなす世界においてそのどちらに重点を置くかの違いであると思われる。ベネットが考えるように実は両者の世界観に大きな違いはないともいうことも可能であるが、空の思想に裏打ちされた存在論はモートンの思弁の根幹を成し、批判哲学であるために不可欠な要素である。筆者の見解では、両者の違いは人文学の変革の過程における「理論」の役割をめぐる見解の違いであり、「環境批評」という分野が時代の要請に応える上で避けられない争点であろう。それは正に東日本大震災後の小説を一部にせよ理論的に分析することを試みる本書にとっても重要な問いである。

7 生命記号論の展開(19)

生気物質論と物質志向の存在論と並んで物質的環境批評において大きな影響力を持つ理論に生命記号論がある。ありとあらゆる物質を含む環境の複雑な関係に新たな批評の地平を見出そうとする環境批評は、対象を制限する概念的な枠を拒むがゆえに理論化することには常に困難が付きまとう。生気物質論、物質志向の存在論、動物学、ポストモダン、ポストコロニアル、生体地域主義、フェミニズム、社会システム理論、アクターネットワーク理論、現象学など、様々なアプローチが混在する中で環境批評に共通する基盤として考えられるのは、近代の人間中心主義が引いた人間と非人間の境界線を見直し、人間を環境の中に位置づけるという理念くらいかもしれない。そんな中で、生命記号論を用いた環境批評（Biosemiotic Ecocriticism）は、言語と非言語、人間と非人間、心と自然宇宙を論理的に結びつける批評理論としての体系性を保持しており、枠組みを見失いがちな環境批評にとって重要な役割を果たしている。この生命記号論の内容を紹介することで新物質主義におけるベネットやモートンとは異なる物質的環境批評の側面を明らかにしておきたい。

シービオクと生命記号論

チャールズ・サンダース・パース（Charles Sanders Peirce）の記号論を生物学的思想と結び付けて生命

記号論へと拡大し、やがて環境批評へと導く思想の流れを生み出した人物がハンガリー生まれのアメリカ人、トマス・シービオク（Thomas A. Sebeok）である。シカゴ大学で学んだ後、プリンストン大学で言語学の博士号を取得したシービオクは、インディアナ大学で記号論センターの設立に貢献、学外では記号論学会の中心人物として記号論を世界的に普及する立役者となった。ローマン・ヤーコブソンと共同研究を行ったことでも知られているシービオクの専門はいわゆる言語学であったが、彼の思想の根底には非言語の優位性、つまり非言語的コミュニケーションの上に言語によるコミュニケーションが成り立っているという考えがあり、それが彼の研究を言語学から蜂のコミュニケーション研究、動物記号論、そして生命記号論へと発展させることになった。

生命記号論へのシービオクの最大の功績はパースの記号論の解釈と普及である。エキセントリックな性格の持ち主としても知られたパースの個々の論は体系的にまとめられていなかったが、シービオクは晩年の著書である『記号論入門』（*Sings: An Introduction to Semiotics*. 1994）でパースの記号論が物（object）、記号（sign）、解釈項（interpretant）の三者によって成る関係を表し、さらに記号の対象に対する関係の重要な分類として類似（icon）、相関（index）、象徴（symbol）の三つがあることを簡潔に説明している。パースの特徴は記号作用を二項ではなく三項で考えることである。それは、後にも触れるが、記号の運動が一カ所に留まるものではなく、解釈項はそれ自体が記号となって別の解釈項へとつながる、というように永久に動き続けるものだからである。シービオクは、「解釈項」について次のように述べる。

パースの三つ目の相関物である解釈項について見てみよう。彼はこのさんざん議論された（そしてそれ以上にしばしば誤解される）概念は何を意味するのだろう。彼が著作においてひとつの基本的な定義も記していない、というのは正しい。しかし、彼は全ての記号がある解釈項を定め、「その解釈項はそれ自体が記号で（それゆえに）記号の上に記号が重なるのだ」ということを明らかにしている。（12）

シービオクがパースの著作に足りない部分を補いつつ、記号論の理解度を高めるために出来るだけ平易な言葉で説明を試みていることが見て取れる。また彼は、この理論のコンテクストを豊かにするために、言語学以外の思想も積極的に取り入れる。フロイトのフェティシズム論、アインシュタインの量子論、ダーウィンの進化論といった思想が単なる言葉の学問ではないシービオクの記号論の土壌となっている。しかし中でも最も重要なのは、生物学者ユクスキュル（Jakob von Uexküll）の思想である。ユクスキュルの「環世界」（umwelt）の概念は、現在の環境思想における重要な用語ともなっている。日本でも翻訳され話題となったイタリア人哲学者アガンベンの思想に大きな影響を与えたとして今ではよく知られているユクスキュルであるが、彼の思想を北米に紹介したのがシービオクであった。ユクスキュルの「環世界」とは、ある生物種が、その特異な身体機能を通してある特定の環境を知覚し、それがその生物種の「世界」となっている、という意味である。ユクスキュルの研究は、我々にとっての環境が決して一様ではなく、身体によって限定された世界だということを示したのだ。そしてユクスキュルを援用するシービオクにとってもまた、記号の世界とは決して世界そのものではなく、それぞれの種にとっての「環境」を描くものなのである。

記号は、人間という種に特有の現象なのではなく、あらゆる生命に開かれ、利用され、進化している。人間の言語は普遍的（しかし限定的）な記号の上にできた二次的な記号であり、それは現実を表象するだけではなく、「無限な可能世界」を形作る非常に独創的なシンボルである（127）。シービオクはパースの記号論と生物学的知見に共通点を見いだし、広めることで記号論が生命記号論へと進化する端緒を拓いた。

ホフマイアーによる生命記号論の展開

シービオクのパース解釈をより緻密に生態学や生物学と結びつけることで生命記号論が環境批評へと発展するための重要な理論的な橋渡しをしたのがイェスパー・ホフマイアー（Jesper Hoffmeyer）である。例えば、パースはカント哲学の熱心な読者でカントに影響されたことが知られており、シービオクは、カントの不可知論の枠内でパースの思想を解釈している。それに対し、ホフマイアーは、パースを近代哲学とは異質な思想家として描き出す。彼は『生命記号論』（*Biosemiotics*. 2008）において「カントが生態学は自然科学ではない、と考えたのに対し、パースは究極の因果関係は世界における自然の特性である、と考えた」（51）、と語りパースとカントの対照性を強調する。また、彼はパースが西洋哲学を支配してきた目的論や運命論とは異なる原理で思考したことも指摘している。アリストテレスが事物の運動の目的を自然のハーモニー、完全、善の形成と考えたのに対し、パースは、無原則と不可逆性が究極の因果関係であり、運命よりも偶然を重要な要素と考えた、と述べる（53）。無秩序と偶然に支配された物質の世界が徐々に自己組織と規則を確立し、いわば事後的に自然の法則と見なされるものが作られると考えたのがパースだというのである。そこでは自然科学においては規則と考えられるものも、特定の条件の下で生まれたパターンに過ぎない。そして、ホフマイアーが際立させるパースの環境思想への最も重要な貢献は、外的自然の規則（自然科学）と人間の内的自然（心）を対立するものと考えた近代科学とは異なり、「人の心も宇宙の一般原則の特異な例であり、心の規則があると考えた」ことであろう（63）。パースが心理学者ウィリアム・ジェイムズの親友であったことはよく知られている。ホフマイアーは彼の経験主義的解釈に大きな影響を与えたパースの思想と現代生物学、生態学、量子学との共通点を明らかにすることで、近代的枠組みを超えた哲学者であったパースに新たな生命を吹き込もうとするのである[20]。

人間の心と外部自然がつながっているということは、内と外、人間と非人間、精神と肉体、といった二項対立的な考え方を否定するものであり、事実ホフマイアーも「街・田舎の二分法」が「傲慢とロマン主義」を生むと語っている[21](143)。人間の意識や言語を特別視し、それ以外の存在と区別する思考は、人間を世界の中心と考える傲慢さか、あるいは逆に人間社会を卑下し自然世界を楽園のごとく夢想するロマン主義を生むのだ。そこで必要とされるのが、内と外をつなぐ第三項である。ホフマイアーは、パースの記号論が単独性(物)としての第一項、直接的相関関係(記号)としての第二項、そして第一項と第二項を媒介する解釈項(象徴規則)としての第三項を枠組みとして考えたことを応用し、内部自然、外部自然、文化、あるいは身体、意識、世界の三項による関係の図式を示す。そして、二項ではなく三項的記号論を用いる意義は、「境界を固定しない」ことだとする。生命記号論は物、直接的関係、そして解釈項が習慣的なパターンを形成しつつ、常にそのパターンが更新され意味の世界が広がり続けることを示す生きた理論なのである。

外部自然と内部自然のつながりを重視するホフマイアーは生物学的身体と抽象的な言語のつながりを論理的に提示することを試みる。彼は、生命体にはデジタルとアナログの二つのコードが二重に存在し、二つのコードが結びつくことによってその特性が発現し、それが再び別の環境へと置き換えられることでその特性は記号的に拡張されると考える。ここで想定されているモデルは細胞の中の遺伝子 DNA と RNA を通してのタンパク質合成の関係である。デジタルなコードとしての DNA は、それ自体ではメッセージを表現することは出来ず、RNA によってアナログな環境に転写され解読されることによって初めて独自の効果（細胞）を生み出すことが出来る。しかし独特な生命としての身体はそのままでは生き残ることが出来ないため、再びデジタルなDNAとして次の生命へ記号が伝達される。つまり、象徴的な機能であるデジタルコードだけではなく、アイコンやインデックスのようなアナログな機能もまた記号の働きの一部なのである。そして、このことをホフマイアーは『生命記号論』で「環境は、どの遺伝子がいつ表現されるかを決める重要な役割を担っている」と要約する（129）。

またアナログとデジタルの関係でホフマイアーがしばしば参照する思想家がグレゴリー・ベイトソンである。ベイトソンが噛むふりをして遊ぶ子猿たちの様子を観察し、それが「これは噛んでいるのではない」（This is not a bite）というメタ言語として機能していると考えた事例を採り上げたホフマイアーは、遊びから生まれる抽象的な記号が「存在しない何か」を表現し、そのことによって想像力に縛りがなくなることに注目した（87）。必要な目的を遂行することを意図しない「遊び」において、否定の表現（「ではない」）が記号化されるのだ。このことは、ホフマイアーの思想にとって二つの点において重要である。まず、連続する時空間の類似性や部分と全体の関係、あるいは直接の反応・因果関係で表されるアナログコードと、記号と記号が表象するものの関係であるデジタルコードの間をつなぐ存在としての「遊び」の意義が明示されていることである。そしてもう一点は、動物の遊びに見られる否定の表現が、アナログ形式での抽象表現の限界であり、その可能性はデジタルコードにおいて十全に発揮されることである[22]（89）。直接的な関係性に縛られない抽象性によって、想像力が飛躍的に拡大し、在りえないことが表現可能となるのだ。ホフマイアーは記号による表現可能領域の飛躍的な拡大こそが、生物進化の進んできた道だと考える。それゆえに、彼にとって「記号的自由」（semiotic freedom）という概念が決定的に重要な意味を持つことになる。

植物や菌類、原生生物は神経システムを有していないが、彼らは実際自らの行動を導くための受容体を有しており、我々の見方によると、彼らは、たとえそれがどんなに限りあるものにせよ、何からの種類の記号的自由を所持しているのだ。（181）

ホフマイアーは、デジタルとアナログの二重コードの結合によって生まれる「個」としての生命の独自性の連鎖が生物進化へつながることと、人間をはじめとする生物が新たなコミュニケーションの形式を生み出すことを一貫した動きとして捉えようとする。つまり、自然と文化は記号的につながっており、生物が環境のニッチを求めて進化を遂げるように、文化的記号もまたそのニッチへと発展するのだ（186）。

単細胞生物がやがて多細胞生物となるに従い、その記号的表現のバリエーションが増加し、個や種が交換可能な意味の複雑さも増大するのである。ホフマイアーの「自由」とは端的に言えば自然の掟からの自由である。我々が自然の掟を乗り越え自由を獲得するためには、環境のポテンシャルに合わせて自らを変革するしかない。そのため生物はまず多様な形態への変化を試みる必要があり、その生物の多様性の発露と環境の直接的で物理的な要因の関係によって生物進化が発生すると彼は考える。記号的自由とは、まず進化の条件としての多様性の発露なのである。[23]

自然世界の多様性は、そうした他の種の個別性・記号的自由の表出であり、それゆえに自らの記号的自由にとっても重要なのである。「豊かな記号世界は豊かな環境世界と共にある」というホフマイアーは（332）、自然世界の進化と文化世界の創造を同一の記号的運動の異なる領域における現れと見ることで、生物保護を目的とした環境主義とは異なる環境的思想を展開した。彼は、パースに端を発する三元的思考が、まさに偶然を含む「創造」、つまり記号的自由を語る形式であるがゆえに二元論よりも有効であると主張し、記号論と生物学の発見を理論的につなげることで人間の文化を自然の一部に位置づけ、生命記号論による環境批評の展開に向けての基盤を作り上げたのである（353）。

ホイーラーの生命記号論による環境批評

二〇〇〇年代における環境批評の分野で最も精力的に生命記号論による環境批評を実践しているのがウエンディー・ホイーラー（Wendy Wheeler）である。シービオクやホフマイアー等によるパースの記号論の解釈や生物学や生態学との融合といった蓄積を受け継いだホイーラーは、記号論や生命記号論といった理論に止まらず、それを応用して実践的な文学批評も行う。そして生命記号論を物質論的環境批評の中に位置づける上で大きな役割を果たしていることも注目される。

ホイーラーは主著である『全体生物――複雑性、生命記号論、そして文化の進化』（*The Whole Creature: Complexity, Biosemiotics, And the Evolution of Culture*. 2006）においてシービオクやホフマイアーの理論を直接・間接に引用しつつロバート・ラフリンの理論物理学からの知見やジェームス・ギブソンのアフォーダンスの理論など、現代思想におけるパラダイムシフトを重視し、その成果を積極的に取り入れ、記号論の立場からそれらの理論を束ねようと試みる。そして何よりホイーラーとホフマイアーやシービオクとの最大の違いは、彼女を環境思想に導いたきっかけと考えられるレイモンド・ウィリアムズの存在である。『全体生物』は、生命記号論者としてのホイーラー誕生の軌跡を示す本であるが、彼女は、実際にはこの本の第一章にあたる長いイントロダクション「あるとても長い革命」（A very long revolution）の冒頭にレイモンド・ウィリアムズの『長い革命』（*The Long Revolution*. 1961）からの引用を掲げている。[24] イギリス・マルクス主義を代表する思想家・批評家であるウィリアムズが一九六〇年代の民主主義や工業化、そして通信技術の発展を人類の長い革命の過程であると語った引用文には、ホイーラーがエコクリティシズムを志すその根底にある思想が映し出されている。それは十七―十八世紀の近代科学とそれを支えたリベラル個人主義に対するドイツロマン派の思想の意義を見直すというものであり、この点で現代の物質論的エコクリティシズム論者の一部（例えばモートン）とは考え方が異なっている。

ウィリアムズはイギリスを代表するマルクス主義批評家というだけではなく、現代の環境思想の形成に寄与した思想家としても知られている。ウィリアムズの『田舎と都市』（*The Country and the City*. 1973）は、資本主義による都市化が同時に田舎を消費の対象として生み出す様を文化の分析を通して示し、環境批評の先駆的な作品と位置付けられる。[25] ホイーラーの『全体生物』にはウィリアムズの思想と生命記号論を理論的に関係づけ自らの思想、批評の基盤とする作業の軌跡が描かれているのである。二〇一〇年代になると彼女の論文からウィリアムズへの言及は消えていくが、思想の出発点としての重要性は変わらないと思われる。

ホイーラーは一貫して近代科学の二元論に基づく還元主義的思考を批判し、生命、社会、世界の複雑な全体を表す思想として「環境」を志向する。例えばソシュール流の言語学は表示された言語からのみコミュニケーションを考えたが、言語は記号的コミュニケーションの一部に過ぎず、そのような還元的思考に反対して肉体の重要性を訴えたのがドイツロマン主義であったと述べる（17-18）。また別の文脈では「ロマン主義は西洋の行き過ぎた個人主義、疎外、に対する挑戦だったが、その『非科学性』によって美学となってしまった」とも述べている（127）。つまり、ロマン主義は不完全であったが、現代の身体性の議論や全体性への回帰の先駆的思想だったというのである。彼女は同様の論理でフーコーやデリダのポスト構造主義も批判している。それは要するに、言語と現実のつながりが切れた地点から考えられた理論への反対なのだ。『全体生物』という本のタイトルが示すように、ホイーラーの意図は人間と社会、そして環境世界とのつながり、全体性を取り戻す理論を探究することである。彼女にとって現代科学の知見に対応し考え方の変革を訴えるウィリアムズは、近代科学が陥った二元論が生みだした対立ではなく、対立からの「人文学的自由を表現」し「人間とは」という問いを立てた思想家であり、前述した生命記号論に通じる考え方をしていたのである（18）。

エマージェンス（Emergence）、進化、記号論、そして長い革命

ホイーラーの生命記号論において鍵となる概念が「創発」（Emergence）である。一般に「生物進化の過程やシステムの発展過程において、先行する条件からは予測や説明のできない新しい特性や能力が生み出されること」などと説明される「創発」は、ホイーラーにとってホフマイアーの「記号的自由」につながる概念であり、生命記号論と唯物論、そして複雑系の理論などを融合するために欠かせない言葉なのである。

まずホイーラーは、この本の中の「『還元主義の時代』から『創発の時代』への科学的パラダイムシフト」という文において「創発」という言葉を用い（12）、さらに「この本は、過去六十―七十年の間に起こったパラダイムシフトについて事例を挙げて素描したものです」と述べる（19）。この「還元主義の時代から創発の時代へ」というパラダイムシフトについておそらく最初に言及したのは、物理学者で一九九

八年にノーベル賞を受賞したロバート・ラフリン（Robert B. Laughlin）であり、ホイーラーはラフリンの言葉を引用し、現代では科学的原因の解明が物の部分の動きの分析から全体の動きの分析へとシフトしている、と説明する（25）。近代科学思想史を学んだホイーラーにとって、こうした現代科学の動向は既視感を覚えるものであったに違いない。なぜならレイモンド・ウィリアムズこそ創造性と全体性に歴史的進化の鍵を見出していた思想家であったからだ。彼女は、ウィリアムズが「我々の生きた組織全体の過程」を念頭に「未来を考える」ことを試みた思想家だと述べる（25）。

さらにホイーラーは、人文学において生物学的現実が無視されている現在の状況を批判し、人類の文化、科学、社会の進化が「空間、物、生命の物理的な関係性の絶え間ない進化の物語」であり、「フェーズ・シフトと創発の現象は、記号論の現象のように、常に状況に依存している、つまり『環境的』な過程なのである」と語る（28-29）。現代の科学において化学と生物学の境目が消えつつあるように、環境においては文化と自然の境がなくなる。「創発」はそのような境目がなくなる時に生まれる「創造」の現れであり、現代における創発のひとつの形は「環境」という言葉によって表されるのである。

科学思想史家でもあるホイーラーは、量子理論以降の科学思想の成果をつなげる糸として「創発」という言葉を用いて現代思想のパラダイムを描く[26]。そして先行理論の数々からホイーラーが時代のパラダイムシフトとして抽出するのが、近代における「二項対立的分離」の枠組みから現代の「三項的理解と二項の融合」への移行である[27]。

また彼女は、細胞における遺伝子と受容体の関係を念頭に「二つの組織の共生が生命の起源であり、競争と同じように共生も自然では一般的」だと述べる（67）。異なる組織の共生によって生まれる生命は、競争に参加しつつ、また新たなレベルでの共生に向かうのだ。生物としての我々の本質的基盤に、「創造的で進化的な創発の主体」があり（70）、さらに「自意識、言語、文化の進化は人間という動物が表象し記憶してきた創発の形なのだ」とするホイーラーは（124）、我々の細胞、器官、個人、社会、文化といった様々なレベルで相互関係的に創発を生み出し続けると考えるのである。

このようにホイーラー独自の過程を経て発展してきた思想は、「創発」の概念を結い目として「記号的自由」を表現し続ける記号的進化の歴史という観点に立つホフマイアーの生命記号論と合流することになる。[28] 一般に「プラグマティズム」として認知されているパースの記号論と唯物論との隔たりは大きいと思われるが、物質的環境批評においては、環境を重視する立場から「モノ」のエージェンシー（作用主体性）を認め、人間や動植物だけではなく無生物にもある種の意味創出の主体性があると考えることによって、「モノ」の定義が大きく拡張され、同時に細胞レベルでの生命体の生成・維持・進化が化学物質の認識、つまり記号の伝達によって成ることから「記号」が持つ意味も拡張された。その結果、「モノ」と「記号」の接触領域が形成されることになり、物質論的エコクリティシズムはその領域を積極的に定義し意味づける作業を行っているのである。生命記号論を用いる論者は少数派であるが、二項対立（競争）から三項的循環（共生）への移行やリアリズムと観念主義、還元主義と全体主義の融合といった、地球的全体の枠組みで考える「環境批評」にとってこの理論は重要な指針となっている。

8　ポストモダン環境批評の展開

二十一世紀に入り「自然の終焉（第二の自然）」や「人新世」の概念が注目されるようになると、批評理論において「ポストモダン」の再考と再評価が行われるようになった。環境批評に大きな影響を与えたカレン・バラッドやダナ・ハラウェイはもとより、環境批評のフェミニズムやポストコロニアリズムの理論的基盤であるデリダやドゥルーズの存在を考えれば、むしろ当然の流れであったと見るべきかもしれない。

日本での状況を振り返ってみると、一九七〇年代以降の文化的情勢を「ポストモダン」という名で語ることが一九八〇年頃から欧米で始まり、日本でも一九八〇年代から一九九〇年代初頭のバブル期を中心にこの名称がしばしば用いられた。文学の分野では筒井康隆、高橋源一郎、小林恭二、島田雅彦、村上春樹、吉本ばなな、といった作家達が一時的に「ポストモダン作家」という括りで批評された。世界的に見ればポストモダンという言葉や概念が使われ始めたのはまず建築の分野で一九四七年頃のことだが、一九五四年にはトインビーが主に非西洋世界の知識階級と社会の台頭を「ポストモダンの時代」という言葉で表し歴史的な枠組みとしてポストモダンの定義を試みた。文学の世界でポストモダンが語られるのは主に一九六〇年代からであり、アーヴィング・ハウやハリー・レヴィン、レスリー・フィードラーやイハーブ・ハッサンらがサミュエル・ベケット、ホルヘ・ルイス・ボルヘス、ジョン・バース、トマス・ピンチョンといった作家達の実験的な作品を形容するのに用いた。[29] しかし、当初より「ポストモダン」には否定的な評価と肯定的評価、そして定義そのものへの疑念が付きまとっていた。近代的な理念の崩壊というハウやレヴィンによる否定的な評価と、そこに新たな可能性を示唆したフィードラーやハッサン、そしてポストモダンとは近代が生んだ多様な表現形態のひとつに過ぎないという三つの立場が混在したのである。[30]

ポストモダンを近代とは異なるカテゴリーであるとし、近代に対置する形で明確に可視化したのはイハーブ・ハッサンによる『オルフェウスの解体——ポストモダン文学へ』（*The Dismemberment of Orpheus: Toward a Postmodern Literature.* 1971）等の仕事であった。ダダイズムやシュールレアリズムによる主体性の解体に注目し、デュシャンから、バース、ピンチョン、ウォーホル等の芸術家・作家をポストモダンと呼んだハッサンは次第に構造主義やポスト構造主義との共通点を認め、ポストモダンの概念を広げることになる。彼はモダンとポストモダンの内容を二項対立的に図式化した表を示して「ポストモダン」を「モダン」の後に来る時代的概念として認知させることに一定の成果を挙げた。さらにハッサンは一九八七年の「ポストモダニズムの概念へ」("Toward a Concept of Postmodernism")でも、図表によって近代(モダン)と対立する概念としてのポストモダンを明らかにしようとしているが、同時に彼はポストモダンが「不確定的な傾向」を示す、ということ以上の差異を明確に示せないことを認めている。[31]

現在ではハッサンの最大の貢献はリオタールへの影響であるともされる。一九七九年に出版された『ポスト・モダンの条件』においてリオタールは二元論によって語られる大きな物語の時代が終わり、第三次産業が主流となる社会においては多様な言説が相互に影響しあう言語ゲームによって真実性が競われる時代となると語った。重要なのは、リオタールによってポストモダンという概念がジャック・デリダ、ロラン・バルト、ジャック・ラカン、そしてミシェル・フーコーといったポスト構造主義のフランス思想と結び付けられたことである。厳密には別の系統に属する思想であるポストモダンとポスト構造主義が一九八〇年代において同時代的で親和性を持つ概念として同一視されるようになるのだ。

さらにフレドリック・ジェイムソンは、一九八二年の論文「ポストモダニズム——後期資本主義の文化的ロジック」においてポストモダンという文化的現象をグローバル化する経済構造の反映として描いたことにより、ポストモダンの中にマルクス主義の物語を蘇生させる役割を果たした。柄谷行人が一九八〇年代に日本においてポストモダンの概念を広めたのは、主にジェイムソンの影響によるところが大きいと考えられる。のちにテリー・イーグルトンはポストモダンの革新性を幻想として退けるが、「ポストモダン」という言葉は保守から革新まで様々な立場によって用いられ、そのことがむしろ冷戦終結の時代状況を正確に映し出しているようである。

ポストモダンと環境批評

環境批評がアメリカにおいて正式に分野としての枠組みを立ち上げたのは一九九二年頃のことであり、そこで多くの論文が書かれるようになるのは一九九〇年代半ばごろである。つまり、環境批評はポストモダンという思想の流行の終りとほぼ同時に現れた批評形態なのである。ポストモダン的な言語ゲームや経済構造との関わりといった視点に魅力を見出せなかった環境批評家たちは、環境の倫理を中心に自然と人間の関係を見つめ直すことによって、本質的な文化・芸術の意義を再生しようとする。現在ポストモダン環境批評の中心人物であるサーピル・オパーマン（Serpil Oppermann）は、グロトフェルティ（Glotfelty）の言葉を引用しつつ、環境批評の第一波が「エネルギー、物質、そしてアイディアが相互に作用する複雑な環境システム」である自然世界との倫理的な関係の構築を重視したと説明する（16）。環境文学のカノンであるソローの『ウォールデン』に表された自然への回帰とセルフ・メイドの精神の見直しは、言語ゲームや経済構造といった媒介性の役割を強調したポストモダンへの反動といった側面も多分にあったと考えてよいだろう。

そして、オパーマンが環境批評の第二波である修正主義を説明するのに引用するのがローレンス・ビュエルである。*The Future of Environmental Criticism* が『環境批評の未来』として邦訳されてもいるビュエルは、第二波が都市における自然、あるいは社会の周縁に置かれた人々が劣悪な環境の中に置かれることなどに注目したと論じる(32)。第一波が自然との直接的な関係を取り戻そうとする動機によって起こったのに対し、修正主義は環境という問題における社会的な側面を見直すことによって、ポストコロニアリズムやフェミニズムといった社会的な不公正を追求する思想が環境批評として展開されるきっかけとなったといえるだろう。

そして、第二波に続く第三波は、ティモシー・クラークも批判するように、地政学的な境界を越えて人間のあらゆる経験を環境という視点から捉えることを標榜し、それがあまりに広大な範囲を含むために分野としての境界線が見えなくなるという事態を招きつつある。一方、オパーマンは、そうした際限のない対象の拡張を問題視しつつも、そこに「ポストモダン的な発展」を読み取り(16)、ベネットの『躍動するモノ』(*Vibrant Matter*)が出版された二〇一一年ごろから盛んになった新物質主義的な環境批評の中にポストモダン思想を位置づけようと試みている。

ポストモダン環境批評

『環境批評の未来——現在の潮流』(*The Future of Ecocriticism: New Horizons*. 2011)においてオパーマンは、今日の環境批評が文学・文化学をはじめ科学、動物学、環境哲学、環境倫理、歴史、社会学、フェミニズムなど、実に多くの学問分野の考えを参照しており、それはあたかもドゥルーズとガタリの「リゾーム」に似た形態になっていると語る(16-17)。そして地下で多様に分岐を繰り返すリゾームのような形式をもって現れる環境批評は、真のポストモダンであるとオパーマンは主張する。彼女にとってウェンディー・ホイーラーが記号、テクスト、生命そして世界のつながりを問い直すことや、カレン・バラッドが社会的なものと自然的なものを結び付ける理論の必要性を語ることは、いずれも人間の言説を環境の中で捉え直す試みであり、それは今日のポストモダン思想が試みていることでもあるのだ。

無論、オパーマンは元来環境批評が言語論的転回とポストモダン思想に対して深い疑念を抱いていることを認識している。彼女は「環境批評は、言語によって媒介されていない世界を見ようとし、特に第一波の環境批評においてポストモダンの思想家の考えはほとんど例外なく不信の目で見られた」と述べているが(20)、それはポストモダンのみならず、あらゆる「理論」への不信でもあった。しかし、環境批評の第二波の修正によって「自然」概念の持つロマン主義的傾向が疑問に付され、人間による構造物や文化を含めた「環境」がテーマ化されるに至って「理論」が再び注目されるようになった。しかし、ポストモダン思想は理論一般が敬遠される理由ともなった現実世界の「言語による媒介」という側面を極端なまでに表現したものであった。その上ポストモダンはリオタールやジェイムソンによって後期資本主義的な時代状況の反映として理論化されたものの、彼ら自身の哲学として「ポストモダン」が用いられた訳ではなく、思想として自立するには至らなかったという見方が強い。結果として「ポストモダン」は理論への疑念を招く用語となった。

オパーマンはそのような状況を十分に認識していると思われる。彼女は現在のポストモダン思想が環境批評の世界で起こっていることと多くの点で重なっており、有益な貢献が出来ると主張する。彼女は「新しいポストモダン」を次のように説明する。

再構築の理論として再概念化された形式において、ポストモダンはパトリシア・ウォウが「無責任な倫理的相対主義」そして「自己言及的ナルシズム」と呼ぶものとの関係をきっぱりと断つのである。その代わり、今日のポストモダンは、より環境中心的になり、人間主義や環境破壊の原因となる言説の権力を揺さぶるものである。また、ポストモダンはポスト構造主義の極端なテクスト主義による現

実の見方とも対決する。(23)

スプレナックの再構築的ポストモダンの考えに同意するオパーマンは、物と思考が相互作用するエコロジーの理論として新しいポストモダンを捉え、それが第三波以降の環境批評にほぼ整合すると考える。物質的な過程と人間のシステムが相互作用することによって言説、テクスト、物語が生まれると考える新しいポストモダンは、何よりも文学研究におけるテクスト中心主義と初期環境批評に代表される現実中心主義(リアリズム)の間のギャップを埋める理論である、というのが彼女の「新しいポストモダン」擁護の最大の理由である。このような主張が現在の環境批評が向かう方向と合致していたことが、例えばグロトフェルティ、アブラハム、コーエン、ホイーラー、モートン、マランなど環境批評の中心的批評家が寄稿した『物質的エコクリティシズム』(*Material Ecocriticism*. 2014)における「はじめに」の章をオパーマンとイオヴィーノが担当していることからもうかがえる。

この「はじめに」においてオパーマンとイオヴィーノは、あらゆる物質の生命は創造的な表現の中に示唆されている、という物質的環境批評の考えがポストモダン思想のやり直しであると述べる(21)。具体的にカレン・バラッド、ジェーン・ベネット、ヴィッキー・カービー、ステーシー・アライモ等の名を挙げて、彼らが世界をエージェンシーのネットワークと考え、生物と物質の相互作用の関係(ベネット)や生物学と社会学の間の領域(アライモ)に新たな知見を見出そうとすることは、まさに今日のポストモダン思想が生物と非生物が織りなす環境を重視していることにつながっているとする(25)。今日のポストモダンは「階層的に関係づけられた自然、もの、現実、そして言説という古い概念」に挑戦する思想であり(25)、その点において物質的環境批評と深い親和性を持つのである。

あらゆるものはテクストである？

オパーマンによるポストモダンの復権の議論は、まず一九八〇年代に広まった「あらゆるものはテクストである」というポストモダン的な見方を否定し、その上で人間中心主義を批判する現在の環境批評とポストモダンの共通項が多岐に亘ることに注目する。そして、今やポストモダンはエコロジカルな思想に変化を遂げ、新しい物質主義の理論の見えない中心として存在すると主張する（28）。彼女は古いポストモダン思想に対する疑念を払拭するために、ポスト構造主義を「あらゆるものはテクストである」という言葉に代表されるテクスト主義の権化として差別化している。これは初期の環境批評が自然世界を重視する観点からポスト構造主義に対してとった態度と同じである。

デリダの思想を単純化するのに大きく貢献した「Il n'y a pas de hors-texte」という言葉は日本語では「テクスト外なるものは存在しない」と訳されているが、[33]英語においては「There is nothing outside of the text（There is no outside-text.）」と翻訳され、[34]テクスト外の現実世界を一切考慮しない思想である、という印象が広まった。それによって言語ゲームとしての世界観を表現したポストモダンと同類であるという解釈が一定の説得力をもつことになった。

環境批評とポスト構造主義の関係については、スー・エレン・キャンベルの興味深い論文がある。[35]アメリカにおいて徐々にエコクリティシズムが広まっていった一九八〇年代は、ポスト構造主義による批評が他を圧倒した時代であり、環境批評はそうした思潮から身を避けるように比較的マイナーな大学を中心に行われた。しかし、環境批評が環境あるいは生態系といった大きな枠組みの中で人間の創作を読み解こうという志を抱き近代の人間中心主義を批判する以上、そこにポスト構造主義との共通項が見出されるのは時間の問題であったといえる。その問題を早い時期に直接取り上げたのが、キャンベルの「土地と言葉の欲望——ディープ・エコロジーとポスト構造主義の出会い」("The Land and Language of Desire: Where Deep Ecology and Post-Structuralism Meet." 1989)である。[36] ディープ・エコロジーとは全てを環境の利害から考えようとする徹底した環境主義のことであるが、この論文においてキャンベルはポスト構造主義と環境哲学の共通点と相違点を明らかにしようと試みている。彼女は「ポスト構造主義とエコロジーに共有される最も分かりやすく重要な前提にたどり着く。双方とも分離、独立し権威的な価値や意味における『中心』といった伝統的な感覚を批判する。そして共にそこに『ネットワーク』という考えを導入する」、そして「人類は最早価値や意味の中心ではない」と述べ、ポスト構造主義と環境主義の共通点が近代の人間中心的思考への批判的眼差しであることを指摘した(131, 133)。

この論文の独創性は従来水と油のように考えられていたポスト構造主義と環境主義に共通点があることを明白に指摘したことである。それまで水と油のように思われていたことはつまり、ヨーロッパの現代思想を受け入れ発展させようとする研究者とアメリカの土地に根ざした環境思想を志向する研究者の間にあまり交流がなかったことを意味する。キャンベルはそうした断絶の橋渡しをした上で「理論もエコロジーも物事の関係における我々の重要さについての伝統的な人間主義的見方を拒否するが、しかしその代わりに何を重要視するかは大きく違う」と強調する(133)。更に指摘しておくべきことは、キャンベルにとって「ポスト構造主義」の「理論」とはつまりフーコー、ラカン、そしてデリダの思想のことであり、彼女は「デリダは、全てのものが何かを表象する、つまりあらゆるものがテクストであると議論する。しかし、エコロジーが主張するのは、我々はいかに物事が我々に意味をもたらすかではなく、いかに世界が、人間以外の世界が、我々や我々の言語と離れて存在するかに注目することである」と述べ、環境主義の批評とポスト構造主義との根本的な違いに言及する（133）。それはつまり、声の本質主義を近代的な価値の転倒によるものとしたデリダや『言葉と物』などの著作によって物事（テクスト）の構造がいかに我々に意味をもたらすかを明かにしようとしたフーコーらによる構造主義からポスト構造主義に至る思考の方法との違いである。キャンベルはまた「エコロジストは失われた全体性とそれを取り戻そうとする欲望を人間の本能の中心にあると見なす」と述べ、ポスト構造主義が二項対立を無効化するために二項を更に分割することで最終的に二項の対立が成り立たないことを示すという戦略を取ること、つまり細分化とは違う考え方をし、人間の欲望を「自然との乖離」を埋め合わせようとする力だとする（134）。母との一体感から分離し、言葉の象徴的世界に生きる人間となることに伴う喪失感を欲望の源泉であるとするラカンなどとの違いは必ずしも充分に納得できるものではないが、そこに共通点と相違点があることは理解できる。

オパーマンによるポスト構造主義の解釈は、キャンベルによるポスト構造主義と環境批評との共通点（脱人間中心的思考）と相違点（言語以外の世界とのつながり）の認識とほぼ同じであると考えられる。ただし、ポストモダンの場合は言語外のつながりが即自然との一体感に結びつくのではなく、「新物質主義」においてベネットらが物質のエージェンシーを認め、人間と非人間、生物と非生物のエージェンシーの相互作用を環境世界と見なすことに同意するのである。いずれにせよ、一九九〇年代に既にキャンベルらが環境批評とポスト構造主義の共通点を認め、脱人間中心主義（脱作者中心主義）を環境批評の重要なテーマとしたからこそ二〇一〇年代におけるポストモダンの見直しも可能となったといえるだろう。しかし、文学批評の立場からすると、ポスト構造主義を極端なテクスト主義に閉じ込めて否定するのは少々行き過ぎであると思われる。デリダの言葉は、むしろ「テクストの外部というものは存在しない」と解釈されるべきで、その要点はテクストの言葉の意味は常に変わり、そこにテクストの外にある作者の意図などという存在を求めるべきではないということである。デリダはコーラという概念を用いて説明したが、つまり言葉は生きもののような存在であって意味を固定することなど出来ないのである。モートンが述べているように、デリダの限界は彼の脱中心化がテクスト（言語）の世界に限られていたことであるが、言葉をある種の物質として扱う手法そのものは環境批評にとっても有効であり、また言語の世界と言語外の世界を同様に解釈するために、テクスト世界の物質化は欠かせない過程であったと考えられる。

しかし、一九八〇年代のポストモダン思想が脱中心化の力として価値の多様化を推進し、意味の固定化や対象の枠組みを否定した結果、自らの立場を確立することも否定せざるを得なかったことは忘れられるべきではないだろう。極端な多様性は常に結果として極端な単純化を招いてしまう危険性を孕んでいる。それに対し現代のポストモダンは人間との関係において対立でも同化でもなく、再帰的に存在する「環境」の言説として自らを刷新している。天災と人災の複合体としての東日本大震災は、自然と人間だけではなく、物質と記号の相互作用を読み解くことを必要とし、その意味で新しいポストモダンである物質的環境批評と人新世の思想を必要としているのではないだろうか。

9　動物論

環境批評は人間と非人間の関係を脱中心化する思想であるが、そこでは人間により近い動物との関係についての解釈が様々に試みされている。また、東日本大震災においても動物（家畜）の扱いは大きな問題となり、さらに帰宅困難区域を中心に野生動物の増加も関心を集めている。動物論は環境批評を用いたポスト〈3・11〉小説の読解に貴重な視座をもたらしてくれる。

ラスコーの壁画に象徴されるように長い間、人間にとって動物の存在は最大の関心事であった。太古の人間はいかに食べられることなく食べるか、という動物との戦いを生きていたに違いない。そして動物は次第に人間の生産性を高める働き手である家畜や、感情を寄せることが可能なパートナーであるペットへと関係を多用に変化させていった。動物たちもまた人間との関係によって大きな変化を被ってきたのである。

ここでは現代における動物と人間の関係について、ケアリー・ウルフによるデリダの再解釈とドゥルーズとガタリの翻訳者であるブライアン・マッスミの議論、そしてカリー・ウェイルによる動物論からの文学批評を中心に物質的環境批評につながる動物論を概観する。特に動物論が旧来の文学解釈に何を付け加えることが出来るかについて触れておきたい。

差異の動物論

環境批評において動物論が台頭するきっかけのひとつは、サイボーグ理論で知られるダナ・ハラウェイが『伴侶としての犬』(*The Companion Species Manifesto*. 2003)や『犬と人が出会うとき』(*When Species Meet*. 2008)において、専門とする生物学の知見を基点に近代思想が引いた人間と動物の境界線の必要性を疑問視し、動物のエージェンシーを認める議論を展開したことであった。無論、「サイボーグ宣言」(A Cyborg Manifesto. 1985)を収めた著書『サルと女とサイボーグ――自然の再発明』(*Simians, Cyborgs and Women: The Reinvention of Nature*. 1991)が既に霊長類をめぐる問題を提示したことを思い出せば、彼女にとって機械と動物の問題は同じ近代科学のパラダイムの問題であったことも確かであろう。ハラウェイによる機械と動物と人間の関係の再解釈は、日常における具体的な関係と生物学的知識と経験、そして哲学的考察を結び付け、学際的でありながら比較的理解もしやすく、彼女の著作は常に「人文学」の在り方に一石を投じ「ポスト人間」思想の潮流を形成するのに欠かせない役目を担ってきた。

その一方で筆者は、現在の環境批評における動物論の議論において思想的な参照の軸となっているのはデリダとドゥルーズであると考えている。おそらくその一番大きな要因は、当のデリダやドゥルーズらが人間と動物の問題を真剣に検討していたことの重要性に我々がようやく気が付いたということではないだろうか。デリダの『動物を追う、ゆえに私は〈動物〉である』(*The Animal That Therefore I am*. 2008)とドゥルーズとガタリの概念「動物に成る」(becoming animal)は、ポスト構造主義の思想を再解釈し環境批評に接続するための大きな役割を果たした。特にデリダがその晩年の倫理的転回において、人間が言語を持つがゆえに特別な存在であることを主張したハイデガーを批判することを通して言語論的転回の枠を踏み越え、言語によらないコミュニケーションを思考することの重要性に言及し、言語による「意識」に内在する「人間」の優越を疑問視したことは、デリダが(批判を伴うにせよ)死後においても頻繁に参照され二十一世紀の思想に影響を与え続ける要因となった。

デリダによる『動物を追う、ゆえに私は〈動物〉である』は明かにデカルトの言葉、「我思う、ゆえに我あり」をもじったものである。(37) この著書はデリダが一九九七年に行った十時間に及ぶ講演の記録であるが、彼はここでハイデガーやラカンといった脱中心化を志した思想においても未だに残る人間中心主義(近代的ヒューマニズム)を更に徹底して脱中心化することにより、デカルト的な二項対立(理性─意識─人間と本能─無意識─動物)を無効にすることを試みている。彼は、人間中心主義のロジックの背後にある理性─ロゴス中心主義が、いかに「他者や差異化の法則を定めること」から生まれるかを問うが(95)、ここで問題となる「他者や差異化の法則」とは、個々の種の違いを無視した一般化によって「動物」をひとくくりにすることである。

例えば、デカルト的な意識＝人間の理性、無意識＝動物の本能という理解に対し、ラカンにとって、意識は理性的な言語によって出来るものであり、無意識とは言語の欠落、つまり効果によって生まれるものである。従って言語を持たない動物には本能はあっても無意識はない、とデリダは説明する（121）。デリダはラカンを援用しつつ、さらに論を進め、言語をもたない動物の視点から考えると、人間が言語を使うことは、「ふりのふりをする」ことであると言う[38]（131）。そうした「ふりのふりをする」世界で「我」が「この私」を示すためには、「主体が記号に従って」いなければならない（137）。その時、デカルト的人間の主体は、常に言語によって媒介されていると考えられるため、人間は直接的な「私」を失った存在である。そこでデリダは言語の欠落である無意識こそが人間の、そして理性の根源であると考える。無意識を否定（抑圧）することによって初めて意識と理性が否定の否定として、肯定的に存在できるからである。そう考えると、言語の欠落としての無意識をもたない動物は、言語を介さない意識、本能と意識が直接に結びついた存在であるということが可能だ。また動物は言葉によって「我」という意識を作るデカルト的な人間にとっての絶対的な他者でもある。つまり、ここでデリダは言語によって理性を獲得した人間という西洋近代の主体性の観念が動物という否定的な他者のイメージを捏造することで成立していることを指摘する。

そしてデカルト的な人間の意識（私、主体）が必然的に無意識（誤った動物のイメージ）を必要とする二項対立的思考の産物である以上（そして言葉によるものである以上）、意識としての「我」は欠落の欠落としてしかあり得ず、そして実は、直接的な意識とは動物のものなのである、とデリダは述べる（137）。ここでデリダは意識＝人間というデカルト的思考を脱構築する。つまり、彼は異なる種類の生き物たちを、言語をもたないという理由で「動物」という一般性の中に押し込め、その存在を排除することで「人間」という主体を立ち上げるデカルト的な思考、ロゴス中心主義＝人間中心主義を批判し、無効化しようとするのである。

このようなデリダ晩年の思想を高く評価し、環境批評におけるデリダの「再生」に大きく貢献したのがケアリー・ウルフである。ウルフは『ポストヒューマニズムとは何か』(*What is Posthumanism?* 2009)の中の「動物論」の章で近年の動物論の見取り図を描きつつ自身の論を展開するが、彼の論を簡潔に示す言葉が「脱構築の再構築」(reconstruction of deconstruction. 26)であろう。ウルフはニコラス・ルーマンのシステム理論やマラチュラとバレーラのオートポイエイシス理論にデリダの脱構築との共通点を見いだすと同時に、脱構築の欠点を補う理論として脱構築の細分化にある種の構造を与えようとする。デリダの脱構築は二元論をさらに分割することで最終的に当初の二元論を無化してしまう行為であり、それによって二元論に基づいた意味の恣意性を明らかにして意味そのものを宙吊りにし、既成の概念の自明性に疑問を投げかけ境界の決定不可能性を暴き出す。脱構築のこのような働きは隠れた特権を暴くのには有効であるが、一方でその後の方策や対案を示すものではなく、そのことがしばしばデリダ的思考(あるいは人文学的思考)の限界として指摘される。殊に動物論は動物擁護の活動と密接な関わりを持つ分野であるだけに、物足りなさを感じる論者は少なくないようだ。

しかしウルフは、デリダに深く影響を受けたモートンですら指摘するデリダの限界(脱中心化の試みが人間の言語の世界に限られていること)を超えて、デリダが非人間と人間の関係とパワーバランスを転倒することで言語以外の世界の可能性へと思考を拡張していたことを高く評価する。さらにウルフはシステム理論やオートポイエイシスの理論を導入することで、脱構築のその後の展開を描こうと試みる。ルーマンのシステム理論は自己参照の運動が同時に他己参照となることで境界線を生み出し、そのことによって「環境」をプロセスすることが可能になって分析的な意味が生まれ、最後に「言語」を用いて世界を観察することが可能になる、というモデルを構築する（29）。彼はオートポイエイシスもまた、自己の「閉じた」体系が逆説的に環境に向かって「開く」ことに繋がると論じる（111）。デリダの理論は内部の自明性が外部によって担保されていることを示すことで内・外の決定不可能性へ向かうが、システム理論は決定不可能なものを決定していく体系によって「関係」が構築されることを明らかにする。

デリダは、人間と動物の固定化された境界線を揺さぶることで、人間が動物を生産・屠殺すると同時に愛玩・擁護することの自明性を決定不可能にする。人間が動物と対称的な関係であるかのような二元論に潜む暴力性を明らかにするのである。こうして脱構築が動物との倫理的な関係論へと向かうことをウルフは評価し、その思想が障がい者論を含む新たな可能性を持っていると考える。デリダの脱構築は構造が常に差異によって構築されていることを示し、またその差異が恣意的であることを示すことによってその自明性を無化するが、システム理論やオートポイエイシスは身体的で恣意的な自己が環境を生成することを示し、それによりデリダをユクスキュルの「環世界」的な世界へと接続することが可能になるのである。

しかし、このような見方にも限界はある。ウルフも『法のまえに——生物学的に見る人間と動物』（*Before the Law: Humans and Animals in the Biological Frame*. 2013）においては、デリダの思考の延長上で人間と動物の間に見られるような主・客の転倒が植物やその他の物質に当てはまるとは考えていないことを表明する（19）。つまり、デリダを直接援用する形での環境批評の範囲は生物、特に動物との間に限られるのである。さらに重要な点は、デリダの思考が常に「差異」の哲学である以上、デリダ的考えにおいては常に人間と動物の間の差異は存在するのである。意識の所有者をめぐって人間と動物の間の関係は脱構築されるかもしれないが、人間は決して動物と同じ存在となるわけではないのだ。この点において、デリダの哲学は、たとえ否定の対象となるにせよ、構造主義やハイデガーの思想の延長上に展開される。デリダは人間と動物の差異を消すことなく、複雑化することで差異の根拠を決定不可能なものとして示し、それによってむしろ実践的な方向性を見え難くしてしまう。ゆえに、デリダの思想は動物との関係を考える入口として貴重であるが、出口までは導いてくれないことになる。ウルフの動物論はそのようなデリダの特徴を理解した上での周到な論考であるといえる。

動物に成る

デリダをきっかけとする動物論とは別の流れとしてドゥルーズとガタリの思想を中心に据えた動物論が存在する。近年注目されるのはドゥルーズとガタリの翻訳者でもあるブライアン・マッスミの論であり、もう一人はポスト人間論の多岐に亘るテーマの多くにかかわってきたダナ・ハラウェイであろう。ドゥルーズを基点として見た場合、当然かもしれないがマッスミが最も直接的に彼の思想を動物論へ応用している。二〇一四年に出版された『動物は政治について何を我々に教えるか』(*What Animals Teaches US About Politics*)において、マッスミはベイトソンの「遊び」の概念とドゥルーズの「動物に成る」(Becoming Animal)の概念をつなぐことで「動物」の可能性を明らかにしようと試みる。ベイトソンの「遊び」の概念は既にベネットやホイーラーをはじめ多くの環境批評家が考察の出発点として引用している。(39) 動物の子どもが習慣的に「戦いごっこ」をして遊ぶ様を観察したベイトソンが、それを「これは噛んでいるのではない」というメタ記号の原型として理解したことはよく知られる。マッスミはこの動物の遊びに含まれる「同情」(共感)と「創造性」が人間と動物を繋げる要素であると語る(3)。さらに彼はこの「遊び」

が「否定していることを語り、そして語ることを否定する」のであり、それは「論理的に決定不可能」であると述べる(7)。ここまでの理解はむしろデリダを思わせる差異の論理であるが、それからマッスミはベイトソンの思想が人間と動物の相互受容であり、ドゥルーズもまた「書くことにおいて人は動物と区別不能な領域となる」と考えたと語る(8)。ベイトソンとドゥルーズに共通するのは「遊び」(じゃれ合い)と「本能」(戦い)が相互的に脱領土化され、受容されることなのである(20)。ここで本能は行動と共にある思考であり、遊びはそうした思考の余剰であると見なされる。遊びは本能との差異としてではなく、むしろ本能に内在的な存在として理解されるのだ。

何かをもって別の何かを表す「遊び」が「本能」にあるとすれば、そこで言語を使う人間と動物の違いは単に程度の違いでしかないことになる。また、マッスミはベイトソンを援用しつつ、「本能は同情」であり、また「同情は受容された中間の存在モードである」と説明する(31, 35)。「戦い」でもあり「じゃれ合い」でもあるところの決定不可能性こそが同情の根源であるというのだ。そして、これとほぼ同じ議論がベネットによっても展開されていたことは既に述べた通りである。スピノザやドゥルーズから生気物質論にたどり着いたベネットもまた差異よりも共生に基づく論理を追求しているのだ。

また興味深いことに、マッスミはパラドクスをパラドクスとして受け入れる論理が、演繹でも帰納でもない「アブダクティブ」な論理であると語っている(36)。ホイーラーをはじめとする生命記号論者の多くが依拠するパースの記号論の特色が三元的思考であり、三つ目の論理形式である仮説的推論としてのアブダクションがパースの論理の大きな魅力であり特色である。つまり、マッスミの動物論はベネットやホイーラーなどの環境批評論の根幹を成す論理を自らのものとし、動物論に適用しているという側面があることは否定できない。あるいはこうもいえる。ドゥルーズはパースの記号論をよく研究していたことから、生命記号論とドゥルーズ、マッスミには思想的な共通点が多く存在するのだ。その上でマッスミに特徴的なのは、やはりドゥルーズとガタリの思想の深い読み込みとその解釈だろう。彼は動物の本能が食べ、生き残るための機能だけではなく、不確定性を尊び、パラドクスを受け入れる、情動の政治を行うものだと考える。こうした情動の政治を行う手段としてドゥルーズとガタリは「書くこと」が「動物に成ること」であるとし、「鼠のように書く」という表現を用いた。[40] マッスミは、ドゥルーズとガタリを敷衍し、表現をすることが人間の機能を超えて動物に内在する情動による相互受容へと「脱領土化」することだと語る(55)。人間の理性的論理としての演繹や帰納、あるいは資本主義における生産と消費といった機能を超えて、その余剰として存在する動物の本能（遊び）へ向けて感性を拡張するのが「書くこと」なのだというのである。

マッスミの語る動物論は、全体として美学的な動物論であり、具体的な動物との関係構築を語るものではない。しかし、ドゥルーズ的な生気論のポイントは、「人が動物に成る」という方向性を示し、従来のように「人間の倫理観を動物に当てはめる」ものではないことである。「人間中心主義」を批判する多くの環境批評論者にとってこの方向性の違いは大きく、環境批評内での重要な論点となると同時にドゥルーズとガタリの論の大きな魅力となっている。ハラウェイの動物論はペットとしての動物との関係から動物たちの個別性と尊厳を再確認し、生物学的知見を通して動物の主体性、エージェンシーを積極的に認め受け入れるべきだとする、極めて妥当なものであるが、動物論においては（ドゥルーズが否定したように）ペットという人間―動物の主従関係そのものが問題視される傾向もあり、日常生活における動物擁護と哲学的な動物論の間の乖離はいまだに大きいようである。しかし環境批評においては正にこの美学的関係とリアルな関係の重なりが様々な角度から探究されているのである。

一般に主にデリダを参照軸とする論者とドゥルーズを援用する論者は人間中心主義への距離に違いが見られる。デリダにとってはあくまで人間であることを見直す契機として動物の存在があるのに対し、ドゥルーズの場合は人が動物と成ることで動物もまたそのカテゴリーを変容させることになる。しかし、カリー・ウェイルのように双方の長所を取り入れつつ動物論の立場から文学批評を行う研究者も存在する。『動物を考える』(*Thinking Animals*. 2012) においてウェイルはカフカやヴァージニア・ウルフ等の作品を分析しつつデリダやドゥルーズ、ハラウェイらの思想を検討または参照し、最後には『オズの魔法使い』における犬のトートーの役割に言及している。ドゥルーズとガタリは『千のプラトー』において「動物に成る」ことを表現した作家としてカフカを分析しており、ウェイルも「動物に成る」という概念に仮託する形で動物論が「言語の監獄から抜け出す欲望」に対する応答であり、それは同時に「人間とは何かについての異なる理解を展望し、そして結果として我々が世界で何を考え、何をすることが出来るかについての可能性を拡大し変化させる」ことを求めていると語る (12, 13)。ウェイルは論考の中でカフカの「アカデミーへの報告」という作品を取り上げる。この作品は、言語を話すことが出来るようになったサルが動物世界の状況を人間に報告する、という話で、一般的にプラハに住むドイツ系ユダヤ人のアレゴリーとして解釈されている。それに対しウェイルは、これが人種問題だけではなく、動物の問題でもあることに読者の注意を促す。この作品で人間として生活し言語を話すようになったサルは以前の動物としてのサルの生活を思い出すことが出来なくなる。このことは、言語によって言語を使わない者たちを表現することは出来るのか、という問題を投げかけるのである (6)。言語を持つことは、言語を持たない状態を

「失う」ことでもあるのだ。それに対し、「動物に成る」という表現は、人間が言語によって築いた領土を抜け出し、人間の内に在る他者としての動物を認めるという行為である。そして、このような問題意識を持つ動物論は、ポスト構造主義からの言語論的転回やデリダの「テクスト外は存在しない」という認識に抗して人間の枠を拡張すること＝創造することを試みる。

しかし、ウェイルはドゥルーズとガタリに全面的に賛同している訳ではない。彼らの「動物に成る」という概念は芸術表現における概念であり、創造的ではあっても知性的な探究ではなく、それ自体は精神的で美学的な理想となってしまう危険があるからだ（15）。人間中心的な経験や擬人化の表現を否定し、人間と動物の境界を完全に消すという考えは、結局はある種のナルシシズムに陥ってしまう可能性が高い。そこでウェイルは、いかにしても還元不可能な他者を認めつつ、なお自らの人間中心性を乗り越える、という探究が必要ではないかと提唱し、それを「批判的共感」と呼ぶ（20）。ここではむしろ後期デリダの倫理的転回が肯定的に取り入れられているのである。

ウェイルが問題視する近代の人間中心性とは、動物の本能による行為を非理性的な暴力と見なし、そこから距離を置く態度にあった。その動物とは我々の祖先でもある。しかし、我々人間は決して動物であることを止めることは出来ず、それゆえ決して完全に近代的になることもないのである（148）。現代の動物論は、近代の文明の構図においては決して人間は近代的な道徳も幸福も得られないことを明らかにしようとしている。人間は環境から「自立」して存在することは叶わないのであり、常に機械や植物や動物や微生物との複雑な関係において存在している。このような考えは「ポスト近代」あるいは「ポスト人間」的思考であるが、ウェイルはこれら「ポスト」の思想こそが近代の人間主義を一層発展させるものだと主張する。近代の二分法は既に限界が明らかになっており、それによって近代の理想が実現することはない。

それゆえ新しいポスト近代の思想が必要となるが、それはあくまで近代の理想を実現するためにあると考えるのだ。ポスト人間主義は、「ポスト人間主義であると同時に前人間主義でもある」というウェイルの言葉の中には、前近代的思考の再生でもあるドゥルーズと近代的思考の「ポスト」であるデリダが共存している。その意味でウェイルは環境批評における「ポスト人間」の思想の射程を的確に言い当てているといえるだろう（149）。

動物論は多文化主義やポストコロニアル思想の後に現れた新しい他者論として、東日本大震災後の被災地の状況を考える際に多くの示唆を与える。震災はペット、家畜、そして野生動物の存在理由と価値を改めて問い直すきっかけとなった。それはとりもなおさず「人間」を問い直すことでもある。また、環境批評の中ではおそらく第三波に分類される動物論が今後どのように物質的環境批評に触発され変容していくかが注目される。そしてポスト〈3・11〉小説は、今後人新世の時代における人間と動物の関係論の変容を表現するようになっていくのではないだろうか。

10　ポスト〈3・11〉小説と物質的環境批評

この章では「環境」を視座とする本書にとって重要な背景を成す理論的議論を紹介した。ここで示すことができたのは現在世界で展開されている環境批評のごく一部であることも付言しておかなければならない。また、ポストコロニアリズムの環境批評については第七章で改めて言及することにする。英語圏を中心に発展してきた批評理論によって東日本大震災をきっかけに書かれた文学作品を読み解くことに違和感を覚える読者もいるのではないかと思われるが、そもそも地球の運動である地震・津波、そして「人間のしわざ」である放射能物質の拡散に国境がないのは周知の通りである。原発事故を「福島」の問題と規定する際に様々な齟齬と問題が生じることが指摘されているが、同様に東日本大震災を「日本」の問題と考えることは、そこに様々な不可視の問題を生じさせてしまうのではないだろうか[41]。二十一世紀の日本人は好むと好まざるとにかかわらず、海外で生産された食料品を日常的に食べ、衣類や木材、石油、天然ガス、ウランに至るまで日本以外の地域の物たちと共に生きている。環境批評はこうした現実に則した現代の批評理論として不可視の存在を可視化することで我々の世界を少しばかり広げる役目を果たすと筆者は考えている。

本章の前半で紹介した生気物質論、物質志向の存在論、そして生命記号論は部分的に対立しながら「環境批評」としては相互補完的な関係を形作っている。モートンの物質的存在論は物に本質的な「存在」を否定しないが、同時に「エージェンシー」という概念は用いていない。むしろ、モートンの仕事は、あらゆる現象が物質的に構成されていることを語りつつ、本質としての「モノ性」は決して語ることが出来ないことを示す。一方、ベネットの思想は「エージェンシー」を人間中心主義批判のために倫理的かつ政治的に選択していると解釈できる。彼女の「モノ」とは近代科学的な物質の属性を倫理的側面から拡張した概念であり、観察者の限界、そして閉じた内部が常に不可視の外部と関係していることを一元論的に展開しているとも考えられる。おそらくベネットにとって一元論か二元論それとも多元論が正しいか、あるいはモノ性が迷信か否か、という議論はそれほど重要ではなく、彼女がモノの一元論的な解釈を選択するのはそれがより暴力的ではない世界の構築に近いと考えるからではないだろうか。そうした意味でベネットの「実践性」(pragmatism)は環境批評の分野、そして理論と実践の融合にとっての学ぶべき示唆となっている。

また生命記号論はエージェンシーではなく創発的な記号の運動が物質による生命や芸術の創造を導くと考え、人間の言葉の発達と生物の遺伝子、細胞、身体器官の成長をアナロジカルに捉える。物質のエージェンシーは相関関係における効果としてしか測ることが出来ないのに対し記号はそれ自身が既に関係性を備えているためアニミズム的な想像を必要としない。しかし、言語の形態や意味の拡張と生物の身体的成長の間にアナロジカルな類似性以上の関係を見出せるかについては更なる検討が必要であろう。

また物質志向の存在論は、不可視の本質の存在を主張する点で他の理論と異なるが、それはあらゆる表象にとって媒介性を逃れることが不可能だからであり、モートンの独自性はその媒介性を人間—物質から物質間の関係にまで拡げ、その根本原理として「空」を見据えた点にある。その意味で物質志向の存在論は西欧型の他の二つの理論を非西洋的思考によって補完していると見ることも可能である。

そしてポストモダン環境批評は「人新世」の意味を人文学的立場から明らかにする。古いポストモダンは言語論的転回が主張した作為と事実の決定不可能性を批評的に用いた運動であったが、それは現在、環境における人為と自然の間が峻別不可能になった事態において批評としてのリアルな有効性を取り戻しつつあるのだ。一度は消費社会の実態のない関係論として退けられたポストモダンの言語—表現の解釈と認識が環境世界における地球規模の現象の解釈と認識に重ねられ、そこにあらたな基盤を見出している。

注目すべきは、これらいずれの環境批評理論もテクストと現実の間を架橋する方法を模索していることに変わりはないことだ。人新世における「環境」は還元主義的な部分の総和が全体とはならないことを示している。物質的環境批評は、言葉の世界と物質の世界、人間の世界と動植物、菌類、物質の世界をつなげる言葉を模索している。東日本大震災は天災と人災の決定不可能性を通して地球環境とポスト〈3・11〉小説を結びつける。地球の運動と我々の文化は確かにつながっているのであるが、そのつながりはあまりに複雑で、現時点ではおそらく小説によってしか表現できないのではないだろうか。

第三章　震災に揺れる「私」の世界

1 震災が生んだ語りの断層――椎名誠「かいじゅうたちがやってきた」と佐伯一麦『還れぬ家』

東日本大震災における死者、行方不明者の合計は一八、四五〇人以上にのぼり、その最も大きな原因は地震によって引き起こされた津波であった。この津波が福島第一原子力発電所の電源喪失と格納容器のメルトダウン、水素爆発を誘発し原発周辺を中心とした居住制限区域、帰宅困難区域を荒廃した土地に変えてしまったことについて多くの説明は要しないだろう。震災後、数多くのジャーナリスト、ボランティア、研究者、芸術家、芸能人等が被災地で活動を行い、その結果夥しい量の記事、書籍、映像、芸術作品が作られた。その芸術作品の中には小説が含まれ、二〇一一年四月以降、現在に至るまで震災をテーマあるいは重要な契機とする作品が書かれていることは既に紹介した通りである。しかし、それらの文化的生産物を分析・検討するという作業はまだ端緒についたばかりである。一口に震災と言ってもそこには歴史、地学、科学技術、政治・経済、環境など様々な分野が無視できない重要性を持ってかかわっており、さらにそこに一般化を拒む個々の被災者たちの問題が立ちはだかる。〈3・11〉というテーマはある特定の作家や作品群で読み解くにはあまりに複雑で繊細な関係を内包しており、震災が文化生産（本書では小説）に及ぼした主体的な作用（エージェンシー）と人間が震災に及ぼした作用の相互性を分析するという本書の目的には一定の時間と距離が必要であった。

本章では小説としては震災直後に書かれた二つの作品、椎名誠の「かいじゅうたちがやってきた」（『三匹のかいじゅう』）と佐伯一麦の『還れぬ家』に焦点を当て、東北太平洋沖地震という地球の運動とエネルギーがいかに小説に作用するかについて物質的環境批評を基に考察する。結論としては、東日本大震災のエージェンシーの文学創作への介入が人間的な空間の感覚（ここ）と人間中心的なナラティブの時間（今）に対して疑いを投げかけ、人間と非人間のナラティブ（語り）が交錯するエコロジカルな時空間を作り出すことについて述べることになるだろう。その際、重要になってくる鍵概念である「エージェンシー」（作用主体性）について触れておきたい。

この「エージェンシー」という言葉が環境批評の中で様々に議論されていることについては前章で述べた通りだ。「エージェンシー」は、もともと意志によって動きを創造する人間の能力のことを示す言葉であるが、地理や環境の分野においては「営力」と訳され「地形に変化を与える力」「地殻運動」などという意味になる。こうした「エージェンシー」の定義が近年の環境批評においては人間と非人間の境界を越えて相手に作用する能力へと意味が拡張されている。つまり動植物の物質のエージェンシーが想像され、人間と非人間の相互作用の問題として探求されているのである。またエージェンシーと共に見逃せない概念として「アフェクト」（affect）も重要である、この言葉は例えば「遭遇する身体を結ぶ前認知的な感覚のメカニズム、認識するエネルギー、そして感性」などと説明される。[1] 筆者はこの非物質的なアフェクトの性質が生命のある存在（animate）と生命のない存在（inanimate）の境界を越える物質のエージェンシーを考える上で有益な示唆を与えてくれると考えている。さらに、生命記号論においては生命体の死と再生、変異と進化等が物質と表象のカテゴリーの違いを超えた記号の運動として捉えられ、物理的な作用と小説表現の関連を考察することを可能ならしめている。そこでは「関係の力」などと表現される物質と解釈（作用）の関係が極めて重要な問題であり、アフェクトはそうした「関係の力」にひとつの形を与えていると考えることもできる。[2] このような環境批評の問題意識についての筆者の理解を背景に、この章では東日本大震災後さほど時をおかずに書かれた小説の中に現れた震災の作用を見ていくことにする。

最初のポスト〈3・11〉小説

震災後に最も早く紙媒体に書かれ商業用に出版された小説作品のひとつに椎名誠の「かいじゅうたちがやってきた」がある。[3] 椎名誠著『三匹のかいじゅう』は人気作家が孫をはじめ息子家族との関わりをユーモラスに描いた私小説シリーズの最新刊として二〇一三年一月に集英社から出版された。この本の末尾には、「初出・『すばる』二〇一一年四月号、二〇一一年六月号〜二〇一二年六月号　単行本化にあたり加筆・訂正を施しました」と記されている。『三匹のかいじゅう』の内容は、当初「かいじゅうたちがやってきた」というタイトルで月刊文芸誌『すばる』に連載された十四回分がそれぞれ一章として単行本に収められたものである。ここで注目したいのが『すばる』の二〇一一年五月号だ。椎名は佐伯一麦のように東日本大震災によって連載を休むことはせず、五月号に連載二回目となる「かいじゅうたちがやってきた」を掲載している。しかし椎名は次の二〇一一年六月号の冒頭で「この連載話、ここに書くのは三回目だが、先月はあの東日本大震災のためにまるで連続話とはならなかったので、あれは無し、一回パスした」と述べ（二八六）、実際に連載第二回の内容が単行本に収録されることはなかった。しかし、おそらくこの「消えた連載第二回」は最も早く出版されたポスト〈3・11〉小説ではないかと考えられる。

椎名がこれほど早く震災後を小説として書くことができたのにはいくつか理由がある。最も大きな理由は「かいじゅうたちがやってきた」が典型的な私小説であることだろう。日本においては、フランスの自然主義が田山花袋の『蒲団』に代表されるような私情を赤裸々に告白するスタイルへと変化し、純文学のリアリズムとして大きな位置を占めるようになったことが知られ、現在でも西村賢太、笙野頼子、佐伯一麦などといった「私小説作家」の系譜を形成している。

「私小説」の研究と解釈については、日本における大正末期の中村武羅夫や久米正雄などから近年における日比嘉高、安藤宏、梅澤亜由美などまで連綿と続いているのを筆頭に、北米ではエドワード・ファウラーの『告白のレトリック』(*Rhetoric of Confession*. 1992)や鈴木登美『語られた自己——日本近代の私小説言説』(*Narrating the Self*. 1997)、欧州におけるイルメラ＝日地谷・キルシュネライトの『私小説——自己暴露の儀式』(*Selbstentblössungsrituale*. 1981)など海外においても刺激に富んだ研究書が出版されている。こうした研究によって私小説という表現形式には多様な側面があり一様には捉え難いものであることが示されてきた。しかし、単純化の誹りを承知でいえば、その特徴は何よりも作者が自らの視点で事実を「ありのまま」に述べるという主観的リアリズムの追求にあるのではないだろうか。少なくとも椎名は二〇一一年三月の時点で私小説をそのように考えて執筆を進めていた。椎名は「かいじゅうたちがやってきた」の中で自らのスタイルについて次のように語っている。

私小説というジャンルは、それこそワタクシ小説で、作者の身の回りにおきていることが題材になる。そういう意味では関係資料とか参考文献など必要なく、記憶をもとにずんずん書いていけばいいだけなので、そんな面倒なことはあるめい、と思う人も多いだろうが、今回についてはそううまくいかなかった。原稿締切りにむかっていろんなコトがいっぺんにおこりすぎてしまったのだ。（一二三四）

椎名の「かいじゅうたちがやってきた」は体力を拠り所とする語り手が自ら積極的に冒険に参加し、そこで起こった出来事と内面をありのまま描写するという私小説であり、行動と内面のバランスを取ることによって大衆小説と純文学の領域を跨いでいるともいえるだろう。そのような椎名の私小説のスタイルが東日本大震災に遭った後、その出来事をありのまま書くことを可能にした。また一方では椎名による震災への早い反応の背景にはより現実的な要因もあった。先の引用が暗示しているように、彼は締切りまで余裕をもって書くタイプではなく、三月十一日に震災が発生した当時、彼には連載のために前もって書いておいた原稿がほとんどなかったようだ。小説にライブ感覚を取り入れ短時間に書き上げる椎名のスタイルが震災のエージェンシーを連載小説に呼び込んだのである。

佐伯一麦のように仙台で被災し一時的に外部と連絡をとることも困難になったため雑誌連載を休んだ作家もいたが、椎名の場合は東京に住んでおり、原稿を出版社に送ることに問題はなかったはずだ。しかし、彼は独自に得た原発事故の情報と孫への放射能の影響を考え家族を連れて自主的に沖縄に避難することを決断し、同時に連載に穴をあけることはせず、逃避行を続けながらその様子を「私小説」として描き掲載することを選択した。ここで興味深いのは、本来椎名にとって「出来事をそのまま」書けばよいはずの私小説の連載が、震災のエージェンシーによってその形式を壊されてしまったことである。「かいじゅうたちがやってきた」の連載第二回は他の連載に比べてまとまりがなく、後に連載を書籍化する際に削除されてしまうことになる。言い換えれば、震災のエージェンシーはこれまで椎名の小説の中にしばしば登場したアクシデントと彼の小説の枠組みの外で起こった災害との差異＝ギャップを露わにしたのである。冒険におけるハプニングを私小説化してきた椎名が震災のハプニングをそのまま作品化することが出来なかったのだ。

椎名が震災のリアルタイムな作品化に失敗した理由は、皮肉にも彼の同時進行的な私小説というスタイルそのものにある。椎名の連載小説はおよそ二年前の出来事から順に現在（執筆時）へ向かって描き、さらに連載開始時の「現在」（二〇一一年二月）を超えて予測できない未来に筆を進めるという構想で始められたものであった。連載第一回は二〇〇八年にアメリカから帰国した孫たちが自宅へ頻繁にやってくるようになった事態をユーモラスに描いている。連載第二回はそれに続いて孫たちによって変化した彼と彼の妻の日常が書かれる予定であったが、震災によって予定が中断され、小説中の「現在」から見ると突然二年後にあたる執筆時の「現在」における沖縄への逃避行が掲載されたのである。この事態は、私小説が出来事をそのまま書くだけではなく、時系列的な編集作業を経て作品化されるものであることを改めて教えてくれる。それと同時に、椎名の私小説が出来事を同時進行的に書くライブドキュメントのスタイルであったがために、他の形式で書いているほとんどの作家には見ることのできない、作品に対する震災の直接の影響が現れた。「かいじゅうたちがやってきた」の場合、本来は第二章になるはずの連載第二回はバラバラに切り分けられ、二〇一三年に出版された『三匹のかいじゅう』においては四章、七章、八章の一部となっている。椎名の私小説とは一種のドキュメンタリー・フィクションであり、現実の出来事をそのまま描きながら、それは編集作業によって一編の作品となっているのである。東日本大震災は、突然作家の環境を激変させることによって作品としての私小説の時間軸を乱し、それが雑誌連載というリアルタイムな効果を狙った媒体に掲載されていたため、壊れた時間がアクシデントとしてそのまま掲載されることになった。

ただ、それを書くにはいささかタイムラグがありすぎる。具体的に言って二年半ぐらいだろうか。第一話に書いた話は二年半前のことであり、小説としてはたとえば全部で十二回書く予定であるとすると第二回目でいきなり最終回に近い話になってしまうのだ。

〔……〕

そこに至るまでのかれらのドタバタのあばれぶりを書いていく、というのがこの小説の基本線だった。

ところがこの数日であまりにもいろんなことがおこりすぎた。

東北関東大震災がおきたその日、小学一年生の風君がなかなか帰ってこなかった。（一二三五）

震災が想定外に起こり震災後の対応に忙殺されたため、作者は過去の出来事を私小説の時系列に編集し連載第一回に沿った形で書くことが出来なかったのである。書籍化の際に消去された連載第二回は、作品とライブ・レポートの間のギャップを可視化させ、普段は作品化されない作家の環境を現前化させることになった。それは、東日本大震災が作家にとっての環境を異物として顕在化させ可視と不可視の恣意的な関係を明らかにしたということである。震災は、我々が通常無意識に依存している環境である空気、水、土地、電気などを実体化させ我々に意識させることによって、世界を「環境化」しそれ以前の世界観（意識／無意識、主体／環境）をかき乱した。小説を読む読者が通常「有る」と思うのは文字、インクの形象だけである。読者はめったに紙そのものに注意を払うことはない。しかし、環境は静かでも死んでいる訳でもない。我々が普段生活の中で存在を意識することのない土地や水が極端な動きを示して我々にその存在を意識させる時、人間である我々の世界が揺らぎ、環境（非人間、余白、枠そのもの）の主体的なエージェンシーが感じられるようになる。日本の作家たちが震災後に書くことの意味を自問したのは根源的にはそのためであるが、椎名の私小説にとってそれは直接的に作品世界の混乱となって現れたのである。

還れぬ家

佐伯一麦の『還れぬ家』は東日本大震災との奇妙な縁を持つ作品である。佐伯の分身たる語り手、早瀬光二は二〇〇八年三月十一日に父が認知症と診断された日から小説を語り始める。その父が亡くなるのが二〇〇九年三月十日である。また雑誌連載二〇一一年二月号には光二が高校時代に原発の危険性を学び家族と意見が衝突したというエピソードが語られ、そして二〇一一年三月十一日に作者自身が宮城県で東日本大震災に遭う。『還れぬ家』には良くも悪くも「3・11」という刻印が深く刻み込まれている。

佐伯は明治以来の日本の私小説の伝統に連なる作家として自らを認識するリアリズム重視の作家であるが、彼は父親が認知症となり介護の一部を受け持つことになったのをきっかけに長年に亘る生家との不和をテーマとして小説を執筆することを構想し、その構想は「還れぬ家」となって雑誌『新潮』の二〇〇九年四月号から連載が開始された。そして二〇一一年三月十一日に英国からの客をもてなすために仙台市郊外の作並温泉に滞在していた彼は、震災のため二〇一一年五月号と続く六月号を休載したのち、七月号から連載を再開した。[4] 断続的に余震が続く状況下で連載は二〇一一年十月号、二〇一二年六・七月号で途切れるも、二〇一二年九月号をもって終了する。

佐伯の『還れぬ家』は椎名のポスト〈3・11〉小説との間に興味深い異同を有している。『還れぬ家』

は「かいじゅうたちがやってきた」と同様に、執筆時より約三年前の出来事を「現在」として書き始め、疑似的な「リアルタイム」感を創造しながら作家と彼の両親、妻、兄妹らとの葛藤と変わりゆく関係を「私」の視点から描く作品である。椎名との違いは、佐伯が仙台に居住していたため、東日本大震災による停電、断水、交通麻痺といった事態に直接巻き込まれたことであろう。そのため、震災の記号と既に小説で語られていた日付の間の奇妙なつながりが語り手に新たな想像を促すことになるのである。

『還れぬ家』については既に東日本大震災の影響を大きく受けた作品としての言及がある。(5) 震災を題材にした小説は、現場の臨場感を伝えんとする余り、フィクションであることの意味を見失った作品が少なくなかったが、そんな中で『還れぬ家』には幾つか特筆すべき点があった。まず、この作品は二〇〇九年に執筆が開始され、両親との葛藤や故郷との和解という、震災とは別のテーマが確固として存在したことである。語り手の「私」である早瀬光二は、認知症を発症し日に日に扱い辛くなる夫を持て余した母からの度重なる連絡を受け、十八歳で上京して以来不和をかこっていた父と母に妻・柚子の助けを借りて向き合うことになる。ぎこちない親子の交流の中で早瀬は徐々に両親の人生の来し方と自らの在り様との連関に理解を深めてゆく。佐伯はこのテーマを私小説という形式を用いて現在進行形で書き進めた。そこに東日本大震災が発生し、仙台で書き進められていた現在進行形の作品が語りの形式と内容を大きく変えたのである。その結果、『還れぬ家』は地震の力が引き裂いた大きな亀裂を抱える作品となった。震災の被災者たちが移住生活を強いられ、その周辺の人々が電気や水、ガスのない生活を余儀なくされたことで、生きるとは何かという根本的な命題が突然突きつけられたのである。津波に呑まれ家を失った人々を前に、『還れぬ家』の既存のテーマは現実感を失い、佐伯は書き続けることの意味を自らに問うことを強いられた。

震災は、文学内部の現実感が、地球環境の力から遮断された空間において成立していることを否応なく教える。『還れぬ家』は、死期を迎えつつある父にかかわる「私」を中心に家族の変容をそのまま現在進行形で小説に収めようとした自然主義的傾向の作品であるが故に、小説の現実感とは何かという震災からの問いに正面から向き合うことになった。地球規模の時間軸をもつ地震は既存の言説や時間の流れに介入し、普段は不可視化されている環境の物質性を可視化することによって、小説世界に亀裂を生み、小説と環境の複雑な関係の姿を開示したのである。その環境の物質性が作者にいかなる創造を強い、何が失われることになったかについて「かいじゅうたちがやってきた」との比較を通して考察を進めてみる。

「かいじゅうたちがやってきた」と「還れぬ家」

椎名誠の「かいじゅうたちがやってきた」はアメリカの大学を卒業しアメリカで生活していた息子家族が日本で仕事を見つけ、孫たちを連れて帰国したことをきっかけに変わった椎名の生活を描くものである。アメリカの生活に慣れ、日本への適応に苦労する息子夫婦を背景に、孫の相手をする役目を負った祖父としての「私」がユーモラスに描かれる。しかし、連載の第二回で起こった震災を機に、アメリカという文化体験は全く別の意味をもつようになる。椎名自身が作家として過去に原子力について調べた経験をもっていたこととは別に、彼の息子も日本における日本語の情報だけではなく、英語による海外からの情報と分析に接することが出来たため震災後の原発事故に対し一般の日本人とは異なる反応を示し、すぐに孫を福島から出来るだけ遠い場所へ逃がすという選択をする。椎名は仕事を離れられない息子の代わりに孫を連れて知人のいる沖縄へ行く役目を引き受け、そのために雑誌連載を従来の形では進められなくなってしまう。この連載第二回では孫に日本のパスポートを取得させることが大きな目的となるが、それは状況次第で息子家族が再び海外で生活することを考えてのことだった。椎名一家の判断は万が一を考慮してのことであるが、それは同時に東日本大震災が一歩間違えば何百万人という海外への避難民を生んでいた可能性を示唆している。その最悪のシナリオは後に北野慶の『亡国記』（二〇一五年）に書かれることになる。この小説では日本で再び起こった原発事故によって日本が中国、アメリカ、ロシアに占領され、文字通り日本国が滅び日本人が世界を流浪する民となる。

また椎名同様、家族を連れて沖縄へ向かった作家に俵万智がいる。(6) 俵は当時佐伯と同じ仙台に住んでおり、被災地からの脱出ともいえる例である。放射能の影響を心配した俵は息子を連れて石垣島へ移住し、濃密な人間関係と自然環境に恵まれたその地に定住して作家活動を再開する。震災前後の作品を集めた『オレがマリオ』（二〇一三年）には直接震災に言及した作品の他に、〈3・11〉を境に放射能のリスクによって変わってしまった人間の意識を映しだす作品を見ることが出来る。

子を連れて西へ西へと逃げてゆく愚かな母と言うならば言え（一四）

汚染米を「おせんべい」と誤読して屈託なき子は秋のなか（三三）

三月の海の青さよ十日でも十一日でも十二日でも（三九）

俵が息子の子育てを通して石垣の土地に馴染んでいくにつれ、作品から震災の影は薄れてゆく。しかし、それでもなお、国境ぎりぎりの島への移住という行為そのものが震災のエージェンシーによる結果であるという事実は残り、依の作品を読む者の中から震災という記号が消えることはないのである。
佐伯の場合、仙台は彼が生まれ育った故郷で親兄弟のいる土地であり、また夫婦の間に子どもがいないため、放射能を考えて東日本を離れるということはなかった。『震災と言葉』によると、彼は震災当時イギリスからの友人を仙台に迎えている最中であったため、佐伯の震災後の活動は友人の帰国を助けることから始まった（四—七）。さらに地震で母親が独居していた彼の生家が壊れたことがきっかけとなり、彼女を一時的に自分たちの住むマンションに迎え入れることになる。「還れぬ家」が両親、特に母親との不和をテーマに親子の葛藤を探求する作品であったことを考えれば、震災のエージェンシーは佐伯の内面的な葛藤を外部からあっけなく無に帰してしまったのである。佐伯はこうした事情を『新潮』の連載を二カ月休んだ後、七月号から書き続けることになる。椎名が「かいじゅうたちがやってきた」において震災時の「現在」をリアルタイムに掲載した後、『三匹のかいじゅう』として書籍化する際にはもともとの時間軸に沿って時系列の乱れを修正したのとは異なり、「還れぬ家」において震災の時間は作品の後半部を支配し、小説全体の方向性を大きく変えることになった。この小説の第七九節と八〇節の間には震災が刻んだ断層としての時差があらわになっている。この断層によって私小説の「現在」はそのフィクション性を晒すことになり、第八〇節以前におけるリアリズムの臨場感は失われることになる。佐伯はその様を次のように語る。

あと数か月を費やして、その父の半月余りを、現在進行中の出来事として再現させるつもりだった。だが、三月十一日の大震災によって小説の中の時間も押し流されてしまったのを痛切に感じる。もはや、前に続けて書き進めることは無理かもしれない。父のことが、急に遠景に退いたように感じられる。その実感に就き従って、小説に断層が生まれるのを恐れずに現在進行中の出来事から回想へと表現を変えるべきか。
（三〇九―三一〇）

佐伯は震災後に書いた第八〇節において小説における語りの「現在」を「過去を現在とする」遡及的なモードから〈3・11〉を基点とするモードに変更する。その結果、語りの時制に震災による亀裂が走ることになるのだ。「還れぬ家」の第八〇節以降で震災のエージェンシーが小説に新たな臨場感をもたらすようになる一方、震災以前の語りは過去のものとなり、いわば「がれき」となる。津波は人や動植物の命を奪い、生活の場をがれきの山に変えてしまったが、私小説において震災のエージェンシーは過去へ遡って語る「現在」を押し流して「過去」そのものへと変えてしまった。この外部環境による小説の語りへの介入は環境のエージェンシーと文学・文化の時空間の関係を考察する上で貴重な示唆を与えてくれる。

小説の時間と環境の時間

椎名と佐伯の例は震災に対する私小説作家の異なる反応として重要なものであるが、しかしいずれの場合も震災のエージェンシーは小説の時間をかく乱し、即座に作品化されることを拒むアクシデントであった。私小説においては通常作者の主観が形成する世界における「現在」が読者の「現在」と一致するよう錯覚されることでリアルな臨場感を生み出している。その場合、作者と読者の時間のズレは忘却されているが、震災のエージェンシーは作者と読者に共通する環境の変化を生じさせるため、フィクションとしての私小説の「現在」が「過去」として読者に意識されることになってしまう。また、作者が意識内においてて（環境を忘却することにより）過去を現在と想像することによって作られた小説世界が、外部環境（現在）からの強い介入によって壊されてしまったということでもあろう。いかなる出版物も常に既に過去となった出来事を読者の中に現在として甦らせるメディアなのである。そこで異なる時間世界は想像のために排除されねばならなかった。震災のエージェンシーはそうした作者―メディア―読者の内的環境を揺るがす外部環境としてその存在を露わにしたのである。

外部環境のエージェンシーが可視化されたことによって、私小説のフィクションにおける作者と読者の共時的つながりは、物的環境と時間のズレを無化することで成立していたことが明らかになる。東日本大震災は、人間中心的な内的世界において無効化されていた環境の物質性の横溢・顕現であったのだ。逆説的ではあるが、私小説は震災のエージェンシーに大きく影響され、外部環境との親密なアフェクションが示されることによって、現実に最も近い形式のフィクションであることも明らかになったといえる。実際、架空の世界を構築する他の小説は東日本大震災後もほとんど変わりなく連載が続けられている。私小説は、現実のリアルさをそのまま描くことを目論み、「ここ」にいる身体的な「私」と「そこ」にいて書く語り手としての「私」の間のズレの中で現実世界と作品世界、そして読者の想像世界に共時性をもたらす形式である。それがゆえにリアルタイムな「私小説」は震災によって生じた新たな現在・共時性を描かざるを得なくなるのだ。ここで議論されている物理的な環境の介入による記号と物の世界をモートンは「主体なき環境」（ecology without a subject）と呼んでいる[7]。東日本大震災のエージェンシーが作用した私小説が示すのは、非人間中心的な時間の集合体であり、筆者はそれを「環境的時間」と呼びたいと考えている。

椎名と佐伯の作品は、私小説が東日本大震災後の壊滅的な状況に対して試みた異なる対応の例であり、同時に震災がいかに小説の時間を混乱させ小説化を妨げるかを示してもいる。それに対し、二〇一一年三月当時雑誌連載中だった他の小説は、ほとんどの場合、震災に影響されることなく連載が続けられている。

「執筆の現在」を作品の中に取り入れ読者と共有するライブ感覚を生み出そうとする椎名と佐伯の私小説において、他の小説では読者の意識から取り除かれている作者と読者の間の時差（現実との距離）が作品にとって重要な役割を果たしているのだ。〈3・11〉のエージェンシーは、小説―文芸メディア内部における記号―解釈の共同体に対し物理的かつ記号的な作用によって出版社、作者、読者、取次業者、そして小説の内容の一部に変化を及ぼしたのである。

また椎名の雑誌連載「かいじゅうたちがやってきた」と書籍化された『三匹のかいじゅう』は〈3・11〉のエージェンシーによる作用を受けた小説の編集前と編集後を検証することを可能にする。「かいじゅうたちがやってきた」の連載第二回の内容の多くは書き直されて連載第五回「ピョンキューター」、第八回「転変」、第九回「三月のつめたい海風」の一部となった（本では四、七、八章）。出版された書籍『三匹のかいじゅう』から完全に姿を消した連載第二回の内容は主にその始めと終わりである。消えた連載第二回は「今月号で第二話となるはずだったのにストンと腰が落ちてしまうように、閑話休題的な分断話になってしまう」と始まり、内容が中途半端であることの理由が語られる。私小説である以上、身の回りの出来事は全て小説の題材となるはずであるが、今回だけは「いろんなコトがおこりすぎ」たため、起こったことを書くには「いささかタイムラグがありすぎる」というのだ（二三四―二三五）。ここで作者は少々辻褄が合わないことを語っており、本から完全に削除されたことも頷ける。要するに、連載第一話から時系列的に書き進めるという作者の構想が、東日本大震災が原因で崩れてしまったのである。実際、この回に書かれた内容の多くは後の連載で書き直されて収録されており、その内容自体は私小説として書かれるべき出来事なのだ。問題は、震災によって時系列的に時間をさかのぼって出来事を語ることが困難になったことである。

連載第二回では、震災が起こった後、語り手に突然兄の訃報が入り、その兄の葬儀を終えた後、家族と沖縄に飛んで孫の「琉君」のパスポートを申請し、その発行までの一週間を過ごすために借りたコテージにたどり着くまでの様子がせわしなく描かれる。作者は明らかに一人でじっくりと机に向かう時間が取れなかったのだろう。連載第二回の終り近くで椎名は「そんな状況に居るので、この連載小説の『つづき』を落ち着いて書くことができなかった」と書いている（二八三）。

作者によれば元来「記憶をもとにずんずん」書けばいいはずの私小説が書けなくなるとはどういうことだろうか。おそらく、椎名は記憶をたどりつつ出来事を時系列的に整理し、つながりのある話とすることが出来なかったのだろうと考えられる。つまり、この連載第二回は異なる時間が未整理なまま押しこめられた記憶の記録ということになる。それは「私小説」として作品化・商品化される際には削除・編集されるべき異物であり、話のつながり（物語）という意味の世界にとっては隠されるべき身体性——ドゥルーズとガタリが「器官なき身体」と呼んだ集合体（assemblage）のような——の表出にもかかわっている。この集合体には、異なる時間が混在し、それは時系列的な意味の生成において不可視化される環境と物質の痕跡なのである。

書き換え

「かいじゅうたちがやってきた」の連載第二回の中心部分は後に本の三、四、七、八章の一部となったが、その文体は悉く書き換えられており、そのまま同じ文章を使った箇所は見当たらない[8]。そんな中で、文体のみならず、内容も書き換えられた場面が二つある。ひとつは震災の後に作者夫妻と義理の娘と孫たちが沖縄へ向かった理由を語った場面であり、もうひとつは、パスポート申請のために沖縄で琉君の写真を撮った時の様子を母親がアメリカで申請した時と比較して語る場面である。まず、最初の書き換えの場面を見ると、連載第二回では語り手が震災直後に孫たちの父親から「もしそういう余裕があるのなら子供たちを沖縄に連れていってくれないか」という内容の電話をもらい、「彼の不安な思いを汲んで、三匹のかいじゅうとその母、そしてわたしの妻の六人で沖縄に行くことにした」とされる（一三六―一三七）。しかし、本の七章（連載第八回）では「モノゴトの順番として何がおきるかわからないから一刻も早く琉太くんのパスポートを取得しよう、ということになった。そのとき、わたしの頭に沖縄が浮かんだ」とされ、さらに「飛来してくるかもしれないセシウムなど放射線物質は子供にとくに危険だ。とくに大きなダメージを受けやすい女の子の海ちゃんを一刻も早く東京から遠ざけて守りたい、とわたしは考えていた」と理由も明確に述べられる（一三〇）。

どちらの記述が本当かということはさほど重要ではない。記憶を整理し、私小説として作品化していく中で、はじめは息子の気持ちを汲んで決めた沖縄行きが、放射線物質の危険性を考えて語り手自身が選択したことへ、自主的な判断へと変わっていることが興味深いのだ。ひとつの行動がなぜ起こされるのかを検証することは難しく、それは自分自身にとっても様々な要因が考えられる。震災に見舞われたばかりの「かいじゅうたち」の語り手にとっては孫の父親の不安に同調したという気持ちで決めた沖縄行きであるが、時の経過とともに、そもそも語り手自身がSF作品を執筆する中で放射線物質に関する様々な情報に接しており、公の情報を信用していないことが明らかにされる。つまり、アメリカに長く生活し、海外からの情報を直に得ることによって原発事故を恐れた息子と以前から放射能について学んでいた語り手は、東京を危険地域と見なすことでは一致していたと考えられるのだ。アメリカ政府が福島第一原発から五〇キロ圏内からの避難を自国民に勧告したことは記憶に新しい。そのような判断の基準となる情報に接していた語り手の息子の不安が、作者の整理されない記憶の中では最も早く直接に沖縄行きを促す理由であったのだろう。

消えた連載第二回の内容が書き換えられた例がもう一つある。琉君のパスポート申請時の写真撮影の様子を描いた場面だ。小説の語り手は琉君の母親が申請書類を書いている間に琉君の写真撮影へと向かう。撮影の後、語り手が「申請所にいた『琉』の母親にそのありさまを言うと『やっぱり沖縄はいいですね。アメリカで撮るときは床に寝かせて子供の上にまたがって真上からパチリですよ』と笑いながら言った」とされる（二三七―二三八）。しかし、この場面が書き直された本の第八章（連載第九回）では、「『あい。そのまま、いい顔で撮りましょうね』〔……〕撮影は問題なくおわり、次の申請書類を書くコーナーに行った。『沖縄はいいですねえ。アメリカだと子供は床に寝かせて上から撮るんです。死体みたいに』琉太くんのおかあさんは低い声でそう言った」となる（一三八―一三九）。同一場面の描写であるが、書き換えによって読者が受ける印象は相当変わったといえるだろう。琉君の母親が「笑いながら」言ったのと「低い声で」言ったのでは、たとえ同じ言葉でも意味合いが異なる。さらに「死体みたいに」と連載第二回では書かれていなかった言葉が追加されることで、違いは決定的なものとなる。のんびりとした沖縄のよさが強調されると同時に、その対極にあるアメリカの冷たさも印象付けられる。

修正

連載第二回が本から削除され、書き直されて再配置される過程では内容はほぼ同じであっても文章や順序に様々な修正が施された。その多くは単に書き方を変えただけであるが、言葉そのものに変化が見られる箇所もある。例えば、連載における「東北関東大震災がおきたその日」は（二三五）、本では「東日本の太平洋側の広大な範囲を襲った地震とそれにともなう巨大津波がおきた」と書き改められる（一二八）。初期に様々な名称で呼ばれた東日本大震災という名前で閣議決定されるのは二〇一一年四月一日であるが、作者は最初に用いた通称を捨て公式に決定された呼び名も使わず、地震の実状をもって語ることを選ぶ。また、連載第二回では孫たちの父親は「関西」に行っていたとされるが（一三五）、本（連載第八回）では「熊本」に行っていたことになる（一二九）。このように、連載第二回では当時の情報が咀嚼される間もなく使われており間に合わせの表現で書かれているが、書き改められる過程で名称や描写が具体性を帯びてくる。さらに、より重要な修正は時間軸の挿入であろう。連載第二回の内容で最も大きな混乱は、「かいじゅうたちの父親は仕事で関西に行っている。二週間は還らない長い出張だった。そこにいきなり訃報が入る。震災とは関係なくわたしの兄が急死したのだ」という場面に象徴される錯綜する時間である（一三五）。連載第二回では、そのまま兄の告別式へと話が続き、それが原発事故のニュースの前日であることが語られる（いつのことか確定できない）。さらに告別式の模様を述べた後で震災の話に戻り、息子からの電話の内容が紹介され、アメリカへの帰国の可能性が検討される。しかし、本（連載第八回）では連載第二回の「そこにいきなり」の部分は「震災のあった翌日、わたしの兄が急逝した」へと修正されている（一三〇）。連載第二回における語りの時間は、震災の日からその翌日、そして告別式へと話が進んだ後で、また再び震災の日へと話が戻っている。しかし、編集後の本では震災の日の「夜更けに小さな子供たちの父親であるわたしの息子と電話で話をすることができた」とされ、時間の経過通りに出来事が語られる（一二九）。

後に本の三、四、七、八章へと転用された連載第二回の内容は、時間軸に沿って描写がより具体的になり分量的にも長く書き直されるが、兄の死についてはむしろ本（連載第八回）においてより簡潔にまとめられ、感傷的な記述が削除されている。既に触れた通り、連載第二回の内容で後に完全に削除された主な部分は最初と最後の節である。最初の節で作者は、話が突然現在に飛んでしまうことを説明する過程で元々の小説の「基本線」を明らかにし、その「基本線」が維持できないことを弁明する。そして連載の中心部分で語り手の「わたし」は、時間の前後関係が混乱したままに出来事を描写している。さらに最後の節で語り手は「そんな状況の中にいるので、この連載小説の『つづき』を落ち着いて書くことができなかったのである」と改めて読者に内容のまとまりのなさを弁明して終わる（二八三）。作品としての私小説からこのような場面が削除されるのは当然のことであろう。しかし一方で、「記憶をもとにずんずん書いていけばいい」と語り手自身が述べる私小説からこうした場面を削除しなければならないということは、私小説がそもそも「記憶をもとにずんずん」書くものではないことを示してはいないだろうか。あるいは、こういうこともできるだろう。作者が語る「ずんずん」とは、その言葉の即時的印象とは裏腹に、事後的な編集作業のことなのである、と。同じ出来事であっても一日後と一年後では、その印象が異なってくる。そのことが、連載第二回の内容の修正に現れている。関西と熊本は違う地方であるし、笑っていたか、声を潜めていたかも明らかに違う表現である。さらに、なぜ沖縄に避難することを決断したか、という問いには事後的にしか見えてこない様々な要因が存在する。自らの行動を即時的に理解するのは困難であり、特に環境と時間との関係において人間は常に自らの考えと行動を軌道修正し続ける存在だ。すると、記憶とは環境と時間の経過・変化によって刻々と編集され続ける、その行為そのものなのではないかとも考えられる。

そう考えると、たとえ一年後だからといって出来事が客観的に理解できると想定するのもまた誤りであろう。時系列的に語り直されることと、正しい記憶を得ることは別である。出来事から時間的に離れれば離れるほど、当時の身体性は忘れられ、出来事の記述的な側面がより明確に浮かび上がるに違いない。しかし、記述的な整合性が増す一方で、混在する視点や時間を含んだ出来事との同時性・身体性は失われるのである。この同時性とは、環境と人の意識が未だ分化されていない状態と言い換えることもできよう。環境の物質性と人の意識が相互に浸食しあっていて、まだ線形の時間と語りが確立されていない状態なのだ。このような物質性を近代的な線形の時間軸に支えられた人間中心的意識に対する環境の表出と捉えることはできないだろうか。椎名による「かいじゅうたちがやってきた」連載第二回の編集作業は、時間の経過とともに明らかになる「環境の言説化」に対応する。東日本を広く襲った地震は、人々が体感した直後から（あるいは地震速報としてはそれ以前から）様々な情報として発信・受信される。そうした情報が言説化され、大小様々な世論として流布し、「わたし」の立場が形成されていく。線形的な時間軸は、作者と読者が時間的な意識の基盤を共有することによって、語り手の内面に共感するのに適した基本線である。雑多なノイズに満ちた環境世界を言説化し、シンボリックな交感の場を形成することが小説の機能であることを、一見無造作に書かれている私小説こそが明らかにするのだ。

さらに、「かいじゅうたちがやってきた」から『三匹のかいじゅう』への題名の変化が編集によって消去されたものを象徴的に語っている。それは私小説に内在する「ここ」の感覚である。(9) 連載の第二回で椎名はライブ的私小説という意味で人間個人の「今ここ」を維持できなかったが、それはむしろこの連載における時間の不整合こそが東日本大震災のエージェンシーを映しだしており、それこそが異なる時間軸を持つ物質たちの「環境的な」時間なのである。

震災リアリズムとしての『還れぬ家』

一方震災は『還れぬ家』において語り手の父親が死に近づきつつあるという、小説における「現在」が実は既に過去であることを明らかにした。そして小説の時間が震災によって崩された直後の第八〇節には興味深いシーンが描かれている。

「おれはここに留まる」
ベッドの上で正座をした父が、目をしっかりと見開き、正気づいた声で言う。〔……〕
――こいつは大きいな。とうとう宮城県沖地震が起こってしまったみたいだ。親父、外へ逃げたほうがいい。〔……〕
――津波が来るらしいぞ。
――そんなもん、来るもんか。この辺の海は、遠浅の砂浜だ。（二一九八）

震災後に語り手は既に死んだはずの父が津波によって死んだという夢を何度も見るようになる。遡及的な私小説の時間は環境と対峙することで想像的な時間へと変貌し、そこでは過去に起こった出来事が現在の時間に混じり合う。震災以前の語りにおける作者の主観世界の「現在」は、語り手が想像する「夢」となり、直接に読者が共感することはなくなる。それは震災（外的環境）の時間が読者に明らかである以上、想像はフィクションとして存在するしかないためである。その意味において、震災のエージェンシーは、人間中心的な世界において人間（作者）の主観に読者が感情移入するために操作されていた時間を環境と人間が相互に作用し合って影響する環境的な時空間へと変化させたのだ。震災は作者と読者に共通の経験の時間軸をもたらす。震災のエージェンシーが小説内部の想像世界に対して外部の時間をもたらすことによって、読者は語り手を外部から眺めるようになる。そこで語り手による時間の操作は可視化され、作者の創造的世界はフィクションあるいは夢となる。震災のエージェンシーは外部環境の存在を作者—メディア—読者の関係に介入させることで作者を中心とした想像の共同体を部分的に破壊したのである。

一旦作者による時系列の操作が読者に明らかになると、小説は共時的なリアリズムを維持することが困難になり、メタ・フィクション化してしまう。しかし、佐伯は震災のエージェンシーによって小説のフィクション性が明らかになる事態を受け止め「そのまま」描くことによって小説のリアリズムを維持しようと試みる。佐伯は小説の時系列の崩壊をそのままに描き、私小説における通常の時間操作が震災によって失敗したことを「もはや、前に続けて書き進めることは無理かもしれない」と告白する（三一〇）。震災は近代小説のリアリズムを表現し続けることの困難さを明らかにし、その告白そのものが震災時における新しいリアリズム—「震災リアリズム」となるである。

佐伯は「還れぬ家」の時制の崩壊そのものを告白することによって小説のリアリズムを維持しようとする。ポストモダン文学が近代小説のフィクション性（メディアが作る現実）の認識を基盤として書かれてきたとすれば、震災によって私小説のリアリズムが崩壊した事態を描く「還れぬ家」の後半部はポストモダン的文学と解釈することも可能だ。[10] しかし、佐伯は構築した私小説世界の崩壊を告白することによって別の次元でリアリズムを担保しようと試みている。むしろここで現れているのは筆者が「震災リアリズム」と便宜的に呼んでいるような、地球のエージェンシーによる人間の科学技術・文明（小説を含む）の成果の破壊を「本当の現実」と捉える現象ではないだろうか。近代文化のひとつの現れである小説の虚構性を露わにしたという意味ではポストモダンと同じであるが、佐伯はあくまで従来の小説の崩壊にリアリズムを求めている。そこではメディア的な現実（津波の映像）と自身の現実（父の死）が混じり合った「夢」が語り手にとって最も現実感を伴った世界となる。その意味で、震災による小説の時制の破壊は従来の約束事としての「私小説」から語り手を解放し、時制と虚実の錯綜した「震災リアリズム」を語ることを可能にしたのである。

震災による喪失

東日本大震災は小説において時空間（今、ここ）を形成する慣習を破壊し、新たな想像を可能とする一方で、佐伯が震災以前の連載において追求してきた多くのテーマを押し流した。その中には「南小泉村」の景色も含まれる。『還れぬ家』において真山青果の『南小泉村』（一九一二年）は故郷に対する光二の心象風景に決定的な役割を果たしている作品である。光二は中学二年の時に『南小泉村』を読んで以来、その作品世界を通して故郷を見つめるようになっているが、その最大の理由は、彼の生家が「かつて南小泉村と呼ばれていた。仙台市南小泉字桃源院東、真山青果『南小泉村』の舞台」にあったことである（二九）。佐伯と光二の故郷である土地を批判的に描いたこの作品は、思春期の多感な光二に鮮烈な印象を与え、「まったくこの界隈は『南小泉村』の頃から、ほんとうは何一つ変わっていないのかもしれない」と嘆くようになる（二七八）。『南小泉村』は光二が故郷と生家を否定する心境を支えるバックボーンとなった作品なのである。

真山青果の『南小泉村』は一九一二年五月の『新潮』に掲載され、島崎藤村の『破壊』や田山花袋の『蒲団』と並んで「自然主義文学」を代表する作品のひとつとして脚光を浴びた。[11] ロマン主義を否定し、科学的な自然の理解の延長線上に人間を把握せんとしたゾラ流の自然主義文学が日本において受容される過程で田山花袋らによって「露骨なる描写」へと変化し、現実生活における作者と周辺人物の性情を過激に描写する私小説文学となったことはよく知られるところである。[12] 『南小泉村』は田山花袋の代表作である『蒲団』の四カ月前に出版され、まさにその露骨なことによって評価された。少年時の光二は真山の露骨な描写にショックを受けつつ、しかし「確かに、この土地の生活に自分も感じている不快と嫌悪を言い当てられたような思いに囚われ」る（三〇）。続けて光二は「生まれざりしならば」という真山の言葉と母親の「お前なんか、本当は生まれるはずじゃなかったんだ」という言葉が呼応して呪文のように響きあっていると語る（三〇）。

光二にとって、真山の持つ中央コンプレックスと農民蔑視は、彼の母（まち子）を理解する大きなモチーフとなる。高度経済成長期を経て仙台市内の住宅地となった南小泉におけるまち子の見栄や世間体を重んじる態度は時代錯誤に見えるが、光二は真山や母のプライドの持ち方から目を背けることが出来ない。それはおそらく、光二が南小泉で生まれ育った者だからである。母が密かに蔑視する土地が彼の故郷なのだ。光二は幼少期に母から拒絶された体験を内面化し、彼女の世界観や習慣に嫌悪感を抱くようになる。それは現在仙台市内にある旧南小泉村の人々を見下す母の視線を否定するものでありながら、一方では元下級士族の出であった真山青果が仙台市郊外の農民に対する嫌悪感をもって描いた南小泉村の風景には共感するという奇妙なねじれを生んだ。作中で光二が偶然見つけた高校時代の自分の日記の中に次のような文が現れる。

いつも近道をするために塀を飛び越えていくときに顔に触れてくる無花果の湿った葉。すえた臭いが垂れ籠めている路地の長屋の一番奥の家の前に置かれている大人が用を足す御虎子。クソババア、てめえなんか死んじまえ、という自分と同じ年頃の男の怒声と母親らしい女が泣き叫ぶ声。〔……〕顔じゅう青痣をつくり鼻と口から血をたらしているアル中の主婦を主人がなだめすかすように家に連れて帰る光景〔……〕。

まったくこの界隈は、「南小泉村」の頃から、ほんとうは何一つ変わっていないのかもしれない。

（二七八）

光二は公務員であることを誇りにするような両親の価値観に反発して大学進学を辞め、高校三年で故郷を離れて上京するが、その時彼が故郷を見る視線は真山と重なる。しかし、それから三十年以上が経った小説の「私」が故郷を見る目は確実に変わっている。

「あらー、光二ちゃん。来てたのすか」

夕刊が郵便ポストに配達された音を聞いて、取りに出ると、鎌を持って立ち上がった近所のおばさんに、めざとく声をかけられた。こちらとの敷地の際で草むしりをしていたらしかった。小柄で浅黒い顔立ちをしているおばさんは、かつて南小泉村と言った農村育ちで、庭の畑では多くの野菜を栽培していた。〔……〕母親は、窓を開けていると、草むしりをしているふりをして聞き耳を立てられるから、家の中の会話が筒抜けになってしまう、と警戒しているが、私にとっては、近所のおばさんたち

は親しい存在だった。（一五八）

ここには高校時代の日記に現れる南小泉とは違う景色が描かれている。光二は高校時代に見えていなかった土地の親しさを三十年経って認識できるようになった。しかし、彼と母・まち子との関係は難しいままである。彼は未だに生家に泊まることへの拒否感があり、気持ちの上で母の存在を受け入れることができない。そこに東日本大震災が起こる。そして〈3・11〉後の光二の心境の変化を最もよく表す風景描写は次のものであろう。

堤防を行くと、途中は、右手に広瀬川、合流してからは名取川を見、左手にはずっと田園地帯が広がります。明治時代に自然主義の新進作家であった真山青果が「南小泉村」で悲惨な農民の姿を描いた場所であるその田圃では、はじめは父に教えられ、後は友だちとよく芹摘みや泥鰌捕りをしたものです。〔……〕バイパスをわたってそのまま直進していた車がやがて海から約二・五キロの所に盛り土で造られた南北に走る仙台東部道路に差しかかると、そこが津波を食い止めたのでしょう、あたりの光景が一変しました。そこには、自宅の窓から見ていた防潮林の松林や海辺の集落が、根こそぎ津波にさらわれ、車とともに泥土に散乱している惨状が広がっていました。〔……〕つい先ほど振り返った子供の頃の記憶も、みるみるうちに現実感が損なわれて欠落していくようでした。（四二八―四二九）

「南小泉村」を想起させる風景は光二の子どもの頃の記憶と結びついていた。しかし、津波によって仙台東部道路以東の環境は一変し、子どもの頃の記憶の現実感が失われていく。物質環境が変容し、失われた後の記憶は物質をシンボルへと媒介する者の存在を必要とせず現実から乖離したイメージとなる。また、東日本大震災によってこの土地の新たな現実が大きく報道された結果、南小泉を含む若林区の沿岸部の現実は最早佐伯の個人的な「私」の世界ではなくなってしまう。

死へ向かいつつあった父とのかかわりから「家」への心のわだかまりを小説化しようと目論んだ『還れぬ家』は、「私」を基点に父と母の生の現実と象徴としての家の関係を語る試みだった。佐伯は父の死によって「家」をめぐる家族の記憶と言葉の現実感が変容する必然性を見越して小説の執筆を開始し、現実の父の死後も小説は現在進行形で過去を語ることによって父の死を先延ばしにした。この戦略によって言葉と対象との関係はフィクションが可能にした時差(延命)の中で様々に検討されることになる。「私」とは時差の中に存在していたのだ。しかし、地震と津波によって小説の宿命であり特権でもあった時差と事後性が可視化され、小説において不可視化されていた言葉と対象との関係は単に「習慣」に過ぎなかったことが明らかにされてしまう。

震災の暴力

東日本大震災は佐伯の「還れぬ家」に新たな現実をもたらすことで作者を私小説の約束事から一時的に解き放ち、想定とは異なる同時進行的な創造=想像を表現するきっかけとなった。しかし同時に、震災のエージェンシーによって小説の第七九節までに語られてきた多くのテーマや関係が手つかずのまま放置されてしまったことにも目を向ける必要がある。震災による喪失は直接地震や津波によって破壊されたものばかりではない。震災以前の様々な問題が震災によって忘却されたことも含まれるのだ。その最たるものは光二と妻・柚子の複雑な関係である。子どもを産むことを断念しつつある過程で草木染めの創作に打ち込み、且つ義父母との関係を円滑に保とうと努める柚子は、作中で「私」に代わって語りの主人公となる場面もあるなど、彼女の視点はこの小説に単なる私小説を超える重層性を与えているばかりか、自然と芸術の関係もむしろ柚子の草木染めの創作過程において数多く描かれていた[13]。しかし、大震災は柚子の心の葛藤や草木染めを通しての自然との関わりといったテーマを遠くへ押しやり、光二は図らずも母を自宅のマンションに引き取ることで「どこか自分がずっと保持してきた生家に対する心の姿勢が、有無を言わせずになし崩しにされたような当惑」を覚えることになる(三一一―三一二)。震災は母と息子の半ば強制的な関係修復の場面を図らずも作りだしたのである。

そして、大震災によって失われたもう一つのものが「家へ還れない個人的な想い」である。それについても佐伯は作中で率直な告白を試みている。

家へ還れない個人的な思いをずっと綴ってきた私にとって、外からの力によって家へ戻ることが有無を言わさず不可能になった者たちの姿を前にすると、我が身のことだけにかまけてきたようで自省させられるものがありました。(四三一)

「個人的な想い」を中心に小説を書くことが、我が身の事にばかりかまけるようで恥ずかしいという告白は、大震災という出来事が「私」からの「個人的」な視野では捉えきれないことの告白とも受け取れる。これはチェルノブイリ原発事故後のウクライナ文学についてスヘンコが述べていた「このグローバルな惨事を一人の視点と意識を通して語ることの妥当性への疑問」とも呼応する(118)。また、語り手の「自省」が震災後の日本社会の雰囲気を映しだしていることも重要である。「家族の絆」や「がんばろう」といったスローガンが溢れかえった日本において、個人的に「家」へ還りたくない「私」を掘り下げる小説を書き続けることは「不謹慎」といった想いにかられても不思議ではない。ここでは地球環境だけではなく、政府、メディア、世論といった社会環境が小説の語りに強く介入していることを見て取ることができる。東日本大震災とその波及効果は、私小説における語り手の世界をより外部環境に敏感に反応させる働きをした。震災は人間中心的な私小説世界を外部の社会的・物理的な環境世界へと広げる役目を果たした。しかし、震災による私小説と外部世界との時差の解消によって、時差によって可能となっていた「私」の内面による歴史的な「今、ここ」の探究は「過去のがれき」と化してしまう。問題は「私」がフィクションか否か（モダンかポストモダンか）ではなく、震災のエージェンシーが物質を含んだ記号の世界にいかに作用するかである。震災のエージェンシーは小説の人間中心的世界観を揺さぶり、その恣意性から表現を解放したが、その一方で「還れぬ家」が迫りつつあった重要なテーマを暴力的に押し流しもしてしまった。さらに震災直後の自粛と節約、そして家族の絆を強調する雰囲気は被災地で小説を書くことに対する無言の圧力となって作家に自省を強いたのではないだろうか。

人新世の文学

書かれたものは常に既に過去の出来事である。しかし書き手たちは出来事が起こった時と書かれる時、あるいは書かれた時と出版された時、といった多様な時差を通して歴史的な関係の織物を織ることが出来る。「かいじゅうたちがやってきた」と『還れぬ家』は作者（語り手）が過去の出来事を内面において再構成し、読者は文字を手掛かりに作者の内面の声を再演することで語り手の回想を（時差を含みつつ）同時的に感得する私小説である。しかし、震災の物質性は、過去を現在として想像する作者と読者の間の共犯的な行為に別の次元から介入する。『還れぬ家』において回顧的な想像力は過去に起こった語り手の父の死を津波による死へと変容させ、「夢のような」情景を生むことで私小説の虚構性を明らかにし、作者と読者の共同作業の場としての「私小説」に亀裂を走らせる。この外にさらされた「剥き出しの想像力」（アガンベン）は、想像が「私」の主観的世界像に過ぎないことを示しつつ、それが最もリアルであることによって現実の出来事がいかに多様な時空間の集合体であるかを示すのである。

私小説の虚構性をさらす震災のエージェンシーは、物質の直接的な作用が小説における時間の構築の重要な一部になり得ることを示している。普段象徴的な記号による、あるいは時計による時間に慣らされている我々は、地震と津波による直接的・物理的な時間に衝撃を受けた。私小説は書くことの媒介性を超えて読者と「現在」を共有することで直接性の感覚を生み出すことを目指している。私小説は書くことの根源的な媒介性──「そのもの」ではないこと──を克服しようとする意図を持つがゆえに震災によって最も大きな影響を受けることになるのである。環境による物質的な介入は私小説の虚構性をさらすことで人間の時間を脱中心化し、物質による断片的な時間を前景化する。ポスト〈3・11〉小説は文学がこれまで依存してきた象徴的な人間の時間に対し、いかに非人間の時間をとり入れ表現していくかという課題を提示する。

言い換えると、初期のポスト〈3・11〉小説は二〇〇〇年以降人文学の世界で論じられてきた「人新世」の時代の文学における人間中心主義を問題としているのだ。ロマン主義をひとつの起源とする近代文学は、自然を人間の意識の外部に属し肉体的存在を超える美学的理想として称揚する一方、そこで環境と人間の相互作用と親密な関係が中心的テーマとなることはなかった。それはとりもなおさず、「近代」とは人間が環境に対し、歴史上類を見ないほどの大きな影響を及ぼすようになった「人新世」でもあったかもしれない。それは同時に、自然を克服し始めた十九世紀の近代人は、その時既にオゾン層を破壊し始めていたことには気が付かなかったのだ。東日本大震災は近代の文学の基盤となってきた人間中心的世界観に介入し、地殻や海の運動という非人間のエージェンシーを意識せざるを得ない存在たらしめたのである。

東北地方太平洋沖地震とその波及的エージェンシーは、文学においていかに非人間のエージェンシーを表現するかという課題を突き付ける。これは正に「難題」である。椎名が連載の書籍化・商品化に際して行った「かいじゅうたちがやってきた」連載第二回の削除と各章の編集は、震災のエージェンシーを人間中心化する行為であったといえるかもしれない。椎名のケースは近代の成果と「人新世」の認識を融合することの困難さを教えてくれる。また『還れぬ家』は「震災リアリズム」によってポストモダンとリアリズムが結びつく可能性を示す一方で、私小説による「私」の探究が探り当てた細やかな認識を根こそぎ失ってしまう危険性も明らかにした。東日本大震災のエージェンシーは、小説の中の人間中心的な時と場の形成に対する環境からの介入となって「かいじゅうたちがやってきた」と『還れぬ家』の時系列と空間（今、ここ）を破壊し、時に新たな創造を導くことで「環境的時間」の存在を暗示した。ポスト〈3・11〉小説にとって、この物質的な環境が介在する時間と場をいかに表現していくかがひとつの大きな課題となっていくのである。

2　揺らぐ語りの秩序——大江健三郎『晩年様式集』

大江健三郎の作品は初期の代表作である「個人的な体験」や『万延元年のフットボール』から中期の

『ピンチランナー調書』、『M/Tと森のフシギの物語』、後期の『燃え上がる緑の木』など、どの作品をとってもそこには動物や森のメタファー、身体性、自然表象、核の問題といった環境批評のキーワードが溢れている。そして大江文学の本質的なテーマを決めたと自身が語る息子の「障がい」は、[14]「ポスト人間」の思想の中においても探究すべき重要な他者のイメージだと考えられている。[15]大江は日本において環境批評のテーマを先取りしてきた作家なのだ。むろん構造主義や人間主義といった大江の思想的背景は、現代の環境批評の主張とは異なる。しかし、自然と政治・科学、そして小説の語りがひとつの世界を形作る大江文学は、その全体的な志向において環境思想と同質なものだったといえるだろう。[16]そして東日本大震災が自然、政治、科学に関する人間の理解に大きな衝撃をもたらした時、大江は小説を語ることにおいてその衝撃―震災のエージェンシーを受け止め、翻訳し、作品化した。彼は東日本大震災の問題を彼の文学世界の語りの問題へと書き換えることによって地球環境と文学環境、そして自身の文学的テーマが相互に作用し、共に生きていることを示したのである。

大江は東日本大震災からおよそ百日が経過した六月後半からの出来事を長江古義人による一人称のスタイルで語る小説「晩年様式集」を二〇一二年一月から二〇一三年八月にかけて三度の休載を挟みながら雑誌『新潮』に連載した。大江自身の言葉によると、当初は父の死を主題とした前作『水死』(二〇〇九年)に対して井上ひさしが書き遺した批評に応答する形で書き進められた「最後の小説」だったという。[17]その小説が大震災をきっかけに書き改められ発表されたのが『晩年様式集』ということになる。東日本大震災が大江の「死者」に対する問題意識に新たなコンテクストを与え、大江は戦後の体験と震災後の状況を小説の論理によって結び付けることによって「死者」と「私ら」をつなぐひとつの考えにたどり着く。その過程で障がい者である息子アカリをはじめ大江の小説に書かれてきた人物たちが、小説における虚構性とリアリティー、書く者と書かれる者との不均衡な関係という小説表現にとって重要な倫理的問題を導入する。『晩年様式集』は、震災を機に明らかになった二十世紀的な社会と生き方の限界を小説内部の問題と重ね合せ、小説の表現を通して次世代への希望を見出すことを試みた。大江が最後に辿り着く森の木としての「私ら」は個人主義のアイデンティティーとも全体主義の画一化とも異なる環境的な循環と相互作用の中の「私」を示すひとつの到達点である。(18)

小説が書けなくなった「私」

『晩年様式集』は大江の分身で語り手の「私」である長江古義人が震災直後から約一年半の間に起こった出来事を東京の自宅と愛媛の実家という限られた空間の中で語った小説である。そこに時折女たちによる「別の話」が挿入され既成の私小説的世界が活性化されることになる。作中の長江は〈3・11〉以降、それまで書き続けてきた長編小説に興味を失い、さらに本を読むことにも「かつてのように集中できなく」なっている（一〇）。その結果、「私」は「テレビの前に昼夜座り続けてみた、東日本大震災と津波、そして原発大事故の映像群に埋もれ、日々のあれこれが浮かび上がってこない」生活を送っている（一三）。小説を書くことも読むこともできなくなり、日夜震災の映像に心奪われる語り手の有様は、被災者以外の人間にとって〈3・11〉が主に映像によってもたらされた衝撃であったことを物語る。

ＮＨＫが歴史上初めて上空から捉えた津波の映像、福島中央テレビが楢葉町に設置した静止カメラによって映された原子力発電所の爆発、多くの市民がカメラやビデオに収めた津波に飲み込まれる町の様子や瓦礫の間で肉親を探し求める人々、そして東京の帰宅困難者の群れ――次々と切り替わる映像とナレーションは、地球の蠢きに揺すぶられた人間社会のあらゆる位相をこれまでにない密度で映しだした。また国際的な情報基地のひとつである東京を巻き込んだことにより、東日本大震災の情報はテレビ・ラジオ・インターネットを通して情報が刻々と更新され、そのことによって日本中が震災を共時的に体験し、それは世界中を巻き込むことになった。地震・津波・原発事故という複合的災害を認識するためにはメディアによる情報が不可欠である。少なくとも、放射能汚染は測定器によって表示される数値なしに人間が感覚で知ることは出来ない現象だ。ここに東日本大震災が他の自然災害と比較して圧倒的に高い科学・情報への依存度をもっている理由がある。しかし、目に見えない放射能や余震の可能性が明らかに恐怖の対象となった事態に対し、情報メディアの可視化する力は十分に対処し得たのだろうか。むしろ科学は震災を機に地震や津波、火山噴火、そして複合的に起こる事故を予測することの不可能性を露わにしたのではないだろうか。あるいは有吉佐和子が『複合汚染』（一九七五年）において人間が短期的効率を求めて分業化し、生産と消費の循環が見えなくなったことが汚染を引き起こす要因であると語ったことを思い出してもよいだろう。[19]今、小説の知に出来ることは、現代社会において見えにくくなった我々の生活と複合災害の相互作用的な関係の全体像を再検討し、科学とは異なる方法で表現することではないだろうか。東日本大震災の複合性は、大江に小説とは何かという根本的な問いを再考する契機をもたらすのである。

小説において「私」である語り手の長江古義人は、断続的に体感する余震と刻々と変化する原発事故の状況を伝える報道により、文字通り「地に足がつかなく」なってしまう。[20]事故が予期せぬ形で起こったことに対する動揺もさることながら、テレビ映像以外に震災や原発について知る術のない事態が、文学を生業とする「私」に言いようのない無力感をもたらしているのだ。注目すべきは、震災と原発事故の真実がテレビの画像によって語られると感じたために長江が自宅の階段の踊り場で泣いてしまうというエピソードであろう。彼は原発事故について知る術は「テレビの画像という『言葉』で、いま現在の、そこの状態について、どんな物証もなく、知識もない私に告げられた真実によってだった」と語る（二一）。

おそらく東日本大震災が作家に突きつけた最も大きな衝撃は、映像の持つ圧倒的な情報量の威力だったのではないだろうか。長江も大江もその意味では例外ではなかった。その一方で、映像の津波に襲われた「私」は、かろうじてつけていた簡易日記によって、自分が必ずしも映像ばかり見て時間を過ごしたわけではないことを知る。書き残すという行為は映像の記憶以外の出来事が確かに存在したことを伝えていた。長江は沖縄慶良間諸島の旧日本軍の行動について書いた著作に関する裁判に勝訴するなど、実際は震災直後の時期にもかなりの社会的活動を行っていたはずなのだ。それにもかかわらず、日々の出来事が震災の映像に埋もれ思い出せなくなっている。

そのような「私」はどうにか「小説が書けなくなった私」の日常を書くことで執筆を再開し、その作品の中に「一面的な書き方で小説に描かれてきたことに不満を抱いている」三人の女たちが書く長江の小説への批判を取り入れることを決断する（一〇）。地震によって「作家」が書けなくなり、代わって「登場人物」たちが書き始めるのだ。このことは、震災が「小説を書く」ことの意味を根底から揺さぶったことを表している。小説に内在する権力の力学が一時的に機能しなくなることで新たな表現が試みられるのだ。地球の地殻のズレは、まず物理的に東日本に住む人々を揺さぶり、そしてそのことから生じた社会的、個人的な認識のズレが家族関係や生きることの意味を揺さぶり、ついには「私」と「環境」の関係を根底から揺さぶることになる。長江は、地球と映像の圧倒的な力に対して「書くこと」は何を表現できるのか、という問いに直面する。大江による身辺雑記と読めなくもない『晩年様式集』は、震災の衝撃を小説世界に取り入れることによって人間にとって小説（フィクション）を書くことの意味を問い直し、「図らずも」文学における主体と環境の関係の再編を目論むことになるのである。

執筆中だった小説を書き続ける意欲を失い、「徒然なるひまに、思い立つことを書きはじめた」ため、書き方に確たる方針はなく始まった『晩年様式集』は、「幾つものスタイルの間を動いて」書かれるだろうと予測される。そうした様々なスタイルの中で特に目を引く要素が、語り手である長江の小説において書かれてきた、その書かれように不満を持っている三人の女たち（妹、妻、娘）による別の話を長江の小説に組み入れるという決断である（一〇―一一）。その中心となるのが長江の妹アサだ。アサは、「兄の新しい小説が出るたびに、今度こそギー兄さんの死について本当のことをいう手紙が読めるかと期待して、いつも裏切られてきた」ため、彼女の「別の話」を長江から贈られたノートに書き続けてきた（三三―三四）。彼女は「別の話」として少年時代の長江がひとりでは怖くて森の奥へ入れなかったことや、水死しかけた長江を見つけ、足を引っ張って救い出したのは、小説に書かれているように母ではなく自分であることを明かす（五三、五六）。『晩年様式集＋α』として私家版で出されるとする長江と三人の女の合作は、実際には『晩年様式集』に欠かせないスタイルのひとつとなっている。つまり、この作品自体が『晩年様式集＋α』として語られる実験小説をコンテクストとして含み、「私」である長江の視点から語られる世界において登場人物であった女たちが長江の見方・解釈に異を唱える場が与えられることによって、『晩年様式集』は私小説作家とその題材となってきた家族たちの書く／書かれるという力学のメタフィクションとなる。こうしたテーマがポスト〈3・11〉小説にとって切実なものであることは言うまでもあるまい。被災者をいかに表象し得るのか、その時倫理性はどこに求められるのか、という「当事者性」の問題はポスト〈3・11〉小説が直面した重要な課題のひとつである。(21)

東日本大震災は土地や身体や建物のみならず、津波への既成概念や安全神話など、様々な言説の様式をも揺すぶった。そして、この小説においてはまず、大江が選択していた虚構としての私小説のスタイルが揺らぎ、登場人物たちが語り手となるポリフォニックな場が創造される。ポリフォニーとはロシアの文芸批評家、ミハイル・バフチンが広めた言葉であるが、実際に大江はバフチンの文学理論に影響を受け自らの作品分析を行っている。[22] もうひとつ本書のテーマにとって重要なことは、バフチンの文学理論がパトリック・マーフィー（Patrik Murphy）などによって環境批評の理論の原型としても参照されていることである。[23]「ポリフォニー」は主体と客体に枠づけされた世界を重層的な声の多様性へと開く役割を果たした概念である。バフチン研究者の桑野隆は『未完のポリフォニー』において、「ポリフォニーとは、対等な他者と他者の〈あいだ〉にこそ意味が生成し、またその意味が〈あいだ〉でしかいかされえないことを認識した者たちが際限なく他者との出会いをくりかえし、また自己の内なる他者を見いだしていく能動的なプロセスなのである」と述べている（三五）。バフチンにとってポリフォニーとは「作者と対等な主人公たち」による「根底的な民主的関係」の中での対話のプロセスなのである（一八、三二）。そして現代の環境批評はその対象を「人間たち」を超えて動植物へと拡張し始めているのだ。

大江の小説を語り手の視点を中心に創造された従来の小説と比較して考えてみると、大地震によって執筆中の小説を中断し、代わりに旧作品中の登場人物が別の視点から書いた反論をそのまま長江の小説に掲載するという『晩年様式集』の試みが、地震によって「小説を書けなくなった」という一見受動的な動機を逆手にとった実に野心的なスタイルであることが理解されるだろう。躍動する地球のうごめきが、人間による既成の秩序を大いに揺さぶり、グロテスクなカーニバル的な状況の出現を可能ならしめるのだ。東日本では多くの人々が電気や水道やガスのない生活を余儀なくされ、水や空気の安全も脅かされた。当然あるはずのものが無くなる事態は、社会の信用や権威が崩れるきっかけとなる。それは人々の思考様式を大きく揺さぶり、それまで当たり前だと考えられてきた様々な権威の基盤が揺らぐ。旧来の政治・社会制度によって設計された安全基準が自然現象によって乗り越えられた時、可視化されるのはシステムの恣意性とその限界である。『晩年様式集』はそうした環境と社会関係の揺らぎを捉え、小説の創造世界の基盤である作者の特権に亀裂が走り、その作者の力によって抑えられていた作中人物たちの個々の欲求が地表に現れる、という事態を描く。作者のモチーフに従って虚構化されていた人物や出来事の解釈が、より民主的に内側から疑問に付されるのである。大江は、東日本大震災によって引き起こされた現象をアナロジカルに翻訳し、文学の中で表現した。それは文学的な象徴のレベルにおいて震災を表現する試みなのである。このように考えてみると、従来は人間中心的な見地から人間の心理や運命の背後にあると解釈されていた自然現象が、この作品においては、むしろエージェンシー（作用主体的な力）をもって主人公たちに働き、エコロジカルな世界を描き始めているのである。地球の蠢きによる身体の揺れと、大江の晩年の境地とされる小説のスタイルの揺らぎが人間と非人間を貫き、文学的な緊張関係となって共振するのが『晩年様式集』なのである。

本震と三つの余震

二〇一一年三月十一日に起こった東北地方太平洋沖地震は、これまで繰り返し書かれてきた小説家・長江古義人による「私と家族」の物語に大きな影響を与えた。地震は、長江の繰り返しの基盤そのものに亀裂をもたらしポリフォニックな様式へと開くことで反復がズレ、長江の小説を再活性化させる働きをする。そして、その後の余震は、長江と家族、特に息子アカリとの関係が変化するきっかけとして作用している。

『晩年様式集』は地震のエージェンシーによって開かれた人間関係のズレによって書かれた小説という側面をもっているのである。

小説は、〈3・11〉の本震によって長江の書庫やアカリのCD置き場が崩壊したことから始まる。長江は被害のより大きかったアカリの部屋を修復することを一旦あきらめ、まず自分の書庫兼寝室を整理してアカリの寝場所を自分の部屋に確保することに決める。大地震は長江に書くことを中断させただけではなく、アカリと直接向き合って生活することを物理的に強いた。長江は「息子が知的障がいを持つことを受容し、その障がいと積極的に共生する決意をすると共に、作家である自分のフィクションの総体を支えるライトモティーフを選び取った」と定義される作家である（九二）。しかし娘の真木が指摘するように長江は、いつの間にか中年となり言葉数がめっきり減ったアカリという存在に積極的な意味を見出さなくなっていた。[24]長江の小説ばかりではなく、長江とアカリの関係そのものが習慣化し、変化に乏しいものになっていたのである。大地震はそうした長江のフィクションの基盤となる関係を見直す契機となる。

三月十一日の本震の後、たびたび起こる余震と原発事故の推移に神経をすり減らした長江は、書斎兼寝室を整理している間に眠りに落ちて夢を見る。そして彼は目覚め際に夢の記憶を「詩のようなもの」として紙に書きとめる。

　アカリをどこに隠したものか、と私は切羽つまっている。
　四国の森の「オシコメ」の洞穴にしよう、放射性物質からは遮断されているし、岩の層から湧く水はまだ汚染していないだろう！　避難するのは七十六歳の私と四十八歳のアカリだが、老年の痩せた背中に担いでいるアカリは、中年太りの落着いた憂い顔を、白い木綿の三角錐のベビーウェアに包んでいる。どのようにゴマカセバ、防護服をまとった自衛隊員の道路閉鎖をくぐり抜けることができるか？

耳もとで熱い息がささやきかける。

――ダイジョーブですよ。アグイーが助けてくれますからね！　（一二一―一二三）

長江が作品に発表したアカリの台詞は、この小説の中で、長江の小説家としての言葉の真正性を測るひとつの試金石となっている。小説である以上、長江は事実を記述する義務を負っているわけではない。それは長江の家族も理解している。しかし、知的障がいをもつアカリは自分の言い違いに敏感である。作者の都合によって家族の言葉が変えられ公にされることに問題はないのか。そのことが震災を機に改めて問われるのだ。

その後も長江はアカリによって救われることになる。長江は原発事故の現状を捉え得る唯一のメディアであったテレビの言葉に打ちのめされて、階段の踊り場でウーウーと泣くことになるが、それは余りに規模が大きく刻々と変わる津波による被害の現状、そしてリアルタイムで伝えられる生死をかけた実話が、時間をかけて間接的に表現する小説のリアリティーを圧倒したからであろう。長江はアカリに「大丈夫ですよ、夢だから、夢を見ているんですから！」と言葉をかけられ眠りに落ちる（二二）。『晩年様式集』において、アカリの言葉を長江がどう伝えたかということが焦点化されたことの背景には、震災の被災者の状況を直接に伝えるドキュメンタリーやリアルタイムのインターネットの力の大きさの影響もあったであろう。それと同時に、原発事故によって明らかになった情報の恣意性とその不確かさの問題がある。この作品において長江は〈3・11〉後の破滅的な状況を言葉の問題として文学のテーマに翻訳し、障がい者であるアカリを通して作家の表現の信憑性に新たな光を当て、小説の主題として捉え直すのである。

第一の余震

この小説が最初に記録した余震は、長江とアカリの間にわだかまる関係の齟齬を浮かび上がらせる働きをする。震災の被害を伝えるテレビの言葉に打ちのめされた長江が、アカリに「大丈夫ですよ、夢だから、夢を見ているんですから！」と言葉をかけられて眠りに落ちたその晩、大きな余震が発生する（二二）。アカリは余震に敏感に反応し、本を叩いて自らの怒りを表現するが、長江は起こった余震に気付かず、ベッドで翌日昼ごろまで眠り続けてしまう。そして朝になるとアカリは真木に付き添われ、いつもより早く病院へ向かい、定期健診を受ける。病院から戻った真木は、アカリがアグイーのことを心配していると長江に報告する。いつもなら地震の震度に関心を示すアカリが、原発の放射能漏れのため、アグイーの健康被害に心を痛め怒りを表しているのだ。長江は真木に求められるままアグイーが何者であるかを説明する。大江が一九六四年に発表した「空の怪物アグイー」がここでは長江の作品としてそのまま引用される。その短編小説で「ぼく」という一人称の語り手はアルバイトで音楽家のDという人物の付き添い人となる。Dは、アグイーという存在が空から降りてくるという妄想を抱く奇妙な人物だったが、彼にはかつて頭部に障がいをもって生まれ病院で安楽死させた息子がおり、そしてアグイーとはDが安楽死させた息子の亡霊だったという話である。大江自身は障がいのある息子との共生を選択するが、事実とは異なり小説の想像の中で殺した息子がアグイーなのだ。「実際に経験したこととして表現した」小説でありながら、明らかに事実ではないファンタジーとしての私小説における主題がアグイーなのである（四五）。「アグイー」はアカリにとって「あり得たかもしれない自分」であり、長江にとっては小説において存在可能となる仮説としてのアカリである。

病院でアカリに付き添いながらアグイーの話を聞いていた真木は、これから「アカリさんの話を掘り出してゆこう」と心に決める（四六）。なぜなら真木はアカリの中に作家大江が創造した「私」である長江を中心とした物語とは別の、もしかすると恐ろしい家族の話が隠されているかもしれないと直感したからである。そして彼女は、「森のフシギ」と「空の怪物アグイー」が全く違う物語であるにもかかわらず、アカリがそれぞれの物語のために作った「二つの音楽が似ている」ことを指摘する（四七）。そして真木の指摘は『晩年様式集』における小説の論理を解く鍵となってくるのである。

第二の余震

第一の余震の後、真木は父と距離を置いて自立することが必要だと感じるようになる。「三人の女たちによる別の話（三）」は真木による語りで構成された章であるが、この章では真木が父に「もちろん、自分の考えを述べればいいんだ」と「乗せられ」て、長江のイタリア人翻訳者から送られた質問に答えることになる。父の代筆をする娘として、彼女は外から長江に向けられた疑問に対し、内の人として答える役目を果たす（八九）。作家フィリップ・ロスの「きみが人について書くことは、その人間にとって社会的に当たり障りのあることになる」という言葉を引用しての質問に対し、真木は「アメリカの大作家の名まで持ち出しての質問に、なにかフェアじゃないものを感じ」て父のスタイルを日本に独自の私小説ではなく、「私」が語ることで「リアリティーをかもしだす意図」をもったフィクションなのだと弁護する（八九―九〇）。「三人の女による別の話」はアサ、千樫、真木によって長江の物語が別々の角度から語り直される章であるが、真木の章ではその意図が達成されていない。ここで真木は父とは別の視点を持ち得ていないのである。自らの話が父の代筆に終わることで、真木は第一の余震の後にアカリの中に発見した、父とは別の物語を掘り起こすために父からの自立が必要であることを悟るのである。同時に、ここでは震災によって意識されることになった「フィクションとしての私」というスタイルの問題が直接言及されている。『晩年様式集』においてこのことが強く意識される背景に東日本大震災があることは疑いのないところであろう。実話がフィクションを圧倒し、また倫理上の問題から多くの実話がフィクションとして仮名で語られる時、「私」という事実によってリアリティーを担保しながら事実ではないことを語る小説家は、そのスタイルの有効性と倫理性を問い直さざるを得ないのである。(25) 小説には何が語れるのか、という根本的な問題が突きつけられるのだ。

第二の余震は、真木とアカリがいよいよ父からの自立への行動を起こすきっかけとなり、アカリは「久しぶりに大きい余震のあった夜」に「この数年記憶にない大きさのてんかん発作」を起こす(九八)。第一の余震を寝過ごした長江は、第二の余震では目をさましアカリの心配をしたものの、彼の発作には気づかずにベッドに戻ってしまう。そして長江が「何も知らぬまま書庫のベッドから出て行った時には、アカリは長年お世話になっていた大学病院に運び込まれ」る事態になっている(九九)。しかも、アカリが発作を起こした大きな原因が前の晩に長江が真木と交わした地震に関する議論であると知り、彼は衝撃を受ける。彼は父としてアカリの保護者の役割を果たせていないばかりか、当てにされてもおらず、むしろ負担になっているのだ。長江は「父」ではなく、「老人」という立場に居る自分を自覚せざるを得ない。この第二の余震の後、真木とアカリは東京の家を出て四国の森のへりにあるアサのもとへ移住する。父の世界を離れ、自らの物語を語るためである。

第三の余震

真木とアカリが四国へ去ったのち、原発反対運動に参加しつつギー・ジュニアやシマ浦によるインタビューを受けて日々を過ごしていた長江は、注文した本が詰まった段ボール箱を整理している最中に小説中に記録される三番目の余震を体験する。この最後の余震が現れる「魂たちの集まりに自殺者は加わるか?」の章は長江の視点を中心に描かれているものの、真木やアサの会話文が多くを占め、長江の「私」が表記されるのは章の四ページ目に余震が記録された直後である。

地震だ。テーブルのガラス板を押さえている鉄の格子がカタカタ鳴り始めもした。〔……〕そしていまの私に欠落感があるのは、こういう時すぐ脇の居室から現れて、かれの感知した震度を教えてくれるアカリが居ないことだ。それを補うように千樫のつけたテレビが、すぐさま避難を、という声をあげている。（二一二）

余震を感じた長江は、アカリが居ないために感じる欠落感の主体として「私」を立ち上げる。アカリという長江にとって日常的な環境の重要な一部が欠落したことで、長江の中に存在するアカリばかりではなく、かつていたアカリとともに存在した長江、アカリとともにあった小説のモチーフとしての「私」が幽霊のように取り残され、それが小説の主体として意識されるのだ。この章はアサや千樫による会話文が多くを占め、主語のない文章が続くが、それはアサや千樫の中に痕跡として存在する長江＝「私」を描いている。近代的な自意識＝私という図式とは異なり、他者の中に存在する複数の私、関係の網の目としての

環境における脱人間中心的な「私」の存在表現なのである。(26)

この小説において、地震との緊張関係が緩んだ時に主語としての「私」が表現されなくなることは興味深い。そこでは他者の中に存在するポリフォニックな「私」が表現されているのであるが、余震によって環境との緊張関係が再び構築されると、私と他者が切れ目なくつながるようであった文章に亀裂が走り、「私」は再び主語として環境とは隔てられ語り手が可視化される。『ポストヒューマン』(*The Posthuman*. 2013)においてブレイドッティは、東日本大震災や福島の事故、あるいは台風カタリナによる被害などの現象が、徐々にあいまいになってきた自然と人間の文化の境界に再び線を引き直す働きをする、と述べている(112)。『晩年様式集』との関連で考えると、本震によって作者の力の基盤に亀裂が入ったのを機に、語り手の視点を拡張し、結果として語る者(中心、文化)と語られる者(周縁、自然)の間の近代的な階層関係を解消し、ポリフォニックな世界を提示する目論みであった小説に対し、余震が再び語る者と語られる者の間に境界線を引いたということになる。大江による語る者と語られる者との間の階層関係解消の試みが、「ポスト人間」における「人間」中心的思考の他者(動物や物を含む)への拡張という思想と重なり合っていることは既に指摘した。しかし、問題は震災の役割である。地震のエージェンシーは、小説の内外において物理的に作者の状況を変えることによって小説に他者の声を導き入れる働きをしたが、語る者と語られる者との境界があいまいな状況においては、むしろ「私」の声を構築する働きをすることもあるのだ。

第三の余震は、長江と環境との間に緊張関係を取り戻し、同時にアカリの不在によって彼が震災のことを早くも忘れつつあったことを意識させる。一年半の月日が経過し、震災の記憶の風化が既に始まっているという事実とともに、震災によって書かれたものが、既に作者の実感を伴っていないという問題を長江に突きつける。他方、アカリの過敏さは健常者の忘却の習慣を改めて問うのだ。長江は、第三の余震にによって再びアカリと、そして彼の文学的モチーフに小説の中で向き合うことになる。

森のフシギのポリフォニー

リウマチ性多発筋痛症で倒れた千樫を看護する真木に代わり、長江は、四国の森のへりにある実家でアカリの暮らしに加わる。真木は、長江がアカリとの関係を本気で考えているしるしだとして新しい共同生活を評価するが、長江とアカリは、生前エドワード・サイードがピアノを弾く時に使った楽譜にアカリがいたずら書きをした、というエピソードをめぐっていさかいを起こす。アカリが「いつも長江さんはチガウ言葉でいいます」と長江によるアカリの言葉のねつ造を訴えることから推測されるように、二人の確執の根本にあるのは、長江の小説におけるアカリの台詞の真偽である（二八五）。また別の例を挙げれば、〈3・11〉の後に続く余震の中で長江が書いた詩には「ダイジョーブですよ。アグイーが助けてくれますからね！」と書かれていたが、真木がその詩についてアカリに尋ねたところ、彼は「ダイジョーブですよ。アカリが助けてあげますからね！」と言ったと答える（二八六―二八七）。アカリは赤ん坊のアグイーが父を助けることはできないと考えるのだ。放射能で困っている長江を助けるのはアカリなのだ。長江にとって、想像上の赤ん坊であるアグイーに守られるか弱い存在でしかなかったアカリが、実はアグイーを心配するだけではなく、父である長江を放射能から助けようと考えていた。二人にとって世界の在り方が全く異なっていたことが、一つの言葉の使い方を通して明らかになる。

このような複数の世界観の競演が『晩年様式集』の最後に現れる。ここでは詳しく取り上げなかったが、「三人の女たちによる別の話」は小説のモデルにされた家族である女たちである真木（娘）、アサ（妹）、千樫（妻）が、長江の小説について、事実をデフォルメしていることは当然としても、フィクションであるからこそ語りうる真実が語られていないという不満から書いた話である。それらは前口上と十五章からなる作品の二、四、六、八章に置かれている。そして長江は小説の終りで三人の女たちの「別な話」とも対話を始める。この小説では長江の自殺未遂および彼の父やギー兄さんと吾良の死の原因が「本当のこと」として追及される。

「別の話」で長江の自殺未遂の描写の虚構性を指摘したアサに対し、長江は彼の父の死と自分の自殺未遂をめぐって「小さい時からコギーというもうひとりの自分のような仲間」がおり、コギーが父の舟に乗っているのが見えたので自分は行かなかった、とギー兄さんに告白したと述べる（三〇六）。そして、それを聞いたギー兄さんが「そういう誰にでもわかるゴマカシをいうのはよくない」と長江を難詰したため、彼は溺れ死のうと思い詰めた、と説明する（三〇七）。経験の記憶や見方を他者と取り交わすことを通じて長江にとっての「私」が存在の多様なあり方のひとつであることが表明され、そのことの是非が長江にとっては生死に関わる重大な問題であることが示される。他人との関係ばかりではなく、「私」自身の世界もまた多様なあり方をしているのだ。現在の物理的な「私」はひとつかもしれない、しかし、そこに至る過程とこれからの「私」への道筋は常に開かれている。そして、「私」の存在の多様な在り方は他者との対話の中に存在するのである。それ故、長江の「私」は自身を取り巻く家族や友人と本気で対話しなければならない。同時に、そのような他者の中にある「私」は常に生物学的、物理的、物質的、社会的、そして政治的な力と存在の網の目の中に存在し、変化し続ける。本震と余震を経て『晩年様式集』は再び元来のテーマである「死者との対話」へ向かうことになる。

「私」から「私ら」へ

東日本大震災は大江の生き方をあらゆる方面から揺さぶる事件であった。社会的には反原発運動の最前列を行進する役目を負うことになり、小説家としてはフィクションのリアリティーを支える「私」の在り方が根底から問われることになった。『晩年様式集』の締めくくり方は、見方によっては長江が日本の私小説の特徴という主人公の「腰砕け」に終わったということもできる。この小説の中に「別の話」として千樫の話は登場せず、また真木はギー・ジュニアと結婚することになり、彼女の物語は語られることのないままハッピーエンドの様相を呈してしまう。それはアカリについても同様である。彼の恐ろしい物語が真木によって掘り起こされることはないのだ。

しかし、「私」の多様性をめぐって『晩年様式集』はひとつの解答を提出している。それは、大江の後期作品の多くがそうである「書き直し」と「読み直し」の作業を通して「私」が「私ら」へと「生き直す」ことを表現しているからである。これは大江にとって最大のテーマである戦後日本の「やり直し」と密接に関わっている。東日本大震災と第二次世界大戦は同質の出来事ではない。しかし、津波に襲われた町の残骸と、空襲で焼かれた町の記憶が結び付けられ、戦後日本の記憶が読み直された。その背景には、多くの死者を出した惨事を生き残った者の不安と絶望があったに違いない。小説中で長江は、ギー兄さん、吾良、そして彼の父といった死者たちの死因をめぐって考え、家族や友人と語り合う。それは、生き残った者として死者を悼み、負い目を抱えて生きる震災の被災者との対話でもある。それが同時に、第二次世界大戦中に出した多くの死者を背景に生まれ変わろうとした、日本の戦後史との対話にもなっているのである。長江は死者の存在を考えることによって個人、自然、文化と私的なカタストロフィーを結び付けることを試みる。戦後の日本人の生き直しと大江の小説の書き直しが重ね合わされ、震災と戦争が小説の論理によってひとつの体験となり、そこに最終章でのエピソードが導かれる。長江は最終章で終戦時の重要な体験を紹介する。当時小学生だった長江たちは、ラジオによる終戦の玉音放送の後に校長が「私らが生き直すことはできない！」と叫ぶのを聞いた。それに対して長江の母親は、「私は生き直すことができない。しかし私らは生き直すことが出来る」と語ったというのだ（三二六、三二八）。この母親の言葉は長らく謎として長江の心に記憶されていた。

母親に投げかけられた謎を解くきっかけは、もうひとりの死者であるアグイーによってもたらされる。以前、長江の「私」にとって選択可能な生き方のひとつとして「想像された死者」、赤ん坊であるアグイーは、長江の想像のなかではアカリの守護霊のごとく存在していた。しかし、アカリにとってのアグイーは自身を守る存在から、次第にアカリが守るべきものへと変化し、さらに震災後は彼が守るべきものの中に長江も含まれるようになる。音への敏感さや過度な素直さなど、長江の小説では健常者から見た障がい者であるアカリが注目されるが、アカリは自身の精神世界において確かに健常な成長を遂げているのだ。保護者である長江は、震災で打ちのめされ、アカリになぐさめられることによって、ようやくそのことに気付く。アグイーがアカリの中で保護者から保護されるべき者へと変わったように、「私」もまた家族や友人たちとのかかわりの中で存在の在り方は常に更新され続ける。

小説の最後で長江は一篇の詩を紹介する。(27) その詩の中に、少年であった長江が敗戦後、生き方に絶望して「自分の木」の根方で未来の自分に問いかける場面がある。長江が生まれ育った地域の伝承で、人は森の中に自分の木を持っており、人はその木から生まれ、死後はその木に還ってゆくと伝えられており、長江少年はその伝承の世界を生きていたのだ。そして、現在老人となった長江は、今の自分があの時尋ねた未来の「私」であることを認識する（三二七—三二九）。未来は確かに存在したのだ。では、老人となった長江に未来の「私」はいないのであろうか。その問いに対する答えが、少年にとって長年謎であった母親の言葉であることに長江は思い至る。母親が語った、生き直すことの出来ない私は、目に見える存在としての個人に限定された、過去と現在の私である。しかし、生き直すことの出来る「私ら」は、死者の意味を絶えず問い続けることで死者の存在を抱え、生き延びた他者たちの中に存在する「私」である。私はひとりかもしれないが、他者の内に存在する私は複数である。生き直す「私」は他者に存在することで未来につながる。

同様に真木にとってアカリが作曲した「アグイー」のテーマ曲と「森のフシギ」の音楽が似ていると感じられたのは、「アグイー」と「自分の木」が共に、今そこにあるものではない「私」であり、そうした過去と未来と想像の「私たち」が現在ある「私」にとって不可欠な存在であることを示すからではないだろうか。過去、現在、そして未来の「私ら」こそ現在の私にとって必要不可欠な関係―環境なのである。

このような「私ら」が集団主義的で没個性的な主体と対極にあることは明らかであろう。大江は対話を通して他者の内に生じる痕跡の中に「私」の本質は宿ることを示している[28]。それは、人間同士だけではなく、地震や原発や本との関係にも当てはまる。本の内容が読み手のコンテクストによって変化するように、地震も時と場所によってその影響や被害の実態はそれぞれ異なる。そして放射線は目に見えないため、測定器の反応を読むことで初めてその強さを知る。なかったことにしてしまうのは容易だ。しかし、作中のアカリにとって放射線は常に恐れの感情を呼び起こす。なぜならアカリは、人間の功利と「現実」によって殺されていたかもしれないもう一人の自分である、小説の想像力が作り上げたアグイーに危険が及ぶのを感じるからである。この点において小説の想像力と放射能を恐れる想像力が「在りえたかもしれない過ちを考え改められる能力」として結び付けられている。作中で長江はアカリが人生を通して常にそのような自分自身の死の問題を問い続けていたことに気付く。人間社会で「人並み」でないことは常に死の可能性と恐怖を呼び起こすのである。そのために過敏になったアカリの神経は、目に見えない放射能を感知し、社会的な死を意味するアグイーを憂慮する。その意味で原発事故によって漏れた放射能は、功利主義的な社会が起こした失敗というばかりではなく、そうした社会を動かす力が制御不能になった時に真っ先に犠牲になる者たちを図らずも明らかにしてしまうのである。

東日本大震災の本震の揺れは私小説のスタイルを支えてきた家族関係を空間的に揺らして「別の話」を招き、余震はそれとは異なる形で家族関係と「私」の語りに影響を与えた。そして原発事故は「私」を時間的に揺らすことで歴史的な省察をもたらした。地震が創り出した空間と時間のズレは大江の作品のスタイルを他者たちのエージェンシーへと開き、未来の「私ら」に日本の戦争体験だけではなく震災というコンテクストを与え、そこに新しい意味を生み出すのである。大江の『晩年様式集』は、自然環境の力によって家族関係に生じた摩擦と亀裂を小説化することで脱人間中心的なスタイルを新たに再生した。敢えて不足する点を挙げるとすれば、それは震災が「コンテクスト」の役割を出ることはなく、既存のテーマが変奏されて終わったことかもしれない。『晩年様式集』はポスト〈3・11〉小説の困難さが実は現代の小説表現の困難さであり、そこにはいかに「人間」という概念を開き非人間とつながるかという、環境批評と共通の課題が横たわっていることを示している。

3　原発事故を起こした「私」たち——奥泉光『東京自叙伝』

東日本大震災に続いて起こった福島第一原子力発電所の事故は、日本においては三度目の、あるいは第五福竜丸のビキニ環礁での被ばくを含めれば四度目の被ばく体験を生んだ。しかし、今回の被ばくには過去の事例と大きく異なる点がある。それは、広島や長崎がアメリカ軍による原爆投下の結果であり、また第五福竜丸はアメリカの水爆実験の影響を被った「被害」であったのに対し、福島の原発事故は日本の公的性格を持った独占企業が起こした事故であったことだ。しかもそれが東日本の大多数の人々が享受している「電力」を生産する設備だったことから、日本人の多くが間接的な加害者として考えられることになった。

直接の加害者は東京電力であるものの、原発推進の政策は国策として一九五〇年代に進められた。戦時中に国の統制下におかれた電力事業は戦後に再び民営化されたが、その事業は常に国の規制を受けつつ行われる。原発事故は、国の政策に基づいて民間企業が進めた事業が津波によって事故を起こしたものである。事故発生直後は予測不可能な自然災害であるという論が一時的に説得力を得たが、近年の調査によって現場と東京電力が適切な対応をとっていれば避けることが可能であったことも指摘されている(29)。福島第一原子力発電所の四基の原発の事故・メルトダウンは天災をきっかけに生みだされた人災であった。

しかし、我々は自分たちがこの人災を生みだした側にいるという可能性を考えない。フェアトレードのように割高ではあるが大手流通業者を通さずに農産物を購入することで農家に正当な対価を支払い地域の活性化に貢献するという消費形態があるのであれば、その逆に個人として割安な商品を購入する代わりにどこかに大きな付けを回す消費の形態も存在する。しかし、消費の形態による功罪を消費者が実感することはなかなか出来ない。原発事故を我々自身の問題として考えるためには日常の視野と感覚を大きく拡げる必要がある。ポスト〈3・11〉小説の多くは「私」の視点からこの複合的災害を語ることの限界に直面し、複数の「私」や多重視点を用いることを選択した。しかし奥泉光の『東京自叙伝』はむしろ様々な「私」が結局我々ひとりひとりの問題であることを知らしめようとしている。我々は多様な世界観をもつ個として生きているかもしれないが、同時に割安な電力を求め消費して生きている点では同質的な存在である。そしてこの作品は「我々」の問題とは「私」の問題であること、つまり「原発事故を起こしたのは私である」と語っているのだ。

『東京自叙伝』は文芸誌『すばる』二〇一二年十一月号から二〇一三年十一月号に連載された後二〇一四年五月に本が出版され、その年の谷崎潤一郎賞を受賞した。管見では現時点(二〇一七年)でこの作品に関する先行研究と呼べるまとまった考察はないようだが、賞の選評(『中央公論』二〇一四年十一月号)では壮士風の文体や東京の地霊が姿を変えて語るという発想が高く評価された(二一六―二一七)。

『東京自叙伝』は東京という場所の力が火事や地震によって凝集され、その結果表出した「私」による自分語りである。この「私」は一八四五年に最初に生まれて転生を繰り返し、最終的には東北地方太平洋沖地震によって原発作業員の「私」となる。この江戸時代から続く「地震と火事」という「天災と人災」によって生み出された人間の自意識を描く物語は、東京という場所を中心に据え、太古の時代から現代までの天変地異を視野に入れた上で「環境」と「人間」というテーマを「小説」として語る。

この小説は東京という場所の主体性の表出としての「私」の輪廻転生を描く荒唐無稽な「ポスト人間」小説と解釈してしまうことが可能であるが、その一方で主人公たる「私」を通して日本の史実の一面を忠実に切り取った日本人論としての側面があることも見逃せない。そして、この小説のユニークな点は、鼠など言葉を持たない生き物を「私」の「基本形」とし、人間の主体性が現れるのは災害などの事故によるもの、という構図を作り上げたことである。

『東京自叙伝』は環境のために書かれた小説ではないが、地球史から見ればごく僅かの間に地球規模で環境を破壊するようになった人間の性を「私」の行動原理として歴史的に物語ることによって、無名の個人である「私」の行動がやがて自分たちを地球から退場させてしまうことを暗示することになる。

東京のエージェンシー（作用主体性）としての地震と「私」の表出

ジェーン・ベネットをはじめとする新しい物質論の環境批評家の多くが取り組んでいるプロジェクトが物質にエージェンシーの存在を見出し、それによって主体と客体の二元的世界を異質なモノたちによる相互作用の世界へと読み替えることであった。ホイーラー等が唱える生命記号論は、物質同士が記号として作用する中で生命が生み出され多様な形態へ発展し、やがてシンボリックな人間の言語につながったと考える。ここでもあらゆる物質が記号として作用するため、その作用を一種のエージェンシーと解釈することが可能である。モートンの物質志向の存在論は、物質には常に隠れた本質が存在し、我々の認識は常に感性の領域において可能でありそれは美学的だとする。しかし、モートンは感性によって美学的に認識される因果関係が抽象的で主観的であると主張するのではない。反対に、我々の認識は物質の作用によって形成されるのである。その意味でモートンも物質のエージェンシーを問題としているのだ。ただし、彼はそうしたエージェンシーは常に物質の本質を隠してしまうと考える。そしてマラフォーリスは、物質の運動によって意識が生まれる過程をエージェンシーと考えることを提唱した。それは生物の脳内に起こる現象としてのエージェンシーだけではなく、人間と非人間が相互に作用する中で生み出されるエージェンシーを考えることを可能にするものであった。

災害の記憶によって覚醒する「私」

『東京自叙伝』が明示するテーマのひとつは「私問題」の玄人を自称する語り手の存在であろう（一九）。この小説には柿崎幸緒、榊春彦、曽根大悟、友成光宏、戸部みどり、郷原聖士という人間の語り手が六人存在する。最初の「私」である柿崎が自分という存在に覚醒するのが江戸時代末期の一八四五年であり、最後の語り手、郷原は東日本大震災後の二〇一一年の時点で語りを終えるが、小説の最後に余談として二〇二〇年の東京オリンピック開催が決まったことに触れることから、「東京自叙伝」連載が終了した二〇一三年がこの小説における最終的な「現時点」であることが了解される。前述したように、この小説の特徴は、輪廻転生を繰り返す「私」が「災害の記憶」、特に地震災害や噴火、火事の記憶によって結ばれていること、そして「私」が人間だけにとどまらず、鼠をはじめ猫や犬、ミミズや螻蛄など、あらゆる生物に生まれ変わることである。特筆すべきは、人間である「私」が地震や火事といった災害によって覚醒し、過去の記憶を甦らせることであろう。近代の主体を形成する人間個人の肉体を超え、あらゆる生物に乗り移る意識としての存在は人間になった時に初めて「私」として言葉によって語られる存在となる。

小説中最初の「私」である柿崎は、一八四五年の火事がきっかけで自意識に目覚め、一八五五年の安政の大地震によって一七〇七年の宝永の富士山噴火など遠い過去の災害の記憶を甦らせる。二人目の「私」である榊は、浅草で一九二三年の関東大震災に遭うが、その直前に鼠の意識を通して被災して燃える東京を幻視し、危うく九死に一生を得る。のちに榊は終戦の前年に昭和東南海地震に遭うことで「私」を離脱してしまうことになる。次に「私」として覚醒するのは一九四五年の五月二十五日に山の手を襲った空襲で焼かれそうなところを逃れ、青山墓地に居た曽根である。曽根の例は「私」が必ずしも地震災害によって覚醒する訳ではないことを示している。そして四人目の友成は、一九五二年に現在の私である曽根と過去の私である榊が東京池上のガソリンスタンドで殺し合い、ガソリンに引火して一帯が炎上する場面に居合わせ、そこで「私」が乗り移る。この頃から「私」が一人の人間ではなく拡散傾向を示すようになり、友成は一九六八年に他の「私」の一人である少年に殺害される。そして、五人目の戸部が放火現場に「私」として現れるのは一九八八年だが、戸部は二〇〇七年に死亡し、「私」としての戸部はそれ以前に拡散して自然消滅してしまう。曽根の時代以降、「私」の人間としての個別的な凝集力は弱まり続け、最後の語り手である郷原は、二〇一一年の東日本大震災と同時に福島県浪江町の中学校において覚醒する。

『東京自叙伝』に登場する六人の人間の語り手のうち、実際に自然災害によって東京の記憶につながるのは柿崎、榊、そして郷原である。曽根は東京の空襲という人災に大きく影響されるが、友成と戸部はそうした災害とはほぼ無縁であり、戸部に至っては自ら放火犯として人災を起こす側に立つようになる。「私」は、終戦後進駐軍の将校であるケニー神野に「ユーは地霊に取り憑かれているんだよ」と言われて以来（二〇）、「私」の正体を東京の地霊のようなもの、と考えている。つまり東京という「場所」が主体だということである。そう考えると、「私」の個体としての強度に災害が深く関係していることが分かる。首都圏に限っていえば、高度成長期から二〇一一年までは、大きな地震・噴火災害がほぼ皆無であるという歴史上稀な時期であった。我々は戦後日本の繁栄を政治的な状況と日本人の性格に帰することが多いが、そこに自然条件という視点が抜け落ちていたのではないだろうか。さらに重要なのは、自然災害というものの見方である。人間にとっては地震と、それによって引き起こされる火災は「災害」に他ならないが、東京という場所の視点に立てばそれは地球のエネルギーがその場所において放出される証である。地の力や火の力によって析出される小説の「私」にとって、大地震や大噴火によるエネルギーに勝るものは無い。そうした視点からすると、経済成長が進む日本の中心である東京において友成や戸部の個別性が薄くなり「私」が拡散する傾向があるということは、石油やガス、水力、そして原子力といった広義の自然エネルギーが大量消費されるようになった時代の「私」の境界を近代主義のイデオロギーとは別の角度から表現していると考えられる。

東京のエージェンシーをめぐる齟齬

この小説で「私」は、時を越え様々な生き物に成る「私」という存在を東京の地霊、つまり場所の意識のようなものと解釈している。換言すれば東京という場所の特異なエージェンシーとして「私」が析出されるのだ。友成光宏であった頃の「私」は、「ドウ足掻いたって万事なるようにしかならぬと、根本のところで諦めて、とりあえず今がよけりゃいいと開き直りつつ、絶えず時流に掉さすのが自分の流儀」と言い（二四五）、戸部みどりの時代には「『なるようにしかならぬ』とは我が金科玉条、東京と云う都市の根本原理」と「東京の地霊たる私」が語る（三四八—三四九）。このような「私」の成り行き任せな態度は、人間の主体性をないがしろにするものであり、理性を中心とした人間の在り方から外れていることはいうまでもない。しかし、場所のエージェンシーを考慮した場合はどうであろうか。「なるようにしかならぬ」という主体性の無い考えは、環境中心的に言い換えると、地球のあらゆる物事の作用によって「私」という存在の在り方や意味が決まることであり、「私」の意志も常にその一部、作用の結果であることになる。場所のエージェンシーは人間個人とは異なるスケールの時間や価値を持って作用するがゆえに、時に人間の理性的判断をやすやすと乗り越え存在を破壊してしまう。小説の「私」は東京という場所の作用を体現する者として場の空気を読み「なるようにしかならぬ」方向へと事を推し進める。ここで特徴的なのは、一般に自然の力とされる地震などと、社会的な現象である「場の空気」が「私」にとって区別されていないことであろう。西洋の近代主義は人間の理性によって自然の理不尽な作用を克服することを目指し、それが十八世紀後期以降の工業化によって一定程度成功した結果、その負の側面として環境破壊を引き起こすようになった。現在「人新世」と命名され注目されているこの時代概念は、人間が地球環境の運命を左右する存在となったことをどのように受け止め、いかによい環境を残し作り上げていくか、という問題意識を呼び起こしている。環境批評における「新しい物質論」もそうした問題意識に呼応する批評である。

人間中心主義を否定し新しい物質論を目指す現在の環境批評は、人間の意志から生まれた行動による作用のみをエージェンシーと見なすことを止め、環境に存在する物質が意志の在り方と行動を形成すると考える。そうした意味で現在の環境批評の問題意識と『東京自叙伝』の表現に重なる部分があることは確かである。「なるようにしかならぬ」というのは一種の環境中心的考えでもあるからだ。しかし同時に、この小説における場所の在り方と環境批評におけるエージェンシーの議論の間に齟齬があることも確かだろう。小説の語り手「私」は、社会の情勢や場の空気を読み、それを表現することにかけては右に出る者がない人間だとされる。例えば陸軍参謀本部付将官となった榊は「陸軍部内の空気を忠実に写し取った」文書で北進派と南進派双方の顔を立てながら南部仏印への進駐を決める道筋をつけることに成功する（一二三）。後世に生きる我々は、この南部仏印進駐が太平洋戦争勃発の引き金を引いたことを知っている。その前に満州でノモンハン事件の積極的な推進にもかかわった榊は、第二次世界大戦における敗戦の要因ともなった日本の軍隊の夜郎自大な側面を体現する人物なのである。

東京の地霊、あるいはエージェンシーとしての「私」は、歴史における非理性的な行動や倫理的に疑問のある選択を自ら引き受けてみせる。榊はノモンハンで国境侵犯を犯し、命令を無視してソ連と戦闘に入った関東軍を「滅茶苦茶ですが、周りは誰も変だとは思っていない」と説明し（一〇九）、友成は原発に魅せられて日本の原発誘致に積極的に関与し「日本は世界で唯一の原爆被害国、であればこそ、原子力の平和利用を推し進める使命があり、かつまたその権利があるのデアル」という自ら「分かるような分からんような頗る怪しげな」理屈を述べ社会を扇動する（二七九―二八〇）。こうした人物像は戦後に丸山真男が「無責任体質」と呼んだ日本人論において代表されるものであるが、ここでは東京の地霊の意図として、満州は東京の拡大を意味し、原発は東京に莫大なエネルギーをもたらす存在として欲望されることになる。戦時中は「国体」が万事に優先され、人間の個人的な幸福の追求は否定されることになったが、『東京自叙伝』においてはあくまで東京という場所のエージェンシーが優先される。近代国家という社会制度ではなく、東京という場所が主体となることによって、個人や社会というカテゴリーを超えた視点がもたらされ、歴史の理不尽さに新たな解釈が付与されることになる。奥泉の小説は、東日本大震災をきっかけに場所（自然）の立場から人間を含んだ歴史を考えるという試みであり、そうした非人間中心的アプローチは現在の環境批評が目指す方向と重なるものの、非人間の立場から考えることによって人間の文明の過度に人間中心的在り方を是正し相互作用的なバランスを保とうとする問題意識は共有していない。そこに『東京自叙伝』が自然の非人間的活動と人間社会の理不尽さ、「なるようにしかならぬ」側面を結び付けてしまう要因があるのではないだろうか。地震によって引き起こされる火災が「自然」なものではないのと同様に、陸軍の空気や原発推進も自然に起こるものではない。しかし小説の「私」は、それがあたかも自然であるかのように東京のエージェンシーとして振舞うのである。『東京自叙伝』が提示するのは、非人間である場所のエージェンシーというアプローチが近代的な理念を「乗り越えて」しまうことの功罪であり、それはまた主体と客体の間隙を埋めることに伴う新たな不可視な領域の創出である。この問題を論じる上での複雑な点は、現代の環境批評の試みが近代以前の自然の捉え方を再評価する一面をもっており、そこでは日本の伝統的な文化が無批判に評価されかねないことである。かつて柄谷行人は、歴史的な意味を踏まえない形式的な比較においては江戸文化がポストモダンに見えてくることをアイロニカルに指摘したが、(30) 日本に限らず欧米もまた二元論から成る個人の確立という近代思想の負の側面に注目し、非二元論的な思考の伝統を再評価しているのである。環境批評における日本と欧米の違いは、近代的な人間主義を自らの思想として定着させた歴史を持つかどうかの差であろう。(31) 環境批評と奥泉の小説の間の齟齬はふたつの文脈の歴史的なズレを浮かび上がらせる。

「私」の凝集と拡散――地下の生き物たちと地上の人間

『東京自叙伝』の「私」は、太古の昔より拡散と凝集を繰り返し様々な生物に成り替わってきた存在である。小説中で最初の人間である柿崎から離れた私は「猫」になり、またある時の私は「カゲロウ」であり「浅蜊」だったこともあると語られる（五七―五八）。この「私」は「ムカデの私、アナゴの私、鼠の私、パンダの私、アライグマの私」などいかなる生き物にも成り得ることが可能なのだ（三一八―三一九）。しかし、この「私」の在り方に一定のパターンが無いわけではない。しばしば地震災害によって「私」の記憶が覚醒することは既に述べたが、この地震が大好きなのが鼠である。そしてさらに『私』なる者の基本形はあくまで鼠であり、ときどき鼠からはみ出して猫や人間にのり移ってきたというのが実相らしい」という（六五）。東京の地霊たる「私」は基本的に地球の活動である地震が好きな鼠なのだ。それゆえ人間としての「私」が消える際には、「人間だか鼠だかミミズだか分らぬものに溶け変じて地面をのたうちました」というように、存在が鼠的なものに拡散して地下に消えてゆくことが示唆される（二〇三）。

　この小説の「私」は様々に変化することが可能だが、基本的には地面の下を這い回る鼠の群れであることが多く、それが地震などをきっかけに時折凝集して地上の人間などになって現れるのである。言語による意識としての「私」は時折出現するだけの存在だが、鼠たちとしての「私」は常に地下に潜んでおり、地震や火事の災害時に人間となっている「私」を導いたりもする。ここで描かれるのは、地下に言語や個別性を持たない存在としての鼠がおり、地上には言語によって「私」とは何かを考える存在としての私がいるという構図である。この地下と地上はいわば無意識と意識の関係であり、地下の鼠は燃え盛る火の断片的なイメージを持つだけだが、地上の人間はそれを記憶として過去の地震や噴火の記録と結びつける。ここに「記憶する存在」としての人間の特性が現れる。

記憶する「私」

　個別性の薄い地下の存在である鼠たちを基本形とする東京の地霊は、地の力によって時折圧縮され、個別性の強い存在、人間として地上に飛び出す。語り手の「私」が「記憶は連続するが、経験は連続しない」と語るように（八一）、人間は言語によって断片的な経験をつなげる存在である。人間として現れた「私」は様々な生物として経験したことを「人生に限らぬ猫生鼠生ミミズ生トンボ生浅蜊生〔……〕ほとんど氷河時代にまで遡る記憶」として甦らせる（二〇三）。東京の地霊としての「私」が「私」であるためには、個別性あるいはアイデンティティーを獲得することが必要であり、そのためには経験を地球環境と社会環境につなげ、記憶として生成しなければならない。突然析出された「私」が「過去の地層からジワリ記憶の水がしみ出して、少しは自分が友成光宏だとおもえるようになって」くるのは、記憶がない（過去とつながりがない）存在は「私を私」として認識することが出来ないからである（二一二）。東京という場所にとって地震はひとつの運動―経験に過ぎず、人間をエージェントとして過去の「災害」をつなぎ合せ記憶する。しかし人間にとってそのような場所の「経験」は厄災となる。それは人間の文明が地の揺れを大火事や建物倒壊の原因としてしまうからである。火の力は文明の力であるが、それが制御を失った時に災害と呼ばれ、生き残った人間によって記憶に残される。人間として場所の経験を記憶につなげる「私」はそうした場所と人間の立場の齟齬（ズレ）を表現する者である。(32)

東京の地霊たる私にとっての経験とは、多くが人間にとっての災害であり、その記憶は『東京自叙伝』において特に火の情景として表現される。語り手にとって「記憶の映写帯に浮かび上がる場面は火が主役。明暦明和の江戸の大火から元禄や安政の大地震、そしてもちろん関東大震災」であり（八一）、それはまた「地下にドロリ溜まった原油のごとく、その膨大な体積からほんの僅かを柄杓で掬い、精製すれば、記憶の火が燃えだす」というように地下に溜まった原油のイメージを喚起する（三一八）。人間は、太古の生物の死骸である原油の作用―火によって文明を築き、災害を発生させ、そして記憶を生みだすのである。東日本大震災は地震と津波、そして原発事故の複合災害であるが、それは地と水と火という、地球と文明の関係が創出した大惨事であった。地下の生物の死骸を燃やすことによって作られた文明とはまた地球の物質の作用であり記憶の表現でもあるのだ。火事によって「私」であることに覚醒した柿崎、空襲による劫火に焼きだされて青山墓地に居るところから「私」が始まった曽根、ガソリンスタンドの引火で焼け死んだ榊、そのガソリンスタンドに居合わせ、原発輸入に奔走した友成、常習的な放火魔である戸部、そして原発作業員の郷原、と『東京自叙伝』の「私」は皆「火」と関わることで生まれ、消えてゆく。地と火のメタファーでもある「私」は、場所の経験を記憶する身体として現れる。

拡散する「私」

『東京自叙伝』における人間の「私」は、様々な生物に拡散して存在する薄い私が凝縮して生成されたとされる。少なくとも最初の柿崎と二番目の榊としての「私」は個人として凝集しており、複数の「私」が同時に現れるのは三番目の曽根が榊から埋蔵した資金の情報を得ようとする場面からである。しかし、人間以外の生き物としての「私」は常に複数で同時に存在していたようである。例えば「ここで不可解なのは、私の柿崎幸緒時代や猫時代、それと並行して私が鼠として存在していた事実である。つまり、複数の私が同時に存在する。そう考えてよいらしい」とか（六四）、「私の場合、複数の身体と云っても人間ばかりじゃない。猫とか鼠だとか、生き物の垣根を越えて」いる（一四〇）、といった表現は「私」が人間としての意識を持たない生物としても存在していることを示す。そして人間の「私」が消える時には「人間だか鼠だかミミズだか分らぬものに溶け変じて地面をのたうちました」というように「私」としての意識の枠が無くなるのである（二〇三）。小説としては人間の語り手が中心となるものの、郷原が「あくまで拡散が基本、それが何かの拍子で凝集析出すると見てよい」と語るように（三八七）、「私」という枠を持たずに存在する動物たちであることが常態で、「私」という意識の形成の方が例外的なのである。ここで注目すべきは、主体としての「私」とその外部の環境が地震や火のエネルギーによる「凝集と拡散」という運動を媒介としてつながっていることであろう。「個」であることと「群」であること、「主」であることと「客」であることが地球・場所の運動エネルギーの異なる発現として物質的に表現されるのだ。この点において『東京自叙伝』は近代の二元論だけではなく、ポストモダンの言語論的転回に対しても批評性を持つ。そうした意味でこの小説はエコクリティカル（環境批評的）な作品として読まれ得るポテンシャルを持つといえよう。そしてこの小説において非人間である「拡散」の状態を最も良く表すのが「鼠」なのである。

鼠と人間

小説の前半部において、鼠は人間と対極にある存在として描かれる。まず、鼠である時には「一匹一匹の個別性」が薄いため、「群れ全体でひとまとめに私」となる（六四）。まがりなりにも「個」の意識がある人間に対し、鼠にはそれがないのだ。そして、第二章で榊が「つまり、『私』なる者の基本形はあくまで鼠であり、ときどき鼠からはみ出して猫や人間にのり移ってきたというのが実相らしい」と語っているように（六五）、「場所」のエージェンシーであり地霊という主体性を体現するのは鼠なのである。さらに鼠は「地震が大好き」な存在で地震を予見することも出来る。そのため、地震の予感に狂喜乱舞する鼠に触発されて榊は関東大震災の際に凌雲閣（浅草十二階）にいたが九死に一生を得ることになる。場所にとって地震は自らのエネルギーの放出であり、続いて起こる火事によって生まれる死骸を餌とする鼠にとってはお祭りのような出来事なのである。しかし、「個」を持つ「主体」としての人間は周囲の自然を「客体」と見なしてその運動を観察・管理し、間接的に利用することによって文明を築き繁栄した。そうした文明にとって突発的な地震エネルギーの放出は破壊をもたらすのみである。人間個人にとって地震や噴火は常に起こる現象ではなく予測もし難い。水力や地下の原油と異なり、地震エネルギーは人間が管理・利用するには向かないものなのだ。それは地球にとっては百年や千年の周期をもつ運動が、人間「個人」にとっては突発的あるいは偶発的な現象として以外に認識され得ないからである。しかし、個を持たないと想像される鼠にとって経験は経験に過ぎず、同時に一匹の生をもって終わるような個の記憶に頼る必要もない。鼠はいわば類として生きる存在だと作者は考えているのだろう。

小説の中で鼠と人間の関係は第五章の戸部みどりが消える頃から急速に接近することになる。戸部は一九八〇年代のバブル期に株価の上昇で儲けた男たちと付き合うことで羽振りのよい生活を手に入れ、ディスコで遊びにふけるうちに「原生動物的快楽」に目覚める。また物価の上昇に乗じて美術品を売りさばくことで大儲けするなど、実体のない金融経済の膨張の恩恵を全面的に享受し毎日がお祭りのごとく感じるようになる。ここで人間である戸部がバブル経済に躍り上がって興奮するさまと、以前鼠が地震と火災に際して狂喜乱舞したさまが重なって読めるようになる。そしてバブルが弾け、資本家たちが次々に窮地に追いつめられると、戸部は保険金を狙ってそうした男の自殺を幇助し放火することで生き残りを図るようになる。この放火の火と共に戸部の「私」は溶解していくのであるが、その最終場面における戸部は「私が人間のまま鼠化」し、「下水道だかドブだか、汚泥のなかを蛇よろしく這いずり回」り、「気に入りのチンチラのコートを着たまま、悪態を吐き散らしながら、暗い溝をズリズリ這い進んでいる」ようになる（三八一）。「私」という人間の枠が凝集析出されまた拡散するという循環を繰り返していた『東京自叙伝』において、次第に「人間」と「鼠」の境界線が溶解していくのである。

そして第六章では郷原聖士としての「私」と鼠の違いが一層あいまいになってくる。原発作業員である郷原は東北地方太平洋沖地震の力によって福島第一原子力発電所で「私」として析出される。しかし郷原としての「私」は自分が「鼠なんだか螻蛄なんだか、まるで見当がつかぬ」状態で「そもそも福島第一原発に居たのは鼠の私だったと考えてよい」とまで語られる。ここでは既に「個」としての語り手である「私」が放棄され、地霊の顕現として複数の「私」が存在する。鼠は「秩序が壊れて汚物と暗闇の領域が広がること」が嬉しいため原発事故を喜んでいるが、同時に「放射性物質が大好物」でもあるとされる(33)（三九二―三九三）。この「原子鼠」は人間がまき散らした大量の放射性物質を浴びて染色体に異常が生じ「進化」した鼠だという。ここで語り手は「人間を含めた生物全般に備わって」いるのが「異常を求める性向」であると説明する（三九三）。人間と鼠は地上と地下に分かれて存在しているかのように描かれていたが、「生物」として進化という変異を求める点では共通だという認識が現れるのである(34)。また、原子炉が爆発して放射能が東京を汚染すれば、そこに人間は住めなくなり、「東京は鼠王国の領土」となる（三九九）。鼠にとってお祭り騒ぎの事態であるが、一方人間である郷原は「人並みに放射能を恐れて」いるにもかかわらず、同時に鼠に共通する野次馬根性と密かに破壊を望む欲望のため原発作業場でマスクを「私だけアッサリ外して」しまう（三九八―三九九）。第六章において鼠と人間の在り方はさらに重なり、「人間にとっては不毛の地、それ即ち鼠の楽園だ」というように「私」は「半ば鼠」の視点で思考するようになる（三九九）。そして原発事故は戸部のバブル時代から顕著になった人間の鼠化と鼠の人間化を決定的にする。東北地方太平洋沖地震で覚醒した郷原の私は、「1Fで燥ぎ狂っていた時点では、半ば鼠のわたしは、自分が何者であるか、いまだ掴んでは居らなかった。ところが、壊れた原子炉建屋の前に立った瞬間に限っては、これを作ったのはオレだと、強烈な認識が腹中に湧いて出た」と語る（四〇一）。戦後日本で原発の導入に一役買った友成と原発作業員である郷原が共に「私」であるという人間の記憶で結ばれるのだが、同時に郷原は鼠として原発事故に浮かれ騒ぐ自分も意識する。

その後、郷原は人間としての自分を探してネットカフェで自分の履歴を確認しようとするが、そこで発見するのはネット世界に存在する無数の「私」であり、その「私」の共通点はバス放火事件（一九八〇年）、深川通り魔事件（一九八一年）、池袋の通り魔事件（一九九九年）、池田小事件（二〇〇一年）、秋葉原事件（二〇〇八年）、などの「無差別殺人」でその犯人が全て「私」であることだ（四一〇—四一一）。小説の前半部で東京という場所に強い愛着を持つ「東京の地霊」としての私は満州を例外として地方においてはエージェンシーを発揮しない存在だったが、最終章で東京に電力を送る福島に現れた郷原としての私は「元号が平成に替わった時分から日本全体が東京風になった」ために大阪など日本各地で活動していたのだ（四一一）。人間と鼠だけではなく東京と地方の境も崩れ、私と他者の区別がなくなった世界においては、人間同士も同質であることが基本となり、「私は、他の私の個性が憎くて仕方がない」状態となる（四一四）。この互いを憎み合うようになった世界で郷原はナイフで通行人を襲う現場を目撃するのだが、そこで「目撃した私はむろんハッとなったが、凶行以上に驚いたのは、他でもない、刺した男が私だった」ことに気が付く。そして「立ち竦んだ私が血塗れのナイフを手にした私を眼で追えば、通り魔の私は、次なる獲物を求めて歩き出した」といった「私が殺すのを私が見る」情景が出現する（四一四）。

このような彼我もなくお互いを憎み殺し合う世界となった東京において生き残っているのは全て「鼠人間」であるという認識に至った郷原は、最終的に自ら「鼠人間」として私を殺す衝動に身を投じ、そこで地震と富士山の噴火を感じこの世の終わりに浮かれ騒ぐ。その後、郷原である私の殺人は幻覚だったことが判明するが、それは「鼠をはじめとする地下の生き物が見た光景」であり「東京の地霊が経験した出来事」なのだと確信するようになる。そしてその幻覚は「個人」のものではなく「東京と云う街そのものが見た夢であり、東京が想起した記憶」であると語られる（四二一—四二二）。この小説は最終的に鼠（動物）と人間の立場が入れ替わり、鼠（動物）の立場から人間が見られ、人間ではなく東京という場所の記憶が語られるのである。その意味で『東京自叙伝』は「ポスト人間」時代のテーマを語り、東日本大震災が人間ではなく場所を中心に語りを構成する大きなきっかけとなっていることが確認できる。

動物論と日本人論

『東京自叙伝』では東京の地霊のエージェンシーとしての鼠が震災の度に人間に昇華し燃える東京を記憶してきたが、東日本大震災において人間はついに個別性を失って鼠化し、鼠に見られる存在となって幕を閉じる。作者・奥泉の意図からすれば、こうした状況は近代の日本人が個別性と理性を持ち、自ら考え判断し反省する存在であることを止めてしまっていることへの危機感の表明を意味しているのであろう(35)。明治維新以来、日本は成り行き任せで拡大と繁栄を求め、そして破滅を経験し、また拡大への道を突き進んでいるように見える。そんな歴史において、理性的な判断で進む道を決断し、流れを変えたことはあったのであろうか。そのような意識が作者の「動物化」してしまう東京人の描き方を貫いていると考えられる。いうなれば「未だに近代化していない日本人」の在り方に対する批判が根底にあるといえる。東日本大震災に際しての政府や東京電力の対応が、戦中の日本人の「無責任体質」を思い起こさせたことがひとつのきっかけとなっているのだろう。

一方で「未だに近代化していない日本人」論は、バブル期以降のポストモダン化した日本という状況とも重なり複雑な様相を呈する。小説で人間の「私」が拡散し鼠化していく過程は日本の経済成長と軌を一にし、戸部みどりと郷原聖士が消えてゆく場面で日本の東京化と人間の鼠化の同義性が描かれ、最終的に作者は私が私を殺す状況を「鼠」が見た人間の光景として提出する。ここで思い出すべき論考として丸山眞男の「近世日本政治思想における『自然』と『作為』」や東浩紀の『動物化するポストモダン』がある。丸山の議論は、法と共にある自由ではなく、自然的な権威によって無制限の抑圧と拘束のない自由を生む日本の在り方を批判的に検証したものである。丸山は天皇制の下での日本人の無責任体質を指摘したことでも名高いが、『東京自叙伝』の東京の地霊たる「私」は日本人が自然との関係において「成り行き任せ」であり続けた体質に迫ろうとしているようだ。[36] また東は日本の一九九五年以降を「動物化したポストモダンの時代」として考察する。東はコジェーブの『ヘーゲル読解入門』を参照しつつ、動物と人間の違いを欲求しかもたない動物と欲望する人間の違いとして簡潔に説明している。[37] 動物は本能的な欲求しかないが、人間は他者やシンボルによる間接的な欲望をも満たさなければならない存在なのである。奥泉にとっての「動物」は東が引用するような即物的な存在であり、人間が鼠化する世界は「ディストピア」でしかない。『東京自叙伝』は、丸山の戦後思想や東のポストバブル思想を下敷きに現在の日本人の在り方を東日本大震災というフィルターを通してフィクションとして表現したと解釈できる。

環境批評としての動物論

しかし、『東京自叙伝』を環境批評としての動物論を参照しつつ分析した場合、この小説と環境批評の双方に存在する問題点が見えてくる。まず小説において東京という場所のエージェンシーが「成り行き任せ」に行動するということ、つまり「自然」の力が人間の「私」を通して「理性」を凌駕するという構図が日本人の前近代性を表現し、それによって反語的に理性の重要性を訴えるという作者の戦略の問題である。既に述べているように、現代の動物学が向かう大きな方向は、人間、特に「健常」な人間を頂点にそれに対する近さを尺度として生命の貴重さを測る傾向への批判と、それに伴う新しい価値観の構築である。近代の健常な人間を中心とした価値観が結局、強いものによって弱いものを守るという人間主義的な考えに行き着き、その限界が地球環境における急速な多様性の衰退と共に認識されているからである。この環境批評による動物論は障がい者や老人といったテーマとも接続して文学批評の可能性を拓くものである。ここでしばしば参照されるのはデリダやドゥルーズとガタリ、ダナ・ハラウェイ、そして環境批評という分野ではケアリー・ウルフあるいはブライアン・マッスミ等であることは既に紹介した通りである。

『東京自叙伝』で奥泉が表現する「動物」が近代主義のステレオタイプに近いものであることは明らかだろう[38]。もともと奥泉の小説世界が「地下と地上」に二分され、それぞれ鼠やミミズと人間や猫に代表される「近代的」な構造である。「私」であることを考える人間や夏目漱石の飼い猫だったこともあるらしい「私」としての猫など、地上の生き物は個別性があり意識を持つ存在である。一方鼠は、「鼠という生きものは絶えず飢えに苛まれ、四六時中餌を求めて血眼になっている訳ですが、その眼に映る世界は常時真っ赤に燃え上がり、あるいは瓦礫の堆積と成り果てて、煤煙と屍肉の腐臭が充満する荒野をうろつき回って居る。いつの時代の、どんな場所にあっても、そういうふうにして鼠は生きている」などと説明される(三八三)。地下にいる浅ましい生き物として鼠は描かれ、それが東京の地霊らしき私の基本形なのである。そしてこの小説においては、地下の鼠に地上の人間が浸食され、人間は個別性を失って鼠化し、鼠に見られる存在となり、「私」は一匹の鼠となる。いわば、地下と地上の関係が転倒し悪い方向への革命的な変化が起こって幕を閉じるのである。

このような『東京自叙伝』の構造に戦後思想を受け継いだ批判精神による主張と意義があることは疑いない。ただし、環境批評は「人が鼠に見られる」事態を出発点とする。それは端的にデリダが *The Animal That Therefore I Am*（『動物を追う、ゆえに私は〈動物〉である』）の中で問題とした「猫に見られる自分」のことであり、また動物の読み直しとしてベイトソンやドゥルーズとガタリ、そしてマッスミらが問題とした「本能」の解釈のことでもある。例えばマッスミにとって動物の本能とは決して生きる欲望のみに突き動かされた機械的な動きではなく、むしろ生命の創造性こそが本能の根幹だという。しかし『東京自叙伝』においては、東京の地霊のエージェンシーが鼠を基本形とし、偶発的に地震や火災にともなって人間の「私」が生まれ、言語によって記憶を語る。生態学的なつながりとして場所―動物―人間の関係が語られると同時に、基本形の鼠と特異な状況としての人間の間には断絶があり、その関係は二元論的に語られるため、一見「環境中心的」に見えた東京の地と鼠、そして人間の繋がりも「理性の欠如」という否定的な意味に結論づけられてしまう。

物質主義的環境批評は、地球と動物と人間のつながりを肯定的に見ることによって、近代における人間とその他の生物・物質の断絶が生んだ明らかな生物多様性の衰退と環境の劣化に抗しようとする。東日本大震災は人間にとって悲惨な災害であったが、このような災害の一部は近代社会の人間中心的で画一的な発展によって増幅されたものでもある。作者がそうした状況において生まれた「仕方がない」という日本の「空気」を問題視し、戦中・戦後を含めた「成り行き任せ」な風潮と結び付けて批判した意図は評価できよう。しかし、そうした問題が、日本人が「未だに近代化していない」から起こるのか、あるいは「近代化」自体に問題があるのかどうかは議論が分かれる点である。それは、人間が動物的であることが乗り越えられるべき課題なのか、あるいは人間が動物と向き合うことによって別の関係を築くべきなのか、という議論につながる。現代の環境批評の動物論が目指す「動物」とは物質的身体を通して人間とつながった個別的な他者なのである。

しかし、奥泉の『東京自叙伝』には環境批評が求める多様化と個別化では訴えることの困難なメッセージが込められている。それは最終的に個別性を失い「鼠人間」と化した日本人こそ「私」であるという主張だ。同質性を尊び、空気を読むことを求める日本人同士は同じことを言い合う他なく、対話をすることが出来ない（四一八）。この対話の出来ない鼠人間こそが原発を止められない張本人なのであり、それは「私」たちのことなのである。奥泉は東日本大震災において人災を引き起こしたのは、他でもない「私」なのだと語る。この点で『東京自叙伝』は他のポスト〈3・11〉小説と比べても高い次元の自己批判を行っている。奥泉にとっては、動物の視点で考えるという環境批評の課題よりも、まず東日本大震災を「私」自身の問題として受け止めることの重要性を主張する意図があったのであろう。そしてそもそも小説には見知らぬ人や出来事を「私」の事として感じさせる機能がある。環境批評が多様性を目指す過程で見失いがちな当事者性の問題に正面から取り組んだ『東京自叙伝』の意義は、この「小説」の機能を十全に活かしたことにあるのだ。

第四章　震災によって揺らぐ「動物」と「人間」の境界

——ポスト〈3・11〉小説における熊

人—動物の境界をめぐって

東日本大震災で被災したのは人間ばかりではない。ペットや家畜といった動物たちもまた震災によって生活の基盤を奪われ、置き去りにされた犬や猫に焦点を当てた写真集やエッセイ、映像作品も制作されている。また、被災した人間、ペット、家畜の間の格差の問題が真並恭介の『牛と土』のようなノンフィクション、そして木村友祐「聖地Cs」といった小説作品によっても可視化され、「人間」という存在がひとつの問題として浮かび上がった。人新世の時代においては、被災者ですらも他の動物たちとの関係においては加害者と見なされ得るのであり、「人間」としていかに存在するかが問われ、また同時に我々が「人間」であると考えること自体の問題が浮き彫りにされる。

「人間であること」の再考は環境批評のみならず、現代の人文学全体における大きなテーマである。震災がいかに動物と人間の関係を問題化したかを考察することは人文学全体にかかわる重要な課題であるが、ここでその全体に言及することは出来ないため特に「熊」の存在に焦点を当てることによってその一例としたい。[1] 熊を選ぶ大きな理由のひとつは、東日本大震災後に最も早く発表された小説作品のひとつが被災地における熊と人間の交流を描いた川上弘美の「神様2011」であり、この作品が〈3・11〉後に「世界が変わった」ことを端的に表現して大きな影響を与えたからである。さらにその後、津島佑子が戦争と地震災害を重ねあわせ、熊と人の運命の不可思議さを仮設住宅から想い描く「ヒグマの静かな海」を書き、池澤夏樹の『双頭の船』では、語り手のひとりである千鶴が、ちょうど震災が起こった頃に熊男・ベアマンに出会い、彼に協力して車で北海道から東北へ若い一頭のツキノワグマを運ぶ。そして古川日出男の「冬眠する熊に添い寝してごらん」では、石炭から石油へとエネルギーの主流が転換する時代に熊猟師である人間と熊が「契る」ことになる。これらの作品を環境批評の中の特に動物論を意識しつつ読解し、東日本大震災が人間と動物の境界をいかに揺さぶり、新しい関係を描くことを促したのかについて考えてみる。

> すると少しの擬人化は、存在論的に明確な本質（主体と客体）のカテゴリーではなく、連合体を形成する多様な構成の物質性に満ちた世界の発見へと感性を変容させることが出来るのだ。
>
> （ジェーン・ベネット『躍動するモノ』99）

動物論においては、デリダのように人間という存在が「動物ではない」ことによって、つまり、言語が無い「動物」という存在を暴力的に立ち上げ、それを否定することによって現れることに注目し、動物の他者性に向き合うことで人間というカテゴリーの多様化を促す考え方もあれば、ドゥルーズのように人間自らが動物であることによって、人間内の動物と動物内の人間が顕在化し、差異の関係ではなく、ひとつのアンサンブルとして人間と動物が共存する世界を描くという考え方もあることは既に述べた。

ベネットはドゥルーズ的な人とモノ、動物が裂け目なく交わる世界観に共感し、科学における唯物的な関係とそれでは捉えきれない感情や気の力が世界で共存し得るという考え方を生気的物質論として唱えた。人間中心的な思考の超越を徹底するという観点から見ると、擬人化は人間中心的であることの良い例であり否定されるべき表現であろう。しかし、ベネットは非人間主義がある種のナルシシズムに陥ることを考え、むしろ人間中心的であることの限界とリスクを孕みつつ動物の主体性を表現する擬人化を留保つきで推奨する。

1　「くま」が人間らしく振舞うこと——川上弘美「神様 2011」

川上弘美の「神様 2011」は『群像』二〇一一年六月号に掲載された。元となった「神様」(一九九三年)との比較によって震災後の被災地に「子どもがいなくなった」ことや「根拠不明な差別」が現れる可能性が指摘されている(2)。この作品は、川で捕った魚を何も考えずに食べていた時代が過去のものとなり、外で活動する合間にガイガーカウンターを通してしか見えないセシウムやストロンチウムの存在がふと頭をよぎる世界を描く。牧歌的な世界に原発事故の影が色濃く影を落としているのである。この「神様 2011」が「神様」との比較において見えない放射性物質の効果を可視化したことは確かである。しかし、ここでそもそも「神様」の世界における問題が何であったのかを検証してみたい。なぜなら原発事故で風景が一変したにせよ、それによって〈3・11〉以前の問題が消えてしまう訳ではないからだ。

「神様」では人間である語り手が「昔気質」の熊に誘われ、川原に散歩をする。そこで熊は遊んでいる子どもにいたずらをされるものの、邪気もないと受け流し、自ら川で魚を捕って遊ぶ。熊は捕った川魚を干物のお土産として語り手に贈り、二人とも満足して一日を終える。ここで注意を惹く点といえば、川原で子どもが許可も得ずに熊の毛を触った挙句に腹を殴りつけたにもかかわらず、誰もそれを問題とはせず、語り手も「無言」のままでいることぐらいかもしれない。

この作品における「くま」は「自然」のひとつと現れ、と解釈できる。「くま」が「昔気質」であることや、「縁」を強調すること、川で本能的に魚を捕ってしまうことなど、川上が「あとがき」で述べているように、日本古来の八百万の神々と人間との関係を描いたと読むのが「自然」なのかもしれない(3)。

しかし、これが仮に「くま」ではなく、例えば「外国人」だったとしたらどうであろうか。引っ越しに際して住民全員に蕎麦を振る舞い、葉書を十枚ずつ渡すという律義さ、丁寧な挨拶、子どものいたずらを受け流す寛容な態度、子守唄まで歌おうという優しさ、散歩の帰りにお土産を渡す周到さなど、すべてにおいて大変な気の使いようである。これらは現代には存在しなくなった（あるいは存在したことのない）「典型的な日本人」の振る舞いであり、マイノリティーが日本社会に溶け込むために身につける時代遅れではあるが規範的な行動ともいえる。現代人にとっては過度に日本人的である他者を描きながら、それが「くま」であることによって何事もなかったかのように語られる不思議さが「神様」の魅力である。隣人となった他者に対し、語り手である「わたし」もまた、この「くま」が「動物には詳しくないので、ツキノワグマなのか、ヒグマなのか、はたまたマレーグマなのかは、わからない」のである（一一〇）。川原の子どもとは異なり「まるで動物のように」断りもなく体や毛に触れる無神経さはないものの、「わたし」とて「くま」にさほどの関心があるわけでもない。

川原で「邪気がない」と評された子どもが「くま」を動物として、しかも怖さのないペットとして扱うことによって「くま」が本当には人間としても動物としても見られていない可能性が頭をもたげ、牧歌的な短編の世界に小さな亀裂を生み、「わたし」は沈黙せざるを得ないのである。それは同時に、人間は動物と同じように扱ってはならない、という暗黙の了解が可視化される時でもある。作者である川上は熊を日本人以上に日本人的に描くことで徹底した擬人化を表現したが、「くま」が「あるべき人間（日本人）」として振舞えば振舞うほど、そこには「動物ではない」人間の無意識が立ち上がる。

この意味で「神様」は「くま（自然）」の擬人化によって人間の目を多様な認識世界に開き導いているのではなく、むしろデリダ的な否定の否定によって欠落としての人間の自己を指し示している。そして同時に「熊が熊らしくない」ことによって「異類」としての動物もまた消去される。「神様 2011」は震災の影響を可視化する効果に注目が集まる余り、そもそものテーマであった人間、動物、そして神様の関係が見過ごされがちである。「神様 2011」では放射性物質が介在することによって「くま」への偏見が助長されるが、それはオリジナル作品の「神様」に存在した「人間」が「人間」であることに内在する偏見をより一層鮮明に可視化したに過ぎないのである。

最後に再び「くま」を「自然」あるいは「神様」の顕現とする解釈について触れておきたい。それは第二章で言及したパラケルススの「自然の因果関係のモード」としての神による全体主義とベネットによるパラケルススの物質論（共感のモード）への読み換えに関係してくる。川上は「神様」で汎自然（神）的世界を、そして「神様 2011」でその世界が一層傷ついた様を描いたが、彼女はそうした自然（神）のモードと人間の関係を後の作品で物質論的に探究することになるのだ。そのことについては第八章で詳しく述べたいと思う。

2　揺れが結ぶ人間とヒグマ——津島佑子「ヒグマの静かな海」

津島佑子の「ヒグマの静かな海」は、『新潮』二〇一一年十二月号に掲載された。同じ号には黒川創「泣く男」、そして同月の『群像』には池澤夏樹の「大聖堂」や岡田利規「問題の解決」、『すばる』には木村友祐の「イサの氾濫」などが発表され、この時期に〈3・11〉をテーマとした小説が一気に溢れ出た感がある。「ヒグマの静かな海」は「今からおよそ百年前にあたる一九一二年の、おそらく五月二十日前後のころ」に北海道の海岸から利尻島へ十九キロも海を泳いで渡ったヒグマについての記述から始まる(八)。語り手は、この七—八歳の若い雄のヒグマがなぜ突然海を渡ったのかを様々に思案するが、そこで彼女の考えに大きく影響するのが、約百年前に北海道で頻発した地震であり、同じ頃に有珠山や駒ヶ岳も大噴火をおこしているという事実である。そして彼女は「北海道全体が大揺れに揺れたのではないか」と想像する(九)。利尻島へ泳いだヒグマが生まれ育った時期はちょうど北海道が地震と噴火に見舞われた時期と重なるのである。

語り手は、ヒグマは地震を恐れて海へ泳ぎ出したのかもしれない、と想像するが、それは自分が東北地方太平洋沖地震に襲われたばかりであるためかもしれない、と考えを引き戻し、もしかするとヒグマはメスを求めていただけかもしれず、あるいは人間に遭遇したためかもしれない、などあれこれ考えを巡らせた挙句、「いや、ヒグマの理由をいくら考えたところで、答えは出てこない」と結論付ける(一一)。

そこから語り手は「だから、それで、したがって、ここでどんな接続詞を使えばいいのでしょう」と述べつつ(一二)、二〇一一年の東日本大震災後に見たテレビ画面に映る被災者の人々の中のある男性のうしろ姿が五十年前の出来事を想起させた、と語る。北海道のヒグマからの連想によって語られるその男性を「ヒグマさん」と呼ぶことにした語り手は、その男性に似た人が自分が六、七歳だった頃によく家に遊びに来たこと、そして彼が亡くなった父親の恩人だったことなどを説明する。喉の奥から低い声を発するヒグマさんは、兵士としてシベリアに抑留され[4]、戦争で身寄りを一切失った人物であったが、四十歳前後で結婚し、二人の子どもをもうけ、当選した文化住宅に住むようになる。

しかし、父となり、ヒグマのような低いうなり声を発することもなくなったヒグマさんは、語り手が十五歳の時に突然自殺してしまう。彼女はここでもヒグマさんが死を選んだ理由を様々に憶測し、ヒグマさんの最後の時に世界が大きく揺れていたことを想う。この短編においては「揺れる」場面が多く描かれ、「揺れ」が北海道のヒグマと思い出の中のヒグマさんの間に存在する身体性と世界観という異なるカテゴリーを橋渡しする。ヒグマが感じた北海道の大地の揺れ、テレビに映る被災者の揺れ、ヒグマさんの妻が急死し、二人の子どもたちが孤児となってバラバラに親戚に引き取られたと知った時に少女を襲った心の揺れ、ヒグマが利尻島へ泳ぎ着いた後、体に残ったであろう海の揺れなど、この作品における「揺れ」は「だから、それで、したがって、ここでどんな接続詞を使えばいいのでしょう」と述懐する語り手の表現に対する揺れであると同時に、別々の出来事を帰納や演繹とは異なる直観によって結ぶ文学的論理の表現なのである（一二）。これらの揺れは大きく二種類に分類できる。それは地や海の揺れの体感と、世界認識の基盤（あるいは仮定した世界）の揺らぎである。そして大地が揺らぐ時には世界認識の基盤も揺らぐことが示唆される。動物のヒグマは地球の揺れ、人間のヒグマさんは認識の揺れ、そして語り手のわたしは東日本大震災後の仮設住宅に居てその両方を感じ、動物も人間も確率では計ることの出来ない運命という現実によって生かされ、殺されもすることを知る。

「ヒグマの静かな海」の中で動物と人間は、「揺れ」と突然の「死」(ヒグマは恐怖に駆られた人間に殺される)という「運命」によって結ばれる。語り手によって「ヒグマさん」と名を付けられた男は、テレビ画面の被災者の一人であるが、その「ヒグマさん」に似た男が記憶の中から思い起こされ、その男もまた「ヒグマさん」と呼ばれる。自分もその一人である被災者の運命を媒介として北海道のヒグマと死んだ父親の恩人である男の死が、「揺れ」がもたらす不安と孤独を媒介として想起されるのだ。北海道のヒグマは語り手によって外側から推測をもって語られ完全に擬人化することはないが、記憶の中の人間が「ヒグマさん」と名付けられ、野生のヒグマと同様に行動の不可解さが語られることによって、ヒグマと人間が重ねられ、ヒグマの中の人間と人間の中のヒグマがイメージされる。その人間とヒグマをつなぐのが東日本大震災による被災の経験である。語り手は、利尻島で感じたヒグマの孤独が「約百年後の人間たちが味わうことになった放射能汚染の静かなこわさに似ていたかもしれない」と考える(二二三)。そこに確かな因果関係があるわけではない。目には見えない、何かがおかしいという恐怖が、人間のテリトリーに足を踏み入れてしまった熊と、放射能の汚染地域となってしまった被災地の人間をつなぎ共感させるのである。そして作品はヒグマが人間の強い意志によって殺され、ばらばらになって自然へと還ってゆく情景で結ばれるが、後に遺されるのは、我々「人間」の運命である。

3　池澤夏樹『双頭の船』における動物の三様態(野生、家畜、ペット)

池澤夏樹の『双頭の船』は、文芸誌『新潮』二〇一二年一、三、五〜十二月号と二〇一三年一月号に各章が掲載され、二〇一三年二月に本として出版された。この小説は、「しまなみ8」という前後対称の形をしたフェリー船が東日本大震災の被災地支援へ赴き、様々な活動に従事しながら徐々に成長して大型化し、やがて二千人分の仮設住宅を載せた「さくら丸」として自立自足を果たすようになる物語、と要約できるかもしれない。この小説の第一章「ベアマン」は千鶴という女性の視点から語られるが、第二章以降は海津知洋の視点を基点に、才蔵、金庫ピアニスト（土方）、熊谷裕美子、千鶴など、船の乗員たちの語りが挿入される形となる。『双頭の船』は語り手で優柔不断なモラトリアム男である知洋を中心に決断力に溢れた女である千鶴や震災で多くを失った才蔵らを描く群像劇である。そして小説の最後で知洋や才蔵を乗せたさくら丸は東北沿岸の陸地に接続して半島となる。財団の寄付による復旧活動の一環としての「しまなみ8」が被災地での実状に則した支援を行う過程で徐々に自立したコミューンを形成し、最後にその土地の一部となるという『双頭の船』は、船に象徴された支援活動そのものの成長の物語でもあるのだ。

しかし、この小説は人間だけの物語ではない。第一章は、千鶴がベアマンと名付けられた男に協力をして、ヒグマの土地である北海道にいたツキノワグマを「本籍地」である岩手県の遠野に返すために千鶴がワゴン車を運転して岩手に旅する話である。何らかの理由で居るべき場所を離れてしまった野生動物を居るべき場所に返すこと、それは被災した人間がいかに移住し、あるいは帰還を果たすかという問題に関連したテーマである。また小説では被災したペットたちがヴェットと呼ばれる獣医に連れられて船に避難をしてくる。これらの犬や猫たちは、実は既に震災で死んだにもかかわらずあの世へ旅立つことが出来ないでいるペットたちであり、彼らはヴェットと親密に話すことによって徐々に船から姿を消していく。ヴェットは「野生の動物ならばみんな自分で納得して旅立つんだけど、人間に飼われていた動物はもうそのやり方を忘れていいるんだ。だから少しだけ手助けがいる」と語る（九一）。

ベアマンと千鶴が北海道から岩手に運んだツキノワグマは、元来の生活圏である山林に放され、その後は自力で生きていく。野生であるということは、ある特定の場所で自足して生きていくことが出来る存在であることだ。一方のペットは人間に依存して生きるようになった動物であり、彼らはなかなか死ぬということが理解できない。自力で生きていない生きものは、自力で死ぬこともかなわない、という論理である。[5] 才蔵は震災の際に助けることが出来なかった犬に船で再会し、ヴェットに倣って無事にその犬をあの世へ旅立たせる。また、動物だけではなく、人間の中にもあの世へ旅立つことが出来ずにさくら丸で暮らしている人々がいる。小説では、そうした人々をペルー地震の被災者で構成される「ペルー独立友好慰問音楽隊」が「泣きながら」という音楽を演奏しつつ海の向こうへと引き連れてゆく（二二一）。この音楽は「聞く者を酔わせるのではなくものを思わせ、ものを考えさせる音楽だった。そして心を決めさせる音楽」であると表現される（二一一）。動物であれ人間であれ、自立して生きることを止めた生きものは自然災害による死を納得することが困難だと小説は語る。

それに対し、ベアマンに惚れて野生の熊を運搬する千鶴は熊のにおいがするためペットの動物が近づきたがらない存在だ。彼女はベアマンと共に生態系のバランスを維持する目的で北海道で過剰に繁殖しているエゾシカを減らそうとロシアの野生のオオカミを移植する活動をしている。ナホトカでマフィアをピストルで追い払い、無事にオオカミを北海道へ解き放つ活躍をする千鶴は、ベアマンの野生に魅かれて行動にためらいがなく、緊急時になればなるほど決断ができない知洋とは対照的である。また、この小説の動物たちは、擬人化によって人間に親しみやすくなることはなく、野生の熊は強烈な臭いを放ち、ペットの犬は人間に救いを求める存在として描き分けられるが、こうした動物の生態の違いが人間の性格や生き方の違いへの暗喩となっている。また、いかなる動物たちの生態と関係を持つかによって人間の性質も変わるという側面があることも指摘できるだろう。

財団による復旧支援活動のために東北へ送られた「しまなみ8」は、知洋の自転車整備の仕事に象徴されるように沿岸を航海しながら余った物資を足りないところへ運ぶ活動に従事するが、やがて「自分自身に帰属する自立した船」となることを決意する。そしてそれが船長によると「私の意志ではなく、船そのものの意志」であるという（一二三）。「しまなみ8」は単なる道具としての船から意志を持った共同体となり、やがて「さくら丸」として自立と自足を果たすようになる。池澤は船自体が主体的意志（エージェンシー）を持つということを魔術的リアリズムの表現を用いることにより船の身体的な成長として描く。

こうした「自立」と対照にあるのが「コンビニ」である。小説の冒頭で千鶴はベアマンに出会う直前にいつものようにコンビニでおかずパンとおにぎり、ビールを買って帰宅しており、また才蔵は以前コンビニの店員であったが震災をきっかけにコンビニを辞めることを決意する。彼らは動物に出会って生き方が変わった人間たちなのである。物資を効率よく全国津々浦々に行き渡らせているコンビニは、野生の生き方における生態系とは異なり、どこにあっても同じ物を消費して生活することを可能にする。しかし、流通によって均一化された世界は固有で維持可能な環境とは対照的に便利で多くの選択肢がある半面、世界のどこかに過剰な負担を強い自分自身では手におえないシステムである。だが作者である池澤は単に近代以前の生活を称揚している訳ではないだろう。「さくら丸」の乗員は陸地につながることを望む「沿岸主義者」と遠洋へ旅立つことを夢見る「自由航路主義者」に分れ、「さくら丸」の名前は結局「自由航路主義者」の船が受け継ぐことになる。そして、語り手の知洋はこの小説の最後に至っても自らの生き方をはっきり見出すことはない。この小説で自らの「エージェンシー」を明確に発揮するのは主人公以外の人々であり船なのである。

さらに、この作品に登場する動物たちは三つのカテゴリーに分類することができる。それは「野生」のツキノワグマとオオカミ、「ペット」の犬や猫、そして最後が「家畜」としての馬や牛である。この家畜としての牛馬は実際に登場するのではなく、被災地で窃盗団に囚われて放置金庫を開けさせられる「金庫ピアニスト」によって間接的に語られる。彼は開けることを強要された金庫の中から「馬耕教師回想録」を見つけ、その内容に目を奪われる（一一二）。それはまだ「十円がお札だった時期」に日本で馬を使って犂を引く馬耕の技術を広めた畠山春茂の記録であった（一一三）。ここで紹介されるのは日本古来の暴れ馬ではなく、西洋式に去勢を施し、人の命令に従順に従う馬を利用した農業である。

熊やオオカミは環境の中で自足した存在であり、ベアマンは野生動物の生気に触れると精力が増進する。野生動物は本能に従って行動するものの、適切な環境において数を急激に増やしたりすることはない。野生とは必要以上に生産や消費をしない生き方なのである（一八三）。一方で家畜は自らの生殖機能と引き換えに人間の生産性を飛躍的に向上させた。その結果、人間の生産と消費は増大し、環境に多大な負荷をかけるようにもなる。またペットは見方によっては商品の象徴のような存在である。ペットを飼うことは富や権力の誇示としての側面があり実益を得るためではない。しかし、池澤の描くペットは資本主義社会の負の側面という訳ではなく、むしろハラウェイが主張するような「大切な他者」のひとつであるようだ[6]。ハラウェイにとっての「大切な他者」とは人や動物に止まらず、植物や鉱物など物質全体を含み、そうした他者によって肉体と記号としての我々自身が形作られるのである[7]。ペットとしての犬は人間と最も古い関係を築いてきた動物であり、その関係は我々が人間としてのアイデンティティーを構築する際の重要な要素なのである。

『双頭の船』において野生の熊が人間とは異なる生活圏に生き、人間と感情の交流をすることはないのに対し、ペットと人間は互いに存在を受け入れ、感情を通わせ合う存在である。野生、家畜、ペットという異なる位相を持つ動物たちはそれぞれに人間が自らの生き方と自画像を描いてゆくことを可能にする「大切な他者」なのであり、人間が己にふさわしい生き方を見つけることを促すこの小説にとって欠かせない存在たちなのだ。

4 エネルギーのエージェンシーと古川日出男『冬眠する熊に添い寝してごらん』

古川日出男の『冬眠する熊に添い寝してごらん』は戯曲の台本として『新潮』二〇一四年二月号に掲載され、ほぼ同時に本としても出版されている。同月の『群像』には多和田葉子「韋駄天どこまでも」が掲載され、またルース・オゼキの *For The Time Being* が『あるときの物語』として翻訳・出版されたのもこの時期である。福島県郡山市出身の古川は東日本大震災発生直後から精力的に震災を題材とした小説やエッセイを発表している。主なものでは、震災直後の四月に福島を訪れた記録で『新潮』七月号に掲載された「馬たちよ、それでも光は無垢で」や震災当時執筆中で『文藝』二〇一二年二月号に掲載された「ドッグマザー」の第三部で湾岸地域の液状化といった震災後の情景が挿入された「二度目の夏に至る」などがあり、同じ二〇一二年二月に出版された『それでも三月は、また』に寄せた「十六年後に泊まる」では郡山への帰郷の情景を描いた。また、二〇一二年三月の『早稲田文学』記録増刊号の中で古川は、「人災としての東日本大震災に対しては動物の目線で書くことが必要」と語っている（一八一）。こうした作品とは対照的に、『冬眠する熊に添い寝してごらん』において古川が震災に直接言及することはない。この戯曲は明治時代に製油所が建設され石油が積み出されていた日本海側の直江津の周辺を主な舞台とし、熊と人間（猟師）と犬がそれぞれの時間を持ちつつ「欲望するエネルギー」に導かれるように交わってゆく物語だ。古川は、福島の問題をより大きな視野に収め、日本のエネルギー問題としての石油を語ることによって福島の原発事故の歴史性をあぶり出そうと試みている。しかも、この近代のエネルギーの歴史が、人間と動物の関係に深くかかわっていることを描く点に古川の想像力の特質があるといえるだろう。

作品冒頭の場面において、越後の山の中で冬眠から覚めた母子熊と熊猟師、そして猟犬が対峙する。熊に対し何かを言いかける犬に「犬はしゃべらねえ！」と、次いで熊に対しても「もちろん熊もしゃべらねえ！」と制した猟師は、しかし「熊には熊の言葉が」あり「犬だったら、この俺ともちっとは会話するさ」と言葉を改める（七）。それぞれの種がそれぞれの言葉を有しており、人間の目に映る熊の身振りはその僅かな手掛りであるに過ぎない。それぞれの肉体の感覚器官がユクスキュルの環世界のようにそれぞれの世界（観）を形成しているのである。語り手はまずそのことを明示した上で、さらに「おんなじ甘い蜜をくってるんなら、俺たちの言葉も通じるのか？」と別の見方を提示する。同じ物をエネルギー源とする者同士は、どこかで通じ合っているのではないかということであろう。そして蜂蜜で口を濡らした人間の母親たちが現れて熊語を聞き取り、熊猟師に取り次ぐ。「契約をしようじゃないか、あたしとあんたの」という母熊に対し、熊猟師はそれが何の契約かも知らぬまま「契る！」と言葉を発する（一一、一四）。

そして熊の数を減らさぬよう母熊だけを捕ったと思われる猟師のもとに富山の薬売りが現れる。肉は猟師が食べてしまうが、毛皮と特に胆嚢は高価に売れる商品だからである。自然の中で野生動物に対峙している熊猟師も資本主義経済における生産者であり、小売業である薬売りとは「同じ商いの入口と出口」の関係なのだと語られる（三三）。作品の中でシベリアにまで現れる富山の薬売りは「流通」の使者であるが、物は移動することによって価値を生み、商売となる。そして流通の経路である道や鉄道は、多くの人間や動物を「事故」として殺してきた道でもある。熊猟師は、彼の孫にあたりライフル射撃のオリンピック選手である一《はじめ》との会話において、生きるために必要ではないのに「生きものを殺す」狩猟の正当性を考察し、近代化とは需要と供給をつなぐ道の整備であり、それによって自然は分断され野生動物は衰退し、「自給自足を捨てての暮らしは、結局、それだけで『生き物を殺す』」のだと語る。しかも、「てめえで引き金を引かねえもんだから罪の意識なんてコレッポチも持たずに殺す」のである（一一三―一一四）。百年前に越後の山で熊猟師が交わした契約には殺される熊の呪いを引き受けるという「意味」があるのだ。

この作品で近代化、あるいは「エネルギーの欲望」によって殺されるのは動物ばかりではない。熊猟師の山で油田の兆候が見つかったのをきっかけに、彼は石油会社の社長を暗殺する狙撃手として雇われる。さらには日本軍のシベリア出兵に同行し、民間人として油田の調査にかかわることになる。この時、日本軍はニコラエフスクで大敗を喫して多くの人間が死に、そこで逃げ惑う女を飢えた犬が犯すという事件が起こる（一三二）。そして女と犬との間に子が生まれる。ひばりという名の犬詩人はその孫にあたる。人の世界と犬の世界が究極の混乱の中で混じり合い、そこに子が生まれるのだ。犬の欲望でもなければ人間のでもなく、「エネルギー」の欲望によって人間、犬、そして熊までもが動かされる。石油会社の社長を迎える歓迎式典で、楽団員や背景の人間たちは「半透明の熊」となり、「熊の顔をした人間」となる（一六〇）。エネルギーの欲望を前に、人間もまた熊と混じり合い、その欲望とともに生き殺される存在となるのだ。石油によって文明は大きく進化するが、その源泉たる欲望は人間―動物的なのである。作品中における「原始的―文明的―世界が石油で回ります」、あるいは「原始的、ああ原始的、文明的、ああ文明的」という歌は、回転寿司のシステムがT型フォード車の生産に用いられたベルトコンベアによる大量生産と伝統的な手仕事である寿司を握る作業の融合であることや、石油採掘が地面を掘って黒い水を取り出す様と性の欲望の相似関係を暗喩しているが、それは一見科学的であるかのような文明が、実際には原始的ともいえる欲望によって導かれており、それが「人間」の欲望ですらなく、エネルギーの力によって生み出される欲望に突き動かされている結果だというのである。

作品の最後で富山の薬売りは「百年の想像力を持たない人間は、二十年と生きられない」と語る（二一四）。数百年前から変わることなく行商をしている薬売りこそが異なる時間と場所をつなぐ欲望のエージェントなのだ。『冬眠する熊に添い寝してごらん』はエネルギーの欲望が異なる種類の時間―世界を結び、元の世界を攪乱することによって、人間がいかに犬や熊となり、また犬や熊が人間となり得るかを物語る壮大な意図をもった作品である。

四つの作品における動物と人間の境界

東日本大震災後に書かれ、熊が重要な役割をもつ四編の作品を概観したが、描かれる人間―動物の関係はそれぞれ異なる。「神様 2011」（および「神様」）は熊をまるで童話の登場人物のように描くことで人間のアイデンティティーに潜む邪気を浮かび上がらせ、「ヒグマの静かな海」はヒグマという動物の行動の不可解さを通して、人間のヒグマさんの死の捉え難さや人間同士の他者性を描く。『双頭の船』は野生、家畜、ペットという様々な動物の位相を映し出す形で人間としての生き方にも様々な位相があることを語る。そして『冬眠する熊に添い寝してごらん』においては人間と熊、人間と犬が「交わる」ことが利潤を生み出す「交通」のメタファーとして表現される。

それぞれの作品が環境批評のテーマに触れ、問題意識を共有していることは改めて指摘するまでもないだろう。「神様」は擬人化の手法で動物を描く際のリスクである人間中心的なナルシズムをまさに問題として描く一編である。そして「ヒグマの静かな海」では言葉が通じない百年前のヒグマと「一言も言葉を共有できずにいた」ヒグマさんとの共感の経路が大地の揺れによって開かれ、自然へ還る死を動物と共有する人間の剥き出しの生と孤独が示唆される。また、野生動物の生態の保護が、人間の生き方の多様性を守り、人間の文化の豊かさを維持することや、ペットの犬や猫が「大切な他者」として人間の自己認識と仲間意識の領域を広げることなどを読み取ることが出来るのは『双頭の船』においてである。さらに『冬眠する熊に添い寝してごらん』において注目すべきは、資本主義によって不可視化された生き物の殺戮というテーマが人間の内にある欲望ではなく、エネルギーという物質の欲望によって引き起こされる点であろう。地中深くに眠る物質のエージェンシーに感化された人間と動物は、その力に従って生きることを余儀なくされ「契る」ことを選択し、人間は動物化し動物は人間化する。そして、古川の想像力は熊の頭をした人間が回転寿司を握り、生の魚肉をベルトコンベアに載せて提供するところまで読者を導くのだ。

また、川上や津島の作品がデリダ的な差異の動物論に対応するとすれば、池澤の作品はハラウェイやあるいはプラムウッドによる実践的な動物との関係論を考察するのに適したテキストといえるだろう。それに対し、古川の作品はドゥルーズ的な（よって美学的な）一元論的動物論と物質論の融合というのが最も近いのかもしれない。もしそうであるとすれば、古川の作品はベネットの生気物質論と親和性を持っていると考えられる。太古の樹木のミイラである石炭を燃やし、その力で大昔の生物の死骸である石油を採掘してより大きな火力を獲得し、さらにはその力によって稀少なウラン鉱石の運動を増殖させてエネルギーを取り出すことを知った人間は、何かを創造したのではなく、地球上の物質の力を利用する術に気が付いただけなのだろう。しかし、「利用している」と考えるのは人間中心的な解釈に過ぎないのかもしれない。それらの生物や物質の力に人間は抗しきれず、その力によって道をつなぎ、物資を輸送して利益を上げるが、それとともに野生の生活は失われ、自足して生きることも忘れられてゆく。自足できない社会は必然的に環境を破壊してしまう。人間の文明は自足することを放棄し地球のエネルギーを燃焼させ廃棄物を放出することで発展した。そうした「人新世」の考察を含んでいるという点で古川の『冬眠する熊に添い寝してごらん』と池澤の『双頭の船』は問題意識を部分的に共有していると考えることができる。(8)『双頭の船』に描かれた野生の熊を居るべき場所へ還すという行為は、大型車による輸送によってなされるしかない。自然の領域を分断し野生動物の殺戮の手段ともなる交通によって野生動物が守られなければならない、というのが人間の活動と環境が不可分となった「人新世」において環境を考える上でのひとつの問題なのである。そして古川の作品において示される物質のエージェンシーは核融合によって最大限に発揮されるが、同時にそれは人間が作ったシステムによって人間が破壊した生態を保護するという矛盾が、人間を中心としたナルシスティックな解釈であるかもしれず、むしろ人間を含む動物はエネルギー物質の力によって動くエージェントに過ぎないのかもしれない、という考察を可能にする。異なる種族が交わる平面は物質的である他なく、物質的であることによってモノのエージェンシーの痕跡が可視化されるのだ。

震災がもたらすモノのエージェンシーは如何に小説を作り作用したか

最後に東日本大震災の役割と影響について確認しておきたい。「神様 2011」における震災の影響はストロンチウムとプルトニウム、そして被曝線量の問題として「神様」を書き改めることによって強調された。セシウムではなく、ストロンチウムとプルトニウムが言及されていることは、この作品が小説作品としていかに早く書かれたかを物語っている。日々の被曝量を測り、総被曝量を計算しながら防御服や防御マスクの着用を判断する暮らしは、汚染された地域に住む人々に降り積もる、測ることの困難な日常のストレスを読者に伝える。変わらないのは、川原で人間が熊だからという理由で傍若無人な振る舞いをし、それに対して誰も声を上げないことである。その一方で、熊がせっかく捕らえた川魚が今や食べられないため形式上のお土産となり、熊の特技も本来の意味を失ってしまう。放射能による汚染は、自然を相手に生きる人々から生業や生きがいを奪い、しかし以前から存在した差別意識はそのまま形を変え増幅されて残っている。「神様 2011」は震災後の社会がそのような状況となることをいち早く示唆することで、東日本大震災に際し小説の想像力が成し得ることの一例を表した。

東日本大震災に触れる作品にとって地震の「揺れ」をいかに表現するかは重要な要素であるが、「揺れ」が人々の意識に働きかける作用、エージェンシーを作品化したのが「ヒグマの静かな海」である。この作品の語り手は自身が仮設住宅に居ることをなかなか明かさず、語り手が被災者であることを読者が理解するのは、作品が終わる一頁前のことである。しかし、この語り手がテレビに映る被災者達の姿から連想して記憶をたどる様は、多くの人々にとって東日本大震災の経験がテレビを通しての経験であったこと、しかも直接の津波の被災者ですら例外ではなかったことを巧みに表現している。また今回の震災が作家たちに与えた影響のひとつとして時間的なスケールの拡大が挙げられるが、津島の場合も「日本列島の東北部を中心に、あまりに大きな地震と津波が襲っていたあとなのだから、こんな想像もせずにはいられなくなる」と書いており（一〇）、百年前に地震が頻発した北海道で一頭のヒグマが突然利尻島へ泳いで渡ったことと知人のヒグマさんが五十年ほど前に突然自殺したことが、東北地方太平洋沖地震の揺れのメタファーを媒介として想起される。また、多くの死者を生んだ津波による惨事は、第二次世界大戦中の空襲による死者の記憶も蘇らせた。作品中のヒグマさんが戦争で身寄りをすべて失っていることは、東日本大震災において同様の境遇に陥った人々、特に語り手の状況を想像させ、また語り手によるヒグマとヒグマさんの理解が、そうした自身の体験から来る共感によってもたらされていることを読者は知る。地震と津波は、地上と海中における物理的で身体的な揺れを被災者にもたらし、それは環世界の揺れとなって、今我々がこの世に居ることの自明性に亀裂を入れる。作者・津島にとって「家族の死」は長年のテーマであるが、東日本大震災は戦後史のみならず日本列島の自然活動と人間や動物たちの死というより大きな時間軸を津島にもたらし、彼女のテーマが語り直されたといえるだろう。

『双頭の船』と『冬眠する熊に添い寝してごらん』もまた、東日本大震災を歴史における重要な出来事として捉えているが、池澤が現代の優柔不断な若者を中心に日本人の生き方と考え方の多様性を維持する可能性を探るのに対し、古川は動物と交わり呪いを受け継いだ家族の神話的物語を通して、エネルギーの欲望に突き動かされた運動としての歴史を語る。『双頭の船』は「移住」の物語でもある。作品は「世界動物連合」による野生のツキノワグマを「本籍地」に還し、あるいはかつて北海道に生息していたオオカミをロシアから移住させることで生態系のバランスを回復するという活動と、被災した人々がさくら丸に避難し、そこからコミュニティーとして再定住を果たすまでを平行して描く。人間の出現による野生動物の生息域の変化と地球の地殻変動をきっかけにした人間の生活圏の変化がつながり、ツキノワグマやオオカミの定住と、避難船としてのさくら丸が陸地へと変貌し被災者たちが自立した新たな故郷の建設に乗り出すことが二重写しになる。しかし、池澤にとって定住とは単に住み慣れた場所に戻ることだけを意味するのではない。作品中で荒巻先生が日本でのバナナ栽培に情熱を燃やし、あるいは荒垣らが陸に上がることを拒否して遠洋航海へ出発することなどが示す通り、生きる場所は常に決定している訳ではなく、新たな場所で新たな生き方を見出すこともまた生態のバランスを保つためには必要な行為なのである。そうした意味で東日本大震災は知洋のような被災地ボランティアや復旧支援の船長らを被災地へ向かわせるきっかけとなり、また才蔵のような被災地の人間を異国へ旅立たせるきっかけともなる「出来事」であり、その効果はそれまでの人生や震災における経験の質によって様々な結果を生む。またそうした様々な受け止め方を受け入れることこそが人間と動物の生態系にとって大切なことだと作者は語っているようである。

池澤の小説が東日本大震災後の多様性とバランスの回復を目指している一方、古川の作品は近代化の根源にある物質の欲望を語る。古川にとって東日本大震災の意味の中心には原発事故があり、それは西洋の近代化がもたらしたエネルギー革命の結果としての惨事である。また、エネルギーを求める欲望の力は人間世界において植民地化の歴史を生み出したが、その根源にはエネルギーそのものの物質性とエージェンシー、古川の言葉で言えば「エネルギーが欲望する」がある。『冬眠する熊に添い寝してごらん』は原子力発電についてはほとんど言及していない。わずかな例外は最終場面で「エネルギー戦争の最終形」と語られる、日本海沿岸に並ぶ原子力発電所を舞台として仕組まれた茶番としての原発テロである（二〇三）。ここで古川は原子力発電へ向かった世界と日本の近代化の歴史の原動力としての物質のエージェンシーを語ろうとする。作品の初めに、猟師が自然の生態系を保つために子熊を殺すことは行わないと語り、子熊がそれに応えるように口を「あくぎょう」と動かす場面があるが、エネルギー物質に突き動かされ流通によって利潤を生む猟は、狩りの対象を食べるための動物から利潤と利権のための人間へと変えることにつながる「あくぎょう」の始まりでもある（一一）。[9] 自然の生態系と共に生きているはずの熊猟師が、いつの間にか資本主義経済の入口として熊も人間も殺すようになってしまう様は、エネルギーの欲望によって「発展」する社会が不可視な場所でいかに動物も人間も同様に殺してきたかを語る。東日本大震災は、原発へと至った日本のエネルギー政策への関心を広範に呼び起こしたが、古川は明治時代に盛んであった越後の石油生産を題材とすることでエネルギーが不可視の主体であった歴史の継続性と動物の犠牲の必然性を語る。「握手印」をトレードマークとするアメリカ資本によって設立された日本の石油会社の歴史が、エネルギーをめぐる抗争であるシベリア出兵から第二次世界大戦までの道のりを経て、戦後の原子力発電所につながっていることを小説は示唆する。東日本大震災は、核物質の制御が不能になる事態を引き起こすことによって、日本の開国以来の歴史を物質の力によって開示せしめた事件となる。科学技術とメディアによって石炭、石油、そしてウランが「安全」であると考えることが出来るようになった人間が見ないようにしてきたモノ、それが物質のエージェンシーではなかったか。エネルギーを「利用」してきた人間は、本当に利益だけを享受してきたのであろうか。そのようなことがあり得るのだろうか。『冬眠する熊に添い寝してごらん』はそうした環境と人間中心主義の問題の根幹に触れる思考を宿した作品である。

人間―動物―モノ

人として振舞う「くま」から人と契る「熊」、そして野生の他者としての「ツキノワグマ」や「ヒグマ」まで、四作品に表現された熊の様態はそれぞれに異なる。人間と動物の関係は多様で個別的ですらあり、それは翻って人間―動物のカテゴリーとその境界の恣意性を明らかにする。東日本大震災は、人間とペットの生活基盤を破壊し、そのことによって自然災害に遭った人間の生存と、人間による環境破壊によって取り残された動物の生存の問題が等しく問い直される機会となった。人間の手の入らない自然が地球上にほとんど存在しない今、天災と人災の区別があいまいであるように、自然であることと人為的であること、動物であることと人間であることの境界線は大きく引き直されようとしている。十八世紀後半以降を「人新世」と呼ぶことが時代区分として定着するかどうかは不明であるが、人間による環境破壊の歴史性を我々が認識した現在、自―他のバリエーションとしての人間―動物、人間―自然、我―世界の分離は既に見直されつつある。言語を持つゆえに自らを特権化した近代の人間は、地震、津波、原発事故の複合災害を前に言葉を失って初めて動物との、そしてモノとの対話が可能となったのかもしれない。

第五章　ポストモダンから人新世の小説へ

本質主義を排してあらゆるものを相互関係の網の中に位置づけ、歴史や真実も言説によって関係的に作られるとするポストモダンの思想は「言語ゲーム」の思想として一旦は消滅したかに見えた。しかし、二十一世紀の環境批評において従来異なるカテゴリーとして考えられてきた「物質と意識」や「物と人間」の関係が様々な角度から再考され、「物―非人間から見た人間」の想像力が探究されるようになると、ポストモダンに内包されていた非本質主義(言語によって作られる歴史・人間)が改めて評価されるようになった。ポストモダンはその言語と意味の関係論を物と存在の関係論へと拡張することによって環境批評に接続し、非人間中心主義の思想的な支柱のひとつになり得ることを主張している(1)。

東日本大震災は日本のポストモダン文学へも影響を与えて作品を生み出し、それらの作品は結果としてポストモダンを採りいれた現代の環境批評と共鳴する内容となっている。ここでは特に高橋源一郎、多和田葉子、古川日出男の作品に注目し、東日本大震災がいかにポストモダン文学と環境批評をつなぐエージエンシーとして作用しているかを見ていくことにする。

1　高橋源一郎『さよならクリストファー・ロビン』と東日本大震災

高橋源一郎は日本を代表するポストモダン作家である。彼の出世作のひとつである『優雅で感傷的な日本プロ野球』（一九八八年）がフィリップ・ロスの『素晴らしいアメリカ野球』（*The Great American Novel*. 1973）のパロディであることからも明らかなように、高橋はアメリカのポストモダン作家から学び、アメリカ（文学）のパロディとして日本（文学）を描くことで日本の現実に迫ろうと試みてきた。「日本の政治を知りたければワシントンを見よ」という言葉を文学において批判的に実践したともいえるだろう。「日本」や「文学」という概念を支える本質主義に抗し、一貫してシミュラークル（オリジナルのないコピー）の世界観を描く高橋は、日本における正統的なポストモダン作家である。

高橋が二〇一二年に出版した『さよならクリストファー・ロビン』は、彼のポストモダン思想をやさしい寓話として語ることに成功し第四十八回谷崎潤一郎賞を受賞した。また、この本は雑誌『新潮』二〇一〇年一月号に掲載された「さよならクリストファー・ロビン」から同雑誌二〇一一年十二月号に掲載された「ダウンタウンに繰り出そう」まで計六本の短編をつないだ連作短編小説であり、『新潮』二〇一一年四月号に載った「星降る夜に」と二〇一一年六月号に発表された「御伽草子」の間には東日本大震災が発災している(2)。

『さよならクリストファー・ロビン』は震災前に書かれた三つの短編、「さよならクリストファー・ロビン」、「峠の我が家」、「星降る夜に」と震災後に発表された三編「御伽草子」、「ダウンタウンへ繰り出そう」、

「アトム」から成る。このことは単純に震災前後で作品の何かが大きく変わったことを意味するものではない。実際、当時の連載小説で少なくとも表面上は何ら震災に影響されていない作品は少なくない。しかし、地球のマントル対流が引き起こした地殻のズレによって人間社会が大きな損害を被り、そのことによって社会の言説も大きく揺れ、自粛ムードが高まり、人間の生と死の問題がクローズアップされた時、多くの作家は小説を書くことの根本的な意義を強く問われた。中でも言説一般が「コピーのコピー」であることを可視化するポストモダン小説は、その存在意義を最も問われてしかるべきジャンルである。緊急時においては具体的な現実課題の解決が何より優先され、言語によって思考することの陥穽といった哲学的問いは脇に置かれなければならない。必要なのは言語論的転回などではなく自然環境と人間の共生、持続可能な社会の構築であり、そのためにこそ環境批評やポスト人間主義といった現代思想が探求される。

だが一方で、ポストモダンやポスト構造主義の思想が新しい物質論を含む環境批評の潮流やポスト人間主義の台頭に大きく貢献したという事実を見逃してはならないだろう。例えばジャック・デリダの「あらゆるものはテクストである」(「テクスト外部には何もない」)といった視点がなければ、ティモシー・モートンの物質主義的存在論に基づく環境思想もジェーン・ベネットの生気物質論も今あるような形で現れることはおそらくなかったのだ。そう考えると、日本においてポストモダンを追求し続ける高橋は、部分的にではあるにせよ現在のポスト人間主義の哲学につながる作家だと考えてもおかしくはない。環境批評にはサーピル・オパーマンのように、現代の拡張されたポストモダン思想を環境と結び付けて考える論者も存在する。彼女の目指す環境的ポストモダンは、言語論的転回と言語外の自然との一体感を欲望するエコロジカルなリアリズムの間に存在し、両者を橋渡しするというものである(3)。そうした現代のポストモダン思想と高橋のポスト〈3・11〉文学にはどのような異同を見て取ることが出来るのであろうか。高橋のポストモダン文学がどこまでエコロジカルなポストモダン思想に迫っているかを分析することにより、日本におけるポストモダン型の環境批評の可能性やその限界を示すことが出来るのではないだろうか。ここでの狙いは、広義のポスト人間主義、そして新物質主義の思想を下敷きにし、震災前の三編と震災後の三編の間に地球の地殻のズレの痕跡を探求しつつ、高橋の「ポストモダン」思想の現代的な輪郭と意義を『さようならクリストファー・ロビン』に見出していくことである。

ポストモダンの世界と虚無――「さようならクリストファー・ロビン」

ポストモダンの起源と発展および拡散の過程は複雑であるが、一般的な概念としてのポストモダンの理解に大きく貢献した二冊の論考がジャン＝フランソワ・リオタールの『ポスト・モダンの条件』（*The Postmodern Condition*. 1979）およびフレドリック・ジェイムソンの「ポストモダニズム、または後期資本主義の文化的ロジック」（"Postmodernism, or The Cultural Logic of Postmodernism Late Capitalism." 1984）であることは疑いないであろう。その著作の中でリオタールは、ポストモダン的な世界においては「モダン」の基盤となっている理性的人間のヒューマニズムがひとつのイデオロジカルな「大きな物語」に過ぎなくなったことを指摘した。(4) いうまでもなく、このヒューマニズムの相対化は環境やポスト人間主義の思想にとって必要不可欠なプロセスであり、また言語によって思索する人間の真理が言語論的に相対化されたことは、言語そのものの多様性を示しつつ、音や味、においなどの非言語的表現の重要性が認識されるきっかけとなった。

また、ジェイムソンの『ポストモダニズム、または後期資本主義の文化的ロジック』は、地球上において人間の手による開発が進んだ結果、文化が経済と一体化し、人間にとっての第二の自然といえる状況になったことを指摘した(5)。文化が自然と見なされるようになるポストモダンの状況は、文脈こそ違うが、産業革命以降の工業化による人間の自然への影響力が決定的に大きくなった十八世紀後期以降の時代を「人新世」と呼ぶ現代の環境哲学とも重なる考えである。ジェイムソンの場合は第三次産業が主流となる消費社会における状況の描写であるが、環境哲学においては、人間の生産・消費活動が自然界にとって決定的な影響力をもつようになった事態を指している。おそらくジェイムソンの最も重要な指摘は共産主義や社会主義といった資本主義体制へのオルタナティブが失われた非政治的な世界をポストモダンと呼んだことであろう。経済と文化が一体化するということは、資本主義世界の向こう側にある世界を志向する思想や芸術が、その理想像を失うことを意味する。都市の向こう側にある自然は、人間世界の対極にあるのではなく、都市で消費するエネルギーを供給し、また都市に住む人々の精神環境を守るために管理されるべき必要な資源となる。未知であるがゆえに理想を託すことが可能な「向こう側」の消滅は、芸術が未知の世界を探究する術から既知の資源を組み合わせて作る文化に変質することを促す。現実(都市)の向こう側の理想(自然)、文字(可視)の向こう側の精神(不可視)、経済原理の向こう側の芸術、といった観念が観念に過ぎないと理解されるようになる。ジェイムソンにとってのポストモダンとは、政治、経済、文化という人間世界の現象を分析した結果に現れた新しい世界観のことなのである。

高橋源一郎が二〇一〇年一月に発表した「さよならクリストファー・ロビン」は児童文学の名作として世界中に知られる「クマのプーさん」を二十一世紀の社会状況の中に置いて書き換えた作品である。誰もが知っている作品の背景を書き換えることで、コンテクストが内容の意味を変えてしまうことを示す方法は「ポストモダン」であることの意図を最も明確に表している。あらゆる事実や真理は、それが語られる文脈とそれを保障する権力のもとで成立するのであり、その基盤は不可視で可変的であることを示す。ポ

ストモダンはあるべき本当の意味（向こう側の理想）が本当はないことを知ってしまった者の表現なのである。(6)

「さよならクリストファー・ロビン」は、キャラクターたちの世界のお話であるが、その世界で彼らは「誰かが書いたお話の中に住んでいて、ほんとうは存在しない」という噂が流れる（五）。その噂を聞いたかつての浦島太郎や「赤頭巾ちゃん」のオオカミは次々と絶望に襲われ消えていくことになる。さらにその噂と平行して世界で星や物質や生物種が消滅していることが発見されていると語られる。

それと同じころ、「物質の究極の原理を追い求めていた、ある年老いた物理学者が、不可解な発見をした。「物質」を形作っている、もっとも小さく、それ故、もっとも根源的な「もの」でもある、一群の粒子の中のひとつが、いつの間にか消失していたのである。（一一）

高橋が語る「もの」は文学的な比喩であると同時に物理的な存在でもあり、ベネットの「モノ」と人類学者が語る「もの」の双方につながっている。両者に共通するのは物事の意味と物質性が不可分であるという認識だ。

目で見ることは出来ず、「計算や思惟によってようやくその存在を証明」出来るとされる「もの」の消失は誰にも知覚することは出来ないが、しかし空間は確実に小さくなっている。そして、この小さくなった世界では「なんの理由もなく突然、すべての個体が消えてしまう生物種」があり、そのことは「どんな理由をもってしても」証明することが出来ない（一五）。そして、世界のあちこちで「孤独が発見」されるようになる。お話とは、一連の「不可解なものごと」を理解し、「不可解な現実と折り合うために」考え出すのであるが（一八）、あの「うわさ」と共に外の世界に虚無が押し寄せるようになる。「さよならクリストファー・ロビン」の状況設定は、ポストモダンの認識とその問題点を分かりやすく読者に提供している。「不可解なものごと」を理解する手段としての「お話」は、科学が自らの限界を発見し、芸術においてオリジナルな形式が何年も作られなくなった状況においては、その存在理由が無くなってしまうのだ。根源的な存在理由が無いにも関わらず存在し続ける、そんな「虚無」が世界を自暴自棄な方向へと導いている。

そのような世界で、語り手であるクマのプーは、クリストファー・ロビンやティガーやイーヨーやピグレットといったキャラクターとともに、寝る前に自分の話を書き続けることで次の日も生き延びることになる。それは、プーたちが「誰かが書いたお話の中に住んでいて、ほんとうは存在しない」という噂を逆に利用し（五）、お話を書くことで存在し続けることにしたからだ。このような「自作自演」の世界観こそがポストモダン的世界におけるアイデンティティーの一側面である。書けばそのように生きることが出来る世界は楽しいものであるが、そこには根源的な「もの」が存在していないため、何のために書き続ける（生き続ける）のかが次第に分からなくなってくる。ティガーやイーヨーやピグレットはやがてお話を書き続けることに疲れ、自ら世界から消えていくことを選ぶ。やがてロビンも自分の話を書かずに寝ることにするが、プーはルールを破ってロビンの話を書き、次の朝にかつてのロビンとは似ても似つかぬ女の子を目にすることになる。

この話における虚無は「ほんとうは『外』だってない」という認識によってもたらされている（一八）。それが「テクストの外部には何もない」という言葉に直接つながる認識であることはいうまでもない。ポスト構造主義的思考が引き金を引いた言語論的転回は、ポストモダン文化の中で「全てはお話に過ぎない」という「本物」幻想からの解放と幻滅、そして再魔術化としてのパロディの生産を経て、既成のバリエーションを更新し続けることへの徒労感へと行き着いたのだ。ポストモダンにおける「外部の消失」とは、ベンヤミンが「複製技術時代の芸術」で語った芸術におけるアウラの消失に重なる。固有の場所性を失い、商品として流通するようになった作品は、時と場所を選ばずに鑑賞され消費される代わりに、その作品でなければならないという根源的な意味は失ってしまうのである。

このように「さよならクリストファー・ロビン」を概観してみると、高橋は明らかにポストモダン文化の負の側面に焦点を当てて対峙し、何かを語ろうとしている。テクストには限りないほどの多様な解釈があり得るという肯定的な見方は、永遠の差異化としていつかは倦まれてしまう運命にある。その一方でこの短編寓話が採る「失われつつある世界」を語る最後の話、という設定は、ポストモダンの世界に近代ロマン主義を再導入することで、制度疲労を起こしたモダンとポストモダンの隘路を見出そうという苦肉の策なのではないだろうか。こうした状況と戦略に対し、東日本大震災がどのような作用をもたらすのかを確認するのが本論の目的のひとつである。

「峠の我が家」と「星降る夜に」

「峠の我が家」(『新潮』二〇一一年一月号)は女主人のフォスター夫人と執事のヘリマンが切り盛りして「ＩＦ」たちを住まわせている「ハウス」についての話である。「ＩＦ」が意味としての「もし」ではなく、Imaginary Friend（お友だち）のことであり、「ハウス」が「家」のことであるのは、言葉の意味が恣意的に決められることを表現するポストモダン文学に典型的な言葉遊びだ。ハウスに来るＩＦは、子どもがほんとうの友だちを見つけた後に忘れられてしまった「お友だち」である。子どもは親の保護の下で徐々に親から離れて他人との交流を始め社会化されていくが、その過程でまず自分だけのお話の世界を作り、そこで疑似的な友人関係を築く。子どもの一人遊びの世界は、親が子に聞かせるお話が元になることが多い。小説『さよならクリストファー・ロビン』は、親が子に聞かせるお話を子が自分のお話に翻訳することで自分の世界像を形成し、それを下敷きにして他人との世界へと踏み出していく過程をテーマ化したものといえるだろう。つまりこの作品は「なぜお話を作り、読み、聞くことが大切なのか」ということの根源を探究しているのである。

親への全面的な依存から他人と良い関係を構築出来るようになるまでの過渡期に作る疑似的な「お友だち＝ＩＦ」は想像の世界で生きられるキャラクターである。クマのプーさんはその典型である。想像上のお友だちであるＩＦは、子どもに忘れられることによってただの「物」となる。「ＩＦ」が意味としての「もし」ではなく、言葉そのものであることと同じだ。ハウスはそうした「物」が捨てられる場所であるが、子どもが疑似的な想像上の「お友だち」から他者との友人関係へと移行すること自体は、人間の成長の証として好ましいことである。作者にとって重要なのは、子どもが「お友だち」を忘れてもその存在が完全に消えてしまう訳ではないことであろう。「ハウス」は「家」でありながら意味としての「家」ではない、という「もの」の存在の不可解さを受け入れる場所なのである。キャラクターは人形や絵に過ぎず、言葉は線の組み合わせに過ぎない。読み手が想像しなければ、そこには何の意味も存在はしない。ポストモダンの不毛さは、全ての意味を相対化することに終始した点にあるが、高橋は意味を失ったキャラクターたちのための居場所を描こうとする。それは、親との一体関係から他者との象徴的な関係へと向かう過程にある「お話」の役目を可視化する一方で、「お話」の役目が終わった後も、お話の世界のキャラクターたちの存在は消える訳ではないからである。他者と社会的関係を築くために必要なのは言葉やお金やイメージを現実のものと認識する能力であり、その基盤にあるのは人形を生きているお友だちと見なす想像力である。しかし、そこで忘れてならないのがそうした想像力と「物」との距離であり、それこそが忘れられた人形に体現されているのだ。小説の中で、かつて子どもの「お友だち」であったキャラクターが本当に消えてしまうのは、お友だちを必要としたかつての子どもが死んだ時だとされる。現実の社会生活の中で忘れられているIFは、かつての子どもたちの中に死ぬまで存在しているのである。

「峠の我が家」において、執事のヘリマンにもハウスから消える時が訪れる。ある日ハウスに「古い軍人用のコートをはおり、先っぽが裂けてしまった軍靴」をはき、ロバのぬいぐるみを持ったホームレスのような男がハウスに現れ、執事のヘルマンを「ご主人さま」と呼び死んでゆく（五〇）。この男がきっかけでヘリマンもまたハウスから消えてゆくことになる。フォスター夫人が「さようなら、ラ・マンチャの騎士さん」と語りかけることで（五四）、読者はヘリマンが何物であったかを類推できるようになる。ロバに乗ったサンチョ・パンサと彼の主人であるラ・マンチャの騎士の遍歴を描いたセルバンテスの小説『ドン・キホーテ』は重層的なメタ・フィクションであり、近代小説の祖としての評価も高い。作者セルバンテスが他人の残した記録を発表するという体裁で書いたこの小説は、主人公のドン・キホーテが騎士道小説を読み過ぎた余り妄想の世界を生き、現実主義者のサンチョ・パンサもやがて主人の妄想の世界に魅惑されていくという、想像と現実のズレとその境界の不確かさをテーマ化した作品である。その小説のキャラクターが消えていくということは何を示唆するのであろうか。ヘリマンは「あちら側の世界では、何が起こっているのでございましょうね」とフォスター夫人に語りかけるが（五三）、それは近代小説のキャラクターが忘れ去られ、かつての読者が死んでいくことを嘆いていると考えられる。

続く「星降る夜に」（『新潮』二〇一一年四月号）では、一転して小説家志望の四十歳の男がハローワークで重病の子どもにお話を読む仕事を得るという話が描かれる。男は、死を目前にした子どもに一体何を読んで聞かせたらよいのかと不安にかられ、お話を読むことの根源的な意味の深さに慄きを覚える。ここでも小説を通してのテーマは一貫していると考えてよいだろう。日常的に行われる子どもへの読み聞かせとは違い、この短編の中の子どもたちに残された時間は少なく、お話が子どもの社会性獲得のために有効な手段となることはない。こうした状況においては、有用性ではなくお話を聞くという行為そのものの中に価値がなければ意味がないのだ。それ故に、語り手の小説家志望の男は「わたしは、確かに本を読んだことがある。だが、一度も真剣に読んだことなどないのではなかったろうか」と自らに問いかけることになる。そして彼は、「わたしは、祈った。信じるしかない。なにを？　神を？　まさか！　その本の作者だ」と語る（七四）。高橋のポストモダン的思考は、お話と書き手の力を信じる以外に語り続けることは不可能な地点に語り手を追いつめる。そして、語り手の男は、お話の力の源泉を幼年時代に母親が聞かせてくれたお話と、その時に見た不思議な流星の記憶に求める。きっと定かではない子どもの記憶とその不思議さは、人間が言葉を身につけてゆく過程における、言葉とイメージがごちゃまぜになった寄せ集めの記憶（assemblage）に原型があり、そのような記憶を呼び起こし、創造するのが「お話」の力なのだ、と語り手は思い至る。

「星降る夜に」において高橋が問い詰めているのは「お話そのもの」の価値である。そして、お話の総体的な意味の根幹に作者を「信じる」という意思がある、と彼は語る。これがまさにテクストの外部を指している行為であることは興味深い。死を目前にした子どもへの「読み聞かせ」という極限的な状況設定をすることによって、高橋はポストモダン的な世界観が辿り得るひとつの軌跡と着地点を示している。ポストモダン的思考における疑似性の認識とそのことによって生まれる虚無感を埋める「もの」の一形態として「信じること」が有効に働くこともあるのは確かであろう。しかし同時に、信じることによって破滅的な世界観を肯定してしまうこともあり得ることを歴史は教えている。重要なのは、意味の根源に「死」の問題があることを作者が語っていることである。死を感じる時、初めて「物そのもの」の価値が問われるのである。『さよならクリストファー・ロビン』が問い続けるお話の根源的な意味は、とりもなおさず人間が「人間」となり、死んでいくことに対する文学からの問いかけなのである。

物と記号と死者の気配――「御伽草子」と東日本大震災

「御伽草子」(『新潮』二〇一一年六月号)はその題名からも明らかなように、大人が子どもに聞かせるお話についての短編である。この作品では、寝る前にお話をせがむ「ぼく」であるランちゃんに彼の父、「パパ」が「鉄腕アトム」のパロディである作り話を語って聞かせる。また、「御伽草子」では「死」の問題が始めから焦点化されて話題となる。短編の最初の節には「0」という見出しが付けられ、そこでは死んだら「たましいになって、空にのぼって、それからしばらく待って、また地面におりて、赤ちゃんのからだにはいる」という輪廻の思想が語られる(八八)。そして「ぼく」は「二分十三秒」の間、死について真剣に考える。それは「ぼく」の母や弟のキイちゃんが死んでしまったからである。この「二分十三秒」が何であるのかは作中で明かされることはないが、二〇一一年三月十一日の東北地方太平洋沖地震によって東京では震度四の揺れが約一三〇秒続いたとされる。(7) 続いて「ぼく」の携帯電話から突然警報が鳴り、読者は震災後に多くの人が地震警報や注意報を携帯電話で受信するようになった日本社会を想い起こすことになる。

死について想いを巡らせる「ぼく」に対し、パパは仮に「二分十三秒」を「ナカノケンイチくん」と呼んだり、「カワハラモエちゃん」と呼んだりすることを提案する(九五)。「ぼく」は一人一人名前の付いた「二分十三秒」であるナカノケンイチくんやカワハラモエちゃんにママやキイちゃんのことを尋ねて回るが、どれも「ぼく」が会いたいママやキイちゃんではない。「二分十三秒」は一般的な時間の長さであるが、「死」は一般性において理解することが難しい。「ぼく」にとってのママやキイちゃんの死は、具体性を帯びた個別の時間の中にしか存在しえない。それは、「死」が統一された一般的時間における生の終焉ではなく、個々の時間と環境との関係の中で生じる個人の生の一部であるからであろう。一連の問いかけを通して時間の個別性を取り戻した「御伽草子」は次の節でようやく「1」という番号を得る。

この作品は、一見震災後の状況を間接的に描いているかのように読めるが、同時に問題が震災だけには止まらないことを示してもいる。学校にいる「ぼく」の携帯の警報音が鳴ると、教師が一斉に避難を指示し全員が退避室に避難をする。さらに退避室で教師は「この『せんそう』でなくなった人たちのために、もくとうを捧げましょう」と呼びかける。それに対し「ぼく」は「なんだか、イヤな感じ」がして退避室を逃げ出してしまう(一一四)。「どうして頭を下げなきゃならないのか」と疑問に思う「ぼく」の心は、震災を機に社会的な統制が強められていく状況が戦時下における統制の強化と似ていることを示唆しているようだ。また、震災が戦争に重ねられることで、震災の人為的な側面が強調されていることも指摘できるだろう。死は誰にでも訪れるが、死は決して一様ではなく、また自然に起こるものでもない。「ぼく」は退避室にいる人を「怪物」のように感じ、「人間はぼくだけで、あとはみんな人間のふりをしている」と思う(一一五)。そんな「ぼく」を寝かしつけるために、パパは鉄腕アトムのお話を聞かせることにする。

親に捨てられた天馬博士は愛を知らずに育ったため、女性との恋愛関係を結ばず、養護施設の女性から採取した卵子を人工授精し、人工子宮で培養して赤ん坊を誕生させる。そうして生まれた「トビオ」を見て「パパ」となった天馬博士は、初めて愛のような感情で満たされる。しかし、「トビオ」は世界各地で勃発していた戦争に偶然巻き込まれて十歳の若さで死んでしまう。[8] 息子の死を受け入れられない天馬博士がトビオの記憶を移した完全なロボットとして「アトム」を作成する。ここまでのお話は、高橋が創作したエピソードを除けばオリジナルの「鉄腕アトム」の筋から大きく外れていない内容である。しかし、パパの語る御伽草子では、天馬博士がアトムを「見るたびにいたたまれない気持ちに」なり、ついにはロボットではなくクローン人間の「トビオ」を作ることになる（一四〇）。ロボットもクローンも人間であったトビオの記憶を移植してあるにも関わらず、クローンのトビオはアトムとは違い、悪意と憎しみに支配された冷たい人間となる。高橋が語るのは、人間に全く同一の存在がないのと同様に、パパが「ぼく」に聞かせるお話にも全く同じものは存在しないということである。発話の単独性が強調されているのだ。

ここで語られていることは、ポストモダンのシミュラークル（オリジナルのないコピー）の世界についての考察であるだけではなく、科学技術の発展に伴い「人間」が身体機能の一部を機械に頼るサイボーグ化や人工的な手段による生命の誕生、クローン人間の作成が可能になった現代における「人間」であることの意味の変化への問いかけである。また高橋が再三言及する虚無とは、この世における根源的な意味のなさであるが（トビオが戦争に巻き込まれたことは偶然でしかない）、この虚無の感覚自体が近代的ヒューマニズムのアンチテーゼとして存在する。神の意志ではなく、自意識を持った個人の尊厳に価値を見いだすヒューマニズムは言葉によって自意識を獲得した「人間」を特権化しており、それは言葉への信仰とも考えられる。デリダはそのような言語の特権的な地位を相対化し、人工的な書き言葉の効果として声（自意識）が相対的に自然化され、自意識こそが本当の自分を表していると錯覚するようになったと考える。[9] 換言すれば、本当の自分という存在も、書き言葉による創作なのだ。リオタールやダニエル・ベル、ジェイムソンらが提唱した脱産業社会・後期資本主義社会の論理としてのポストモダンは、奇しくもデリダがロゴス中心主義を脱構築するのに歩調を合わせるかのように台頭し、生産や労働の本質も市場価値の転倒・効果と見なされるようになる。一方、高橋は「星降る夜に」において、仕事の価値はそれを遂行する者が有意味であると信じるしかないと考える。それは、近代ヒューマニズムのアンチテーゼとしての虚無に対し、再び「信じる」行為を導入することによってポストモダン的な袋小路を打開しようとする試みなのだろう。

「御伽草子」はそうした問題意識を受け、さらに現代社会が科学技術によってより複雑になり、人間と機械との境があいまいになっている状況の中で、どのような世界を子どもたちに伝えることが出来るかを探究している。「鉄腕アトム」は、偶然死んでしまった人間の子どもが科学技術によって再生される話である。一九五〇―六〇年代における想像力によってアトムはロボットとして作られ、外見は類似しているものの、中身がまったく違うことは明らかだった。しかし、二十一世紀においては、中身もほぼ同じクローン人間を作ることが技術的に可能になりつつある。しかし高橋は、クローンのトビオに「わずかなミス」を挿入し、たとえクローンと言えど、人間として完全に同一のものは作れないとする。クローンのトビオは能力や記憶は全く人間のトビオと同じであるにもかかわらず、悪意と憎しみに囚われた性格を持つ点で異なる存在となったのだ。もし高橋が現在のエコロジカルな視点を意識していれば、それは単にミスではなく、たとえ同じ遺伝子であってもその発現の仕方は環境によって左右されることを考慮したに違いない。

高橋は「御伽草子」の続編というべき「アトム」を『新潮』二〇一一年八月号に、そして「ダウンタウンに繰り出そう」を『新潮』二〇一一年十二月号に掲載したが、『さよならクリストファー・ロビン』を刊行する際に順番を入れ替え、「アトム」が本の最後の章となるように構成した。しかし、ここでは初出の順番通りに考察を続けたい。

「アトム」においては「御伽草子」で生まれたロボットのアトムとクローンのトビオが戦う世界が語られる。息子の死を科学の力によって乗り越えたように見えた天馬博士だが、悪意と憎しみの塊であるトビオに感化され、世界をすっかり壊してしまう最終兵器を作動させてしまう(二〇〇〇)。しかし、ここで語られる世界とは、物の見方の数だけ多様に存在するポストモダン的な世界だ。天馬博士とトビオはこの世界を破壊して向こうの世界へと行ってしまう。御茶の水博士はそれによって死んでしまうが、アトムは彼らを止めるために生き延びて別の世界へ彼らを追ってゆく。ここでの「最終兵器」とは原爆や水爆のメタファーであることは無論だが、もうひとつは虚無による多様な意味世界の滅亡ということでもあろう。根源的な世界の無意味さの発見は、世界への憎しみを生むことにつながるということだ。

「アトム」の中では、近未来の大学生と思われる男女が登場し、「意味がない」ため未来の話はせず、また「移行」という現象によって人の記憶も人格もそっくり入れ替わるため、自分が何者であるかを知る必要もないという社会が描かれる(二〇〇四)。「移行」によってアイデンティティーが流動化した社会において、自分の名前や会話の言葉の意味は極限まで陳腐化している。それにもかかわらず、この世界においては「ことばがなければ耐えられない」ために意味のない会話が続けられる(二〇一三)。意味がなくとも存在を維持するために話を続ける世界は、「さよならクリストファー・ロビン」で描かれたような、明日も存在するためにお話を書き続ける「クマのプーさん」の世界と相似形を成す。創造されるキャラクターとして、毎日自らを更新し続けなければ消えてしまうのが二十一世紀の個人なのかもしれない。

「アトム」において注目すべきは、死んだはずの御茶の水博士とアトムが邂逅する場面である。機械の目で物質の成分を分析できるアトムの前に存在する御茶の水博士はアトムの「記憶バンクの中にあるどんな物質」にも似ておらず、唯一考えられる成分としては「真空」があるだけだった（一九九九）。こうした死者との会話が可能になったのはこの世界に「もうはっきりしたものは、どこにもない」からである（一九九九）。この作品世界では、御茶の水博士が死んだ世界とは別の世界が存在しているため、一つの世界の終わり（死）が全ての終わりを意味していないということである。そのため、たとえトビオが最終兵器で世界を全滅させても別の世界で戦いが継続されることになる。ひとつの世界（文脈）が確固として存在している場合、その世界の内側と外側には明瞭な境界線が引かれ、外部は価値体系の異なる異界、あるいは敵として存在する。しかし、ポストモダンの世界では、様々な文脈がネットワーク状に張り巡らされており、世界はそうしたネットワークの網の目（結節点）の一つに過ぎない。そのような世界観においては、人間の死も個体としての生命活動の停止をもって人生の終りとする近代的な考えを超え、様々な文脈によって生き続けると考えられる[10]。

御茶の水博士は「幽霊より淡い」存在とされるが、実際には幽霊そのものであろう。物質性を失い、真空となった博士は、世界が複数存在するという認識によって存在する。それはまた、「幽霊学」とも呼ばれたデリダの認識とも重なる。デリダの「差延」は可視と不可視、時間と空間のズレを認識する哲学であった。人や社会はそうしたズレを抑圧して包摂することで一つの世界を作るが、世界には必ず亀裂が存在し多様化への道が開かれている。死者が現前する（幽霊）ことは、認識される世界の亀裂そのものが現れたと考えられ、そこに物質的なものは何もない。高橋が描く「アトム」の世界では、クローン人間のトビオが持つ悪意（この世界は敵）によって世界は破壊され、御茶の水博士（この世界を支える善人）は死んでしまうが、ロボットであるアトムは別の世界に移行してクローンと対決する。ロボット（アトム）もクローン（トビオ）も人間と同一であることを目指した技術であったが、結果として根源的なズレから逃れることは出来ず、それ故に善と悪の戦いは永遠に続けられる。しかし、このズレから生じる運動にあっては「正しいとか正しくないとか、そんな区別は、ほんとうは存在しないのでしょう」とされ（二〇九）、「わたしたちがなにで、どこにいるかを、正確に知ることはできない、ということだ」と語られる（二一一）。このような、無限に続く差異の運動としての世界観は、全てにおいて判断を停止してしまう危険性を孕んでいる。自らのストーリーを書き続けることをやめたロビンやティガーやイーヨーは、この永遠の運動に疲れた者たちだ。高橋の『さよならクリストファー・ロビン』はそうしたポストモダンの認識に疲弊した現代の感覚を描くことから始まり、東日本大震災を経て、再びある種の、正しいことと正しくないことの区別をめぐる戦いへと向かう。それが、一九五〇年代の日本人に原子力を夢のエネルギーと考えるイマジネーションを与えた鉄腕アトムをめぐるお話として展開されている。震災後に原子力をめぐる社会言説が大きく変化し、鉄腕アトムについての評価も一八〇度変わり得る状況において、高橋の「アトム」は善意のロボットとして悪意を持った最新のクローン人間に対峙する。鍵となるのは、原子力をめぐる論争にせよ、クローン技術に対する規制と論争にせよ、文脈によって大きく見方が異なってしまうことだ。高橋は、この文脈のネットワークにおける永遠の運動にもう一度他者性を導入するべく、『さよならクリストファー・ロビン』に掲載された短編中、最後に書かれた「ダウンタウンに繰り出そう」で外部のなくなった虚無的世界における希望として「死者」の存在を取りあげる。

「……自分の住んでいるところについての知識が形作る、複雑な細部をもつ正確な地図を超えたところ、自分の国を超えたところ、地図の周りの余白の部分に住んでいたのはほかの者たちだ。危険なよそ者、家族ではない者たち〔……〕多くの子どもはその世界に親近感を抱き、心を惹きつけられる。彼らはその世界のあちこちの地図をつくる……ローマには通じていない夢の道。そしてその地図の周りには余白が広がっている……[11]」その「余白」の中に、彼らが住む街、「ダウンタウン」へたどり着く道があるのだ。（一八一）

「ダウンタウンへ繰り出そう」は死者がこの世界に戻ってきて生者と共に暮らすようになったという出来事について語った寓話である。高橋がアーシュラ・K・ル＝グウィンの「いまファンタジーにできること」からの引用でこの短編を締めくくっていることは示唆的である。ル＝グウィンは高橋が引用した文章の前にこうも語っている。「リアリズムのフィクションは人間中心主義に向かって引っ張られていく。ファンタジーは人間中心主義から離れる方向に引っ張られていく」（六〇）。彼女の想像力は「人新世」の遥か以前、人間が動物たちと対等に生き、人間以外の者たちの広大な世界が広がっていた時代を描く。

そして、この時代に非現実的な作り話をすることにどんな意味があるのかを問い続けた『さよならクリストファー・ロビン』において最後にたどり着くのが死者との共生であり死者の他者性の記憶なのである。東日本大震災の後に、様々な形で民間伝承の重要性が指摘され、語り継ぐことの尊さに注目が集まった。その一方で、小説を作り語ることについてはっきりとその重要性が語られたことはなかったのではないだろうか。少なくとも震災直後にこの問題を直視し創作として回答を試みた作家は数少なかった。「ダウンタウンへ繰り出そう」において、死者たちとの共生は当初素晴らしい経験であったにもかかわらず、やがて人々はそこに超えられない垣根があることに気づき、多くのトラブルが発生するようになる。そして死者と生者の間に「あること」が決められるが、その「あること」は直接説明が出来ないことであるとされる。ひとつだけ言えるのは、死者との間の出来事は「そのことが起こった事実のままでは伝えない」ことになったということだ（一六三）。死者と生者の間のことはフィクションによってしか知ることが出来ないのだ。なぜ直接伝えることが出来ないのであろうか。死者の前では、生者は己の知識の無意味さを知り、死者には人に畏敬の念を呼び起こす「圧倒的なものの気配」があるからだ（一六八）。そうした「気配」は人が人へ直接的に表現し伝えることが出来ないものである。

死者とは近代ヒューマニズムにおける外部の世界を象徴する存在であろう。生きた人間個人という枠組みこそが「この世界」を形成する。だが高橋は、かつて死者がこの世界で生者と共に生きた記憶について語る。それは、人が「この世界」を形成する以前の、子どもの頃に「もの」が「お友だち」であった時代に、生と死の境が区切られてはおらず、お話と事実が一つにつながっていたことの記憶である。ここで作者は生きる個人を中心とした近代社会の価値体系の影と、子どもが社会の価値体系を身につける過程で使い捨てる「お友だち」としての「もの」の存在を結び付けている。ここで失われているのは文字や映像や音によっても伝えきれない「気配」のようなものである。そして、「気配」のようなものは、人が朗読を聞き、心が動かされるかどうかを決める大きな違いなのではないだろうか。作中で、死んだ人の声は決して再現できないものだと語られる。お話を聞かせるという行為には、本当には伝えられないことを伝えるという不思議さが込められているのだ。

この「気配」に似た言葉に「雰囲気」（ambience）がある。この「ambience」は時に「環境」と訳されることもあるが、やはり意味を構成する視覚や音や触覚からは説明できない要素のことである。環境批評家のモートンは、この「雰囲気」を「両側を囲むもの、ページの余白、音楽の前後の静寂」と説明している。[12]奇しくも高橋が「ダウンタウン」へ至る道があると語る地図の余白と同じ意味でモートンは「雰囲気」という言葉を使う。この余白の雰囲気とは、文章では「行間」にあたるだろう。こうした余白こそが文字と文を「存在」させているのであるが、我々は伝達する「意味」を見出すために普段は余白の存在についていては忘れている。それはまた、普段我々が死を忘れて生きていることにも通じている。決して理解できない死こそが本当は生の意味を作り出しているのである。

高橋は、「本能、直観、また、物語の中に隠されている僅かな徴を頼りにして、死んだひとたちがいた頃のことを思い出すことができる」と語る（一八〇）。この作品においてのフィクションの意味は、人間が社会的動物となる以前の記号と物が未分化な時代の記憶を甦らせることにあり、それこそが死者との対話を可能にするということなのかもしれない。人間が死者を「この世界」において見えなくする以前は、ものの存在が確かに感じられていたのであり、そこでは話を語ることには大きな意味があった。

第二次世界大戦以降、日本において、死者たちの存在は徐々に人々記憶の中心から遠ざかっていった。しかし、東日本大震災は戦争を経験した人々の心の隅に眠っていた戦後の廃墟となった町の記憶を甦らせるきっかけとなった。さらに、日本においては第二次世界大戦以来、初めて一時的に死者の存在が親しいものとして帰って来たといえるのかもしれない。作中の死者は生の欲望から離れた賢い存在であるが、それが故に生者にとっては理解を超えた他者であり、直接的な理解を拒むものである。そうした存在は遠い昔には日常的に存在したかもしれないが、科学と社会制度の発展によって理解不能な存在は急速に姿を消していった。「さよならクリストファー・ロビン」の冒頭で語られた、物質の中の観測不可能な「もの」の消滅は、子どもが「人間化」する過程で使い、捨てた人形の記憶や、日常の中にかつて存在した死者の記憶の消滅につながっている。それは人がもともと別の世界からやってきて、別の世界へと移りゆく存在であることの手掛りなのだ。そうした意味において、フィクションとは人間化された人間にとって理解が届かず、直接には語り得ないことを語るための苦肉の策ということになる。このような考えは、近代ヒューマニズムの枠組みを超えているのはもちろんであるが、ポストモダン社会における商品価値によって可視化され多様化された反復の世界とも異なる。それは、死の他者性という近代的な外部の概念をポストモダン的な世界に再導入する試みといえようか。それはまた、「ポスト人間主義」の思想と部分的に重なるものでもある。人間を機械や動物や物質につながる存在へと拡張するプロジェクトであるポスト人間主義は、高橋が取り上げるアトムやトビオのような存在を人間の現実として議論する。人間は既に機械を身体機能の一部とし、バイオ・テクノロジーによって人間が生まれ、治療されているのだ。

ポスト人間主義とポストモダン

人間主義は、個人の生を死をもって終りとする一方で、死を超えた向こう側に存在するロマンを生み出す。一方、ポスト人間主義は、個体の死という物質的現象は人間の生の中に常に含まれ、また個人という境界を越えて、死は新たな多様な生を生み出す原動力でもある、と考える（*Posthuman*. 138）。それに対し、高橋は『さよならクリストファー・ロビン』において、子どもにお話を読み聞かせる行為とキャラクターたちの死についての考察を巧みに小説化した。親から学んだ言葉とお話を基に初めて接する他者である「お友だち」はお話の世界のキャラクターであり、そのキャラクターが忘れられると共に子どもは「人間」として社会化し孤独であることをも忘れていく。そうした意味で、高橋の作品はテクスト、あるいはフィクションの役割について語るメタ・フィクションでありポストモダン的な教養小説なのだ。同時に、人形をお友だちに見立てて想像の世界を作ることが、いかに子どもの孤独を和らげるかを語り、その世界で生かされたキャラクターたちの死によって終わる「さよならクリストファー・ロビン」や「峠の我が家」は、「近代文学の終焉」という一種の終末論の文脈につながり、ポストモダンに近代的な死を導入した現代ロマン主義的な短編であるともいえる。ポストモダン的なメタ・フィクションを現実社会のテーマと文脈に合わせたこの作品は、高橋の作家としての熟練を示している。

しかし、大きな物語の終焉としてのポストモダンと、その結果認められるようになった多様な島宇宙的世界における終わりなき自己創造に倦み疲れた現代が、どのような未来に向かっているかということについては改めて検討してみる必要がある。この小説において「死」の問題が大きく取り上げられ読者が死の意味をリアルに意識するのは東日本大震災後に発表された「御伽草子」からであろう。それ以前の「さよならクリストファー・ロビン」や「峠の我が家」といった短編における死は、お話のキャラクターの死であり、その意味においてはポストモダンなメタ・フィクションそのものであった。「星降る夜に」は病によって早世する子どもにとってのお話とは何かという哲学的な問いを立てている[13]。

だが「御伽草子」では、主人公の父子の家族が死んでしまったことが中心的なテーマとなっており、その状況が戦時下として描かれ、父が子に聞かせるお話の内容も「鉄腕アトム」のパロディとなることで、戦争の記憶や戦後日本の経済成長と核の平和利用の問題が文脈として浮かび上がり、それはとりもなおさず東日本大震災で発生した問題に結びつけて読むことが出来るようになっている。「ダウンタウンに繰り出そう」は死者とどう向き合うかという問題を正面から取り上げ、死が語り得ぬものである以上、間接的なお話、フィクションとして伝え理解する以外にない、という結論を出す。また、かつて人々は死者と共に暮らしたことがある、というお話は様々な解釈を可能にする豊かな比喩である。人がすっかり忘れてしまった死者の記憶、といえば歴史的には戦死者たちの記憶であり、メタフォリカルに考えれば、それは忘れてしまったかつての「お友だち」である「もの」の記憶かもしれない。こうした死者たちのことを思い出す手掛りがフィクションの世界にあり、「思い出す」ことが今求められているというのが現代の日本社会へ向けての高橋のメッセージとも読み取れる。そしてブレイドッティのようなポスト人間主義の思想の文脈において考えれば、死が個人の世界の終焉ではなく、個体としての物質的な死であり、それは生に含まれ生につながっているのである。

ここで再び本論の冒頭で言及したデリダの「あらゆるものはテクストである」（「テクスト外部は存在しない」）という言葉を取り上げてみよう。モートンはこの言葉について、括弧内の翻訳を支持した上で、テクストがそもそも外部を包摂した形で成立していることを指摘している。[14] 紙やインクという存在は、テクスト内に既に存在している外部なのである。またこう考えることもできる。言語を差異の運動と捉えると、テクスト上にのみ存在する言語など在りえず、それは常に他のコンテクスト、環境の一部として存在しているのだ。つまり、あらゆるものが差異（あるいはテクスト）として存在し、紙の上の（あるいはスクリーン上の）テクストに何ら特権的な立場はないのだ。こうした考えを発展させた形で、サーピル・オパーマンは「エコロジカル・ポストモダンから物質的環境批評へ」（2014）の中で、「電子から細胞まで、言説は物の本質であり、それら全ては言説と物の宇宙において意味を持っている」と述べる（30）。更に彼女は、「お話を語ることやお話の世界を読むことは、人間と非人間的自然を特徴づける創造的経験を理解する手段なのだ」とも語る（30）。つまり、あらゆる物がテクストとしてつながっていることをオパーマンは主張しているのだ。

こうしたポスト人間、環境的ポストモダン、あるいは新物質主義の文脈で考えると、高橋が『さよならクリストファー・ロビン』の最初に記した「物の消失」とは単に科学がまだ発見していない未知の物質というだけではなく、人間を含めた万物の創造性を知るためのお話、想像力を手放し、テクストに含まれる外部の余白が見えなくなった事態を表現していると考えられる。高橋が再三にわたって語る「虚無」は、デリダ的な言語論的転回を非生産的に解釈することによって、人間の言語の閉じた世界における意味の無限さが価値観のない底の抜けた世界へと結び付けられたことの象徴である。人間の言語世界に限定した従来のポストモダンの狭さが、例えば作品中でアトムやトビオの問題が、現代の医療科学と人間の拡張という現象に結び付けて考えられていないこと、要するに文学テクストの問題という枠から出ていないことにつながっている。この点はモートンがデリダを評価する一方でその限界を指摘していることに重なる。環境批評はそうした人間の言語の特権化を否定する批評であり、そうした意味では高橋の作品がエコロジカルであるか否かという点でさらに検討の余地があるだろう。しかし、東日本大震災が高橋の作品をより社会性を帯びたものに変え、今なぜフィクションを書くのか、という災害時の問いに立ち向かわせたのは確かである。高橋は、単なる言語ゲームに過ぎないと揶揄されることが多いポストモダンの思想を基盤としながら、いやそれゆえにこそ現代においてフィクションを語ることの重要性を語った。文学的テクストの領分において語られない余白の中に虚無からの脱出を示唆した『さようならクリストファー・ロビン』は、「あらゆるものはテクストである」を「テクストの外部は存在しない」へと読み替える（なぜならテクストは常に外／内部の語りえないものによって存在しているから）ことを促すポストモダン文学の進化形なのである。

2　環境と身体を繋ぐ小説——多和田葉子『献灯使』

多和田葉子の『献灯使』（二〇一四年）は環境批評的な小説である。それは多和田が人間と動物、言葉、植物、物、そして気候や地勢の連関を描くことを試み、そこに政治や心理や美学の問題がかかわってくるからに他ならない。また、そうした多和田の試みは言葉の物質性（音や形象）を利用した言葉の指示範囲の拡張を伴っており、そこにポストモダン性を見出すことも可能である。作者の意図がそこにあったかどうかは明らかではないが、現在の環境批評が注視するテーマを文学で表現することを試みている点で、この作品はポスト〈3・11〉小説の枠組みを大きく広げたといえるだろう。

『献灯使』には文芸誌等に掲載された五つの中短編が収録されている。おそらく本としてのまとまりを意識してか、初出の順番ではなく、「献灯使」（『群像』二〇一四年八月号）、「韋駄天どこまでも」（『群像』二〇一四年二月号）、「不死の島」（『それでも三月は、また』二〇一二年二月）、「彼岸」（『早稲田文学』二〇一四年秋号・八月）、「動物たちのバベル」（『すばる』二〇一三年八月号）の順に再構成されている。表題作であり最も長い「献灯使」がこの本の中心であり、他の短編は「献灯使」につながる問題意識を発展させる過程にある作品であると考えてよいだろう。多和田は東日本大震災に触発された想像力で未来の日本を描くが、最も注目されるのは彼女の想像力が地球の変動と身体と言葉に確かなつながりを見出していることだ[15]。この環境批評的な難題に挑戦した「献灯使」はポスト〈3・11〉小説の基準を押し上げ、考察すべき普遍的テーマを示すことに成功した。ここではまず「不死の島」から「献灯使」において多和田葉子がいかに環境批評的な想像力を展開したかを論じ、最後に「動物たちのバベル」において議論された「人間」の問題にも触れておきたい。

「不死の島」

「献灯使」の作品世界の背景を知るうえで重要な手掛りになるのが「不死の島」である。木村朗子は『震災後文学論』でこの作品が「困難な原発の問題に正面から取り組んだ」と述べており高く評価している(16)（一一九）。またこの作品と東日本大震災当時雑誌連載中であった「雲をつかむ話」との関連についてもいくつかの先行研究がある(17)。

二〇一七年に再び大震災が起こり壊滅状態となった日本を描く「不死の島」では、主人公が差し出す日本のパスポートに旅券の審査官が戸惑いを見せ、それはパスポートに放射能物質がついているかのような態度であった、と語られる（一九〇）。日本における「フクシマ」に対する反応は世界における「ニッポン」への同情と差別の縮小版だったのだ。作中で日本は「二〇一一年には同情されたものだが二〇一七年以降は差別されるように」なり、国際的な孤立への道を歩むようになる（一九〇）。大震災後も原発の運転を継続した政府に対し、正体不明の一味に天皇陛下と総理大臣が拉致されるという事件が起こり、原発の運転停止が要求された。そうした中で政府は民営化され、二〇一五年にはZグループという一団が日本政府の株を買い占めて会社として運営を開始する。そしてついに二〇一七年に「太平洋大地震」が発生し、新たに四つの原子炉が壊れ、日本は海外からはインターネットも電話も通じず、手紙も送り返される国となり、国際航空便も途絶え、完全に孤立した未知の国となる。時間の流れが江戸時代にまで逆流したかのような日本では老人が死なず、若者は病気で亡くなるか、介護が必要な状態になってしまう。

こうした状況は「献灯使」の世界においてもほぼそのまま受け継がれている。「不死の島」はいわば「献灯使」の序章であり原型でもあるのだ(18)。作中に読み取れる多和田の主張は「福島で事故があった年にすべての原子力発電所のスイッチを切るべきだったのだ。すぐまた大きな地震が来ると分かっていたのに、どうしてぐずぐずしていたのだろう」という言葉に尽きるであろう（一九二）。これは「献灯使」における「日本がこうなってしまったのは、地震や津波のせいじゃない。自然災害だけなら、もうとっくに乗り越えているはずだからね。自然災害ではないんだ」という言葉に受け継がれる（一四三）。東日本大震災後に原子力発電所の廃止を決めたドイツに居住する多和田が日本の選択に違和感を抱いたとしても不思議ではないであろう。もし、想定される原発リスクが顕在化したら、日本はどのような社会に変わり、日本人と日本語はどのようなどのような姿に変わっていくだろうか。そうした想像が「献灯使」において本格的に展開されることになる。

「献灯使」

多和田葉子の『献灯使』は東日本大震災の地殻変動がいかに環境、社会、身体、そして言葉に変容をもたらし得るかを想像し表現した小説である。作中で「東日本大震災」と明確に語られることはないものの、それに類する惨事が起きたことが随所に示され、数あるポスト〈3・11〉小説に比しても高いレベルで言葉と震災の複雑なつながりが探究されている。この作品については曾秋桂が「エコクリティシズムから見た多和田葉子の書くことの『倫理』――『不死の島』と『献灯使』との連続性・断絶性」（二〇一五年）において「不死の島」との連続性と断絶性を分析し、「献灯使」が「生命の積極的な一面を評価しようとして」いると論じた(19)（四二）。「献灯使」が「環境文学」であるかどうかについては様々な議論があるだろう。少なくとも第一波や二波のようなネイチャーライティングを中心とする初期の環境文学の立場から見れば、多和田の作品は言葉そのものへの関心に支えられ、具体的な土地や動植物との経験が伴っていないという評価も可能である。多和田作品は言葉によって作られる世界の豊かさを追求するという意味で、良質のポストモダン小説なのである。しかし彼女の小説が空論めいた軽さを帯びないのは、彼女の言葉が身体性を通して現実世界と結びついているからである。そして「献灯使」においては、その身体性が大震災後の日本の社会の変化と地球環境の変化によって変異し、人間という種の進化へつながっていくことが語られる。「献灯使」の世界では、大震災が生み出した環境、社会、そして身体の変異が従来の言葉と言葉が指し示す物や概念との間に大きな溝を生むことになった。この溝の深さが「献灯使」における言葉の身体性と変異を表現する場となるのである。地球の地殻変動が生んだ溝における「ズレ」が言葉に表出する過程を描く「献灯使」は、震災のエージェンシーを文学によって捉えた稀有な作品のひとつなのだ。

献灯使／遣唐使

この小説の題名である「献灯使」が古代の「遣唐使」のパロディーであることは明白であろう。優れた文明を求めて隋や唐の国へと渡ったかつての日本人のように、閉ざされた未来の日本に希望の灯を運ぶべく海外へ渡るのが小説の主人公、無名である。また小説の主要な語り手であり無名の育ての親でもある曾祖父の義郎が以前「遣唐使」と題された歴史小説を書いたものの、「外国の地名をあまりにたくさん使ってしまった」ためにその小説を「モノ墓地」へ埋めたというエピソードが作中紹介される（四六―四七）。「モノ墓地」は大震災後の急速に保守化した日本社会において保持しているのが不都合になった物を埋める場所である。他にモノ墓地に埋めた物として作中では体温計が挙げられている。無名はいつも微熱があるのだが、学校からの指示で熱は測らないことになったからだ（四五―四六）。つまりこの小説での「モノ」とは日本社会において不適切と判断された物のことだが、大震災後の日本社会において人々はモノを自主的に放棄するようになる。自己検閲が高度に発展した日本を描く「献灯使」という小説は、かつて日本が中国に社会制度や思想を学んだ「遣唐使」の歴史の記憶を忌避して埋めるようになった未来を軽やかな言葉遊びによって示唆するのだ。多和田の作品における「モノ」は、高橋源一郎の「さよならクリストファー・ロビン」における「もっとも根源的な『もの』」とは位相が異なるが（一一）、日本社会が捨て去ろうとしている批判的な他者の眼と考えられる点では共通している。

その他にも「献灯使」には数多くの「言い換え」が登場する。ジョギングが「駆け落ち」となり、「Made in Iwate」は「岩手まで」となる（九―一〇）。こうした言い換えが数多く現れるのは義郎が「遣唐使」を破棄しなければならなかったのと同じ理由で外来語が使われなくなったからである。生態学的なアプローチによる文化の分析において言葉遊びに大きな意義を見出していたベイトソンは、言葉が物そのものを指し示すの「ではない」ことを表現する遊びこそが表象による創造性の拡大を促し、現状を超えて未来を学ぶ想像力を生むと考えていた。[20]『献灯使』で紹介される数々の「言い換え」は現状とは異なる未来を想像する手段として有効であり、またそこには洒落に通じる可笑しみがある。しかし、この小説における言葉遊びは、外来の言葉を内輪の言葉へ変換するために使われ、その可笑しみは外に対して閉ざされた国となった日本を内側から支える内輪受けでもある。言葉が物そのもの「ではない」ことに根ざす言葉遊びが開く想像の世界はユートピアでもディストピアでもない。それは猿の子どもたちの未来に待ち構えるような「現実世界」があるだけである。現実や事実を示すと考えられる行為があって初めて言葉遊びに意味が生まれる。多和田の小説が多用する言葉遊びは、変貌した社会のコンテクストを想像するための遊びであり、拡張した「現実」の模倣なのである。この社会コンテクストを知るうえで焦点となるのがポスト〈3・11〉を含む広義の「ポスト近代」の世界観である。

多和田が構築するポスト近代社会

多和田が想像する未来は「一つの問題が世界中に広がらないように、それぞれの国がそれぞれの問題を自分の内部で解決することに決まった」という説明に端的に示されている通り反グローバリズムの潮流により各国の孤立が進んだ世界である（五四）。それは資本主義の負の側面に対する世界的な反応であり南アフリカやインドは「地下資源を暴力的なスピードで工業製品に変えながら安価を競うグローバルビジネスからいち早く降り、言語を輸出して経済を潤し、それ以外のものは輸入も輸出もしない」という政策を押し進めている（一一一）。大震災後の未来世界では安いエネルギーを大量に利用して経済成長を続けるという近代モデルが破綻しているのだ。同様に未来の日本は、一元的に閉ざされた国である一方、民営化が進んだ国としても描かれる。「献灯使」は、主人公の無名が大震災以降に保守化し鎖国政策を選んだ日本においてその政策に反対する人々によって献灯使に選ばれ、密かに国を脱出するまでの物語であるが、日本社会は封建制に逆戻りした訳ではない。むしろ「民の力」は一層強化されている。例えばこの小説の時代には天皇誕生日や建国記念日が廃止され、「国民投票で決めた民主主義的な休日ばかり」になっている（五五）。また、警察も「民営化」され交番は「未知案内」という「有料サービス」に変化しているのだ（九三）。政府など公的機能は縮小して多くの事業が民間に任され、政府の存在そのものが見えなくなっている様は、社会への新自由主義の浸透度の高さを表している。そのような社会で義郎と鞠華は鎖国政策の決定に際し「結果だけを知らされて唖然とし、しばらくの間感嘆詞以外の言葉がでなかった」という事態に陥る（一二九）。

多和田の描く世界においては、資本主義が進めるグローバル化が拒絶される一方でローカルな民営化が進み、近代社会に存在していた身分や能力の格差による差別は解消に向かっている。この社会では公的な権威や規範は不可視化され、人々が自らの意志で社会の雰囲気を作り上げそれに順応しようとする。これが公と民、善と悪といった二項対立的な関係が解消されて内面化され、一元的世界となった「ポスト近代」である。このポスト近代社会は一見すると以前と比べ後退しているのか進歩しているのか分からない。外部からの情報や海外との交易が途絶し世界や宇宙へのアクセスが無くなったことは科学や経済にとって明らかな退歩であるが、日本社会内部における差別の解消や自治といった面では進歩が見られる。そもそもポスト近代社会においては進歩や退歩といった線的な時間軸が失われ、ループ状のねじれた循環を描くようになり、その結果「あらゆる風習がでんぐり返しを繰り返す」ことになって社会における「正しい」ことも「正しくない」ことも減るのである（一四〇）。

一般に想像されるポスト近代社会は資本主義のグローバリズムが極度に進んだ社会であり、そこで固有の価値が失われ一元化が進むのであるが、多和田は東日本大震災以降の日本と国際社会の動向をそれとは別の形で予測した。鎖国という政策が現実となることを想像することは難しいが、二〇一六年七月のイギリスにおける国民投票がEU離脱を選択したことに現れる反グローバリズムの感情や民主主義のポピュリズムによる選択の危うさを端的に表す手段として理解できるだろう。新自由主義が生み出す「グローカリズム」が極端な形で表現されているのである。だがそれだけではない。ここで語られるポスト近代は、近代の工業化を経て気候が変化し暑さと寒さの区別や暗さと明るさの二項対立の関係が曖昧になった世界なのである。温室効果が原因であるかどうかは明らかではないが、「献灯使」の作品世界においては社会だけではなく地球環境が近代の状態から変化し、それにしたがって身体と言葉も変化を促されているのである。

封鎖的・排他的になった側面と民主的・均質的になった側面を併せ持つ「献灯使」の世界が（おそらく

国民の半数ほどは閉ざされた世界を好ましいと思うにもかかわらず）「ディストピア」として理解されるのは、東日本大震災を想像させる複合災害によって東京が人の住めない地域となり、若者や子どもたちばかりでなく動物や植物の健康が損なわれたからである。今では動物は「貸し犬と猫の死体以外」に見かけなくなり、季候は気まぐれで、魚は汚染され、樹木は病気になっている（三七、五八、六五、一一六）。地球環境の変化と日本の複合汚染は日本の生物の生態を大きく変えた。そうした生態の変化の中には人間の言葉の変化も含まれている。義郎は現在の天気が「まるで人間の言語を嘲笑するかのよう」に変化して寒さと暑さが混ざったために天気の話がし難くなっていると語る（一二一）。また環境の悪化によって生物の多様性が著しく失われた日本ではトンボも既に見かけることはなくなっている。しかし言葉の中にトンボはまだ残っている。少女が歌うトンボの歌を聴いた義郎の頭蓋骨に「ト」の音が直接響き、彼は「実際はみることができなくても、少女の歌う歌の中にはトンボがいた」と思う（一二〇）。トンボの「ト」が身体に響き、かつての記憶が義郎に蘇るのだ。しかし、このような環境の変化は多くの言葉を「死語」にしてしまう。この時代の子どもたちにトンボを経験として身体に記憶させる場はもう存在しないのだ。

生物の多様性が失われ、季候の区切りが曖昧になった震災後の日本では、言葉もまた多様性を失わざるを得ない。作品中で、日本は南アフリカやインドと同様に資源の大量消費と工業生産の価格競争を止めた国だとされるが、しかし他国のように言葉を輸出できないのは、日本が震災を機に文化と言葉の豊かさを手放してしまったからである。それは単に人間の思考の問題ではなく、環境が身体を通して言葉に結実し、その言葉が環境を二次的に写し出していくという循環の問題なのだ。作中で義郎は死んだ言葉を捨てないが、それは彼の身体に記憶としての言葉が宿っているから成せることだ。一方で多様性が損なわれた環境の中で成長した無名は身体と行為を変化させ、それに伴って言葉も変わる。(21)

しかし、「献灯使」は単なるディストピア小説ではない。それは無名のように現在の我々から見ると明らかに劣化した身体を有している若者が、それにもかかわらず環境により良く適応した存在として描かれているからである。無名は「膝のところから内側に曲がってしまう鳥のような脚を一歩ごとに外側にひらくようにして前進」し「両腕で大きな輪を描いてバランスをとりながら肩に斜めにかけた軽い鞄に細い腰をバタバタ打たれながら歩く」のであるが（一二六）、そんな曾孫を観察していた義郎は「もしかしたら、二本足で地を歩くという人間のやり方は最上ではないのかもしれない」と思う（一二六）。直立二足歩行をするが故に脳を発達させ最終的に理性を持つ近代人に進化したという物語に対し、多和田は震災を経たポスト近代においては最早そのような進化や発展の方向の自明さは失われていることを示す。無名の通う学校の一見不器用な歩き方をする生徒たちは倒れる時にダンゴムシのようになるが、それは実際怪我をしにくいからであり、そんな子どもたちを毎日見ている教師の夜那谷は、彼らが「自分たちの世代よりずっと進化している」という気がしているのである（一三一）。

無名たちの身体は環境と共に変化しているだけであり、食物摂取が困難で体力がないのは汚染によって劣化した生環境に対応しているためである。そんな中で無名が特別に「献灯使」に適任であると認められるのは、他者の痛みを感じられると同時に自立した存在だからであるが、また同時に彼が世界をよく身体化させているからでもあろう。[22] 無名には「世界地図が自分の内臓をうつし出すレントゲン写真のように見え」る（一四二）。彼は放射能によって映し出された影である体内の臓器と世界の地形の表象を同じように見る力を持っており、地球の身体性を自らに宿しているのだ。しかし、彼は「必死に腕を動かし続ける」ことで「世界地図と身体がどこまでも重なっていく苦しさから」逃れようとする（一四五）。ただし、ここで指摘しておくべきは、この世界地図が震災の前に作られたことである。作中、世界では「前回の大地震で海底に深い割れ目ができて、ぐっと大陸から引き離されてしまった」が、無名が見ている地図は「その前に作られた」と語られる（一四一）。震災前の地球の表象から逃れようともがく無名がたどり着くのは新しい地球の身体なのかもしれない。

実際に東日本大震災で東北の太平洋岸は東南東の方角へ最大で五メートル以上移動したことが確認されているが、この小説はそれより遥かに大きな地殻変動があったと仮定して実際を大きく超える気候と文化の変異を描く。[23] この誇張された想像の中に現実に起こっている日本の変化の兆候を見出すことによって多和田の想像は「現実化」されるのだが、それ以上に重要だと思われるのは地殻のズレと気候の変化が身体、文化、そして言葉の変動へと連鎖することが表現されていることだろう。無論、教師の夜那谷が「自然災害ではないんだ。いいか」と語るように（一四三）、「人災」である側面が大きな問題であることは確かであるが、多和田の作品の魅力は人災を生んだ社会的問題や人間の愚かさの表現よりも、物理的に言葉と地理と身体が結びつく点にあるのではないだろうか。言葉を人間の特別な力として考えてきた近代を批評し、言葉と地球の連続性を探求することが、人災を生んだ世界に異議を唱えることにつながるのだ。そうした意味において「献灯使」は環境批評的なポスト〈3・11〉小説だと考えられるのである。

東日本大震災の記憶と行為する言葉

では「献灯使」において東日本大震災はいかなるエージェンシーを作用させているのだろうか。[24] 既に引用した「日本がこうなってしまったのは、地震や津波のせいじゃない。自然災害だけなら、もうとっくに乗り越えていた」という記述がかなり具体的に東日本大震災に類する惨事が起こったことを示しているが（一四三）、小説の前半にある「細胞がどのくらい破壊されているか、調べている」という記述や（二六)、「仮設住宅での生活が長くなる」という説明からも読者は東日本大震災の被害が拡大した世界を描いているのだろうと類推することができる。つまり、明確に東日本大震災が発端であると書かれている訳ではないが、それに類する(しかしより規模の大きな)出来事から三世代を経た曾孫の時代が想像されているのだ。それは「健康という言葉の似合う子供のいなくなった世の中」である(二八)。「献灯使」の中では義郎が使う現在の我々の言葉が指し示す実体が消滅してしまっているのだ。この言葉と実体のズレこそが多和田の小説において東日本大震災のエージェンシーが従来のコンテクストを揺るがした結果なのだが、作中で大震災の記憶はほとんど言及されることはなく、人々はその忌まわしい記憶をどこかに埋めようとしている。言葉と実体の間の亀裂・ズレがないものであるかのように振舞われている。近年の生態学的な心理学研究が記憶とは(脳を含めた)身体と環境の相互作用から生み出されるという見方を提唱していることを考慮すれば、記憶の抑圧は大震災が可視化した環境—身体—言葉の関係性の抑圧でもある。言葉と実体(環境・身体性)の間に亀裂があるからこそ、そこに行為遂行的な関係が生まれ、語ることとの必要性も生まれる。フィクションはまさにそうした言葉の行為遂行性によって未だ語り得ぬものを語ろうとする。しかし、震災の、特に汚染の記憶の抑圧は、自らの身体性を抑圧し、言葉を他者化することで暴力性を誘発してしまうのである。[25] 小説の中で多和田の印象的な言葉使いに次のようなものがある。

いつもなら食べないエビが鍋からあがる度に、マイタケがあがる度に、不吉な汚染の記憶を振り払って、義郎と鞠華は楽しい思い出を網ですくいあげ、それが絹豆腐のように箸の間で崩れ落ちてしまっても、忍耐強くすくい取って小皿にすくいあげ、熱すぎる断片をむさぼるように味わう。時間はそんな三人に加担することなく冷酷に走り去り、鍋の底に忘れられた一切れの白菜がくたくたになった時、

柱時計がぼんぼん殴りかかってきた。（九九）

この場面では楽しい会話を過ごす二人に無常にも迫りくる時間の切なさを表現するために柱時計を擬人化し、暴力的な行為をとらせている。しかし、ここでもうひとつ考えるべきは、「エビ」や「マイタケ」によって想起される汚染の記憶の問題である。二人はそれを振り払って「楽しい思い出」を「網ですくいあげ」る。「楽しい思い出」が物象化されて「エビ」や「マイタケ」と交換される訳だが、しかし二人の体内で消化吸収されるのは「エビ」「マイタケ」である。振り払った汚染の記憶は彼らの環境であり身体である。ここで明らかに彼らの言葉と身体—環境は分離し、そして「時間」が他者として現れる。柱時計が擬人化して暴力性を帯びるのは環境—身体と言葉の関係を断つことがそもそも暴力的な行為であり、それによって忘れた記憶が回帰してくるからかもしれない。汚染の記憶を振り払うことによって得た「楽しい思い出」は身体—環境—言葉の関係の中に存在する「時間」を忘れることによって創造される。擬人化された柱時計が「殴りかかって」くるのは、それが「人間中心的」に作り上げた「楽しさ」に終わりを告げる合図だからである。

また、鞠華が「実家の柱時計のある部屋」を思い出し、「血管が小枝のように身体の外に伸びているのが見え」、さらに「蜘蛛の糸のように細い血管で、それが壁や天井まで広がり、柱時計に絡みついていた」と描写し、「血まみれの血縁の緒を切りたい」と述べていることも示唆的である（一〇二—一〇三）。柱時計は「家」の時間を告げる存在として血縁のしがらみを象徴する物なのである。ここで鞠華が拒絶しているのが近代的な血縁を基盤とする家族関係であることは明らかだろう。孤児たちの施設を運営する鞠華にとって、家族とはより開かれた関係であるべきなのだ。ここには東日本大震災を機に繰り広げられた

「絆」キャンペーンへの違和感が込められていると考えるのが妥当ではないだろうか。鞠華にとって「柱時計」の身体性は汚染の記憶ばかりではなく、それによって社会的に強化された家族の「絆」の原型につながっているのだ。作中における身体、社会、物たち（環境）、そして言葉は、擬人化し物象化することによって従来の認識の枠組みを越境し相互作用する。それは東日本大震災のエージェンシーによって拓かれた言葉と実体の間の空間に手足を広げる言葉の身体的行為である。それは同時に、震災のエージェンシーが可視化する言葉と実体の乖離を政治的に埋めようとする行為に対する批判を帯びている。多和田は環境、身体、言葉が相互に関連し、可変的であることを環境批評的に表現する。

時間軸と境界の変形

「献灯使」では、大震災によって近代的な時間の線的発展が歪められたことが作品の大きなモチーフとなっている。後退や停滞を挟みながらも大きな時間軸においては成長と発展を続けるだろうという近代的世界観に疑問が生じたのである。作中における日本社会が鎖国へ逆戻りしたこともさることながら、東京の地価が暴落し、若者が老人よりも貧弱な身体しか有しておらず早死にするなど、時間の経過に伴う社会、人間、あるいは気候の移り変わりのパターンに大きな異変が起きた事が作品の背景にある。端的に述べれば、時間の線的モデルがループモデルへと変形したのである。さらに、「献灯使」においては気候や自然といった環境の「背景」が小説における大きなテーマにもなっている。従来の近代小説においては遠い彼方にあって直接的に登場人物には影響しないはずの地球環境が登場人物たちの言葉、心理、身体と同じ前景において複雑に絡み合うのだ。小説におけるそうした「異変」そのものが前景と背景の分離に立脚した従来の小説世界を揺り動かす震災の作用でもある。

すると東日本大震災を想起させる小説中の大震災は、近代の人間が想定し構築してきた二分法に基づく発展の時間軸を歪め、環境—身体と言葉の間に設けられた近代の境界線に対し、地殻変動に誘発された亀裂を生じさせたことになるのではないだろうか。「献灯使」を結ぶ「そう思っているうちに後頭部から手袋をはめて伸びてきた闇に脳味噌をごっそりつかまれ、無名は真っ暗な海峡の深みにおちていった」という文章は（一六〇）、様々な解釈が可能であろうが、地殻の変動がもたらした溝の深さと関係していると考えられるのではないだろうか。ヒントとなるのは無名が小学二年生の時に教室で世界地図を見ている最中に気絶した場面である。

その時、無名のつむじに地球の震えがブルブルと伝わってきて、太平洋の水が宇宙に飛び散った。腕も指先も痙攣していた。このまま振動し続けたら、骨も肉もとけて、滴になって四方に飛び散ってしまう。ああ、どうしよう、とめられない。目と口が円になった驚愕の表情に囲まれ、誰が誰なのかもう分からない。声が出ない。先生の顔が波紋の広がるようにどんどん大きくなっていくのが見えたが、その先は闇だった。（一四六）

夜那谷先生が「海の溝が太平洋を囲んで輪をつくっている」と説明している矢先におこった無名の失神は（一四五）、「海の溝」から伝わる「地球の震え」によってもたらされるのである。そして小説の最後で無名が落ちる闇とは、「海峡の深み」であり、それは地震を生んだ地球の地殻のズレであると同時に言葉が身体を介して指し示す対象との間のズレなのである。

多和田の言葉の世界は一見すると言葉によって構築される通俗的ポストモダンのようであるが、実際には環境―身体と言葉の境界線に入った亀裂によって反語的にそれらが常に連続していることを示し、作中の言葉遊びはそうした環境―身体の変化に対する学習なのである。環境の変化によって生態に異変が生じる時、言葉もまた変化することが求められる。汚染された日本に育った無名が不健康でありながら進化していることや、無名と義郎が「動物図鑑の同じページに載せてもらえないかもしれない」という言葉が示す通り（一一七）、「種」としての「人間」に現れる変化を言葉から表した作品が「献灯使」なのである。時間を自在に圧縮することにより地球環境から人間、社会、身体、そして子どもの言葉までを同じ平面上で接続した良質なポストモダン小説である「献灯使」は、今後もポスト〈3・11〉小説の中でひとつの重要な指標となっていくに違いない作品である。

「動物たちのバベル」

『献灯使』の最後に置かれた「動物たちのバベル」はポスト〈3・11〉の課題のひとつである「種としての人間」に焦点を合わせた戯曲である。作中では、大洪水によって人間と猿が滅亡した後、生き残った動物たちが人間からの遺産である「言葉」を用いてバベルの塔の建設をめぐって会話を繰り広げる。その動物たちの会話で「人間」が一大テーマとなることは容易に想像ができるであろう。バベルの塔は、言語によって他の生物たちとは異なる高みに立った人間の在り方を象徴する建築物であり、近代文明の人間中心主義はそうした思想のひとつの到達点である。「動物たちのバベル」において人間は地球環境を人工的に作りかえた結果、大洪水を引き起こす。しかし、人間は「美女で、下半身が魚」の船長を軽蔑していたため、ノアの箱舟には乗せてもらえず絶滅してしまう（二三二）。自ら作り上げた文明によって人間が滅んだ後に動物たちが新しい文明のために人間の失敗を考察するというこの短編は、人間という種の在り方を相対的に捉え直すポスト〈3・11〉小説の課題のひとつに直接向き合った作品である。また、観客である「人間」に「人類滅亡の原因」を問いかけるというこの戯曲の結末は、我々自身の能動的な思考と参加なくして課題の解決はあり得ないことを示唆しており、一方的な「小説」であることの限界を破る試みであるともいえよう。

作中ではイヌ、ネコ、リス、ウサギ、クマ、キツネといった動物たちが登場して会話を展開する。これらの動物たちは人間のステレオタイプに沿った形で性格が造形されており、イヌは最も人間をなつかしみ、ネコは自己中心的で、クマは思慮深く描かれている。イヌは「ホモサピエンスなんて存在しない方がいいというのが一般的な見方。確かに、人間は地球にとってはがん細胞みたいなものだったかもしれない。それでも人間が恋しい」と発言し(二二三)、あるいは「人間がいない世界なんて意味ない! 人間がいなくなれば、イヌという単語も存在しない。(長い間)でもイヌであるということが自分にとってそれほど重要なのかどうか」と考えるなど、人間がいなくなった事実に対して戸惑いを見せる(二三四—二三五)。しかし、他の動物たちは「二本脚の独裁が終わってみんなほっとしている」と人間がいなくなったことを肯定的に捉えている(二二三)。そんな折に異なる種の動物たちが共生する可能性を模索するバベルの塔の建設が計画されるのだ。

当初、政府は首都の東北方面に世界一高く、放射能や武力攻撃、そしてイデオロギーからも守ってくれる要塞としての塔を考案する(二三五)。しかし、ウサギやリスなど一部の動物たちは「たとえ本当に安全だとしても、わたしは要塞には住みたくない」と語り、その計画には反対している(二三八)。それは「専門家」ではなく彼らの「お腹」がそういっているからである。そうした考えを受け、クマは動物たちの共通点である「人間ではない」ことの良さを見つけることで塔の建設を実現しようと提案する(二四五）。しかし、それは結局「人間である」ことが何であるかを考えることに帰着する。ここで人間が改めて問題となるのは、人間の滅亡を喜んでいた動物たちがいつの間にか人間化しつつあったからである。それはイヌによる「それにしては、どこから見ても人間の姿、していませんか。わたしたちは人間とは違う社会をつくるつもりで出発したのに、いつの間にか人間の足跡に落ち込んでしまったような気がする」という言葉に最もよく現れている[26]（二四四）。環境を破壊することで自らを滅亡に追いやった「人間」とは何かが探究され、それは同時に福島第一原子力発電所の事故後の日本の選択を別の角度から検討し直す試みでもあろう。そこで動物たちは人間を反面教師として新しいアイデンティティーを模索する。動物たちは人間という病の症状として「趣味」や「遺産」を挙げ、クマは「仕事はなるべく手間がかかって儲けが少ないのが理想なのかもしれない。それがわたしの非人間的未来のビジョンなんです」と語る（二五〇）。効率を追い求めて仕事を分業化し、余った時間や余剰を趣味や貯蓄に回す人間の生き方が根本的に疑問視されるのだ。

そして動物たちは滅んで行った人間や狼や猿のように「ボス」を頂く集団ではなく、「翻訳者」を選ぶことを選択する。リスは「自分の利益を忘れ、みんなの考えを集め、その際生まれる調和を一つの曲に作曲し、注釈をつけ、赤い糸を捜し、共通する願いに名前を与える翻訳者」と説明する（二五七）。動物たちはくじ引きによってリスを翻訳者に選ぶ。選ばれたリスは動物たちの考えに言葉を与える者となり、他者の集まりである動物たちの世界に共通項を作り出す役割を果たすようになる。翻訳者を中心とする世界では「時間は言葉と同じくらいたくさん」あり、そうした大きな時間の流れの中ではエネルギーが循環していることや地球の海や砂漠も動き続けていることが可視化される（二五九—二六〇）。ウサギが「わたしたちの時間の感じ方が変わって、一万年が一分くらいの長さに感じられるようになったのかもしれない」と語るように、動物たちの間で時間の感覚が明らかに変化する（二六一）。近視眼的に見れば時間は直線的で一万年は視界の外にしか存在しないが、一万年先を視野に入れた時間世界においてはあらゆる物が循環し、そうした循環世界における遠近の感覚は全く別のものとなる。

循環する時間世界においては敵と味方という二分法が意味を失い、「もう自分に敵はいない。つまり敵から身を守るために要塞を建てる必要はない」という考えに至る（二六二）。さらにリスは二十一世紀以降の人間はすべて危険な場所で働かなければならなかったため、みな奴隷だったと語るが、イヌはそれに対し、人間にもそれなりの価値はあったと反駁する（二六三）。そこでイヌは観客に人間を見つけ、「もし、過去を変えることができるとしたら、世界の歴史のどの部分をどんな風にかえたいですか？」などといった質問を投げかけて戯曲は幕を閉じる（二六四）。

この戯曲で動物たちは、人間のいないユートピアで「人間化」し要塞としてのバベルの塔の建設を計画し始めるものの、いかに自らの「人間化」を止めるかを模索する。しかし「人間の遺産」である言葉を用いて対話する動物たちにとって「人間化」を避けることはそう容易ではない。イヌが「イヌ」として存在することを止めれば、他者と対話をする基盤までが失われかねない。言葉を人間の遺産として用いつつ人間化しないためにはどうしたらよいのであろうか。作中の動物たちは人間化が進行する社会において「上司」の存在が彼らの神経をすり減らしていることを話し合い、クマは『『上司』は現代の病原菌。それに対して『親方』は古き良き伝統」と語る（二四九）。この「親方」とは「時間もお金も自分も忘れて」修行した人であり（二四九）、組織のために部下を駒として扱う「上司」と対比される。さらに動物たちは滅亡した人間や狼、猿に共通する特徴として群れに最高権力者「ボス」を擁していたことに着目する。狼や猿の滅亡までが「ボス」のせいであるというのはやや牽強付会めいているが、絶対的な権力者や世界一高い塔を建てるといった近代的な志向性が否定されているのは間違いない。そして動物たちは「ボス」ではなく「翻訳者」をリーダーに選ぶという選択をする。多様な言葉や考え方が存在することを認め、その多様性を媒介し共通項を探し出すことがリーダーの資質だという考えである。

この翻訳者によって導かれ、敵と味方の区別が存在しない世界が一種のユートピアであることはいうまでもないが、原子力発電所というバベルの塔を再稼働するという選択をしている日本に対して別の未来を示すことによって異なる選択を迫る「現実批判のユートピア」としての意義は認められるだろう。一見単純な人間批判のように見える「動物たちのバベル」は「人間化」をめぐって複雑な問題を提起しているのだ。

しかし、おそらくこの作品に潜む本当の問題は、動物たちを人間化させざるを得ないという我々の表象能力の限界なのではないだろうか。イヌが「イヌ」であることを止め、なおかつ「それ」がいかに存在し得るかを想像し表現し理解することはほぼ不可能に近いと思われるが、「それ」に近づくおそらく唯一の方法が「イヌ」を「Dog」や「Hunt」に翻訳することによって生まれる余剰（翻訳不可能性）の認識である。それは「イヌ」であることの一時性と偶然性を明らかにし、さらに多様な存在としての自己の認識へと我々を開いてゆくのである。するとこの「動物たち」とはすなわち我々（ではない）という存在の余剰のことなのではないだろうか。

多和田は、人間による環境破壊が人間を含めた多くの生物の生存圏を脅かす中で、言語に象徴される人間の特権性に疑問を付し、人間と動物の境界が揺らぐ現代において、我々の社会にいかなる資質が必要とされ、そしてバベルの塔はいかにあるべきなのか、という問いを立てた。そして「動物たちのバベル」は利益とエネルギー効率を求めた近代の「ボス」ではなく、「親方」のような職人気質をもって多様な言語や価値観の橋渡しをする「翻訳者」を新しい時代のリーダーに選ぶべきだと訴える。こうした社会的なメッセージを言葉の問題として発するところに多和田の特徴があるのは「献灯使」と共通する点であるが、この作品はポスト〈3・11〉の課題が人間という「種」の在り方に関わるものであることを分かりやすく示し、また一万年という大きな時間の尺度で考えることが必要であるということ、つまり地球の歴史が意識されることによって人間が大きく変わらなければならないことを端的に表しているのである。その意味で「動物たちのバベル」は環境批評における人新世や擬人化の問題にかかわる小説であり、「献灯使」とともに今後も様々に論じられる作品であろう。

3　ポストモダン後の世界へ――古川日出男『あるいは修羅の十億年』

東日本大震災から五年が経過すると、「震災をいかに描くか」というポスト〈3・11〉小説の当初の課題はより大きく複雑なものになってゆく。それは、複数の人間の視点や声をいかに小説の中に取り込むかというポリフォニーの課題から、非人間の視点と世界像を描くという課題、科学がすでに生活や「自然」の一部になっている現代を描くという課題、放射能のように人間の五感では捉えられない現象が人間に大きな影響を与えることを描く課題、そして地球史の視点で人間の在り方を考え、潜在的にではあるが「人新世」という概念で環境を見直すという課題などである。東日本大震災は、それら全てがつながっていることを示した。このような大きく困難極まりない課題に対し「小説」はいかに立ち向かうべきなのだろうか。[27]あるいは「小」説は「人間」である「私」の感性を掘り下げることに存在意義があるのだろうか。恐らく多くの考え方があることだろう。しかし「ポスト〈3・11〉小説」の意義は、東日本大震災が明らかにした地球と人間の環境という困難な人文学的テーマに取り組むことにある。その成否については読者がそれぞれに判断するしかない。筆者が『あるいは修羅の十億年』についていえることは、この作品が東日本大震災をきっかけにポストモダンの相対的世界観から非人間の生態に未来の希望を見出す環境批評的な世界観への変異を示しているということである。

古川日出男『あるいは修羅の十億年』

『あるいは修羅の十億年』は古川日出男が文芸誌『すばる』の二〇一三年一月号から二〇一五年十一月号に断続的に掲載した掌編・小編を基に大幅な修正と再構成を行った末に出来上がった。この小説もまた、例えば熊谷達也の『希望の灯』がそうであるように様々な視点から東日本大震災後の世界を語る。第一節から第三五節まである小編は、谷崎宇卵（ウラン）、喜多村泰雄（ヤソウ）、喜多村留花（ルカ）、喜多村冴子（サイコ）、堀内牧夫（カウボーイ）など十名余りの視点で語られる。熊谷の連作短編とは異なり、それぞれの節が部分的につながり影響を与え合って進行するため、話の筋を見通すことは容易ではない。しかし、熊谷の作品と古川の作品が最も大きく異なる点は、古川が「語ること」の意味を問いつつ「小説としての」ポスト〈3・11〉を表現することによって、震災からの復興と再生を地球史的な物語のメタ・フィクションとして描いたことだろう。この点において古川の作品は言語論的転回を経たポストモダン小説である。

『あるいは修羅の十億年』は二〇二六年の時点を現在とし、東日本大震災の際に距離にして百二十キロ離れた二つの原子力発電所が爆発したことになっている。これは多和田葉子の『献灯使』に通じる状況設定である。その結果、この二つの原子力発電所の間の汚染地域が「島」として日本国から切り離され、状況を収拾できない日本政府に代わってアメリカやフランスなどの研究機関による実験場となった。その「島」に敢えて残ることを選んだ人々が「カウボーイ」の堀内とサイコ（冴子）とヤソウ（泰男）、そしてヤソウの母（喜多村留花の姉）だ。彼らにとって汚染地域は「島」ではなく「森」と呼ばれる。そしてこの「森」の中の平地部分は「牛」によって除染が進められ、カウボーイは馬に乗り、牛たちを導く。さらに森の中の森林地帯は海外の研究機関の手で「茸」による除染が試みられ、「平地には牛、森林には茸」という関係が成立する（三三四）。しかし、森林を除染するために利用されるはずの茸は、実は放射性物質を内に貯め、胞子として外部に拡散させる生物・化学兵器に変えられる危険性を秘めていた。

また、作中には登場人物によって書かれる小説が二編挿入されている。一つはメキシコ人芸術家のガブリエル・メンドーサ・Vの企画に応募して採用されたウラン（宇卵）による「原東京」の神話的物語であり、もう一つはサイコによって書かれる「きのこのくに」である。この二編の創作が、汚染地域を「島」と見なす二〇二〇年代の日本に対し新しい世界観を生み出すためのツールとなり、同時に『あるいは修羅の十億年』における新たな複数の世界観の創造の起点ともなっている。東京と被災地という二つの土地の物語が想像され、その創作過程が小説の中で明かされ登場人物や読者に共有されることで、二〇二六年の世界における世界観が既存の世界観に「上書き」されるのである。

作中作の一方の創り手であるウランは心臓が原子力で動いているサイボーグであり「鉄腕アトム」を彷彿とさせる存在だ。[28] ウランは「土地から生まれる神話」を捜しているメンドーサのシナリオ募集に応じ「最初の鯨がいた」という東京の神話の書く（一一、一三）。彼女の着想は「現在の何倍も大きかったシロナガスクジラが、古の東京湾に打ち上げられ」た後（一三）、「死んで神様になり土壌を豊かにした」というもので（一四）、この鯨はウランの想像の中で「久寿等」へと姿を変え、音を骨で聴くことや津波で東京湾に打ち上げられたことなどがエピソードとして書き加えられていく。ウランの着想を得たガブリエルは、鯨の骨が鳴ることで太古の記憶が蘇り、記憶の歌として白紙の本に書き込まれるという作品を演出する（三一四）。この神話は、後に東京と呼ばれるようになる土地の起源であり神である鯨を創造することによって、鯨を食用としていた近代や江戸時代をはるかに超えた時間軸に沿った東京の新しいイメージを生み出す。古代の東京に鯨を打ち上げた津波は、むろん多くの人々を呑み込んだ。しかし、鯨の身体が食糧、衣服、そしてエネルギーとなることによってこの土地は新しく生まれ変わった、と小説は語る。それは震災後の「復興の神話」だといってよいだろう。しかも、その神話が原子炉を心臓にもつサイボーグであるウランによって想像されるのである。(29)

『あるいは修羅の十億年』が『さよならクリストファー・ロビン』の中の「御伽草子」の意図的な参照であるのかどうかは定かでないが、いずれにせよ古川は「夢のエネルギー」として宣伝された原子力がアニメヒーローの心臓を動かす動力として想像され描かれたことを歴史化し、そこに自らの想像によって神話を上書きしようと試みている。こうした古川による書き換えの行為はポストモダン文学に典型的に現れるものである。

『あるいは修羅の十億年』ではもう一つの作中作「きのこのくに」が第五節に登場する。「きのこのくに」は、サイコによって「ここがどんなところかをせつめいするために」書き始められ、事故を起こした二つの原子力発電所に挟まれた「森」の様子が語られる（四七）。人間ばかりではなく多くの動物たちも逃げ出してしまった「森」に残るのは木や草であり「きのこ」である。茸は倒木や枯れ木や落ち葉、そして虫や動物の死骸から生える。茸は死んだものを食べて分解し、活かす生物であり、「森」は「きのこのくに」だという。そして「森」には茸学者たちが防護服を着て入り、茸の研究を続けている。またサイコにとって「森」は外の世界に対しての「内」を形成している。そこは日本の中で周囲から隔離された「島」と呼ばれる場所なのだが、その内部から見える風景はまったく異なるのだ。現在の「島」は安全を売り物にした観光ツアーの目的地であり、また不要になったペットを遺棄する場ともなっている。「島」／「森」は「見る」／「見られる」関係がせめぎ合い反転する場なのである。

第五節の「きのこのくに」には第三四節に続編がある。この続編では、被災地の茸が欧米の大国によって生物化学兵器として開発されていることに対する弾劾ビラの内容が紹介され、それに対してサイコは「森」の実験が冷戦時代に繰り返された核実験で拡散した放射性物質を吸い上げる目的で行われていることを示唆する。そして最後にサイコは自分の小説の目的が、そもそも小説のようなこの世界を自分の小説で上書きすることだと宣言する（三七九）。「原東京」と「きのこのくに」は東京と（福）島という場所を過去と現在の神話によって語り直し、それによって震災後の復興の想像力を喚起しようとする。

『あるいは修羅の十億年』ではこれら二つの神話の創作の他に、東京オリンピックのスタジアムで被災地の土壌を使っていたとの噂が流れテロが起きスラム化した鷲ノ宮、ヤソウが騎手として出走する大井競馬場周辺、被災地である「森」、さらに震災後にルカ（留花）が亡命したフランスなどを舞台にそれぞれの視点と経験が編まれていく。そして小説は最終的にカウボーイから兵器へ転用可能な休眠菌系を委ねられた「森の第二世代」であるヤソウが出走する「勝島モンスター特別」へ向かって進んでいく。

最終節では、ヤソウが握っている化学式の情報をめぐり、日本という疑似家族を作り上げようとする愛国的な結社が巧みに彼に接近し情報を引き出そうとするが、逆にヤソウは出走する「勝島モンスター特別」で自分に賭けることを要求する。このクライマックスを飾るレースは、馬の事故で波乱の展開となり、ヤソウは混乱に巻き込まれるものの、別の馬に飛び移り見事一着になる。そしてテレビカメラがクローズアップで彼を捉えた瞬間、ヤソウは帽子を脱ぎ、そこに頭皮に書かれた化学式が現れる。ヤソウの行為は機密情報を全世界に知らせるものだったが、直後にそのレースは無効と判定され、またカメラも三六〇度に書かれた化学式の全てを映すことは出来なかったことが判明する。彼の企ては失敗に終わるが、まさにその時、フランスで原子力発電所の事故が発生したというニュースが伝えられる。そしてフランスで研究を続けていたルカが自ら開発した菌類を実際に試す機会が訪れたことが語られ、小説は終わる。

馬と周縁

古川の小説の特徴は、近未来小説として被災地の第二世代のヤソウやルカを「森の外側の世界をとことん怨みます、とかっていうのは、全然ない」存在として描き、原発の推進派にも反対派にも単純には与していないことだろう(二四三)。自衛隊員を刺して自害した母親とは異なる世界観を持っているのである。[30] 第一世代のカウボーイはそうした彼らだからこそ森の行く末と菌類の扱いを委ねる。それは、たとえ日本から隔離された被災地といえども外部とのつながり(失礼な観光客)の中で存続が保たれているからであり、また外部と内部、善と悪といった被災地と東京の関係を乗り越える存在としての第二世代に期待しているからでもある。

そしてこの小説では被災地の伝統的な神事に欠かせない馬と「森」でカウボーイが除染のために操る馬、ヤソウが出走する大井競馬場のサイボーグ馬、あるいはルカの居るフランスのプロバンス地方の馬がそれぞれの土地をつなげる存在として語られる。これらの馬によって結ばれた土地の特徴は一言でいえば「属領」ということになる。相馬の馬追いを想起させる神事を執り行う神域は現在外国の研究機関によって接収されており、「森」もその一部である。そして大井競馬場の周辺は移民たちの街として描かれ、プロバンスもその言葉の意味はローマ帝国の「属領」なのである。古川はこうした属領に生きる周縁の人々が、純血の疑似家族を創ろうとする結社とも取引を行い、日本の内部と外部を「創造された」物語として炙り出し、転倒させようとする。(31) しかし、『あるいは修羅の十億年』において、ヤソウの試みは最後に頓挫し、代わってフランスで研究を続けるルカが開発した菌類が登場する。つまり、最終的な希望はこの動物でも植物でもない「菌類」が表象する「第三の道」であるとするのが古川の小説が語るところなのだ。

内部と外部、そして環境

この小説は十人を超える登場人物たちがそれぞれの世界観を創造しつつ、その過程で複数の世界観が部分的に関連し、接続し、混じり合う。例えばメキシコ人のメンドーサは芸術プロジェクトとして土地の神話を描くシナリオを募集し、サイボーグのウランの作品が採用されるが、それは日本人のミュージシャンやウラン自身によって加筆され解釈は拡大し、当初構想された鯨の骨を発掘する参加型プロジェクトは鯨の骨が記憶の音を奏でる作品へと姿を変える。外国人とサイボーグと日本人が共働することで「土地の神話」が創られていくのである。まるで生き物のように分裂し成長する「世界たち」の表現がこの小説の特徴なのだが、もう一つ忘れてならないのが「環境」というキーワードである。

日本の中心としての東京と放射能汚染された被災地という二極を中心に展開するこの小説は、「島」と「森」の二重性、あるいは差異が作中で幾度も言及される。「爆発してはならないもの」が「二カ所で爆《は》ぜてしまった」ために汚染された被災地の別称となった「島」が「福島」を連想させることはもちろんだが(七八)、外国では「Shima」と呼ばれることで、それが世界にシンボリックな意味で拡散した「Fukushima」につながっていることが示される。それに対し「森」は放射能に汚染された被災地を生活の場とする者たちの呼び名である。「島」は日本から隔離され疎外された被災地であり陸の孤島であるが、「森」の人々にとって日本は「森」の外側に存在し、「森」と「日本」は経済的にも歴史的にも様々につながりをもっている。

一方フランスで自然科学を研究するルカは「生物がいなければ『環境』なんてものはなかったのよ」と語り（七二）、生物の個体が内と外の境界を設定し「自分」と「環境」を創造することを説明する。つまり、「島」と「森」は同じ被災地を外部環境と見るか、自分のことと捉えるかの違いを表す二重視点の記号なのである。さらに思い出すべきは、生物の個が環境を生み出すという考え方がオートポイエイシスの理論と極めて近いかあるいはそのものであることだろう。外部を外部と認識することでフィードバックループを通して自己が言及されるオートポイエイシスの運動がここでは双方向的に使われている。『あるいは修羅の十億年』では「島」と「森」が同じ土地を指し示すことで被災地（福島）と日本（東京）という二つの異なる「環境」が語られる。そしてメキシコ人が東京の土地の神話を作品化し、「森」出身のヤソウが大井競馬場を駆け、サイコが被災地に留まりながら遠隔操作で東京の街に出現し小説を語ることは、全て生物個体が形成する内／外の境界線を越境する行為なのだ[32]。物を複眼的に捉え、境界の越境を繰り返すことこそ、古川が小説の登場人物たちを通して行う創造的行為に他ならない。

茸が示す第三の道と環境批評

この小説では被災地と東京の二元的な世界の向こうに「茸」が存在する。作中で被災地の除染に有効な生物として利用され、さらに軍事利用が画策されている茸であるが、フランスのルカは茸を用いることによって「個」を拡張させ、それによって「全部を内側に変えて」しまうことを構想している（七二）。彼女は科学者として「生態系の掃除屋」である茸に環境を浄化する働きだけではなく、メタフィジカルな意味で、環境と自己を同一化してしまう存在として、あるいは内と外の境界そのものを消してしまう生物として進化することを期待している。そしてこのような発想は本書が繰り返し言及してきた現代の環境批評において論者たちが思考する方向性とも重なるものである。

生命記号論が植物や菌類、原生生物における「記号的自由」を論じていることは第二章で述べたが、より具体的に茸の生態と人間の文化、そしてグローバル社会の動きを考察した著作にアナ・ローウェンハウプト・ツィン（Anna Lowenhaupt Tsing）の『世界の終りの茸』（*The Mushroom at the End of the World.* 2015）がある。広島に原爆が投下された後、破壊され汚染された土地から最初に生えてきたのは松茸だったという逸話を紹介するツィンは（3）、茸の中でも特に松茸に焦点を当て、アメリカのオレゴン州の森で松茸狩りを行っている東南アジアからの移民（タイ、ラオスなどからのミン族）とその松茸の消費地である日本の関係を経済、文化、歴史、そして環境といった多様な視点から考察している。ツィンによれば、松茸の生育にはマツ科の木をはじめ他の種との可変的・相互的な関係が必要なため、人間による人工栽培が非常に難しく（40）、さらに茸を構成する菌糸は木を分解した栄養分を内部で消化するのではなく外部に排出して自らと共に他の種にも栄養を与え、環境を豊かにする役割があるという（138）。つまり、茸類は内と外の区分を創る生物個体とは決定的に異なる働きをしているのである。そのため、茸類、特に菌糸の働きは近代的な認識の枠組みを大きく揺るがす可能性をもっており、ツィンは茸をめぐる環境と人間の関係を「ポリフォニックなアンサンブル」という言葉で表現する（24）。

古川の『あるいは修羅の十億年』もまた、こうした脱近代的（ポストモダン）な茸のポテンシャルを活用しているといえるだろう。最終節でルカは軍事用に生育された茸を別の方向に進化させ、被曝物質を内に封じ込める茸を作り上げる（四〇七）。古川は内と外、安全と危険、清浄と汚染といった二分法によるアイデンティティーのバリエーションではなく、全てが内側にあって汚染されつつも安全であり、清浄でありながら危険でもあるような、矛盾を孕んだ複数の終わりなき関係の連鎖こそが原発事故後の新しい世界観であることを表現しているのではないだろうか。ウランの想像において原東京が津波によって破壊された後に残されたのが鯨であり、その鯨から東京が始まったように、東北地方太平洋沖地震と大津波の後に被災地に残されたのは、壊れた原子力発電所だった。そこから人々が土地を再生していく小説のビジョンとして古川は第三の生物としての茸を見出すのだ。

あらゆるものを内部とする個にとって世界は限りなく多様であるが、その多様さは「自然のハーモニー」といった美しいイメージではなく、常に部分的に汚染され矛盾し不可視である。同時にその多様さは「偶然」の出会いにも左右され、複数の相互的な関係によって作られる。人間は自らと「自然」の間に断絶を創ることによって自然を人間の力によってコントロールすることが可能であるという幻想を育んだ。そこで動植物の視点や菌類の生態は見過ごされることになった。「人新世」の概念は、「人間」が地球上の他の多くの参加者たち（動植物、菌類、そして無機物）の中で環境に最も大きな影響を与える存在となったことの自覚と反省から生まれたが、それは人間以外の種や物質たちの存在に改めて目を向け、それら外部のものたちとの関係や外部と思われたものたち（体内に生息する人間以外のものたち）が実は自分たちそのものであることに気づく大きなきっかけともなった。物質的環境批評は、物たちに生気を見出し（モノ）、精神や表象や書記の物質性を注視することによって、有機物と無機物の相互作用的で可変的な関係の網の目としての「環境」の中に人間の文化を位置づける。

古川の『あるいは修羅の十億年』における「十億年」は、ルカたちが十億年後の古環境学者によって名づけられるかもしれないと夢想する「菌類の平和」を実現するための長い歴史的な道のりを指している(二八〇—二八一)。第三の生物としての茸の存在と、茸が物質的に必要とする複雑な関係性と共生環境の作り方は、言語に象徴される人間の「精神」と外部にある「物質」という二分法を基礎に発展してきた近代社会と認識の枠組みに「別の道」への風穴を開ける。その「別の道」の道程に十億年という年数を要すると考えるのは、東日本大震災が数百年あるいは千百年以上の時を経て起こった地球の周期的な運動であることを想起すれば、地球に地質的な変化が起こり、また人間という種にとって本質的な変化が起こるためにはその程度の時間が必要だからなのかもしれない。[33] この小説は、地球と生物の働きが人間の生態と認識に大きな変化を引き起こすことを夢想させる。そうした想像が東日本大震災によってもたらされたことは、ポスト〈3・11〉小説と環境批評の思想が関心を共有することの確かな表れではないだろうか。

三つのポストモダン・環境批評

高橋源一郎の『さようならクリストファー・ロビン』、多和田葉子の『献灯使』、そして古川日出男の『あるいは修羅の十億年』は、「死者」、「種の変異」、「茸」といったモチーフを通していずれも「人間」の変異と想像上の「別の道」を示す作品であった。そしてこれら三作品がいずれも「ポストモダン」の系譜に連なる。「ポストモダン」は二十一世紀に起こった「人新世」の概念によって再び地球上のリアルな問題に接続するようになった。「人間」という種が地球環境にとって決定的な影響を及ぼすようになった時代を示す「人新世」は地球環境に対する「人間」の影響と責任の自覚を促す意味を持っている。

近代文明の枠である核の技術を利用する社会がその限界を自覚し「別の道」を模索する時、そこにル・グインの「余白」を引用する高橋や、地球—身体—言語の変異を描く多和田、内部と外部の差異の概念を覆す茸のメタファーで世界像を創る古川等の作品が書かれたことは、ポストモダンに内在した「媒介された本質」という概念が、「人間によって造られる自然環境」という二十一世紀の現実と結びついたからに他ならない。その意味で、ポストモダンの進化形こそが最も本質的な現代の表現であるという考えには一定の説得力が認められる。物質的な環境批評と人新世の概念、そしてポストモダンを吸収し乗り越える文学的な挑戦はそのような自然と作為が不可分となった今日の現実を映し出しているのである。

第六章　東日本大震災とポストコロニアル小説

二〇一七年十二月時点で福島県における震災・原発事故による避難民は依然五二、二三八人おり、避難先などで住居を取得した件数は一万件を超えている[1]。また、統計には含まれない避難民も相当数いるため、最終的には十万人を超える人々が避難または移住を余儀なくされたと考えられる。政府は汚染地区の除染作業と避難区域の指定解除を段階的に進め、住民の帰還を促しているが、除染されるのは住宅地域だけで広大な山林は手つかずのままである。また都市で避難生活を送る中で既にそこに生活基盤を築いたという例も多く、特に若い世代の帰還は進まず、地域の過疎化・老齢化は避けられそうにない。一方、福島から日本各地に避難した子どもたちの多くが避難先で何らかの差別に遭っているという調査報告もなされている[2]。放射能の拡散による汚染地域と避難民の創出は日本において新たな差別意識を生みだしているようである。それはこの国に古くから存在する歴史的な内なる差別の最も新しい形なのかもしれない。

二〇一六年に福島を訪れたスベトラーナ・アレクシエービッチは地元民と交流した後、インタビューに答えて「日本社会には人々が団結する形での『抵抗』という文化がない」と語っている。[3] これはチェルノブイリ原発事故当時、社会主義ロシアの支配下にあったベラルーシとの類似性を示唆する感想として大変興味深いものだが、東日本大震災後に『「フクシマ」論　原子力ムラはなぜうまれたのか』を著した開沼博は、福島の原発立地帯の住民と政府・産業界が別々の夢を見ていたにもかかわらず、両者が共に「前近代性」を原子力によって克服しようとした点では一致していたと述べている（二九二─二九四）。国と東京電力と自治体、そして住民たちの関係は複雑に入り組んでいて、すれ違いや反発を含みながら、結果としては「原子力」に現状の克服という夢を託したというのである。開沼はさらに、福島への原発誘致が内的なコロニアリズムであったことを指摘しつつも、「原発を動かし続けることへの志向は一つの暴力であるが、ただ純粋にそれを止めることを叫び、彼らの生存の基盤を脅かすこともまた暴力になりかねない」と語る（三七二）。原発政策と事故後の対応に対する外部からの批判的な声に、むしろ地元民が否定的になるということさえ起こっている。

こうした複雑な事態は、現代社会において都会で電力を享受する「我々」消費者が間接的にではあるが、現実的な加害者であるという事実によって一層複雑化されている。一般の消費者は自分が消費している電力が火力発電によるものか原子力発電によるものかを知ることはない。少なくとも事故前に比較的安い電力の消費が可能であったのは部分的にせよ原子力発電のお蔭であった。原発事故の被害に対する賠償や除染費用はその多くが電力料金へと上乗せされるため、結果として消費者は間接的に賠償を行っていることになる。重要なのは、被害者も加害者もことさらその立場を強調することなく、善悪を問わずに問題を処理しようとしていることであろう。ここにはアレクシエービッチが指摘したように「抵抗という文化がない」だけではなく、むしろ「対立することを避ける文化」が存在していると考えることも出来るのかもしれない。

しかし、そのように同質性を求める日本の文化に対する異議申し立ても現れている。日本においては、人々を肌の色などで外見的に違いを見分けることが難しく、在日朝鮮人などを除き言葉や宗教にも大きな違いがないため単一民族の神話が広く受け入れられているが、それは関西地方を中心とする政治権力が周辺の九州、東北、北海道、沖縄を同化させてきた結果である。東北地方はかつて蝦夷と呼ばれ、六世紀までは大和の勢力圏外であり、七世紀から実に数百年もの年月を費やして日本の一部となった[4]。その過程で多くの戦い、反乱と平定・処罰が行われたことはいうまでもない。東北地方は日本に同化した後も長い間辺境あるいは田舎と考えられ、経済的に貧しく、現在に至るまで東京を中心とする大都市への農水産物と労働力の供給地となっている。

東京電力の管轄外である福島に東京・関東地方の電力を供給するための原子力発電所が作られた背景にそうした地域格差が存在したことは自明のことであろう。福島の浜通り地方は、かつて炭鉱が栄えたこともあったが石炭から石油へとエネルギー源が変換するに伴い、わずかな水産業を残し衰退の道を辿っていた地域である。しかもこの地域は、約一六〇キロ北にある三陸地方とは異なり、近年大きな津波を経験したことはなかった。格差を利用して利益を創出する近代の経済的論理からいえば、東北地方の中で最も東京に近い福島に大型原子力発電所が建設されたのはむしろ当然だったのかもしれない。しかし、東日本大震災に際して発生した福島県沿岸への津波は、東京電力と関係機関の対応力を超え発電所の電源の停止とそれに伴う格納容器の爆発と核燃料のメルトダウンを引き起こした。この原発事故は、中央集権的な近代化の政策が基盤としてきた中央と地方の関係に人々の目を向けさせ、歴史的な省察を行うきっかけを作ったのである。

ポストコロニアリズム（ポスト植民地主義）は、近代国家の権力が異民族やマイノリティーを中央集権的な仕組みの中に取り込んでいくコロニアリズム（植民地主義）の言説を批判的に捉えて言説の多様化を図る行為であり、エドワード・サイード、フランツ・ファノン、ホミ・バーバ、ガヤトリ・スピバックといった理論家たちがアラブ世界やアフリカ、インドなど非西洋世界の言説的脱植民地化を促す潮流を形成した。このポストコロニアリズムは近年になって環境批評とも結びつき、ハガンとティフィンの『ポストコロニアル・エコクリティシズム』（*Postcolonial Ecocriticism*. 2010, 2015）、デロフレイとハンドレイの『ポストコロニアル・エコロジー』（*Postcolonial Ecologies*. 2011）、ロブ・ニクソンの『遅い暴力と貧者の環境主義』（*Slow Violence And The Environmentalism of the Poor*. 2011）、そしてジョン・シエムの『ポストコロニアリズムの文学地図』（*Postcolonial Literary Geography*. 2016）といった関連書籍が出版されている。筆者にとって特に重要なのは、ロブ・ニクソンの「遅い暴力」の概念だ。ニクソンは、ノルウェーの社会学者ヨハン・ガルタン（Johan Galtung）の「構造的暴力」の概念を取り入れ、社会の中で虐げられる者にこそ環境の負荷が大きくかかることを指摘し、それが一般的に認知されやすい直接的で短期的な暴力だけではなく、間接的に長い時間をかけて構造的に作用する暴力を伴っていることに着目した。さらに、彼はガルタンの「構造」概念が固定的なのに対し、「遅い暴力」は時間とともにゆっくりと変化することを強調する。

簡潔に言うと、構造的暴力とは、因果関係とエージェンシーという異なる概念を暴力的な効果という点に関して再考することを伴う理論である。それに対し、遅い暴力は構造的な暴力の形式を含むかもしれないが、それはより広い記述の幅においてであり、エージェンシーの問題だけではなく、ゆっくりと時間をかけて働くより広範で複雑な暴力のカテゴリーに注目する。

（11）〈3・11〉における地球の地殻運動が引き起こした地震と津波は直接的な暴力となって東日本を襲ったが、その後に発生したのは「人災」である原発事故を含む、構造的かつ「遅い」暴力なのではないだろうか。〈3・11〉後に震災に呼応して出版・放映された大量のニュースやドキュメント、雑誌記事、エッセイは、初期の人災も含めて直接的で短期的な暴力に対応していた。しかし、間接的、構造的、長期的、かつ可変的で複雑化した暴力を受け止めるのは即応的なメディアには不可能なことだろう。書くことに時間がかかる長くて複雑な文学作品である「小説」にこそ、その役割が求められるに違いない。

東日本大震災は、地球活動による自然災害と人間の構築した社会インフラと制度によって増幅された人的災害が不可分に連動した複合的災害であるが、その人的災害の側面には社会的のみならず歴史的な歪みが存在するのではないだろうか。そうした視点から〈3・11〉後に東北地方の歴史的背景と原発事故や被災・復興の在り方を問題視する文学作品がいくつか現れた。よく知られているように詩人である和合亮一は震災後いち早くツイッターを利用して福島から詩を発表し、その後も福島での生活から生まれる作品を発信し続けている。また、小説家であり、福島県三春町の寺の住職でもある玄侑宗久は、『光の山』をはじめとするポスト〈3・11〉小説において、津波で家族を失った者たちや、放射線物質に汚染された土地に生きる人々の屈折した内面を作品化している。玄侑の活動は、近代化を果たしたかに見える日本社会における宗教の役割と必要性、そして文化の役割を問う試みとして注目に値する。さらに東北のポストコロニアルな言説を創作の核として表現し続ける作家に高橋克彦がいる。高橋の作品に流れるテーマが東北の言説的主体性（narrative subjectivity）の復権であることは初期の代表作である『総門谷』から一貫している。大和朝廷に反旗を翻して戦いを挑み、八〇二年に降伏して処刑された阿弖流為《あてるい》を主人公とする『火怨　北の耀星アテルイ』は二〇一三年に震災復興の応援としてNHKによってテレビドラマ化され全国に放映された。また彼が二〇一七年に出版した『水壁　アテルイを継ぐ男』は蝦夷側からの資料が少ない「ひとつまえの東日本大震災」である貞観地震が起こった九世紀の東北の姿をポストコロニアルな想像力によって描いている。

東北から書き続ける作家の作品の多くに中央との歴史的な格差への抗いの念が流れている。このことは東日本大震災が掘り起こしたテーマのひとつとしてもっと注目されてよいだろう。この章では、本書のテーマである「人新世の小説」という観点から古川日出男、木村友祐、津島佑子の作品に言及する。この三人の作家たちはそれぞれに異なる立場から東日本大震災の被災の中にコロニアルな歴史を見出し、それを自らの問題として読者と共有しようとしている。東日本大震災は、東北の一部の作家が以前からずっと保持していたポストコロニアルな意識を顕在化させる働きをした。しかし、それは「日本」という枠組みにおいて行政やメディアが東北に多大な支援を行う中で、あまり注目されてこなかった。〈3・11〉後に日本全国で家族の絆の重要性が確認される中、家族を失うことでそうした情緒を醸成する役目を負った東北の被災地域は、復興に際して中央への依存の度合いを深め、地域の自律性はますます失われていくようにも見える。また東日本大震災による避難や移住によって、人命や家屋だけではなく、方言をはじめとする文化も失われつつあることが指摘されている。(5) そんな状況下においてポスト〈3・11〉文学の一部がポストコロニアルな文学でもあることは忘れられるべきではないだろう。環境災害は被害としての表象の背後に歴史的な簒奪や社会資本の脆弱さを抱えていることが多いが、東北地方太平洋岸の被災は、その後の復興に伴い膨大な中央資本の流入を呼び込み、結果として被災地は中央へ依存した形での共同体の再構築を迫られている。この難しい状況下でポスト〈3・11〉文学が、間接的で複雑な暴力にどのような表現を与えているかを検討してみたい。

1 古川日出男『ドッグマザー』

東日本大震災後、ウェブ版の『早稲田文学』にいち早く「ブーラが戻る」を掲載した福島県郡山市出身の古川日出男は、原発事故後の福島へも四月に訪れ、その印象を基に「馬たちよ、それでも光は無垢で」を著した。地震、津波、そして放射能汚染に見舞われた福島県浜通り地方は、馬の生産地でもあり、避難区域となった地区では後に野生化した馬の群れが目撃されるようになる。東北地方は近代になって北海道が開拓され牧畜が盛んになるまで日本でも有数の馬の生産地であった。既に概要で言及したように、古川は東日本大震災の発災直前の二〇一一年二月に「ドッグマザー」の第二部を『新潮』に掲載したばかりであった。そして、「ブーラが戻る」や「家系図その他の会話」といった震災をテーマとした短い作品を発表し、『新潮』二〇一二年二月号に発表した「ドッグマザー」第三部「二度目の夏に至る」で震災後の日本を描いた。

古川は震災前に発表された「ドッグマザー」第一部と第二部において既にポストコロニアルなテーマをもつ奇想天外な物語を進行させている。語り手の「僕」は名前がなく、実の両親の顔も知らない。彼は明治時代の記憶を有した養父である「メージ」と東京で花屋を営む傍ら非合法的に滞在する労働者の斡旋を影で行う養母、そしてメージの飼い犬「博文」、そして外国人労働者が多いことで知られる錦糸町の街によって育てられた。作者がこの血縁関係を徹底的に断たれた主人公「僕」を、万世一系を誇る皇室を中心とした日本史の正当性の対極にある存在として造形したことは明らかである。

第一部において「僕」は明治天皇と同じ六十一歳で亡くなった養父・メージの遺骨を養父の飼い犬であった博文と共に京都の天皇陵に埋葬しに行く。その過程で「僕」は京都弁を身につけ京都で仕事を得て生活を始めるようになる。この小説は歴史を形成した言説の外部に排除されたマイノリティーが小説の言葉の中で権威を帯びた言葉や人間の名前を拝借する（mimicry）ことによって歴史の中心を奪取しようとする試みなのである。この外部を内部に溶接する運動としての小説は第二部においても継続深化し、食べること、性行為、そして「京都弁で思う」こと等が繰り返し言及される（一二一）。そして語り手が「人と動物の血はつながらない、異種だから接がれないと他人は言うだろう。しかし、犬は僕の家族だった」というように（一六七）、異種を接続することも「僕」の機能である。異質な外部が消化されて内部化され、異なる種がつながることによって何かを生み出すという運動の本質を根源的に問うことが試みられている、ともいえるだろう。

そして第三部においては、第二部で登場した新興宗教の「教団」と震災後の日本が描かれる。「僕」が「ここ京都で聖家族を作る」と語るように（二四四）、この章でも養父母と犬から成る異系の家族の確立が追求されている。さらに右翼から保守系政治家へ成り上がった実父との関係も描かれる。そこに東日本大震災が起こり、東北や関東の地面ばかりでなく小説の基盤としてのコンテクストに揺さぶりをかける。大地震は「僕」の出身地である東京湾岸を液状化させ大きな被害をもたらした。地震は埋め立て地であった場所に地球の元の姿を垣間見せる。しかし、被害に遭ったのは東日本の沿岸だけではない。京都においても「国外からの観光客が消え」た（二七〇）。それは、いかに京都が地震や原発事故の物理的影響を受けていないにせよ「日本」という枠組みの内部に居る限り、東日本大震災は国外からは「日本」の震災と見なされるからである。震災によって東日本も西日本の京都も同じ日本の内部となる。

小説の第三部では、東日本大震災を機に皇室の存在感が強まり日本全体が保守化の傾向を強める状況が描かれる。それは震災によって「日本」という枠組みに同情と共に排他的な視線が国外から投げかけられたことと無縁ではない。震災を機に「国境の外側の不安が可視化され」(二七二)、共時的な枠組みの内側で絆が強化されることによって、国家の枠組みが外と内の両面から強化されるのである。そこで仏教系の「教団」はむしろ震災を機に国家に結びついていくようになる。それは一見、保守の力による異端の吸収のようであるが、古川はそうした状況を逆手に取り、外部を内部に転換する好機であると考える。第三部において「僕」は重要な保守系政治家となった実父を教団に取り込むことによって、異端の教団を正統な国家宗教へと転換することを計画する。外来の仏教を源流とする新興宗教が国家神道と再び接続することによって「いつか、僕が皇族となる」のである(三六四)。古川の『ドッグマザー』は西日本を中心とする大和民族とその文化を正統と位置付けてきた日本の言説における異種混交性を明るみに出すことで脱構築し、現代の小説において歴史の新たな正統性を再構築してみせる試み、と要約することが出来るだろう。第一部と第二部は、主に西日本と東日本の史的・文化的差異を内・外の身体的差異と比喩的に結びつける言説によって構築された小説であった。東日本大震災は、そこに日本の内・外の視線を招き入れ、一時的に日本の内部における差異が消去された状況を生む。その差異がゼロ化された地点で異端と正統が反転する。そうしたゼロの思想は「僕」が訪れた「教団」の主である日輪子の屋敷にも表現されている。

この屋敷には廊下がない。母屋にも離れ屋にも。しかも後者はアネックス群を成していて、入れ子の感覚はさらに強められている。母屋だけの状態よりも。内部であっても外部、外部であっても内部、そうしたことが徹底された住空間だ。僕はそう感じる。
だから部屋や間の類のボリュームはいつも掴めない。
間取りはそれらを体験しない限り「ない」のだと思う。（三三九―三四〇）

このように古川は小説を通して上下左右が「ない」という思想を繰り返し書いている。そして小説の終りに至って、古川は作中でこの「ない」という思想が仏教と関わりを持つことを明らかにし、読者はこの小説のエンジンが「空」の思想であったことに思い至ることになる。(6)『ドックマザー』の第三部において「大震災」は「教団」を国家宗教へ導くひとつの要因となる。予測不可能であった大震災とその後の状況は「どう説こうにも因果の理では説明不可能であること」とされ（三四七）、それは明治時代に入ってから正統の座を追われた仏教を礎とする新興宗教の「教団」にとって大きな意味を持っている。こうした古川の考え方はティモシー・モートンが展開する環境思想、物質志向の存在論の主張と部分的に重なる。モートンは「自然」概念を否定するエコロジー思想で知られるが、彼がその思想の基盤に据えている物質志向の存在論は、因果関係を近代における美学的表現と位置付け、物質は他の物質の内部において存在し、その本質は常に不可視の領域にある（withdrawn essence）と考える。そしてモートンにとって「ない」ことによってのみ「ある」ことが間接的に示される物の本質こそが「非存在論的無」（meontic nothingness）なのである。(7)

また彼は論考「物質の境界空間（Liminal Space Between Things）」においてカントの哲学の再考を試み、カントの思想は一般に相互関係性の哲学と解釈されるが、現代において注目すべきは彼の還元不可能な「美」の概念であると考える（二七七）。そしてモートンは、カントが物質と存在が分かちがたく結びついた美の瞬間を統覚する「不可知のX」と呼んだものこそが近代的な因果関係の確立のために退けられた「非存在論的無」であると主張する[8]（二七八）。物質同士の因果関係だけではなく存在論を組み合わせることによって人間の物的経験を超えた現象となりつつある環境問題を捉えようとするモートンの思想は、震災を機に再び注目されるようになった死の問題や霊体験、そして何より「因果の理では説明不可能」に思われた東日本大震災を考える上で興味深い示唆を与える。

古川の『ドッグマザー』は仏教的な空の思想を見えない基盤とすることによって上下、左右、前後、そして内外が相互交換的である世界を叙述し、血縁に象徴される物的因果関係に対し養父母に象徴される可能的関係や言語の記号的類似・象徴の表現を用いることで因果律を揺さぶり続ける。そうした運動の総決算として「教団」が国家宗教と融合し、無名の「僕」が皇族となる、という表現が現れる。古川の小説は、正統と異端、聖と俗の還元不可能性を示すことが「美」の表現（カント、モートン）であり、またモートンにとっての「不可視の本質」を表すこと、そして現象として現れるしかない現実が常に「行為遂行的」であることを愚直に追求している（二七八）。このように考えると、古川の小説における試みが〈3・11〉以前からポストコロニアルな言説の一部であったこと、そして東日本大震災は古川の試みに対し、因果関係では捉えきれない環境の「ハイパーオブジェクト」（モートン）としての経験をもたらし、ポストコロニアルな環境批評の言説に「フクシマ」という具体的根拠と象徴性を与え、大きく展開させるきっかけとなったということが出来るだろう。

また、小説の第三部では、震災後の関東地方における無意識を支配する「あれ」の存在が語られる。

あの意識。

あたしは、たしかにほん走するひつようがなかったら、おっとりと事態にひとりで対処したとおもいます。ぜんたいシンプルにすませたでしょう。ただし、あの意識はどうなのか。それをかんがえます。赤ちゃんがいる、いないにかかわらず「あれ」があって、それが錦糸町や東京湾岸や、もっとおおきな関東平野いっぱいとかの無意識になったら。K、それが利根川水系ってことでしょう？　利根川水系に、雨がふるってことでしょう？

（二九三―二九四）

この「あれ」こそが、還元不可能な現象「ハイパーオブジェクト」であり、「あれ」は物理学者による放射能の説明だけでは決して解決されることはない。物質的現象と非存在論的無が避けようもなく結びついたのが東日本大震災後の日本、東北、福島における被災の現状であったとすれば、ポスト〈3・11〉文学はその「不可能性」「不可知」に経済学や社会学からでは届かない領域を見出したはずである。『ドッグマザー』は正統と異端の融合・転換を企てる小説であるが、東日本大震災はそうしたポストコロニアルな運動に物質と存在の裂け目として「あれ」を導入し、小説の言説に不可視で間接的な物質のエージェンシーの作用を新たな側面として加えた。

2　東北の潜在性と木村友祐『イサの氾濫』

東北と日本の関係を基盤に小説を書いているもうひとりの作家に木村友祐がいる。木村が二〇一四年五月に発表した「聖地Cs」において放射能に汚染されたため福島に取り残された牛たちの飼育を続ける牧場「希望の砦」を描いたことは既に第一章で紹介した。しかし、ここで注目するのは木村が二〇一一年十二月に出版し、東北の人間が抱えた不可視な鬱屈を表現した「イサの氾濫」である。この作品は、東北の最北端にある青森の八戸（木村の出身地でもある）から上京して生活をしていた語り手の将司が東日本大震災後に地元に戻った時の様子を描いたものである。そこで語り手は、震災に対して何もできない自分の不如意さに直面しつつ、かつて親族の中で厄介者として扱われていた叔父のイサをしきりに思い出す。何をしても上手くいかないイサは酒に酔うと己を見失い、見境なく暴力をふるって家族や地元の人間に迷惑をかけ続け、現在は消息が分からなくなっている。将司はイサ叔父を突然思い出すようになったことを次のように語る。

いつも決まってみる夢のなかに、なぜか突然「叔父」が現れるようになったのだ。およそ二か月前、東日本大震災が起こる直前の、三月はじめのことだった。
自分の血縁のなかに前科者の叔父がいた。酔えば本家に現れて暴れるという、彼の兄弟も親戚もほとほと手を焼いた荒くれ者だった。そんな叔父と、犯罪や暴力とは無縁に生きてきた自分がつながりがあるということは、奇異で不思議な事柄だった。（一三）

この作品では能力も甲斐性もなく社会の枠組みに適合できなかったイサの暴力と東京で仕事も生活もうまくいかず、故郷に帰っても無力感を覚える主人公のやるせなさとの間に「何かがある」という語り手の想いが描かれる。イサの暴力の原因が社会的な不適合と甘えであることは一見して明らかながら、それだけでは説明のつかない「人間が勝手にきめだ規範を飛び越える何か」があるのだ（四六）。その点でイサの不可解なまでの暴力は、東日本大震災において多くの人々の命を呑み込んだ津波の理不尽さとの間に、あるつながりを見出すことが出来る。地震も津波も地球にとっては至極まっとうで必要な運動であるに過ぎない。ただその周期や規模は人間が構築した生活の備えを大きく超えていた。より力のある運動に対して弱い立場に置かれた存在は適応するか、あるいは適応出来ずに傷つくしかない。将司は父親の友人である角次郎との会話を経て、イサの暴力の不可解さの底辺に東北地方が受け入れてきた政治的、文化的、そして環境的な暴力が流れているのではないかと考えるようになる。角次郎はさらにイサと蝦夷の関連に言及する。

……蝦夷づのぁ、ホントは西の、都のやづらがそう呼んだだげで、本人だぢは自分が蝦夷だどは思ってながったらしいけどな。産馬と馬飼に長げでだがら、馬さ乗って弓ばあつかうのも得意な連中で、やだら勇敢な猛者がそろっていだづ。都の連中にとちゃ、自分だぢの国の外さあって、そったら強い輩がゴロゴロいる蝦夷の国は、想像を超えだ野蛮の国だったのよ。〔……〕朝廷は、天皇こそ絶対だどいう物語にしだがって、その未開の国ば何回も征服しようどしたんども、蝦夷ぁなんたか抵抗したべ。だすけ、蝦夷は都の連中には「まづろわぬ人」どが、「あらぶる人」どよばれでだのよ。……な。イサみてぇなもんだべ？ （四七）

この強い東北訛りの言葉によって定期的に冷害、地震、そして津波に見舞われてきた東北の環境と日本の中心から常に辺境として扱われ征服の対象となってきた歴史、そして経済的に中央に従属し文化的な劣等感を抱いている人間の姿がねじれつつ結びつけられ、想起されているのである。そして角次郎は「今の東北には、あいつみてぇなやづが必要だどいう気もする」と語る（四九）。

この作品において考えるべきは、イサの暴力の氾濫と津波による街の破壊の結びつきであり、さらにはその二次三次的な被害や国による復興と東北の歴史性、あるいは構造的な暴力の問題である。イサは妊娠中の姪に暴力をふるったことがきっかけで兄に殺されかけ、家族から放擲される。将司はそんな伯父の理不尽さの真相を突き止めたいと思うが、答えは見つからない。そんな将司の衝動の背景に彼自身の虚無感と東日本大震災が置かれている。ここで語られることなく示されているのは、物質的な関係世界の姿である。津波は地球の運動として矛盾や理不尽さとは無縁に起こる現象であるが、人を選ばずに一瞬で命を奪うことによってそれは人間にとって理不尽で受け入れ難い暴力的事件と感じられる。イサの暴力も津波の暴力も、人間が構築し想定した社会関係を破壊したという点では同じである。そして、イサの不可解さには生来の物理的な力と社会的な力、その背後にある歴史性が混じり合い潜在していると考えられる。この点において「イサの氾濫」は、自然界を含めた他者との付き合い方の再考、物理的存在と表象的存在の融合、そして人間を含めた環境（エコロジー）概念の再構築という環境批評のテーマに重要な示唆を与えることになる。東京にも八戸にも違和感を覚える将司は、日本社会における中央と地方という関係の中に居場所を見つけることが出来ない存在だ。社会における差異の制度の中に収まらない存在が「個」であり文学の表現対象であることはいうまでもないが、「イサの氾濫」はそうしたイサの「個」が地球の制御不可能性と不可分なのではないだろうか、という可能性について考えさせてくれる。そしてイサの個と地球の他者性の中間に潜在的な「東北」の姿が暗示される。地球の運動とイサの衝動が「僕」の中で「海の氾濫」と「イサの氾濫」として共感をもって結びつくとき、そこにもうひとつのつながりとして「東北の氾濫」が浮かび上がってくるのである。

東日本大震災に際して地球の理不尽さの側に立つと見えてくるもの、それこそが「イサ」であり不可視の「東北」なのではないだろうか。小説の中で語られる「イサのような人間の必要性」とは、復興に際して「いい人」であり続ける東北人の自立の必要性でもある。人間の力が環境に及ぼす影響が他の要因をはるかに凌駕するようになった人新世の時代において「人間」とはややもすると先進国で多数を占める人々のグループと同一視される。「イサ」はそのような意味での「人間」ではない。「蝦夷」もまたしかりである。社会の枠組みにおいては排除の対象となるイサや蝦夷・東北の「非人間」性も環境論における物質と存在の共存という枠組みに置けば別の意味を持つようになる。近代的な「人間」という視点では不可視とされたものの存在を受け入れることが現代の人文学的環境論における大きな課題なのだ。「イサ」は近代が世界から排除し、国家が日本から排除し、個人が人間性から排除してきた存在を想起させる。

しかし同時に「イサの氾濫」は、「東北」の視点とは別の読み方へも開かれている。海に育まれた後、地上に進出し進化した哺乳類である人間、その中でも海の恩恵を受け、海産物を生活の糧としてきた三陸の人々が海によって生活を破壊され命を奪われるという関係から考えれば、イサが家族に対して抱く甘えの感情とその裏返しである理不尽なまでの暴力は人間が海や地球環境に対してとり続けてきた態度（母なる自然を利用した人間の文化）とも重なって見えてくる。この視点から考えれば、イサの暴力こそが我々人間を象徴的に表しているといえるのかもしれない。「我々」の多くはおそらく加害者であり被害者なのだ。このような複数の見方の中に浮かび上がってくる問題が「人間」という概念と歴史、環境の関係である。東北地方は日本史において夷敵（蝦夷）と見なされ征服された後、日本に包摂され「東北」と呼ばれるようになった。こうした歴史的背景に置かれたイサは「非人間」的な存在の比喩である。しかし、地球史的な人間と環境の関係から見ればイサは「人間」そのものの比喩とも解釈できる。こうした決定不可能性に小説の豊穣さがあることは、いくら強調してもし過ぎることはないだろう。小説の語り手が知りたいと願う「イサ」とは文化（差異化の記号）における「人間」と生物（物質的、環境における）としての「人間」の狭間を垣間見せてくれる存在であり、それは環境と文化と人間の諸関係を考え直さざるを得なくなった東日本大震災後において輝きを見せるようになったテーマである。ポスト〈3・11〉文学におけるポストコロニアル性とは、従来の近代史批判をより大きな時間軸に入れることによって多様化し、我々全てが加害者であり被害者でもある場所から考えることを促す。そこで見えてくるのが直接的な暴力と間接的な暴力が交差し、姿を変えつつ我々とその環境を作りだす我々自身の姿なのである。

3 資源の簒奪と汚染――津島佑子「半減期を祝って」

東日本大震災以前から近代化とそれに伴う暴力と喪失をテーマとして作品を描いてきた作家が津島佑子である(9)。動物と人間の関係を描いた「ヒグマの静かな海」については第四章で触れたが、津島は二〇一三年に『ヤマネコ・ドーム』を発表して戦後の日本に横たわる植民地的な日米関係と、さらに日本やアメリカのような先進国と周辺諸国の不均衡な力の関係、そしてそうした関係に翻弄される人々の姿をアメリカ軍人と日本女性の混血児に焦点を当てて描いた。この作品は二〇〇〇年に出版された『笑いオオカミ』と同じテーマに別の角度から迫っている。『笑いオオカミ』は、近代において人間が他の生物を圧倒していく過程において害獣とされ駆逐されたオオカミと、秩序を失った戦後日本の弱肉強食の世界において弱者の立場に置かれた戦争孤児を対比させた作品である。そして『ヤマネコ・ドーム』においても、日本を占領したアメリカ兵と日本人女性の間に生まれ、父親に見捨てられた孤児たちと、アメリカによる南太平洋のビキニ環礁やエニウェトク環礁での水爆実験によって故郷を追われた人々がアレゴリカルに結びついている。彼らは除染処理を施した後に再び島に戻ることを許されたものの、すでに故郷は変わり果てており、ルニック島には汚染物質を集めた巨大なドームが建設されていた。無論それは福島第一原子力発電所による事故と除染活動、そして住民の帰還といった現在進行中のプロセスの背景を映しだしている。それはまさに「人新世」の時代の影を象徴する土地と生活である。

残念なことに津島は二〇一六年二月にこの世を去ってしまったが、彼女が死の直前に書いた作品に「半減期を祝って」がある。この作品は原子力発電所の事故で拡散した放射性物質の中で最も影響が懸念されているセシウム137の半減期である三〇年を祝う未来の日本を描いたものである。津島は、表面上は平和でありながら自殺者や死刑執行者が増え続けているという穏やかに状況が悪化した未来の日本を想像している（七七―七八）。この未来の日本では若者達がみな「ASD」という団体に入団を認められることに憧れている。このASDは独裁政権が設立した愛国者の団体で、入るにためは様々な条件を満たさなければならず、その中には、「きびしい人種規定」も存在する。その規定ではアイヌ、沖縄、朝鮮、そして東北人の子どもたちも入団を許されないことになっている（八九）。

津島の想像する未来の日本は、人口減少に直面した社会の穏やかな衰退であり、原発事故による汚染も国際的な研究対象となり観光地化されることによって人間の管理下に置かれ、福島の環境も改善されたように見える。しかし、保守化が進行する日本では経済成長期には潜在化していた差別意識が顕在化し、従来から存在していたアイヌや沖縄、朝鮮系民族に対する差別に加え、東日本大震災を機に東北の人々に対する差別意識も生まれるだろうと津島は考える。これは二〇一六年当時既に広く知られるようになっていた福島からの避難民に対するいじめの問題などから推測されたことであろう。さらに津島は、差別が生まれる根底には原発事故とそれにともなう賠償金の問題だけではなく、歴史的に東北が中央から搾取されてきたこととそれに対する東北人の恨みが横たわっていることを挙げ「ニホンの政権に対し、なにかというと反乱を起こし、独立しようとしてきた事実が直ちに判明する。つまり、トウホク人はいちばん危険な人種として、このニホンに存在しつづけてきた」と語る（八九―九〇）。

津島が述べるように東北人が「いちばん危険な人種」かどうかについては様々な異論があるだろう。戦後の日本復帰以来、一貫して日本からの独立論が存在するのは沖縄であり、東北にそのような運動が起こっている事実はない。そもそも「東北」には東日本大震災の被害を受けていない日本海側の地方も含まれている。いささか「東北」が単純化され過ぎているとの誹りは免れないだろう。しかし、こうした東北のイメージが未来の日本において構築されていくだろう、というのが津島の想像である。最近の様々な調査によれば原子力発電所付近を除き福島における放射線の年間被ばく量は想像していたよりも小さいことや、逆に放射性物質の除染の効果があまりないことも明らかになっている。[10] こうした複雑な状況の中で、避難解除地区に住民は戻らず、避難先ではいじめの問題が起こる。

津島はこうした問題を福島と日本だけではなく、近代世界における搾取と汚染の構図の中で考察する。東日本大震災後に書かれたエッセイ集『夢の歌から』において津島は、彼女が世界一美しい場所と考えるキルギスの地がかつてソ連のウラン採掘場であったこと、そしてウラン工場が閉鎖して四十年以上経った今でも放射能の不安が消えないことに言及し、さらに彼女は現在ウランを提供している場所と日本の関係を指摘する。

ウランという鉱物は、よりによって「近代文明」とはべつの道を歩んできた移動狩猟民族の領域である半砂漠地帯に眠りつづけてきた。北米でも、オーストラリアでも、アフリカでも事情は同じ。オーストラリアに住むアボリジニのある部族は日本の原発事故を知り、今まで膨大なウラン鉱山使用料を東電から受け取ってきたが、それはもう破棄するという声明を出した。でもこの四月、かれらの聖地が核のゴミ捨て場にされようとした。

「近代文明」は今まで、遠慮会釈なく、「先住民」の土地と文化を踏みにじり、多くの資源を奪い取ってきた。その罪深さの行きつく果てが去年の原発事故だったと思えば、日本こそが原子力産業を閉ざしていく道を示さねば、天山山脈に咲く野生のチューリップに対しても、あまりに申しわけが立たないことになる。（八五―八六）

津島は福島の原発事故を東京と福島だけではなく、グローバルに広がる資源の奪取とその場に残される汚染の問題として捉えている。近代経済のエンジンであるエネルギー生産と消費の結果生まれるゴミはほぼ例外なくエネルギー資源の供給地と発電地に押し付けられる。消費地には多数の「人間」がいるからである。近代において人間が「自然」と考えてきた場所に汚染物質が集められるのは偶然ではないだろう。モートン等の論者が否定する「自然」とはまさに近代において人間が自らと環境との複雑なつながりを断ち、使う―使われる、見る―見られるという関係を築いた時に生まれた「向こう側」の概念なのである。津島は動物、先住民、女性、そして戦争孤児など、常に「向こう側」に置かれたものたちから近代世界を洞察してきた。津島の未来予想においては、そこに新たに「トウホク人」が加わる。近代経済における国際的な資源獲得競争と国家のアイデンティティー形成において「向こう側」という意識は格差と差別の実態を非現実化しつつ排除の対象を生み出す。東日本大震災によって生まれた被災者たち、特に福島原発事故による避難民たちが日本各地で余所者として排除される例は、彼らが近代における格差の構図を可視化し

「向こう側」を「こちら側」へ持ち込んでしまうエージェントであるからに違いない。交付金の力で危険物を遠ざけているからこそ、都会では快適さを享受できるのである。東日本大震災は確かにエネルギーの消費と汚染の関係を可視化し、関係を攪乱させ、ポストコロニアルな言説を浮上させるきっかけとなった。津島の晩年の小説と論考の多くは、近代人が自然を人間にとって利用価値のある資源と見なすようになり、それを独占的に利用するために邪魔になった先住民を駆逐した挙句、廃棄物を大量に生み出し自然を損なってきた歴史を辿っている。津島が我々に伝えてくれるのは、東日本大震災が福島、東北、日本、先進国、という異なる位相においてそれぞれ異なる被災者、加害者を生み出したという事実であり、一人の人間の中にも加害者と被災者が共存しているという事実なのである。

4　古川日出男『女たち三百人の裏切りの書』

東日本大震災後に現れたポストコロニアルな文脈を考える時、古川日出男の愚直なまでに一貫した試みは改めて注目するに値する。古川は二〇一六年に『女たち三百人の裏切りの書』を出版した。同年谷崎潤一郎賞を受賞したこの小説は、日本文化史における正典中の正典である『源氏物語』が実は偽書であるという設定で想像と事実の不可分な関係を追求する。作中では『源氏物語』が書かれてから約一五〇年後の時代に紫苑の君という女房が部下のちどりにこの物語の続篇を書かせることを考え、さらに彼女たちはその続篇を死んだ原作者の紫式部があの世から少女に憑依して語るという形で世に広めることを企てる。その続篇の物語には「蝦夷」の民や海賊が登場して正史によっては語られない物語を語り、あるいは捏造することで現存する物語を換骨奪胎する。この小説でテーマとなっているのは「物語る」ことである。古川は作中で「これは歴史書ではない」と語り、そして「しかし真摯に物語っているのだとは確言できる」と続ける（一六三）。また一方で歴史は「物語という器を憑坐としている」とも述べられる（二一三）。古川は、「物語る」ことと「歴史」、そして「語られた」ことと「語られなかった」ことの間に拡がる創造の空間について小説を通して考察する。

そして、その語り手とは誰だったたか。

私だ。

では聞き手とは誰だったか。

あなたたちだ。

憶えているか、それとも忘れたか。私、藤式部は人と人とのあいだに存する縁は物語にもあるのだと言った。断じた。が、私は何事に対して、物語の宿縁が、どのようにあると説いただろうな。あなたたちよ、それでは逆戻ろうか。ほら、またもや或る場面にまで後ずさるのだ。逆行するのだ。一度は物語られ済みの、それ――。

すると顔を出す。すると、不思議は顔を出す。未知なるものが顕われる。間隙にな。説明と説明の間隙にだ。それでは説明しようか。そのために繰り返そうか。〔……〕

さあ、あなたたちよ、どうだ。これは誤たぬ梗概だ。嘘偽りなど欠片も混じらない一度めの語りの概略だ。あなたたちよ、聞き手のあなたたちよ、きっと肯んじよう。しかし、どうか。そこに間隙はないか。あったのではないか。説明と説明との、間に――。〔……〕

よいですね。もちろん、よいですね。私たちは語り手であり聞き手であり、しかし今や、ともに覗

き手。〔……〕
　私たちには奥州が見えるのです。　（一九五―一九七）

語られる物語には語られないことが必ず付随する。物質化されて残る物と存在論的に「ある」ことの間にそのような語り得ぬものが顕われる。『女たち三百人の裏切りの書』においてその語り得ぬもののひとつが奥州の蝦夷たちである。語り得ぬものを語るために古川が採る戦略は、語り手と聞き手が共謀して隠された（語られていない）ものを「覗く」ことである。見えないものが見えるようになること――それは近代小説にとっては「内面」であったが――こそが物語を駆動する力であることを作者は確信し、読者とその場面を共有しようと試みる。この小説では、そうした語り得ぬものたちを語ること、聴くこと、書くこと、読むこと、そして「本」として書かせ、読ませ、広めさせることの間の複雑な関係と「事実」の成立の事情が考え抜かれる。

　この小説で興味深いのは、物語の「正典」が作者の力だけではなく、社会の諸要因によって構築されるという主張を小説の中で小説として試みていることである。紫苑の君がちどりに書かせた物語は、死んだ『源氏物語』の作者である紫式部が少女に憑依して「偽書」に対して続編を語っているかのように演技することで「本物」の地位を獲得しようとする。しかし、憑依された演技者のうすきは、ある時点からちどりが書いた物語とは異なる話を語るようになる。作者は、「演技者うすきに締められる因果図」や「環のように閉じる構造」が崩れたのだ、と語る（三四五）。紫苑の君によって構築された因果の構造は、うすきの演技によって破られる。うすきによる紫式部の霊の憑依は、「それが演技であるかどうか誰にも分からない」（ラカン）のである。なぜなら、霊の憑依とは物質と存在論を跨ぎ、生と死を架橋する行為だからだ。確かなことは、構築される因果関係には必ず別の道が隠されており、その空間にこそ物語の原動力が存在しているということである。

さらに作中では、物語が「本」として世に普及しなければ「本物」にはならないことが語られる。人によって語られた物語は「本」として編纂されることで「物が語る」ようになる。作中でうすきの語りを本にしようと策動するのは蝦夷の犬百である。古川の作品に頻出する「犬」の表象――「人間」という概念を崩す「もの」――を与えられたこの奇怪な商人の策動こそが語られぬもの、偽史としての物語を公の物語へと転換させる行為に他ならない。そして、小説の最後に、作者とこの小説の意図が次のように示される。

蝦夷たちは「まつろわぬ者」の裔で、ついに特別誂えの古事をもち、すなわち神話を持ち、そこで本朝日の本の歴史を転覆させていた。すでに「元来は本朝こそが、異朝」と変えてしまっていた。それを読ませようとまでしていた。（四九八）

古川は東日本大震災後の作品『あるいは修羅の十億年』や「ミライミライ」などにおいて、日本と東北と世界の関係の未来図を描く一方で『女たち三百人の裏切りの書』や『冬眠する熊に添い寝してごらん』では古代、中世、そして近代といった過去における正統と異端の生成過程を探求し、語りを通して異端に正統性を与える試みを続けている。古川がこうしたポストコロニアルな言説を二〇一一年三月以前から書き続けていたことは確かであるが、東日本大震災は八六九年の貞観地震の再来という認識などと共に歴史を地球環境という長い時間軸で考えることを可能にした。さらに震災は、地震と津波による物理的で直接的な破壊の後に、膨大な量の物語の破片を残した。科学的な因果関係を含むこれらの破片は、個人の欲望、社会の力、そして国際関係の中で、様々につなぎ合わされ、淘汰されてゆく。おそらく〈3・11〉後に最も多く作られ消費されてきた物語は「家族の喪失」であり、それは血縁関係を基盤とする社会にとって絆を強化する働きをし、それは現代の反グローバリズムの潮流にも情緒的に合致するものだったのではないだろうか。その一方で、震災の被害や影響に関しては、主観的な判断を極力抑え科学的事実だけを提示していこうという動きも研究者を中心に盛んである。しかし、古川の小説はそのいずれにも根源的な異義を唱える。彼の文学的テーマの根幹に、血縁が創り出す物語と歴史への批判があることは明らかだろう。家族における動物の表象は、そのような物理的関係と物語・歴史生成の狭間に楔を打つ行為なのである。よって、客観的な事実のみの提示、という科学者的な態度もまた古川にとっては不十分なものとなるだろう。科学的因果関係もまた、血縁の物語同様に、ひとつの美学に支えられているのである。彼の作品においては物語を駆動する隠された空間、物質と存在の狭間こそが最も重要な場である。それは、この狭間こそ歴史や科学といった関係に正統性が与えられる「場」だからである。

遅い暴力に抗する小説

木村友祐や津島佑子、古川日出男のポスト〈3・11〉小説は、マイノリティーである東北人と日本との関係を再考するポストコロニアルな言説を形成している。それは東日本大震災が歴史的に作られた格差を表面化させ、また新たな格差を生み出しているからでもある。自然災害は人を選ばずに襲い掛かるように思われるが、長い時間をかけて安全で豊かな場所は政治的・経済的に力のある人々によって占められ、脆弱な場所が力のない人々に残される。そしてリスクを伴う施設は経済的に選択肢のない人々の周辺に作られる。東日本大震災は、その衝撃によって長い時間をかけて作られた東北の歴史・文化的地形を可視化する役目を果たしたともいえる。地震の揺れとリスク施設の発災は、東北の太平洋岸における海沿いと内陸地域の差異、仙台、郡山、盛岡といった経済的な拠点とそれ以外の地域の格差、そして東北地方と東京圏の歴史的な力の不均衡と経済的な従属関係の存在を改めて思い出させることになる。

ロブ・ニクソンの「遅い暴力」の概念は、〈3・11〉後に東北の被災地の一部の人々に残された長い苦しみを理解するために有効ではないだろうか。蝦夷の「平定」という日本史の記述に代表される歴史観や食料や労働力の供給地としての東北といった構造的かつ歴史的な不均衡の関係はもちろん重要であるが、そのような格差は固定化されて全ての人々に同様に作用する訳ではなく、時代と共に姿を変え様々なバリエーションを生み出してゆく。ゆっくりと変奏されつつ伝わる東日本大震災の衝撃がいかなる歴史的地層をくぐり抜け、それがいかに地球の物質的な動きと人や社会の作為の共働の結果として個人の生に作用するかを示すことは、カテゴリーを細分化することで精度を高める近代的研究より分野を超えたつながりを表現するポスト近代的な芸術に適している。

そのような意味では地球規模でのコロニアルな関係の変遷に注目していた津島佑子や、社会的な格差が言説（物語）を生み出し格差を正当化していくことを反語的に語るポスト近代的な小説を書き続ける古川日出男は、可変的な遅い暴力の姿に最も接近している作家たちといえるかもしれない。環境の物理と歴史、社会、個人（肉体、心理、存在）のカテゴリーを越境してつながる論理を構築するという課題は、環境批評に共通するものであるが、ポストコロニアルの言説は特にその歴史性に内在する力の不均衡を重視する。中央政府が震災の復興支援を通してより大きな共同体の絆を強化しようと試みる時、東北の内に存在していた小さな共同体（方言に最もよく表象される）は震災による被害と復興時に受け入れる中央の価値観と文化によってその異質性が解除されてゆく。木村友祐がその作品においてこだわる方言による記述は、そのような異質性を保持するための端的な表現として理解できるだろう。東日本大震災は短期的には多くの物理的な被害を生んだが、長期的にはゆっくりとした遅い暴力による文化的な衰退をもたらすのである。ポストコロニアルな文学は、力の非対称性が間接的に生む遅い暴力を記述し、可視・不可視の対称性の構図において「人間中心」的に描かれてきた芸術表現の視点をずらし書き換えることによって、多重で多様な世界が存在していることを主張する。それは、そうした多重・多様な表現があり続けること自体が「構造的な暴力」と「遅い暴力」による破壊に抗する「遅い文化」として有効に作用することを信じるからに他ならない。

第七章　時を動かすモノ

——ルース・オゼキ『あるときの物語』

ポスト〈3・11〉小説に国境はなく、数こそ少ないものの海外でも注目に値する作品が書かれている。第二章では筆者が目にしたグレテル・アーリック、ルース・オゼキ、于強、リシャール・コラス、伊格言といった作家たちを紹介した。世界には未知のポスト〈3・11〉小説が相当数あるに違いない。海外作家のポスト〈3・11〉小説の中で、環境批評の観点から特に筆者が優れて示唆に富んだ作品だと考えるのがオゼキの『あるときの物語』（*A Tale for the Time Being*. 2013. 邦訳、二〇一四年）である。

『あるときの物語』は、カナダ西海岸の島に住むルースとオリバー、そして東京で日記を綴るナオの、それぞれの「時」が書くことと読むことを通して交叉し、魔術的につながり、そして離れていく物語である。作者のルース・オゼキは時が出会うことはいかにして可能か、という哲学的な問いに文学の方法で立ち向かうが、それは東日本大震災における無数の死といかにして出会うことが可能かを問うことにつながっている。東日本大震災が複合的災害であったように、この小説もカナダと日本において個人的視点で語られる日常と地球的な視点で俯瞰される環境問題、そして第二次世界大戦や9・11といった歴史的な惨事が複雑に結びついた現代を描く複合的な作品である。ポスト〈3・11〉小説は、震災の複合性を反映した時間軸の拡張と「私」という視点の多様化が特徴であるが、この小説は中心的な語り手がカナダの島に住んでいることで語りの空間が拡張し、そのことによって経験の時差が強調されるようになる。『あるときの物語』は東日本大震災の津波とその被害の模様が、まずインターネットやテレビのニュースとして世界に伝播し、その後数年という時を経て、津波によって海に運ばれた瓦礫がカナダの西海岸に漂着するという、ものの伝達の「時差」が作り出す物語である。日本と北米を結ぶ海底ケーブルと太平洋の東と西を循環する海流の違いは、科学技術と自然の違いであると同時に電気と水の違いであり、それはインターネットの情報と手書きの手紙に象徴されるメディアの位相の違いでもある。オゼキは『あるときの物語』において個人の内面から地球環境、そしてメディアという広大な領域を「書く」ことと「読む」ことの多様性を通して見事につなぎ、人間と非人間が複合的に作用する環境を描き出した。

作中でカナダ太平洋岸のコルテス島の浜辺を歩いていたルースは、プラスチックのゴミと間違えてフリーザーバッグに密閉されたハローキティの弁当箱を拾う。このフリーザーバッグは太平洋循環という海上のゴミの道を通ってカナダの島の浜辺に漂着し、歩いていたルースの目に留まったのだ。ルースはそれをゴミとして捨てるつもりだったが、夫のオリバーはルースの反対を押し切ってハローキティの弁当箱を開け、そこに英語で書かれた手書きの日記を発見する。弁当箱にはプルーストの『失われた時を求めて』という表題の下にまるで偽書であるかのように書かれたナオの日記の他に、古い腕時計がひとつと日本語とフランス語の手紙が入っていた。異なる外国語で書かれた肉筆の言葉は直ぐに判読することが出来ず、ルースは周囲の人たちの知識に頼って手紙を少しずつ読み進めることになる。それればかりか彼女は英語の日記もナオの書くペースと自分の意識のペースを合わせながら時間をかけて読み進める。海流に乗ってやってきた肉筆の異言語は、インターネットに溢れる言葉とは異なり、言葉が「時」を伴う存在であることをまたとない形で表現する。

この小説では、言葉が海の水の力によって日本からカナダに運ばれ、そこで異質な時空間と人間の想像力が交わる。言葉もまた物理的に移動する「もの」であり、そこには様々な時の痕跡が刻まれている。ジェーン・ベネットは生気的な「モノ」の特性を時間的な遅さ、相互関連性、人間のモノ性の認識と要約したが、日本からカナダへと流れ着いた言葉は、ゆっくりと環境と人間の関連を具現化しルースとオリバーによって認識されるのである。(1) この点については岩谷彩子の考察も参考になる。彼女は「ものが魅せる、ものに魅せられる」において「もの」は偶然性によって既知の出来事を新たなコンテクストで読み替え、遡及的にとらえ直す契機を与える、と分析している(2)(二五〇)。ナオの日記が入ったフリーザーバッグは海流に乗ったゴミの多くがそうであるように、永遠に海の道を循環し続ける運命にあったのかもしれない。それが循環の道を逸れてカナダの海岸へ漂着したのは偶然に過ぎない。この小説が最後まで明らかにすることのない疑問は、ナオの日記がただのゴミではなく、東日本大震災の津波による瓦礫の一部ではないかということだ。この疑問にはひょっとするとナオが津波の犠牲者かもしれないという可能性が含まれている。ナオの日記は偶然の出来事がルースとオリバーによって解釈され仮説的因果関係となり、東日本大震災後の未来を予見するきっかけとなる「もの」になったと考えられる。同時にその日記は時間的な遅さ(deep time)を伴う「モノ」でもある。『あるときの物語』は「もの・モノ」の力によって仮説として失われた被災者の内面世界と交信する道を拓く物語となるのである。

その一方で重要なことは、偶然拾われた日記がその背後に多くの忘れられた言葉たちを抱えていることである。ナオの日記は、発見される確率が奇跡的であるが故に、これまで実に多くの言葉たちが忘れられ、二度と思い出されることがないまま消え去り、あるいはゴミと共に地球のどこかを漂い続けていることを想起させる。そこに作者・オザキの本当のテーマが存在するのであろうと筆者は考えている。それは跡形もなく消えてしまった人々への鎮魂の想いであると同時に、震災に際して文学に何が出来るのか、というポスト〈3・11〉小説への普遍的な問いかけへのひとつの応答なのである。この小説でオザキは、「ゴミ」から「ガレキ」、そして「もの」へと位相を変えた日記によって過去を再生し「今」の時点から仮説的に未来を構想する。さらに、この日記は捨てられないゴミに用／不用の二元論を超えた生気的物質の典型を見いだしたベネットの「モノ」でもある。東日本大震災が開示したのは人間と非人間たちが織りなす複雑な網の目としての環境世界であるが、この複合化した環境と災害を前に「作家の仕事」とは何であるか、という問いに立ち向かい、「もの・モノ」を通して潜在的な世界を開示することによってひとつの解答を提示した『あるときの物語』は、その意味で優れた環境文学であり、ポスト〈3・11〉小説なのである。(3)

1　津波の力――瓦礫とゴミ

ルースが島の砂浜で発見したのはゴミだった。この小説は海流からインターネットまで様々な媒体による言葉の旅の物語であるが、同時にそれは「ゴミ」の物語でもある。植物の肥料になる海藻を集めに浜に行った彼女は島の環境を維持するためのごく当たり前の習慣として自動的にゴミを拾い上げる。

満潮時に砂浜に打ち上げられた乾いた大きな海藻の下が陽の光を受けて光っていた。最初は死にかけたクラゲが光っているだけだと思い、通りすぎるところだった。まるで海岸線にできた傷のように砂浜に転がっている巨大で赤い刺すクラゲは、このごろ特によく目についた。

だが、何かが彼女の足を止めた。彼女は屈んで、海藻の山をスニーカーのつま先で軽く蹴り、棒でつついた。鞭のような葉をほどいてどかすと、その下に光っていたのは死にかけたクラゲではなく、ビニール製の何か、そう、袋だとわかった。別に驚くことではなかった。海はビニールだらけだ。

（一七）

死にかけたクラゲではなく環境を害するビニールであったからこそ拾われたこのフジツボだらけのフリーザーバッグは、あくまでゴミとして処分されようとしていた。しかし、ルースの夫オリバーが持ち前の奇妙な好奇心でバッグの中の弁当箱を開け、そこに腐った昼食ではなくプルーストの『失われた時を求めて』を発見したのである。しかし、このフランス語の本の中身は子どものような字で書かれた英語の日記であった。日本に住む中学生のナオという帰国子女が他人に読まれることを避けるためにわざわざ表紙だけがフランス語の日記帳を使ったのだ。そしてオリバーはこの日記が東日本大震災による津波の漂流物ではないかと考えた。ルースは少し早すぎると思うが、いずれにせよ確たる証拠はない(4)。この小説で津波と日記の関係は推測の域を出ることはないが、そこには常にナオの日記が震災の遺品である「可能性」が存在し続ける。『あるときの物語』は東日本大震災を直接に語る小説ではないが、その一方で日記の漂着の原因が津波であった可能性が存在することによって、小説と震災の間に緊張関係が維持され続ける。もしこの日記が震災遺物であったとしたら、と考えることで、自分はそれに対して何ができるのかという問いに応える試みとなるのだ。ここに仮説としてのポスト〈3・11〉小説の役割と可能性が示されている。
ウィリアム・ヴィニー（William Viney）の『廃物――物の哲学』（*Waste / A Philosophy of Things*. 2014）は、社会における不用品と文学作品において不要とされた部分や下書きなどを関連づけた興味深い論考であるが、彼は、物、出来事、時間の関係を考察して、物がある出来事によって不用品となる際に、それが使われていた「時」が創造され、不用品は「時」を変容させることによって語りが出来事を理解し利用できるようにする、と指摘する（34）。人間が物を使用し、物と共にあった過去の時間が語りによって構成されるのである。ヴィニーの考察を基に考えると、東日本大震災の瓦礫の先陣を切ってカナダに流れ着いたと想像されたナオの日記は「震災以前」の時を表し、同時に「震災以前」は「震災以後」に属する読者の時間において過去の物語として語られる。また、救われた日記は失われたであろう多くの記憶を想起させ、それが出来事としての震災のエージェンシーを示すことにもなる。東日本大震災は用品を不用品に変える作用・力であり、震災以前を過去として物語ることを誘発するエージェンシーとして立ち現れる。

東日本大震災による津波は大量の瓦礫を生み、日本ではその処理に膨大なエネルギーが投じられた。そして、瓦礫の一部は海流に乗ってカナダやアメリカの西海岸に漂着することが予想された。震災による環境汚染の問題では放射能ばかりが注目されたが、太平洋という場所にとってゴミの問題は放射能汚染に劣らぬほど深刻である。近代文明の膨大なつけが巨大なゴミベルトとなって海を覆っているのだ。作中で環境活動家であるオリバーは太平洋にある東部ゴミベルトと西部ゴミベルトの大きさが、それぞれテキサス州とアメリカ合衆国本土の二分の一ほどもあると指摘する（六〇）。プラスチックや発泡スチロールといった容易に生物分解されない化合物が永久に海を漂い続けるのである。[5] しかしナオの日記が入ったフリーザーバッグは、太平洋のゴミとして循環する運命を逃れてカナダの砂浜に打ち上げられた。漂流物は「循環する記憶の一部」であり「循環からそれる割合が漂流物の半減期を決める」のである（二一六）。ナオの日記は、日本の少女の記憶を伝えるだけではなく、フリーザーバッグによって運ばれたゴミとして太平洋の循環の記憶を伝える「モノ」（時間の遅さ）でもあるのだ。ナオの日記の内容に魅かれるルースに対し、奇妙な好奇心でフリーザーバッグの中身を考えるオリバーは、書かれた物を環境的に分析する批評家であるともいえるだろう。自然に溶解することのないプラスチックに守られていたがゆえに海流に呑まれることなくルースに拾われることになった日記は、書かれた内容に感動するという人間の喜びと同時に、文明が根源的に与える環境への負荷を表してもいるのである。ティモシー・モートンは、環境を中心に考えることは根本的に不愉快な思想であると語るが、それは人間の活動の主観的な意味を批判的に見直す作業だからである(6)。震災の被災者が多くの所有物を失ったということと、大量のゴミを海に放出したことは同じ現象であるが後者の視点が注目されることは少ない。オリバーが日本の対岸から環境活動家の視線で眺めることによって『あるときの物語』は、被災者であるかもしれない日本の少女とカナダに住む日系人作家の内面を語るだけではなく、その間でふたりを媒介する太平洋という海の循環とゴミ（モノ）を語る物語となり、脱人間中心的な視点を獲得するのである。

2　メタファーとしての東日本大震災、津波、放射能

『あるときの物語』は読者がナオの日記に記されたいじめや父親の自殺未遂、曾祖母ジコウの物語、秋葉原の風俗などをルースの立場から追っていく、という読み方をするように書かれているが、同時にこの作品は東日本大震災が内面化され「環境」がテーマとなった小説としても読むことが出来る。ナオの告白を

読むルースとオリバーの生活の舞台であるカナダのコルテス島の環境は彼らが日記を読む行為に強く影響している。島に暮らすルースとオリバーは地球環境の変化を個人的な問題として捉える登場人物であり、作者は作中における文学的な比喩を自然環境と結び付けることで文学の環境化を図っている。(7) また小説では父親の失職に伴いカリフォルニアから東京へ移り住んだナオの環境の変化に対する不適応と中学校の級友によるいじめが焦点化されているが、日記の読み手であるルースもまたオリバーと暮らすためにニューヨークから島へ移り住んだものの、いつしか「ニューヨークの人造の環境が恋しかった」と思うようになっている(九六)。環境活動家で地球温暖化樹林を島に作るというプロジェクトに熱中しているオリバーとの間に島で暮らすことへの情熱の温度差が現れているのだ。陰湿ないじめにこそ遭っていないものの、ルースもまた自分が住む環境を受け入れられずに生きている。ナオの日記によってルースは自身の環境に対する違和感に改めて思い至るのであるが、東日本の太平洋岸を破壊した震災は、ルースにとって日本に住む人々とは大きく異なる出来事であった。

カナダに居住するルースやオリバー、そしておそらく作者・オゼキにとって東日本大震災はまずメディアにおける現象だった。実は直接の津波の被災者を除けば、多くの日本人にとっても津波はメディアを通しての体験だったのだが、むしろ海外に居ることで作者は物質的な破壊としての震災とメディアによって語られた震災の異同を冷静に捉えられたのかもしれない。作中でルースは「日本から流れ込む映像が、彼女に催眠術をかけた。〔……〕町全体が瞬時に破壊されて流されるのを見ながら、この時間はオンラインでとらえられたものの、ほかの多くの時間はただ消えてしまったのだと気づいた」と述懐する(一七二)。ルースが気付いたのはメディアの恣意性である。リアルタイムで可視化されればされるほど、そこには映り得なかったものがクローズアップされてくる。震災によって誰にも気づかれることなく、ただ消えてしまったものはどのようにして語り得るのだろうか、と考えるのである。

メディアの可視化、リアル化、現在化は、そこに見えない物をかつてない強さで覆い隠す。東日本大震災の影響がカナダをはじめ世界を覆ったのは二週間ほどであり、それは情報の波として一時は世界中のメディアに浸透したが、やがて波は引き、別の情報の波が押し寄せることになる。ルースは次のように語る。

地震と津波とフクシマのメルトダウンのあとの二週間、世界のネットワークには日本からの画像やレポートが氾濫し、その短い期間、誰もが被爆や、マイクロシーベルトや、プレートテクトニクスや、プレートの沈み込みの専門家になったが、その後、リビア内戦や、ミズーリ州ジョプリンのトルネードが地震に取って代わり、日本からの情報の潮が引くにつれ、検索ワードの上位は〝革命〟、〝干ばつ〟、〝不安定気相〟へと移っていった。（一七三）

地震や津波の情報は、川のように「氾濫」し、海水のように「潮が引く」と表現される。ここでは災害としての津波や原発のメルトダウンが情報の動きと明らかな関連性をもって考えられている。それゆえにルースは情報の「半減期」に思いをはせ、「情報が朽ちる速度は、それを伝える媒体に関係しているのだろうか？」と考える（一七三）。ネットにおける情報はほとんどリアルタイムで世界を駆け巡るが、そのスピードゆえに更新される速度も速く、あっという間に忘れ去られてしまう。続いてルースは「石に彫られた手紙はそれらより長持ちする」と語り、日本で「此処より下に家を建てるな」という石碑が残されていたことを紹介する（一七三）。六世紀以上も前の情報が確かにそこに残されていた。しかし、東日本大震災時にそのことを覚えている人はほとんどいなかったのである。

だが津波の到達地点を記した石碑は、時機を逸したとはいえ、人々によって再び思い出された。東日本大震災が耐久性のある物質である石に刻まれた情報に光を当て、過去の津波の記憶を甦らせたのである。インターネットの情報はすぐに忘れられ、情報の海の漂う遺物となって循環するが、そこに存在する限り何らかの偶然によって循環を逸れて海岸に流れ着き、思い出されるかもしれない。オゼキは東日本大震災の津波が大量の瓦礫とゴミを生み出したことと、大量の情報を世界に流し、やがて忘れられたことの間に物質的であると同時に比喩的なつながりがあることを見出している。石に彫られた警告と木から作られた紙に書かれた手紙と日記、そして火力、水力、原子力を源とする電力によって伝えられるインターネットの情報は、自然環境と共に存在し、その物質の特性や強度が意味、情報、物語を人間に伝えるための基盤となる。『あるときの物語』は手書きの日記や手紙（紙媒体）とインターネットの情報（ビット媒体）を交互に参照することで、それらの違いを通して過去と現在という時間だけではなく、太平洋という存在の隔たりとつながりの両面を描き出している。ビット媒体は電気の力によって太平洋を瞬時に超えて「現在」の情報をもたらすが、紙媒体であるナオの日記は発見される見込みもないまま太平洋の海流に運ばれ、不確定な過去を示す。また紙は火にも水にも弱く、朽ち果てる確率が高い媒体であるが、紙に書かれたナオの「肉筆」は書いたスピードや当時の精神状態を伝えるという優れた特質をもっている。プラスチックのバッグと弁当箱に保護されていたことで奇跡的にカナダに流れ着いた日記は、その背後に数知れないほどの失われた紙の記憶があることを伝える。

東日本大震災の津波は多くの物と命を破壊し、同時に多くの情報、映像、活動や交流、そして物語を生み出した。震災による破壊はまず災害情報や救援活動・物流などを生み出し、それに付随して分析的な情報や報道による逸話、教訓、チャリティー活動、そして映像や文学作品が作り出される。震災による二次・三次的な創造物である震災の映像と情報は、その被害の規模とスペクタクルな魅力、そしてそれを発信するためのメディア環境がそろっていたために、海外に「情報の津波」をもたらした。東日本大震災が自然と人為的要素が複雑に絡み合った複合的な災害であったのと同様に、「情報の津波」もまた宮城県沖から発災した地震と津波だけではなく、日本の都市化が増幅した破壊の規模、個人がスマートフォンを持ち歩くメディア環境、多くの報道陣が容易に現地入りすることが可能な東日本という場所、といった条件が作り出したのである。

『あるときの物語』においては、東日本大震災の情報だけが問題なのではない。ナオは中学校でイジメの対象となり、架空の葬儀の模様が「転校生ヤスタニ・ナオコの悲劇的な早すぎる死」として動画に撮られネットに公開される（一七五）。またナオは生理時にトイレでクラスメートたちに半裸にされて暴力行為を受け、その様子がネットに流されたばかりか、その時履いていた下着がオークションで売りに出されるという事件に発展する（下巻九七）。そのことを知ったナオの父親はインターネットに拡散した娘の情報を何とか消し去ろうとあらゆる手段を検討し、一時は絶望して自殺を考えるものの、結局新しいソフトウエアを開発するに至る。ここではインターネットという世界が情報を半永久的に循環させ保存することの問題点が指摘されている。このことは「忘れてはいけない」という震災の悲劇と教訓への想いと相反する指摘のようである。ルースは震災の情報について次のように考える。

> 情報の半減期は人々の注意の減衰と関係しているのだろうか？　インターネットは一時的な海洋循環のようなもので、あたかも漂流物を吸い込むように、循環の軌道へと物語を吸い込むのだろうか？　その循環の記憶とはなんだろう？　その漂流物の半減期はどう測定すればいいのだろう？〔……〕想

像を絶するほどに膨大な数の画像のほんの一部にすぎないこれらの画像は、渦巻き、古くなり、そして循環の軌道を一周するごとに分解され、鋭く尖った断片や明るい色の破片になっていく。それらはやがてプラスチックのコンフェティのように循環の真ん中に吸い込まれ、歴史と時間のゴミベルトになる。循環の記憶とは、われわれが忘れたすべてである。（一七四）

プラスチックのゴミは生物分解されることなく、粉々になって浮遊する。人間が忘れた物たちであるが、消えたわけではない。ゴミとなることは、人間にとって過去のものとなり、すなわち忘れ去られることであるが、プラスチックの特徴は自然に還元され生まれ変わることがないことである。ナオの父親が娘の存在をインターネット上から消すために開発した「メカ・ム」という方法はプラスチックゴミの粉砕に似ている。「メカ・ム」は検索エンジン上で「クライアントの名前をぱくぱく食べ、クライアントが誰にも見つからないように」するシステムだ（下巻二五九）。クライアントは存在するが、情報として人の目に入らなくなる。これは津波の警告を記した石碑に誰も注意を払わない状態を人為的に作り出すことでもある。情報としてメディアに存在しなければ、それは無いことと同様になる。

ただし、太平洋上を循環するゴミベルトは「忘れられた」だけで解決する問題ではない。消えることのないプラスチックによって守られたナオの日記やハルキの手紙は、震災以前のナオと家族の人生の物語を思い出すための媒体であるだけではない。「環境的」に考えれば、人為的に創られ自然分解しないプラスチックの海洋循環の存在を思い出させる媒体でもあるのだ。東日本大震災の津波が六世紀以上前の石碑の意味を思い出させただけではなく、石碑という媒体の物質性に光を当てたように、津波によって流された可能性のあるナオのフリーザーバッグは自然への還元を拒否することで生き延び、人に意味を伝える。

今や太平洋上で日本の面積を超える範囲を覆うようになったプラスチックゴミの存在は環境活動家たちによって忘却の淵から救い出されている。ここにネット空間における情報のゴミと地球上におけるゴミの違いがある。自然に還元されないゴミの存在は、情報として目に入らないようにするだけでは隠しきれないほどに増えた。現代が「人新世」と呼ばれ得るのはそのためである。チェルノブイリや福島の原子力発電所の事故は、放射能汚染された物質の存在や核のゴミの存在をクローズアップしたが、石油化合物であるプラスチックのゴミの問題と東日本大震災における福島第一原子力発電所の事故と汚染物質の拡散には明らかなつながりがあるのだ。作中でルースが「ゴミの半減期」や「情報の半減期」に言及するのは、放射性物質の危険度が低下する期間と、ゴミが海流を逸れて陸地に漂着して回収される割合、そしてネット上の情報が忘れられるまでの時間をつなげているからだが、「環境」から考えた場合、危険な物質や悪意のこめられた情報が消えてしまうのは「良い」ことである。だが、一方で震災に関する記憶や教訓は「忘れてはいけない」ことだとされる。そのために多くの情報が紙やビットや金属といった媒体に刻まれ、いつでも思い出せるように残される。『あるときの物語』もまたそのような忘却に抗う物語である。この小説は、ナオと彼女の家族の話だけではなく、大叔父ハルキの特攻隊員としての悲惨な体験をフランス語の手紙によって伝える。極限の社会状況に生きる人間の内面を伝える手紙が津波と海流によってカナダに運ばれ思い出されるという奇跡である。そこには上司や同僚には意味のない代物であったフランス語の手紙が、カナダで翻訳されるという言葉の意味の再生の物語も存在する。

問題は、忘れるべきでない情報と忘れるべき情報の間の線引きであろう。この境界線が常に恣意的であることはいうまでもない。「情報の半減期」という表現は社会的な現象が自然界の物質のそれと結び付けられることで、あたかも社会的な法則が存在するかのような印象を与える。そこに飛躍があるのは当然だが、このようなメタファーが用いられることで震災の視点で社会が語られるようになり、さらに震災が内面化されるのである。[8] そしてさらに重要な問題は、「忘れない」ためには情報をプラスチックバッグのような入れ物に入れることが必要であり、それは自然に還元されない形態を長年維持することなのである。オゼキが提示するゴミと情報の問題は、単純な善悪の線引きを超えた複雑な環境問題の在り方を手繰り寄せる。ナオが自らの過去を現在として読者に思い出してもらうこと、そして彼女が自分の現在を縛る過去の情報を消去することは正反対の行為である。日記では忘れないことを、ネットでは忘れることを求めている。これは一見矛盾しているようだが、『あるときの物語』の興味深いテーマは、媒体としての紙とビットの違い、あるいは「モノ」と「物」の違いが読む行為の違いへとつながっていることである。東日本大震災の情報を世界に拡散したインターネットのビット媒体と手書きの日記を読む行為に挟まれた「時差」が重要な意味を持つようになるのだ。

3　作家の仕事——消えた言葉はどこへ行くのか

書くという行為は常に「時差」を生み出す。作中、ナオは日記の冒頭で「あなたの過去のある時点で流れている哀しいシャンソンを聴いて」おり、「その時点っていうのは、わたしにとっての現在でもある」と語る（九）。さらにナオは「あなたが読むころには何もかにも変わっているはず」だと続ける（一〇）。つまり、ナオが紙に刻む言葉は、読まれるという出来事を前に常に過去という時を創造する。言葉は書き手を離れることによって書き手の現在を離れ、過去の痕跡となることで読者に過去を物語り、また読者は過去の痕跡から語りを「再現」することで、象徴的な時の効果を創造する。

しかし、ルースはナオが「日記が書かれた震災前」に十六歳だったことを忘れ、あたかも「現在」の「差し迫った問題」として彼女の父親が当時開発中の半自律型兵器テクノロジーに道徳的な疑問を抱いていたこと、そしてナオが父親のそうした事情を知らないことを案じる（下巻一四四—一五二）。それに対しオリバーは「生きていればナオは二十代後半」なのだとルースを諭す（下巻一五二）。ルースにとって「問題は、ずれ」なのである（下巻一五四）。彼女はナオの「現在」に同調して「頭の中ではナオは今も十六歳」だと感じている。ただし、ルースがナオと父親のことを「差し迫った問題」だと錯覚してしまうのは、彼女がナオの内面に同調するからだけではない。ナオの父親に関する情報は、スタンフォード大のライスティコー教授からのメールによってリアルタイムに発せられたものである。インターネットの即時的スピードはナオの日記が太平洋の海流によって運ばれたという事実を覆い隠し、ナオの過去の言葉はルースが「再現」する「読む」行為と結びついて「時間のずれ」を飛び越えたのである。

常に日記を「物質」としても考えるオリバーは物理的な時間の流れに意識的だが、作家であるルースは書く行為と書かれた言葉、その言葉の移動と読む行為の間に横たわる複数の時間を忘れ、書く行為の現在を読む行為によって「再現」する。それは、瓦礫となった言葉に今一度生命を与える行為であり、物理的な時間の意識を消し去ることによって可能な創造（想像）的な行為である。

ただし、『あるときの物語』の特徴は、オリバーの存在によって文学的な内面の世界を生きるルースが「問題は、ずれ」であることに気づき、内的世界と外的世界が複眼的に語られることである。ルースの語る「ずれ」は、他者の言葉を読む行為に含まれる時差という以上に、紙媒体とビット媒体の間のスピードの違いがもたらしたものである。紙媒体を読む行為が達成する過去の現在化とビット媒体におけるそれには大きな差がある。紙媒体において時差を忘れることは架空の世界においてこそ可能だが、ビット媒体の現在は現実世界の現在とつながっているため、ビット媒体の小さな時差を基準にすると、紙媒体との間に大きなずれが生じる。同じ読む行為であっても媒体によってそれが創造する時は異なるのだ。

この小説の中で、言葉と読む行為、そして創造される時の関係がクライマックスに達するのは、ナオの日記の言葉が文字通り「消えて」しまった時においてである。日記の中で唯一の心の拠り所だった曾祖母のジコウが亡くなり、高校受験に失敗し働いていたメイドカフェでは売春を強要されても自殺未遂を繰り返す父や仕事に追われる母に相談も出来ないナオは、誰にも頼ることの出来ない孤独感の中で死ぬことを決意し、「今っていうのはこんな感じなんだと思う」と語る（下巻一九六）。外で嵐が吹き荒れる中、この日記の箇所を声に出して読んだルースに対し、オリバーは「ナオは自分に追いついた」のだと述べる（下巻一九七）。日記の中で常に過去を語っていたナオがようやく死を意識した「現在」の時点にたどり着いたのである。そして、さらに日記を読み続けるように促したオリバーに応えてページをめくったルースはそこにあるはずの「言葉が全部なくなっている」ことに愕然とする（下巻一九九）。確かにノートの最後まで書かれていたはずの日記が途中で消えてしまっているのである。この異様な事態にオリバーは不思議なことを述べる。彼はナオの命が危ないだけではなく、自分たちの存在も危機に瀕していると考え、「つまり、彼女が書くのをやめたら、おれたちも存在しなくなるかもしれない」と語る（下巻二〇〇）。オリバーの正気を疑ったルースに対し、彼は「おれたちは、この問題に論理的にアプローチしなくちゃならないんだ」と返答する（下巻二〇二）。

まずオリバーは、ナオの日記が読み手である「あなた」、つまりルースに対して書かれたものであることに異議を唱え、「あなた」（You）は複数であり「おれ」も含まれると主張する。また注意すべきは、彼が考える「論理的」なアプローチとは線形幾何学の世界のそれではなく量子力学の世界の論理である。オリバーは「言葉は消えるとどこに行く?」とルースに問い、言葉の行方を知るのが作家である「きみの仕事」だと語る(下巻二〇二)。さらにオリバーは「言葉はどこからやってきたんだ? 死者からやってきたんだ。おれたちはそれを受け継ぐ。拝借する。そして死者をよみがえらせるために、しばらくのあいだそれを使うんだ」と述べる(下巻二〇三)。言葉を使うことは言葉を通して死者たちを体現することである。いわば、瓦礫を甦らせることだといってもよい。ナオの言葉が消えたということは、日記がナオの「現在」にたどり着き、ナオの未来の可能性が良くも悪くも開かれたことを示す。その場で死を選ぶかもしれないナオとそれ以外の道を選ぶかもしれないナオが可能態として現れるのが「現在」なのである。

言葉が消えた夜、ルースは夢の中で、言葉と時間がずれ、「合体と分離の連続体だけ」の理解しがたいイメージに囲まれた世界で自分を見失いそうになる(下巻二〇六)。この混沌とした世界でルースはナオを見つけ出そうともがくが、そこで彼女を助けに来たのはC、R、O、Wの文字が背骨と腹とくちばしと翼になったハシブトガラスであった(下巻二〇八)。この場面で、文字が意味ではなく形象としてカラスの絵になって描かれていることは、ルースの夢の中で言葉が「モノ・もの」のかけらとなり、「モノ・もの」のかけらがカラスを形作る、意識と無意識の狭間の世界を表現している。[9] モノで造られたカラスに導かれてルースは時間と空間の境を越え、日記の現在地、東京の上野公園に移動する。

上野公園でナオの父親、ハルキ②は、自殺を実行するためにカラスに餌をやりながら仲間を待っているところであった。ルースはハルキ②にナオには父親が必要であることを伝え、自殺が身勝手な行為であると訴える。それだけを伝えたルースはさらにカラスの力で宮城県の沿岸部にあるジコウの寺に移動し、ハルキ①の空っぽの遺骨の箱に彼が特攻隊員として亡くなる直前に書いたフランス語の日記を入れる。彼女はこの夢の旅でナオの言葉を見つけることは出来なかったが、目覚めた後に日記を再び開くと、そこにはナオの日記の記述が蘇っていた。

「まだそこにいる？」という呼びかけで始まるナオの日記の続きは、今度は「引き潮みたい」に後退し、ノートを開く度に終わりが伸びていくことになる（下巻二二一、二四八）。書かれた日記の一方的な読者であったルースは、オリバーと共に書かれた日記によって存在し、また二人が存在することによって日記が書かれるという、相互的で複合的な関係の渦に巻き込まれる。「作家」であるルースは、夢の中でナオの「現在」に入り込み、日記の続きを創造する手助けをする。象徴として再現される以前の言葉のカケラであるC、R、O、Wは言葉の瓦礫であり、この瓦礫によって作られるカラスは、言葉の意味による語りが過去と現在を差異化する以前の世界を表す。それは「モノ・もの」によって創造される仮説空間である。彼女は「モノ・もの」の世界を通って瓦礫としての言葉に触れ、書くことと読むことの時差を飛び越えてナオの「現在」に入り込み「時を動かす」のである。

4　動物たち

震災の遺物かもしれない日記を読み、そして書くことによってオゼキが「作家に出来ること」を探究し、たどり着いた行為が「時を動かす」ことであった。その際、夢の中でカナダから日本へ移動したルースを導く使者が日本から最近渡ってきたハシブトガラスであることはこの小説のひとつのポイントである。ナオの日記と同様に海を渡ってやって来たハシブトガラスは、夢の中でルースを自殺する寸前のハルキ②とナオのいる日本へ導くだけではなく、姿を消していたオリバーの飼い猫であるペストーが死にかけて蹲っている場所を教える。いずれのケースもハシブトガラスは死に瀕した者たちを救う役割を果たしている。

カラスは東京において人が日常的に目にする動物である一方、小説では海の流れによって運ばれ、死の世界と生の世界をつなぐ。ハシブトガラスは日本とカナダを海の水の動きによって結んでいる地球環境の世界と、言葉が死者から生者へと受け渡され「モノ・もの」から「意味」が生成される世界を象徴し架橋する。物質的な地球環境の世界は、意味以前の世界における「モノ・もの」としてのカラスによって人間の精神世界に媒介される。カラスはこれら二つの位相を結びつける蝶番であり、「作家」の役目をルースに示唆する象徴的な存在である。ハシブトガラスは、瓦礫（ゴミ）と並んでこの小説において環境と文学をつなぐ鍵のひとつなのである。

　この小説では、象徴的な動物としてのハシブトガラスの他にペットとしての猫、そしてオオカミやアライグマなどの野生動物たちが登場する。カナダにおいてハシブトガラスは、流木や瓦礫やゴミ、あるいは船によって日本から運ばれてくる外来種のひとつである。ナオはアメリカからの帰国子女として日本での適応に苦しんだが、外来種のハシブトガラスもカナダではより大柄のカラスに囲まれ、環境適応は容易ではない。しかし、真牡蠣が宮城県からカナダへ渡って繁殖したように、自然界でも常にこのような移住と適応の営みが繰り返されている。その意味でハシブトガラスは、ナオの影のような存在でもあるのだ。

　また、小説の舞台の島では、ペットが常に外で野生動物に襲われる危険に曝されている。人間ですら例外ではない。それは、カナダの島が豊かな自然に恵まれていることを意味している。環境を優先するということは、人間にとっての安全を手放すことにもなる。自然豊かな島で暮らすことと引き換えに諦めなくてはならない便利さと安全は大きな問題である。作中ではルースがナオの「今」に追いつき、ナオの日記の続きが失われるのと同時期に猫のペストーが消えてしまう。ナオの日記もペストーも生と死の境を彷徨う状況にあって一方は言葉の世界、そして他方は動物の世界を象徴しており、この作品が常に言葉と環境を比喩的につなげることで文学世界の拡張を試みていることが理解できる。

そして、ルースが「時を動かす」ことに成功した後、ハシブトガラスの手助けによってオリバーが瀕死のペストーを軒下に発見する。オリバーは少なくとも生きているのか死んでいるのかを知っただけでも救われた、と呟く（下巻二五四―二五五）。彼が本当に腹を立てていたのは、飼い猫が突然消えてしまい、何も分からないまま取り残されてしまったことに対してだった。それは東日本大震災において「一五八五四人が亡くなったが、これ以外にも何千人もが消えてしまった」ことを問題とする『あるときの物語』のテーマに呼応している（下巻二八五）。何の手掛りもなく消えてしまった人々はどこへ行ってしまうのだろうか、という問いである。それこそが「消えた言葉」を探すことが作家の仕事であると主張したオリバーの意図でもあっただろう。フリーザーバッグの中に見つかった日記はひとつの奇跡である。東日本大震災で海に流れた瓦礫の中に読むことが可能な紙の媒体は存在しないだろう。その意味で、ナオの日記は作家によって創造された奇跡であり、それは何も残さずに消えてしまった何千もの命のための痕跡を探究する作業なのである。ここにおいて、言葉が「死者のもの」であり、言葉を探すことが死者を甦らせる行為であること、そして東日本大震災時におけるインターネット上の情報の氾濫に際して、そこに現れることのない無数の死者たちを想った作家の仕事が結びつく。人間社会の情報メディアには捉えることの出来ない死者たちに触れるのはカラスや猫やオオカミたちであり、「死者の島」と呼ばれたルースとオリバーの生きる場所である。

5 消えた人々に出会う

ゴミとして発見されたナオの日記は、現代の生活がもたらす様々な過剰な生産物とその廃棄物（あらゆる種類のゴミたち）の中に偶然紛れ込んだ、貴重な過去の声のサンプルである。消えてしまうはずであったナオの痕跡は、不自然な化合物であるプラスチックに守られてルースの許に流れ着いた。この事実は、死者の痕跡を受け継ぐ言葉の伝達が、逃れようもなく人間的な行為であり、環境に対して完全に無害でいることは不可能であることを示唆してもいる。平和主義者であった二人のハルキやフェミニストであったジコウ、そして日本で不適応に苦しんだナオとニューヨークの生活を忘れられないルース、さらには自分の活動が認められないジレンマに苦しむオリバーは、みな人間社会との軋轢に悩みながらも、人間でいることを止めることが出来ない、「生きるしかない」人々である。

ニューヨークを離れカナダの島に移住したルースは、野生動物や嵐の夜に電源を失うことを恐れなければならない「環境に優しい」生活を実践した結果に困惑しているかのようだ。環境中心の生活をするということは、移動の速度や自由な情報へのアクセスが制限されることを意味する。しかし、この不便さは別の世界への目を開く手助けをする。自然環境に強く影響されながら生活しているルースとオリバーにとって、東日本大震災の津波はカナダの島の岸部を洗う太平洋の海で起こった出来事であり、彼らは漂流物を通して確かにこの震災とつながっていると感じるのだ。

地面の隆起に突き動かされて起こった大量の海水の移動は、津波となって町や人々を呑み込み、その一部を海に運んだ。ルースは夢の中で生と死の境を探求し、文字のカケラから身体を造形したハシブトガラスに導かれて海流の動きを遡って日本へと移動した。作家が動かした時とは、海の水によって日本の瓦礫やゴミがカナダへ流される時であり、また言葉が壊され「モノ・もの」へと存在の様態を変異させた時でもある。死者から生者への伝達である言葉の生成を遡行することよって読者であるルースは書き手であるナオの「今」に追いつく。ここでルースは書くことと読むことの間の時差を超えるのである。時間の流れは線的であることを止め、現象と存在の間で不確実性をもつ流れとなる。オリバーはそれを量子論で説明するが、彼はルースが内在的に（夢の中で）行うことを外から観察し語る。この二重の視点と意味が小説の重層性を支えている。そして作家であるルースは「モノ・もの」としての言葉の象徴であるハシブトガラスによってナオの「今」である過去へ飛び、その時点から未来の語りを生み出す。こうした「モノ・もの」の位相は時間的な遅さ、そして物質と認識の相互関係性によって示唆される、可視化されない暗部によって開かれる。

またルースによってナオと彼女の父親の自殺が食い止められていることも重要である。彼らがもし既に死んでしまっているとすれば、それは東日本大震災によってでなければならない。震災以前の自死は、津波によって何も残さずに消えてしまった何千もの人々の影を消してしまうからである。

ルースとオリバーの二重視点によって読まれるナオの日記は、彼女の告白であると同時に「モノ・もの」でもある。死者の痕跡である言葉と町の痕跡である瓦礫が二重写しになる場で、書く―読む行為の多様な側面のひとつとして物質的な環境が語られ、東日本大震災の複合性が社会や文化のみならず個人の精神世界にまで及ぶものであることを示す。この小説を通して語られる「環境問題」とは、太平洋のゴミベルトや放射能汚染の問題、そして過剰な情報に埋もれた死者たちの痕跡をいかに救い上げるか、という課題であると同時に、我々自身が生活の利便性や安全を中心に考えることの限界である。我々は物質的な地球の環境問題と同様に、言葉の世界においても、かつてないほどに複雑な対応を迫られている。『あるときの物語』は矛盾を抱えた環境世界の中で「生きるしかない」我々が出来ることを文学の立場から追求し、言葉を通して「消えた人々」を追い求めた貴重なポスト〈3・11〉小説である。

第八章　地球、人間、そして新しい「私」
――人新世文学としての川上弘美『大きな鳥にさらわれないよう』

東日本大震災後に最も注目されたポスト〈3・11〉小説のひとつが川上弘美「神様2011」だった。この作品は熊の神様と放射能に汚染された世界の取り合わせの妙が独特な読後感を与えるが、掌編ともいえる短さのため、神や熊の意味を深く考察するには限界があった。しかし川上は『群像』の二〇一四年二月号に掲載した「形見」に始まり断続的に書かれた短編十四本をまとめた『大きな鳥にさらわれないよう』(二〇一六年)において、人新世の時代における「神」と「人類」というテーマを地球史的なスケールでしかも文学の内面性を損なうことなく書き切ったと筆者は考えている。

東北太平洋沖地震は近代的な地震観測が地球規模で始まって以来五番目に大きな地震であるが、ポスト〈3・11〉小説はこの地震の影響によって作品中の時間と空間の枠が従来の小説を超えて拡がったことが特徴のひとつであり、それは上田岳弘『惑星・太陽』『わたしの恋人』をはじめ岩井俊二『番犬は庭を守る』、北野慶『亡国記』、奥泉光『東京自叙伝』、古川日出男『あるいは修羅の十億年』、多和田葉子『献灯使』、「地球にちりばめられて」など、多くのポスト〈3・11〉小説が遠い過去や未来、そして日本という枠を超えた世界を描いていることに現れている。中でも『大きな鳥にさらわれないよう』は日本やその他の「国」の概念がすっかり失われ古文書にしか見いだされなくなった時代に人類という種と文明が絶滅に瀕している状況を描く。川上が想像する未来においては科学によって人工的に生命を作り出すことが当たり前のことになっており、人間と他の動物との掛け合わせも「工場」において行われている。最早、問題は国や地域の文化の摩擦ではなく、人類を超えた新たな生物の次元での生存である。筆者はこの小説が人間の日常的な歴史観の枠を超えて地質学的な時間軸によって作られる「地球的」枠組みをもち、生態学的にポスト人間を追求した人新世文学のひとつの形を示していると考えている。ここで環境批評における地球的な感性について振り返っておこう。

ウルズラ・ハイザの『場所の感覚・惑星の感覚』（*Sense of Place and Sense of Planet*, 2008）は、グローバル化が進行する現代における場の感覚を論じコスモポリタンな環境主義の在り方を主張した本だが、この中でキーワードとなっているのが「脱領土化」である。ドゥルーズによってよく知られるようになった「脱領土化」は資本主義による絶え間ない一般化の運動とその効果ともいえるが、ハイザが注目するのは、科学や資本の力による新しい知覚が我々に最も近しい場所や自然の感覚と密接に関連していることだ。例えば二十世紀の環境主義を情緒的に支えた「青い地球」というイメージは、一九六〇年代の米ソの軍拡競争によって実現したロケット打ち上げの結果として多くの人々が地球を外から眺めるという経験をしたことによってもたらされた。しかもその経験はテレビや雑誌などのメディアによって伝えられたのである。この「地球」という新たなアイデンティティーが自然の美しさと貴重さを人々に再認識させ、グローバル化による人と物の移動の増加が人々の生活圏を拡張するにしたがい、地球規模での環境保護意識が醸成されていく。しかし、こうした画一的なグローバル意識はローカルな「政治や文化の多様性」を看過することにつながりやすい（63）。ハイザはローカルな場所が常にグローバルな脱領土化の力の作用を受け変容しつつ文化的多様性を保っていることを重視する。我々の身近な自然の中に既に科学や資本がかかわっていることを認識することが現代の環境思想の根幹の一部であることを示したのが『場所の感覚・惑星の感覚』なのである。例えば現代の「地産地消」意識の高まりは、グローバルな食の流通の増加によって生み出されるが、ハイザの視点で考えれば各地域の独自な食文化の存在と、「地産地消」の動き、そしてグローバルなフード産業の展開は常に一つのつながりとして見なければならない。

川上の『大きな鳥にさらわれないよう』は、東日本大震災の被災者や影響について具体的に語るものではない。しかし、「惑星の感覚」で捉えた地球環境と人類の絶滅を人間の内面の問題として提示することによって優れてコスモポリタンな環境文学となっている。作中で十四を数える短編では「わたし」、「リエン」、「俺」、「ヤコブ」、「あたし」、「僕」、「ノア」、「一五の八」、「レア」、「エリ」など様々な視点によって現代から五千年以上が過ぎた未来世界が語られ、その中で六番目に置かれた「Remember」ではクローン人間であるイアン（俺）がヤコブと始めた人類の衰退に対する戦いの歴史を語り、十三番目の「運命」で人工知能によって生まれたサイボーグである「母」（わたし）は絶滅が決定的となった人間たち（イアンとヤコブ）の苦闘の歴史的背景とその顛末を語る。この説明によって読者は各短編の世界をひとつの連関として想像することができるようになる。そして最終章の「なぜなの、あたしのかみさま」では、ついに世界に二人きりとなったエリとレアの人類最後の生活が描かれる。エリは自らの手で人間を生み出す試みを続け、ついに他の動物と自分の細胞を組み合わせることで「にせ」ではあるが「新しい人間」を創ることに成功する。この「にせの――新しい人間」たちは工場で量産されるようになり、やがて町を作るようになる。そしてこの「新しい人間」こそが『大きな鳥にさらわれないよう』の最初の短編である「形見」に現れる「行子さん」や「千明さん」や「夫」や「わたし」であることが明らかになる。一方のレアは死者の「気配」と交信し、さらに地球の歴史を夢に見るようになる。その夢の中でレアは人間の「神」となるが、やがて夢の中の神を持つ人間たちは滅んでゆき、レアは滅んだ人間たちのために初めて祈る。

1　「神様2011」からの変奏

川上による「神様」から「神様2011」への書き換えは、ハイザが主張するようなローカルな自然の脱領土化を表現していると解釈することが出来るだろうか。「神様」では現代の日本人と日本の風習を律義に守る熊の不思議な道行きにおいて熊に対する人間の無邪気な偏見と不遜な態度が表出するが、特定の場所が作品の背景として示されることはなく、神話的な世界を描いている。しかし「神様2011」は放射性物質の拡散によって一変した日常を描くことによってこの掌編に具体性を帯びた場の背景を与える。「神様」においては「日本のどこか」であった場所が「放射性物質によって汚染された場所＝フクシマ」へと変化する。この「フクシマ」は一見ローカルな場所であるようだが、実際は場所の具体的な地勢、人間関係、政治、歴史性を超越した象徴的でグローバルな空間である。(1)「神様2011」は福島の浜通りの町や村の話ではなく、ヒロシマ、チェルノブイリに続いて起こった惨事であるフクシマのグローバルな問題を表象し、「日本のどこか」の話を「フクシマ」の話へと変容させた。その意味において「神様2011」は「神様」を脱領土化したといえそうである。

しかし、『大きな鳥にさらわれないよう』は「神様2011」が必ずしも「フクシマ」の問題を主題としているのではないことを示唆している。この作品において東日本大震災は人類の歴史において何度も訪れた「カタストロフ」のひとつとして存在するだけである。それは作者が東日本大震災を矮小化しているのではなく、この震災が作者に地球史的な時空間の中で「人間」を語る視点をもたらしたのである。

いくつものカタストロフやインパクトの後、人類は急激に減りつつあった。ついに人口数は臨界点を下まわりはじめていた。いったいどうすれば人類がふたたびこの地球上で繁栄の機会をもつことができるのか。残存する頭脳を結集させ、あらゆる技術を掘り起こし、長大で複合的な計算をコンピューターでおこなっても、はかばかしい展開は得られなかった。（九一）

作中で人類が絶滅に向かいつつあることを悟ったヤコブとイアンは、人間のコミュニティーを隔離し、それをクローン人間の「母」たちによって見守らせることによって生物進化を成し遂げ、種の絶滅を回避するという壮大な計画を実行に移す。その計画の最中にヤコブは人類が自ら滅びる可能性について真剣に考えてこなかったことを皮肉り「じゃなきゃ、あんな暢気に大戦やらテロやら汚染物質拡散やらをめんめんとつづけたりしなかったろうよ」と語る（九四）。川上にとって福島の原発事故は、人間が自らの正しさを信じるあまり批判的な検証や合理的な判断を失ってしまう傾向があることの証なのだろう。この小説は、人間における合理性と判断力の欠如とその根源にある死の恐れが「神」を求める心を生み出すと語る。この神をもつ人間の文明は、神の名のもとに戦争を起こし、創造と（環境）破壊を行いつつ人口を増やし続けるが、人間活動と環境のバランスが均衡を失い、人口が減少に転じると人間は五千年以上の歳月をかけて絶滅へと向かう。東日本大震災は、以前なら「ずっと先の話」に過ぎなかった五千年後の未来が現在とつながっているという実感をもたらした。それは、千百年前の津波とその情報・経験を現代の我々が活かせなかったことと無縁ではない。

『大きな鳥にさらわれないよう』は明らかに「フクシマ」の問題によって得られた時間の感覚を取り入れながら、神を信じつつ戦争と環境破壊を繰り返してきた人間の文明の在り方という世界史的な問題をテーマ化する。作中、イアンはヤコブの計画の実現性に戸惑いながら次のように語る。

ヤコブの言葉が、俺にはわかりすぎるほどわかった。その通り、俺たち人間は、もう自分たちのことを信じることができなくなっていたのだ。それまでの人類の歴史は、俺たちに自信をなくさせるのに充分なほど支離滅裂なものだった。人類は、いわば自分で自分を食いながら生きてゆこうとする蛸のようなものだった。そして、その誤謬を知りながら、誰も決定的な修正をおこなおうとはしなかった。〔……〕

叫び出したい気分だった。けれど、叫んでも誰も俺たちを助けてはくれないのだ。ヤコブの言っていることは滅茶苦茶だったけれど、それよりもっと滅茶苦茶なことを、人類は自身と地球に対しておこなってきたのだ。（一〇四）

この小説では、人間の文明による支離滅裂な環境破壊がやがて人類を滅亡に追いやる事態が描かれる。川上が人間の文明が抱える問題の中心に「神」の存在を見据えていたことはおそらく「神様2011」が出版された時点でははっきり読者に意識されていなかったのではないだろうか。しかし、この神の問題はそう一筋縄では解決しないことを川上も承知している。小説の最後の章で神の問題を考えるレマは、人間たちの多様な信仰の形が「それぞれの社会によってかたちづくられる個人の精神構造のありようと深くかかわる」ことを認識し、それがために宗教の違いによって戦争が起こると考えている(三三四—三三五)。つまり、神の違いは、それぞれの社会の在り方、個人の精神構造の違いを象徴している。ゆえに、この神の問題を乗り越えるためには、この精神構造の違いを乗り越えるような進化が求められることになる。小説の中でイアンとヤコブが求める進化の形には二種類あるが、それは共感能力、あるいは自生能力(光合成)の発達によるものである。どちらも形は異なるものの、争いを引き起こす精神の「違い」を乗り越え人間が共生するための方策であることは同じだ。つまりこの小説は、人間が共生能力の進化によって地球の破壊を止め、種の絶滅という運命を変えることが可能かどうかを試みる想像上の実験なのだ。

2　人間は「私」を超えられるか

地球史における人類という種の絶滅を語る『大きな鳥にさらわれないよう』は意外にも「私」の「内面」をめぐる物語でもある。イアンとヤコブは人間のコミュニティーを作ってそれぞれを分離し、そこに環境負荷をかけることで種としての進化を果たすことを期待する。この「進化」は神を旗印に互いに殺し合い地球環境を破壊しながら発展した人間の歴史を変えるものでなければならない。そのために最も期待されるのが他者を理解する能力の進化である。作中では「同調」や「走査」といった仕方で他人あるいは他の生物の内面に入り込む能力を発達させた人間たちが登場する。この小説全体のタイトルともなった「大きな鳥にさらわれないよう」の章では、エマという少女が特に強い共感能力を持って生まれ、人間の進化のきっかけになることが期待される。しかし、人々はエマの特殊性に対して本能的な勘が働き、それがゆえに人々はエマを恐れ、いじめを行うようになる。エマの母親でさえも彼女の特異さに対する恐れの感情を抑えることができず、結局彼女は町を出ていくことを決断する。

ヤコブはエマが町を追い出されたことに落胆しつつも「人が自分とは異質なものを見つけ出す力は、おれたちが思っているよりもずっと強い」ことを認める（九八）。この「異質なもの」を許せないという人間の本能こそがこの小説において探究される人類の存続のための大きな壁なのである。この異質なものの受容をめぐる問題は作中で様々に語られる。「漂泊」の章は「見守り」であるクローン人間の「わたし」の視点から語られるが、本来「見守り」は生殖によって生きる人間たちがコミューンの中で進化を成し遂げることをサポートするのが役目である。しかし、「わたし」の視点から語るこのクローン人間は、漂泊の見守りとしてコミューン・システムの外にある人間の集団を見つけ進化の兆しを調べることを仕事にしている。ある時「わたし」は、「目が三つあり鼻がなかった」という新しい人間たちを発見し、彼らが従来の人間にはない平和な生き方を本能的に営んでいることを知る（一四四）。しかし、「わたし」は人間の特異な進化型である彼らに対する拒否反応を止めることが出来ず、結局彼らの存在を報告することなく毒殺してしまう。その他、作中には異質な人間に対する本能的な嫌悪を乗り越えるため、他者の内面に入り込む能力を発達させた人間たちが多数登場する。「愛」と「変化」の章は他者の内面を「走査」する能力を発達させたカイラとノアの話である。カイラは誰にも気付かれることなく他人の意識を走査する能力を持っているが、それを敏感に察した人間たちに嫌われ、研究所にやってくる。この研究所には、同じように特異な発達を遂げたエマやノア、そして目が三つあって鼻が無い人間の生き残りたちがいた。そこでカイラは自分と同じように走査する力を持っているノアと夫婦になるが、カイラは三つ目たちと浮気をし、ノアは精神を病んでしまう。ここで興味深いのはノアが抱いている心にたいする道徳的な態度だ。意識を読まれても平気なカイラと異なり、他人を走査することを良く思わないノアは心について次のように考える。

正直なところ、僕の心の中のすべてを、カイラに知られたくはなかった。だいいち、僕の心の中について、僕自身だって、全部は知らない。いったいどんな闇が自分の中にあるのかなんて、わかったもんじゃない。

（二一九）

ノアは自分と同じように走査する人であるカイラを愛するようになり、それを知ったカイラに導かれて夫婦になる。しかし夫婦になると、同じ能力を持つ者であったはずの二人の違いが徐々に明らかになる。ノアはカイラが走査することを快く思わず、彼女を憎むようにさえなる。一方のカイラはそんなノアに退屈する。

なぜノアはこんなに善良なのだろうと、あたしは思った。走査することから逃げているから、きっとノアは善良なのだ。善良というものに、逃げこんで目をつぶって、そして人間の心の奥底など知らないふりで、あたしを好きになっている。自分の中の澄んだ絶望には決してふれようとしないで。

（二五五）

カイラはノアが自分の心の奥底に目を向けようとせず、それがために他人の心にも深くかかわらなくなった人間であることに退屈し、三つ目の人々と浮気をするが、彼らの心は「とても広」く「汲めども尽きぬ芳醇な飲み物のように感じられ」る（二五五）。カイラは姿形は一般の人間とは違うがより大きな快楽を与えてくれる三つ目との子どもを産み、一方のノアは心を病んでしまう。彼は愛に同質性を求め、それがために憎しみとそれを禁じる心を育て、やがて病んでいく。異質なものを排除する典型的な人間の本能がゆえに彼は滅んでいくことになる。そして一方のカイラは、幸福に自足して生きることに退屈し、常に変化を求め、他人が不幸であることに愛を見出すという点で「ほんとうに人間らしい人間」であり、「生みだすものより多くのものを破壊する」人間なのである（二五八）。つまり、ノアとカイラは「人間」として正反対でありながら、同時に典型的な在り様を示している。彼らは自分の中の無意識の存在を恐れて封印するか、あるいは尽きぬ快楽の源泉とするかは異なるものの、意識の向こう側に最大の価値を見出しているのである。共感能力の進化を求めて発達した走査能力は結局、読み取ることの出来る意識の外側こそが人間を人間たらしめていることを明らかにしたのである。その意味で、進化を期待されたノアやカイラたちは「人間らしさ」の内に留まっており、人間を絶滅から救い出すまでには至らない存在だといえる。従来の近代芸術においては到達点であった「心」「愛」「憎しみ」を持った「私」の造形によって「人間らしさ」を表現することが、「人新世」においては最早充分ではない可能性が示されるのだ。

3　ポスト人間、あるいは世界の人間化――ハラウェイ、ヘイルズ、ハイザから川上へ

快楽を求めて生産を超えた破壊を行う人間とは、おそらく川上が東日本大震災における原発事故から得たイメージなのではないだろうか。異質性を排除することを止められない人間という像もまた、自粛し委縮する日本社会、福島の風評被害、ヘイトスピーチの流行といった震災後の日本の姿を連想させる。東日

本大震災はこうした人間の負の側面を拡大して見せる惨事となり、その結果として多くのディストピア小説が書かれた。しかし、『大きな鳥にさらわれないよう』は単なるディストピア小説ではない。そして単に明るい「希望」を示している訳でもない。この小説は、人間が「異質」になるとはどういうことかを小説を読む体験を通して表現することを目論んでいる。「異」になるということは、明るいことでも暗いことでもなければ良いことでも悪いことともいえない体験である。川上は人間を根源的に異化することによってディストピア世界を超えた人間像を提起し「ポスト人間」の世界を読者に経験させようとする。

ポスト人間主義は、理性的な意識を持つ近代人に対し非理性的な本能や暴力が支配する近代人の他者として自然や動物あるいは非西洋人をイメージするという近代的な世界観に疑問を投げかけ、人間の主体性のあり方そのものの再考を迫るものである。ミシェル・フーコー等に代表されるポスト構造主義の哲学は近代人の主体性の概念を脱中心化する運動として一九八〇年代以降の思考の枠組みに大きな影響を与え、多文化主義や現代の環境批評もその恩恵を受けている。さらに重要なのは二十世紀の科学的知見が促した、従来における「人間」と物質的な環境の関係の再考である。「サイボーグ宣言」("Cyborg Manifesto." 1985)で知られるダナ・ハラウェイや『いかにして我々はポスト人間となったか』(*How We Became Posthuman.* 1999)でポスト人間思想に先鞭をつけたキャサリン・ヘイルズ等の思想は現代のメディア環境によって変容する人間の主体性を描き出して環境思想に影響を与えることになる。ハラウェイとヘイルズはそれぞれ生物学と化学という理科系の分野を専攻した経歴を持つ女性哲学者であり、彼女らの学際性は「環境」という分野と「ポスト人間」あるいは「人新世」という概念と切っても切れない関係にある。

ヘイルズは「ポスト人間」という概念によって、「自然」と「人工」が抑圧し合う関係にあるのではなく、常に社会や科学的成果と共に変動し、人間もそうした関係の中のネットワークを形作っていると考える（279）。ハラウェイの「サイボーグ」という概念も、機械や倫理といった人工的な存在と「人間」が最早一体化していることを端的に表しており、彼女はさらに『霊長類の想像力』（*Primate Visions.* 1989）やその後の著作で動物の観察や動物と共に生きることが提示する科学、政治、哲学、倫理の問題を取り上げ、動物を他者化してきた「人間」思考を批判的に論じる（377）。

先に言及したハイザの『場所の感覚、惑星の感覚』はこうしたポスト人間思想の延長上に現れたものである。彼女は現代の我々がグーグル・アースによって映しだされる地球の姿をあたかも我々自身の目で見ているかのように錯覚することによって人工的な視線を内面化し、そうした人工の目で観察可能な自然が「環境」となっていることを指摘する（22-24）。「惑星の感覚」が宇宙開発の技術と共に創造、更新されるサイボーグ的な感覚だとすれば、ローカルな場所はそのような惑星の感覚と共に生起する一層複雑なポスト人間のネットワークの網の目に存在するのである。

川上の『大きな鳥にさらわれないよう』は、こうしたポスト人間思想と深い関わりを持っていると筆者は考えている。それは川上が大学で生物学を専攻した女性作家であることも関連しているであろう。この小説は、人間が既にポスト人間となっていたことを内面から経験することを促す作品であり、それは我々が既に人新世の時代を生きていたことに符合している。

4　わたし（母）たち

福島の原発事故は、創造する以上に破壊を行う人間の性をどう乗り越えるか、というテーマを川上にもたらし、彼女は『大きな鳥にさらわれないよう』の中で人間が人間であることの意味を何度も問いかける。最終章のひとつ手前に置かれた「運命」の章では人間の「見守り」であるクローンの「わたしたち」がこの小説の世界の成り立ちを説明する。作者は、既にイアンとヤコブによって半分明かされたこの世界の仕組みをより大きな視野で見通すことで読者に世界を外部から俯瞰する視線を与える。この見守りである「母」は、人工知能が人間の体内に寄生することで進化し、クローン発生と人工知能の複製によって永続的に生まれ変わるサイボーグである（二七七）。このサイボーグの「母」はクローン発生の際に生まれる誤差以外に個々の違いをもたない存在だ。つまり「個性」のない「わたしたち」として「母」は世界各地のコミューンで人間の進化を見守る観察者となる。この小説世界は、サイボーグによって人間が進化を促される世界であったのだ。人工知能によって進化した「母」は人間たち（読者）に対し、「あなたたちは、何回も言いますが、ほんとうに判断力に欠けています。そして、柔軟性にも欠けている」と語る（二八六）。絶滅の道を歩み始めたにもかかわらず、一向に考え方を改められない人間の性がサイボーグによって批評される。そして、「柔軟性に欠ける」人間の本質として何度も言及されてきた異質性の排除については「あなたたちは、あくまであなたたちと同質のものを好む。そして、異質のものは排除するか、あるいは無視し、異質なものに対する自身の感情を封印する」とまとめられる（二九六）。

「わたしたち」であるサイボーグの「母」たちは同時に「わたし」でもある。それぞれが誤差の範囲の違いしかもたない「わたしたち」は、複数であると同時に単数である存在だ。人工知能という異質な物質を内在化したサイボーグによって、人間の単独性としての「私」が観察され分析される。「わたしたち」は人間が個性を重視し、個性がないことを「つまらない」と感じることを尊重して個性のある「大きな母」を作ることにする。人間たちは個性のある「大きな母」を好み愛情を覚えるが、結局「わたしたち」はそのことに決定的な意味は見出さない。なぜなら、その愛情が「同質のものを好む」人間の本能に根ざしたものであり、求められている進化はまさにその点を乗り越えることだからだ。

けれど、実際に個性あるわたし、すなわち大きな母を作ってみてわたし自身と比べた結果、わたしはわたしのことを「つまらない」と判断することはなかったのです。

わたしは「つまらない」ものではない。同時に、大きな母も、「つまらない」ものではない。どちらも、わたしである。ただし、大きな母には多少の個性があり、わたしには、ない。大きな母は、個別な存在であり、わたしはわたしという、普遍的な存在である。それだけのことだったのです。

（二九六）

個別と普遍は異なる価値ではなく、ローカルとグローバルのように相互に作用しつつ差異化された存在だ。それは人間が環境に与える作用と環境が人間に与える作用が同等に重視されるようになった人新世の時代（惑星時代）における認識的な地勢の変革なのだといえる。クローン再生によって生き延びる人工知能を内蔵したサイボーグである「わたし（たち）」の視点から人間を観察し分析する「運命」の章は、『大きな鳥にさらわれないよう』が「私」という価値の変革・進化を求めて書かれたことを改めて教えてくれる。「私」は既に常に他人や機械やメディアを通して作られたサイボーグ的な存在であり、自身を「生身」と信じる人間である「私」は「異質なもの」を認識的に排除する本能によって作られている。小説においてコミューン内で独自の進化を遂げることに失敗した人間は、サイボーグの「母」たちが自死し見守りを終えることによって絶滅の道を辿ることになる。

その一方で、もうひとつの人類進化の可能性であった合成代謝を行う集団についてこの小説ではあまり多くの考察がなされていない。それは植物化した人間にとって「私」という自己認識そのものが重要でなくなることに関係しているだろう。この進化形態は見守りの母によって特に期待されていたが、植物化した人間は争うことが無くなったばかりか生殖にも関心が無くなり、やはり絶滅へ向かうことになる（二九三）。人間の性である破壊を止めるために競争を行わない方向へと進化した人間は結局その競争力の無さのために滅びてしまう。この小説は、一旦崩れてしまった種の性質と環境のバランスを保つことがいかに困難であるかを示しつつ、最終章では人間の終わりと新しい人間世界の始まりが語られる。

5　生気物質論と新しい人間

川上はこの作品において「人間性」の問題点を明瞭に整理し提示している。「人間とは何か」を問うた戦後文学とは異なる位相で書かれているのは間違いない。この作品は「何か」を問い続け内面に留まるのではなく「いかに」問題を克服するかという観点から世界が描かれる。新しいパラダイムの提示によって世界観を転換する手法はポストモダンを経た文学の特徴であり、それに「地球」という意識と感覚が加わり「人間」を主人公とする人新世の文学へとつながってゆく。

作中で人間たちは何度か進化のチャンスを掴むものの、その都度自らの手でチャンスを潰してしまう。人間は結局、異質なものを受け入れ多様化することが出来ない、というのが作者の主張のようである。それはグローバル化や多文化主義の価値観に疲弊し、保守化が進行する二〇一〇年代の世界を反映しているともいえるし、日本において流行したヘイトスピーチに象徴される排他的な風潮への批評も含まれているかもしれない。そして何よりテロ等準備罪や改憲法案などによって戦前の「いつか来た道」へ戻りつつあるかのように見える日本社会への批判でもあるだろう。川上は現代社会に現れた歴史的な既視感や閉塞感の原因を人間による「異質さ」の本能的忌避に帰する。人間の本能における問題点が分かりやすく示されることで、人類の絶滅という大きなテーマと小説の読みやすさ、そして読者が登場人物の内面に同調する機会が担保される。地球規模の種の絶滅が我々の内面の問題であるとされることによって生物学と小説が違和感なく結びつき、小説は、個性とその中の同質性に魅力や愛を見出す人間の限界に向き合うことになる。

この小説で語られる「個性」とは「個別性」のことであって決して「異質性」を指してはいない。人間は「個別」であることに「同質性」を見出して愛するが、本質的な違いである「異質性」を好むことはない。ここで語られることは、「人間」が異質な人間、そして人間以外の生物や存在を本能的に嫌悪することが戦争や環境破壊につながり、ひいては人間自身の衰退へと向かってしまうことなのである(2)。最終章の「なぜなの、あたしのかみさま」では「大きな母」に見守られた最後の人間であるエリとレマが「人間後」の世界へと読者を導く。人間が絶滅への道を自ら変えることは出来ないと考えたサイボーグの見守りたちは、自爆することで人間に引導を渡すことを決め、それを実行する。しかし個性ある「大きな母」だけは希望を捨てることが出来ず、地球上最後の人間として残ったエリとレマを最後まで見守る。好奇心と行動力に富んだエリは、やがて人間を自分の手で発生させる試みに熱中するようになり、レマは死者の気配と会話し、人間たちの夢を見るようになる。

既に人間をクローン発生させることを断念した大きな母に代わり、エリは自らの細胞を使って人間を生みだそうとするが、その試みは失敗を繰り返し、結局エリは人間のクローンではなく、動物の細胞を使い、遺伝子操作を行うことで動物由来の人間たちを作り出すことになる。[3] 形は人間そっくりだが動物由来の遺伝子をもつ者たちを「工場」で発生させ、やがて彼らは「町」を形成するようになる。この人間のような形と機能を持ちながら遺伝子は人間とつながっていない者たちが、人類絶滅後の新しい人間として生き延びる。エリはクローン発生を繰り返しながら人間の進化を見守ってきた「母」たちには出来なかった発想で新しい人間を造りだしたのである。それは正に「物質的」に「異質な」人間を造ることによって成し遂げられた。

一方レマは地球の歴史を夢に見るようになる。エリが自分の細胞を使って生物を発生させる過程が原生生物から鳥へと徐々に進歩するのに合わせるかのように、レマが夢見る地球においても生物たちが進化を続ける。そして夢にはやがてホモ＝サピエンスが登場してレマを地上の生殖活動に引きずり込もうとし、あるいは天上の神として崇めようとする。レマはそのどちらにも興味を魅かれず、やがて絶滅していく人間たちの祈りにも同情することはない。しかし、唯一自分に似たところのある小さな子どもの「なぜなの、あたしのかみさま」という問いに心を動かされ、はじめて人間のために「どうか救われておくれ」と祈ることになる（三三八）。既に死を受け入れているため神や生殖への欲求を持たず人間らしくなかったレマが最後に「人間らしく」なり、その人間らしさゆえに滅んでいくことが暗示される。

この小説の最後に至ってようやく読者は、この動物由来の「新しい人間」たちこそが最初の「形見」の章における「わたし」や「夫」や「行子さん」の世界の住人であることを理解する。「わたし」の視点で「形見」の章を読んだ読者は、自身が人工発生した動物由来の人間の視点で世界を想像していたことに気づくことになる。この小説には「私」「あたし」「俺」「わたし」「僕」といった数多くの一人称が用いられ、しかもそれぞれがサイボーグであり人間であり、動物である。異質な生物が異質な環世界を語るこの小説が「ポスト人間」をテーマ化した作品であることはいうまでもない。作中の人間たちは環境を破壊し絶滅の道を歩み始めるが、異質な存在を本能的に嫌悪するため、異なる環世界を生きる生物へと進化する試みに失敗する。そうした進化の試行錯誤に何千年もの歳月を費やした末、作者が提示する実験的未来が動物由来の人間なのである。「わたし」という語り手の視点で読んだ夫や行子さんたちの不思議な世界は人類絶滅後の新しい人間たちの世界であったのだ。この小説は読者である「わたし」を新しい動物由来の人間へと異化する壮大な試みなのである。

『大きな鳥にさらわれないよう』は生物進化をめぐる物語であると同時に多様な「私」の内面の限界の克服を試みる物語でもあった。こうしたSFと純文学の融合は、身体的であると同時に精神的でもある生物の世界像―環世界をいかに共有するかという問題のために最早必要な形式なのだといえよう。サイボーグの「母たち」が自らの違いを誤差の範囲と考え「わたしたち」と表現するのに対し、生身の人間は個々の違いを克服することが困難で「私」「わたし」「あたし」「俺」「僕」と一人称でありながら個別的に表現される。個別的、あるいは個性的であるのは良いことである、という「人間的」な価値観がサイボーグの視点から見ることによって疑問に付され、それはむしろ進化の妨げであると考えられるようになる。近代西欧を中心に発展した近代的個人の価値は、西欧型社会の繁栄によって裏打ちされたものである。しかし、西欧型の文明が地球環境を危うくし、それが人類の生存にまで影響するとすれば、近代的個人の価値観も部分的にせよ見直される必要がある。その見直しの過程には多くの陥穽が待ち受けている。人新世の問題は、多くの困難とリスクを伴う近代文明の見直しに他ならない。

『大きな鳥にさらわれないよう』は個人が内面の違いを重視し、身体表現や言語表現には現れない側面、究極的には無意識、に価値を置く近代文明、近代文学そのものを疑問視し検討している。作中人物たちが他人の内面を知る能力を向上させるのは、そうした内面の価値が揺らいでいる現代を反映しているといえるだろう。内面とは表現されなければ存在しない。文字や音声や映像として物質化されなければ「そこに表現されなかったもの」を含めて存在しないのだ。作中での他人の意識の「走査」は物質化されない内面のようであるが、それは他人が読むことで存在する内面であり媒介による物質化のひとつの形なのである。つまり内面とは、表現されていなかった意識が表現されることによって存在するようになることだ。いつでも読むことが可能な意識とは最早内面ではなくなるといってよい。内面が最早内面でなくなれば、人間同士の違いは常に可視化され、争いはなくなるのであろうか。『大きな鳥にさらわれないよう』は、人間が意識を共有することを嫌い、異質なものを受け入れることに本能的な嫌悪を抱くがために争いと破壊はなくならないと語る。この人間の「本能」の根源に「走査」をもっても読むことの出来ない「無意識」の存在がある。「意識」が生きる人間存在を表象する時、「無意識」は必然的に我々がそこから来てそこに還る「死」と結びつく。小説の中では、人間が神を求めるのは死を恐れるためであると考えられている。それは人間が自らの無意識を恐れることでもあり、そこに異質なもの、別の環世界への嫌悪が存在する。同質性を好む人間は、無意識において異質性を嫌悪している。この作品において人間を救う神とは自らの愛と憎しみを昇華し無意識を反映した象徴的な存在であるようだ。そう考えると「神様2011」における熊にも新たな見方が出来るだろう。人間とは異質な動物である熊が人間であるかのように存在することは、擬人化ではなく川上にとって「新しい人間」の関係そのものであり、そこで「象徴的」な神様は地球に遍在するようになるのである。

『大きな鳥にさらわれないよう』で人間は結局のところ神を乗り越えることが出来ず、動物由来の人間に未来が託される。ここで「動物」であることにどんな意味があるのだろうか。第二章で触れているように、デリダは「無意識」とは実は動物のものであると語るが、ここでいう「動物」が多分に認識論的存在であることに注意が必要であり、生物学的な動物がそれぞれの身体を通した環世界を有していることは別の問題として検討されなければならない。しかし、作中において工場で造られる出自の異なる動物由来の人間たちは、生殖活動をせず神を持たないにもかかわらず、一見したところ古い人間と変わらない感情の世界を生きているようである。生命力を失った人類に代わって人間化された動物たちが生き延びるという『大きな鳥にさらわれないよう』は、死者を恐れ、悼み、儀礼を執り行うようになった人間の文明を根本的に刷新する想像上の企てである。それは死者と和解し死者を受け入れることによって異質なものと生きることを恐れなくなる人間、という新しい道を示唆しているのではないだろうか。そしてそれは、彼岸世界に恐れを抱く人間の内面世界の構造的な変革を伴うのである。数千年後の世界を身近に引き寄せた東日本大震災は、地球と人類の寿命というスケールで思考を巡らせることに、ある現実感をもたらし、それは奇しくも「人新世」という概念に呼応して、人間が人間らしくあることの是非を種の問題として問う文学作品を生みだしたのである。

『大きな鳥にさらわれないよう』で明らかになった川上の思想は、第二章で取り上げたベネットの生気物質論との間に深いかかわりを見出すことができる。ベネットはパラケルススが神による全体論を唱えたのを修正する形で物質による非暴力的な全体論の可能性を追求している。それは、人間と非人間が物質として相互に作用し合うことによって生まれる新しい共感を基盤とする世界であった。ベネットの思想が物質を介して得られる「非人間中心的な新しい人間像」を提唱しているとすれば、川上が描く新しい人間像は、生気物質論の具現化として解釈することが可能ではないだろうか。肉体から分離された魂の永遠ではなく、物質が相互に作用することによって生まれる世界においては「神様」だけではなく「生」と「死」の分離もまた見直されるべき対象となるのだ。

死者の世界との会話、そして和解というテーマは、東日本大震災によって第二次世界大戦以来となる多くの死者を目の当たりにした日本のポスト〈3・11〉小説において共通するテーマのひとつであった。いとうせいこうの『想像ラジオ』や高橋源一郎の『さよならクリストファー・ロビン』などいくつかの重要なポスト〈3・11〉小説がこのテーマを追求している。そんな中で川上の特徴は、この死者の問題を人類そして神の問題へと結び付けて考えたことにある。そして人類の限界を近代文学の根幹である個人の内面性や神を中心とする文明の限界とした『大きな鳥にさらわれないよう』は、一見穏やかな神話世界を語っているように見えるが、実は現実世界のタブーに迫る問題作なのだといってよい。そしてこの作品の問題性と人新世の課題は密接に結びついている。地球規模の問題を個人の生活で真摯に感じ考えることは難しく、また個人の内面を中心に表現世界を作る文学作品において地球規模の問題を正面から論じることには大きなリスクが伴う。このリスクは「全体」を語ろうとする環境批評が抱える最大の課題である。しかし、「人新世」という概念は個と全体の両方が相互に過不足なく作用していることを認めることを我々に促している。『大きな鳥にさらわれないよう』はそのリスクを敢えて犯し「全体」を語りつつ変わりゆく「個」の内面世界に読者を巻き込むことを企てた。東日本大震災をきっかけとして「人間」であることに「異質」な意味を見出し創造したこの小説は、ポスト〈3・11〉小説のひとつの重要な達成である。

おわりに――「遅い」小説に何が出来るか

東日本大震災後に現れた夥しい数のポスト〈3・11〉小説は、単一のテーマをめぐる小説の出版として近年稀にみる現象だった。一連の作品を読んでいくと、そこには地震と津波のエージェンシーが小説の物質的な環境を変え、そのことが人間関係や言葉の「ズレ」として表出し、しかもそこに「人間のしわざ」である「人新世」の問題が含まれていることが描かれている。そうした複雑なつながりを表現する形式として小説はまだまだ有効である。しかしその一方で、他の表現形式と比較すると震災に対する小説の反応は遅く、社会的な影響は限定的だったといえるだろう。この「遅い」メディアである小説に、そしてそれを論じることにどのような意味があるのだろうか。それは問題解決型の実践的な知が強く求められる現代において文学を取り上げることの意味を問うことでもある。

この問いに対し、本書は二十一世紀における現代思想としての環境批評と震災後に書かれたポスト〈3・11〉小説が共有する数々のテーマに注目し論じることで応えることを試みた。初期のポスト〈3・

11〉小説を通して目立ったのは東日本大震災による「私」という一人称の脱構築であり多様性の発露であった。椎名誠の「かいじゅうたちがやってきた」のように雑誌連載の私小説という形式を崩すことなく震災を同時的に描写するのと引き換えに小説作品からその回を削除してしまう例がある一方、佐伯一麦は同じく雑誌連載中の「還れぬ家」で「私」の視点から見た震災を描く代わりに私小説の語りの時間が途中で大きく変化してしまうことを容認した。こうした例は、私小説における「今・ここ」(=私)の時空間が個人の想像の中で時間の流れを止めることによって創出される場であることを改めて教えてくれた。東日本大震災という作者と読者に共通する時間の体験は、私的な想像世界を時間体験の多様なバリエーションへと開き、「私=今・ここ」の虚構性を明らかにする働きをした。この震災の作用を巧みに小説に取り込んだのが大江健三郎だった。彼は『晩年様式集』の中で震災のショックで小説を書けなくなってしまった「私」が、小説の登場人物であった女性たちに自らの話を書かせることによって書けない状況を切り抜けるという卓抜な構想力を用いて書く者と書かれる者の間の不均衡な関係という文学にとって根源的な倫理的課題に迫った。また、書くことによる表現が困難な障がい者である息子の存在は、「私」の視点に規定された真実の限界を超えるという大江の試みに重層性を加えた。振り返ってみると、大江の作品は、作者と読者、生と死、そして「私」の問題だけではなく、動物や障がい者というポスト人間の課題にも向き合ったポスト〈3・11〉小説にとっての重要な一里塚であることが分かる。

奥泉光の『東京自叙伝』は大江が提出した問題意識を共有し、同時に環境批評が直面している課題であるポスト人間思想の再人間化(あるいはポストモダンの物質化)にもかかわっている。奥泉は小説の語り手である「私」を「東京」という土地の霊とする奇想天外な着想によって「私問題」を表現した。数々の災害を経験してきた東京という土地が過去の災害をきっかけにして記憶を甦らせるという「私語り」

は、時間をせき止め「過去化」することによって「今の私」を生みだす小説の語りの構造を逆手にとり、土地でさえも「私」に成れることを示した。震災がいかに小説を生みだすか、という本書のテーマにとって『東京自叙伝』はひとつの可能性を示した例となっている。この小説が描く鼠から人間まで移り変わる「私」は、「我々」読者を原発事故の当事者である「私」として考えることを可能にする。作者は、原発を推進し事故を起こしたのは経済成長に酔い付和雷同を旨とする日本人である「私」ではないかと問いかけるのである。またこの作品は「人間が鼠化する」ことを表現しており、動物をテーマとした川上弘美、津島佑子、池澤夏樹、古川日出男らのポスト〈3・11〉小説、そしてポストモダン・ポスト人間思想の小説である高橋源一郎や多和田葉子の作品へとつながっている。奥泉、高橋、多和田に共通するのは現代文学においてポストモダンあるいは言語論的転回をどのように消化し乗り越えてゆくかを大きな課題としている点である。これは正に現代の環境批評が直面する課題でもある。

さらに見逃せないのは、ルース・オゼキの『あるときの物語』が「有時」という言葉に含まれる禅の思想を基盤に時間の速さや遅さといった比較概念を乗り越えることを表現した小説であることだ。万物は流転し続けるが、そこに機縁が生じ「ある時」の物語が生まれる。オゼキのテーマは『さようならクリストファー・ロビン』で高橋が執拗に「虚無」を乗り越えるようと試みていることに通じている。東日本大震災で影も形もなく消えてしまった人たちのことを考え続けるオゼキは、小説の中に機縁を創造し物語ることによって「時」を再生する。高橋が死者を想像することでポストモダンな可能世界の空虚さを乗り越え物語を読むことの意味を伝えようとするのに対し、オゼキは太平洋の海流やインターネットを介してカナダと日本の人々の縁をつなぎ「時」を得る小説を書くことによって見知らぬ死者に出会うことを表現する。オゼキや高橋の試みはポストモダン的な虚無を再人間化あるいは物質化することによって再び現実に向き合おうとする人新世の思想の現れと解釈することが可能である。ここでいう「再人間化」の「人間」とは脳科学や遺伝子工学の知見をもち、コンピューターと共存する関係を築いた「動物」でもある。

そして木村友佑や古川日出男らのポストコロニアルな小説は、東日本大震災によってもたらされる「遅い暴力」の存在に改めて注目している。特に南部訛りを多用する木村の「イサの氾濫」は、グローカル化の現象によって日本全体が均質化し商品としての差異のみが強調される現代において、東北には歴史的に異なる別の文化圏が存在することを頑なに表現する。そこで東日本大震災とその後の復興は、東北の蝦夷の文化圏が改めて中央の資本の波にさらわれ方言をはじめとする独自性を失っていく契機としても理解されるようになる。それに対し古川の『あるいは修羅の十億年』や『女たち三百人の裏切りの書』は日本の正統性を築いてきた中央の文化的言説に「異族」の声を織り交ぜ、介入し、変質させることで「蝦夷」や「サイボーグ」や「女たち」という歴史的に周辺化された存在の文化的な復権を図る。

このような「私問題」、ポスト人間・ポストモダン、そしてポストコロニアルといったテーマを「地球」と「人類史」という大きな枠組みと融合させた作品が川上弘美の『大きな鳥にさらわれないよう』である。約六千年という時間の枠を導入することで現代人の目には遅く、地球史的には速やかな人類の衰退と滅亡の過程を描くこの小説は、「私」という内面の砦や「神様」を生んだ人間の文明を更新し進化させる必要性を説く。しかし、作者が作品において提示する進化は、人間を含む動物たちを合成することによって人間のような生き物を作るという意外な形で達成される。工場で様々な生物が掛け合わされて「人間」が作られるという世界は平和なディストピアだ。この作品で「私」と「神」はともに「人間」が他者とつながり価値観を共有することを拒む「壁」の象徴である。人間は自らが築いた文明の成功の源を自ら乗り越えることができるのかという問いがこの小説を貫き、その試みに失敗した人間が逝きつく先の世界を描いたのが『大きな鳥にさらわれないよう』なのである。

東日本大震災は「3・11」として日本の時を止め、「その時」は無数の「私」を生みだした。この多様で複数の「私」はバラバラな個であると同時にひとつの大きな「私たち」という共時感覚の上に成り立っている。東日本大震災は日本人の共通体験として個を一時的にせよつなげる働きをする。また非常時においては社会的な統制が強まり、私的で独自の世界観は公的な共通利益に場を譲る。こうした社会情勢が個人主義の崩壊への懸念となり「ボラード病」をはじめ多くのディストピア小説が書かれた。ディストピア小説は未来への警告を発するという小説の役目を果たしているといえよう。しかし同時に、人新世の思想は個人主義がもたらした負の側面である環境破壊に向き合い、地球を新たな全体であり個として認識することを求めている。この地理的なスケールの拡大に対応して求められるのが時間軸の拡張である。十年単位の思考は人間による人間のための、そして経済成長のための思考であり地球と人間の環境にとっては百年や千年が考えるべき単位となる。奇しくも貞観地震・津波から約千百年後に起こった東日本大震災は、人新世の思考に求められる時間軸を現実の想像力として日本にもたらしたのである。そして一部ではあるが、ポスト〈3・11〉小説は近代国家の形成を機に主題化された「私」の限界を視野に、今や無数にちらばった「私」をつなげる新たな全体のあり方を模索している。この新たな全体性の模索はポスト人間・ポストモダン思想の再人間化と言い換えられるが、それは決して戦前の全体主義への回帰や明治近代の再評価ではなく、ポスト人間・ポストモダンが「人間」であることを脇に置くことで（言語によって造られる歴史）、近代の人間中心主義を批判したことの修正を主眼とするものである。こうした人新世の課題は複雑で繊細な問題を孕むため、短い形式で短時間に表現することは困難である。そこに本書が敢えて「遅い小説」に注目し期待する理由があった。

そこで最後に現代の環境批評が「遅さ」をどのように考えるかについて言及しておきたい。文化人類学者である春日直樹の『〈遅れ〉の思考――ポスト近代を生きる』（二〇〇七年）は、近代における「遅れ」の問題を正面から分析した快著であるが、この著書の中で春日は、仮構された普遍的理念が失われたポスト近代において「遅い」ということがいかなる意味を持つかを探求している。春日は、近代には二つの「遅れ」が存在し、それは問題の解決を要請する「認識に対する経験の遅れ」と、問題解決の難しさを表現する「経験に対する認識の遅れ」と整理している（二三）。この図式で興味深いのは、「経験に対する認識の遅れ」が「近代人になれない非合理な私」を生み出し、主に哲学や芸術によって提示されてきたという点だろう。春日によれば、ポスト近代においてはこの二番目の「遅れ」が重要性を失い一番目の問題解決型に収斂されることになる。

> 近代にはなぜ遅れがいけないのかを問うことの意味があった。しかし、もはや普遍的な理念がみいだしがたく、オーディットと市場の要件を満たしてよき「私」になるよう命じられるポスト近代になると、〈遅れ〉は現実に追いつき「私」を実現させるためにひたすら克服されるべき問題に変わり、「私」を「問題―解決」の枠組みの内側へと追い立てる。（二五）

東日本大震災後に発生した「文学に何ができるか」という問いは、ポスト近代において現実に対する「遅れ」を解決するための要請のひとつであったと考えられる。地震と津波と原発事故という現実に対し、文学作品は何を予見してきたのか、そして今何を提言することができるのだろうか。こうした問い自体はいつの時代にもあったに違いない。しかし文学における「私」がそんな問いの枠を逸脱した存在であることを表現し、それに芸術的な価値が広く認められるという時代は過ぎ去ったのかもしれない。現代においては文学もまた「問題―解決」になんらかの示唆を与える役割が求められ、その枠内において現実に対して「遅れて」いることは、そのまま文学の力不足と判定されてしまうのだ。このように考えると、東日本大震災後に現れた多くの近未来小説は、時代の要請に対する模範的な解答の試みであることが理解される。現実に対する文学の「遅れ」に対する焦燥感は、文学の中でも特に近代の産物である小説において強く感じられ、それは「遅れ」を探求することへの価値観が失われてしまっていることへの率直な反応だったといえよう。「速さ」が一般的に称揚される近代社会において、小説における固有の「遅さ」が反語的な価値を得てきたことが今、見直される時期に来ているのである。ポスト近代においては、近代的価値観が消滅するのではなく、重要ではあるが多くの価値観のひとつとして部分的に機能し遍在するようになる。そして、「反」近代や「非」近代の価値観も分裂拡散し、それ自体では力を失っていく。そうした時代に「遅い」小説はいかに広く価値を持ち続けられるのだろうか。

こうした疑問に対し物質的環境批評は、「遅い」ことに新たな価値を付与しようと試みている。環境批評は近代における工業化と環境破壊（生物多様性の破壊）による人間だけの繁栄や、科学と言語を持つ人間を至高の存在と考えがちな近代人を批判し、新たな思考の枠組みを築こうとしている。普遍的理念が存在した近代における「遅れ」に対して普遍的理念が失われたポスト近代における「遅れ」を考察した春日とは異なり、ジェーン・ベネットは「環境」の時代における認識の中において「遅い」ことに、反語的にではなく肯定的で積極的な価値を見出している。ベネットは『躍動するモノたち』において物が「遅い」ことを相対的に捉え、「止まっているように見える物は内部では異質の動く物たちなのだが、それを観察する人間の肉体の持続と速度に較べると速さや変化のペースが遅いのだ」と述べる(57)。我々人間にとって静止しているように見える物は実際には動き回っていて、それはただ「遅いだけ」なのだ。ベネットの認識は近代における「追いつく」ための「遅れ」ではなく、それぞれの物が独自の速度で常に動いているという人新世における人間にとっての「遅さ」の認識を表明している。

このような「遅さ」の認識は、人間以外の生物や非生物たちの立場から世界を想像し感じることによって初めて得ることができる。物質的環境批評は人間と非人間が物質として同様であり同等である地点から相互浸透的な関係を考えることで非人間の想像力を獲得しようと試みている。もし東日本大震災後の文化生産における「遅い小説」に何らかの価値があったとすれば、それは不完全な近代人であり不完全なポスト近代人でもある「私」が個人、家族、社会、国家、地球といった様々な位相において加害者であり被害者でもあることの一端を示してくれたことにあるのではないだろうか。東日本大震災という複合的な災害は、人間と環境の不可分で複層的なつながりを表し、ポスト〈3・11〉小説が地球史的な枠組みにおける生物としての人間の姿を描く大きな要因となった。このことは人新世の思考に対する環太平洋の地震多発地帯である日本からのひとつの応答なのではないだろうか。

註

はじめに

（1） Christophe Bonneuil and Jean-Baptiste Fressoz. *The Schock of The Anthropocene The Earth, History and US*. David Fernbach trans. 3.

（2） クルツェンはワットの蒸気機関が発明された一七七八年が始まりであるとしている。しかし、現在は一六〇〇年や一九六四年などさまざまな主張が存在する。

（3） Serpil Oppermann and Serenella Iovino eds. *Environmental Humanities voices from the Anthropocene*. xiv.

（4） Simon Lewis and Mark Maslin. "Defining the Authropocene." *Nature*. vol. 519, 2015. 172.

（5） *Environmental Humanities*. xv-xvi.

（6） Sverre Raffnsoe. *Philosophy of The Anthropocene*. Palgrave Macmillan, 2016. 15.

（7） 結城正美「環境人文学の現在」二三五―二四八頁、およびウルズラ・ハイザ「未来の種、未来の住み処」二四九―二六八頁。また、『エコクリティシズムの波を超えて』（二〇一七年）は副題に「人新世の地球を生きる」とあり、松永京子が「はじめに」で人新世の概念を詳しく紹介している。

第一章

(1) 海野徳仁「二〇一一年東北太平洋沖地震はどのような地震だったのか?」六〇頁。および日野亮太「震源直上での地殻変動と津波生成――海底圧力観測の結果」七四―七五頁。平川新、今村文彦、東北大学災害科学国際研究所編著『東日本大震災を分析する1　地震・津波のメカニズムと被害の実態』明石書店、二〇一三年。

(2) 東日本大震災の地震エネルギー(M9)が2×1018 J、広島の原爆が放出した全エネルギーが11×1012 J(55~63 T)。2×1018÷5.5×1013＝36363.6倍(広島原爆リトルボーイ:約三万六千四百発分)。

(3) "Nuclear Disaster and Bubbles" において吉本光宏は現代社会を統制し日常をもたらす記号として9・11と3・11を取りあげ、それがイメージとして消費されるためのものであることを批判的に論じている。(*Planetary Atmospheres and Urban Society After Fukushima*. 29-50.)

(4) 椎名誠「かいじゅうたちがやってきた　第二回」(『すばる』五月号)、重松清「獅子王」、川上弘美の「神様2011」(『群像』六月号)、玄侑宗久「あなたの影を引きずりながら」(『Kotoba』夏号)、榊邦彦「夏のピルエット」(『小説新潮』六月号)、高橋源一郎「御伽草子」(『新潮』六月号)などが震災を踏まえて書かれている。

(5) 「ポスト〈3・11〉小説」とそれ以外の小説の線引きは非常に難しい。本書では直接・間接的に東日本大震災への言及がある小説ということにする。

(6) 野田研一は「『他性』と『多声』を語る言語はいかにして可能か」という問いを立て、石牟礼道子の達成を高く評価している。『失われるのは、ぼくらのほうだ』水声社、六三―六五頁。

(7) 小説媒体の世界に限って言えば、日本の作家の反応は相当に早いものだった。しかし、震災という惨事は相対的に小説という表現形式の遅さを表現することになった。テレビ局が通常番組の放送を自粛し東日本のイベントが軒並み中止される中、文芸誌はほとんど内容を変えることなく出版されたため、そこにある種のズレが生じたことは確かだろう。ここでは小説の「遅さ」が単に執筆にかかる時間の長さだけを指すのではないことを確認しておく。

(8) フィクションではなく、評論やエッセイの中で最後に震災に言及する例が多い。『文學界』五月号は四月七日の発売。

（9）　山田詠美「熱血ポンちゃんから騒ぎ――カタストロフィに思う春」（五三二―五三九頁）。宮部みゆきは、『小説すばる』五月号（四月二十二日発売）で、冒頭におくやみの挨拶を挿入した。『小説新潮』でも五月号に連載していたが、そのような言葉はない。

（10）『早稲田文学記録増刊　震災とフィクションの〝距離〟』（早稲田文学会、二〇一二年三月）に収録された古川日出夫「ブーラが戻る」は早稲田文学ウェブサイトに二〇一一年三月二十五日に掲載され、阿部和重「RIDE ON TIME」と円城塔「SilverPoint」は二〇一一年五月三日に同サイトに掲載されるなど、いずれも早い時期に書かれ公表されているが、紙媒体で流通するまでにかなりの時間が費やされている。また、小説すばる五月号（四月十七日発売）は、表紙に「寒さや空腹の心配がなくなるように。静かな夜、怯えずに眠れるように、そして前と変わらない、読書を楽しめる日が来るように。私たちは、願っています。『小説すばる』編集部」という挨拶を載せた。

（11）「ヒグマの静かな海」は木村朗子『震災後文学論』でも論じられている。動物というテーマは震災において も環境批評においても重要であり、後の作品論でも再び採り上げる。

（12）文芸誌の一月号は前年の十二月に発売されているが、ここでは便宜上二〇一二年とする。

（13）木村朗子『震災後文学論』青土社、二〇一三年。

（14）古川の作品については後に改めて分析する。多和田の「韋駄天どこまでも」は一子と十子が喫茶店で話している時に地震が起こり、避難地区だったためそのまま車に乗せられて避難所へ送られる話。二人の友人の肉体の交じり合いと言葉の交じり合いがオーバーラップし、言葉の官能を表現している。

（15）震災は多くの作者に「死」を考えさせ、いとうせいこう『想像ラジオ』や高橋源一郎『さよならクリストファー・ロビン』などはその代表であるが、滝口悠『死んでいない者』や長嶋有「もう生まれたくない」は直接には語り得ない死と生の本質を否定的な反語によって指し示そうとする、文字表現の限界を見据えた作品である。

第二章

（1）　環境批評は形成途上にあり、「波」のメタファーの使用についての反対意見や、生命記号論にもホイーラーとはまったく異なる系譜が存在するなど、内容は非常に複雑で多岐に亘る。第四波は物質的環境批評論者の一部が標榜しているものの、まだ認められているとは言い難い区分である。ここでは現在の環境批評の中で筆者が関心を抱いている論者に絞って紹介している。

（2） Unlike the posthuman turn with which it is often confused, the nonhuman turn does not make a claim about teleology or progress in which we begin with the human and see a transformation from the human to the posthuman, after or beyond the human. [...] the very idea of the posthuman entails a historical development from human to something after the human, even as it invokes the imbrication of human and nonhuman in making up the posthuman turn. The nonhuman turn, on the other hand, insists（to paraphrase Latour）that "we have never been human" but that the human has always coevolved, coexisted, or collaborated with the nonhuman – and that the human is characterized precisely by this indistinction from the nonhuman.（*The Nonhuman Turn*, ix-x）

（3） 例えば『推論的リアリズム』の著者は*Vibrant Matter*を「過去数年の間に最も引用された人文学の著作のひとつ」と説明している。Gratton, Peter. *Speculative Realism*. 112.

（4） この問題については、ティモシー・クラークの議論が参考になる。「人新世」の概念に特有の難しさは、課題解決の方向性がしばしば人間の感覚や直観とは反対であることだ。それは「人間」であることが環境問題を引き起こしていることに由来する。

（5） 「創発」については生命論的記号論の節で詳しく論じる。

（6） 一九七〇―一九九〇年代のポストモダン思想にその典型を見出せる。

（7） この点においてホイーラーの生命記号論の思想と共通する。

（8） ドゥルーズとガタリが分裂病と資本主義を結び付けて論じた考え方に近い。

（9） 因果関係を「美学」とするモートンに対し、ベネットは美学であることを否定せず、よりよい美学を作ろうとしていると考えられる。

（10） 実際、人間主義的なロマンや精神性を否定し、他者としての身体性の交流を焦点化する考え方は、消費社会の現象としての「孤独な群衆」といった存在を思い起こさせずにはおかない。そこでは、従来の人間同士の密接な繋がりが希薄になることによって生まれる「孤独」感を別の関係性に変換していくことによって、世界を破滅に追いやることなく「持続可能」な状態に近づけることが求められる。ベネットの思想はそうした要請に応えるものとして解釈することが可能である。

（11）　例えば青山征彦はラトゥールのANTに関する問題点を簡潔にまとめている。青山征彦「アクターネットワーク理論が可視／不可視にするもの――エージェンシーをめぐって」『駿河台大学論叢』第三五号、駿河台大学教養文化研究所、二〇〇八年。一七五―一八五頁。

（12）　青山、一六七―一六八頁。

（13）　これは、環境批評が結局分析に有効な枠組みとして機能しないことへの批判ともなり得る点である。

（14）　モノがエージェンシー（作用主体性）を持つという考えは、しばしば批判の対象ともなっており、管見によれば、近年で最も重要な批判はティム・インゴルド（Tim Ingold）によるものである。インゴルドは「物質性に抗する物質たち」（"Materials against materiality."）という論文において、エージェンシーだけではなく、「モノ性」という考え方を否定している（Ingold, Tim. *Being Alive*. 19-32.）。インゴルドは、物質の世界において環境とは「存在」するのではなく「起こる」のであり、それは物質のアイデンティティーが静止したものではなく常に動的に展開し関係するものだからであると主張する（30）。同様に、インゴルドにとって「エージェンシー」は物質が想像上の性質として「モノ性」を持つがゆえに見出される存在に過ぎない。これはアニミズムに特有の考え方であり、人類学者としてインゴルドはあくまで物質の属性同士の関係から生命環境の展開を考えるべきだという立場を貫く。

またハネス・バーグスラー（Hannes Bergthaller）は「エージェンシーの限界」（"Limits of Agency." 2014）において、マテュラとヴァレラのオートポイエイシス理論やルーマンのシステム理論の立場から、物質がエージェンシーを持つという考え方の限界を指摘している（Hannes, Bergthaller. "Limits of Agency." *Material Ecocriticism*. 2014. 37-50.）。彼の主張は、人間を含む生物が周りの物質すべてを認識して何かを行う訳ではないということである。オートポイエティックなシステムは、何かを見ない（重要視しない）ことで自己と環境を作りだし、自立（autonomous）する。そして、この境界は「物質的であると同時に認識的」なものである（47）。システム理論においては、個人や物を「いくつかの物質的な力に還元・演繹することは出来ず、内部的な組織という点から理解しなくてはならない」ことになる（48）。バーグスラーの論文はエージェンシーの概念を完全に否定するものではないが、そこに組織的な関係や観察者の限界が考慮されていない点を指摘し、我々が全ての物の関係を把握することは不可能であり、期待できることはこれまで見逃されていたいくつかの相互依存の関係が見えるようになることである、と語る（49）。

（15）　二〇〇〇年に出版した*Poetics of Spice*（『スパイスの詩学』）が最もよく環境（食）から文学を解釈している。

（16）　*Ecology Without Nature*（2007）はモートンが環境思想家としての立場を築いた著作である。彼は、近代が生んだ「自然」概念を否定する「エコロジー」を提唱した。また、二〇一六年の時点で彼は思弁的実在論に批判的になりつつあるようでもある。

（17）　この点においてモートンとエージェンシーが物質間のテンションであるとしたベネットは意見が異なっている。

（18）　ここにドゥルーズの考えを重ねてみれば、それは未だに実現しない潜在性（ヴァーチャル）な存在のことなのである。

（19）　この章は「エコクリティシズムの潮流1――生命記号論的エコクリティシズムの展開と文学批評としての課題」（『城西国際大学大学院紀要』二四号、二〇一六年）に加筆修正を加えたものである。

（20）　パースとジェイムズの違い、あるいは「プラグマティズム」をめぐる誤解については様々な研究がある。本稿にとって重要なのは、環境によって思考概念が規定されるというパラダイムである。

（21）　この点におけるホフマイアーとホイーラーの違いについては後に触れる。（*Signs of Meaning in the Universe*. 1996）

（22）　ここで忘れてならないのは、イコンやインデックスといったアナログコードがシンボリックなデジタルコードにも含まれていることであり、シンボリックなコードが規範から自由になる時にはアナログコードが再び活用されることになる。

（23）　言うまでもなく、人間の言語の記号的自由度は地球上の歴史において稀に見る高さである。しかし、言語における記号的自由度の比類なき高さのために、ホフマイアーの思想はディープ・エコロジー的な環境中心主義とは齟齬をきたすことになる。パースの思想を解釈する過程で近代哲学の二項対立的図式や、それを生み出した人間中心主義を批判したにも関わらず、「記号的自由」という物差しで測る進化の度合いは人間が突出して高く、結果として人間の達成を中心に考えてしまうことになるのである。しかし、ホフマイアーはこうした批判には自覚的であり、人間が「他の動物の世界では考えられない記号的自由を獲得した」ことは、ありのままに認めることが必要だと考えている（*Biosemiotics*. 309）。しかし、だからといって他の生物の重要性が低いということではない。ホフマイアーは蚊を例にとって絶対的な環境中心主義を批判する。人は普段蚊を何のためらいもなく殺してしまうが、たとえ蚊の一匹といえども「唯一のゲノムパターンをもっている」のであるから、環境中心的には蚊ですらも殺してはならないはずである。だが、ほとんどの場合人はそう考えない。それは、人が重視しているのが「ゲノムの特異性ではなく、記号的自由」であるからだ、とホフマイアーは述べる（331）。彼は、他の種への共感が、生物の個別性によって引き起こされるものであり、それは記号的な個別性を我々がどれだけ認識できるかにかかっている、と考える（332）。

（24）　引用の全文は以下の通り。In naming the great process of change the long revolution, I am trying to learn to assent to it, an adequate assent of mind and spirit. I find increasingly that the values and meanings I need are all in this process of change. If it is pointed out, in traditional terms, that democracy, industry, and extended communications are all means rather than ends, I reply that this, precisely, is their revolutionary character, and that to realise and accept this requires new ways of thinking and feeling, new conceptions of relationships, which we must try to explore. This book is a record of such an attempt.（*The Long Revolution*.13-14. *The Whole Creature*. 12.）

（25）　*The Ecocriticism Reader*. 55-56. *The Cambridge Introduction to Literature and the Environment*. 4-5. など。特に欧州のエコクリティシズムにはウィリアムズの影響が大きい。

（26）　バータランフィ（Bertalanffy）の一般システム理論、プリゴジン（Prigogine）の流形ダイナミックス、ウィーナー（Wiener）のサイバネティックス、ホワイトヘッドの有機的メカニズム、そしてカノン（Cannon）のホメオスタシス、さらにはマラチュラとヴァレラのオートポイエイシスなどが言及される。特に、バータランフィの一般システム理論については、彼が心の理論を「脳、身体、そして環境からの創発として」描いたことをホイーラーは強調し（52）、オートポイエイシスの理論では、第一次構造的カップリングにおいて生成された組織と環境の区別が維持されつつ、第二次の構造ではその組織と環境に「創発的関連」が生まれることに注目する（107）。

（27）　本稿ではあまり触れることが出来ないが、マイケル・ポランニーはホイーラーがその思想的根拠としてしばしば言及する理論家である。彼の「暗黙知」という概念は、人間は意識をせずに（言語化できない）知識をもっており、それこそが創造的発想の源泉である、というもので、近代的な意識・無意識の分裂をつなぐ役割としての「創造」と意識化していない知識の役割を強調する。

(28)　ホフマイアー自身が明確にそう述べることはないが、彼の生命記号論がウィリアムズ流の史的唯物論と親和性があることをホイーラーは示唆し、ホフマイアー自身もそれを否定しない。『全体生物』に寄せたホフマイアーの推薦文が何よりもそのことを示している。

(29)　『ポストモダニティの起源』でペリー・アンダーソンは北米における「ポストモダン」概念の起源を一九五一年のチャールズ・オールソンの手紙にまで遡って示しているが、ここでは批評に限って考える。

(30)　例えばマテイ・カリネスク（Matei Calinescu）はポストモダニズムを近代性の五つの要素の一つと論じている。（*Five Faces of Modernity*. Duke University Press, 1987.）

(31)　Ihab Hassan. *The Postmodern Turn*. 91-92.

(32)　『環境批評の未来』三〇—三一頁。

(33)　『根源の彼方に　グラマトロジーについて　下』「『あらゆるものはテクストである』（「テクスト外部は存在しない」）」三六頁。

(34)　Jacque Derrida. *On Gramatology*. 158.

(35)　筆者は研究ノート「エコクリティシズムによるポスト構造主義の受容」（『城西国際大学大学院紀要』第一六号二五—三五頁）において既にキャンベル論文を分析しており、ここではその一部を使用している。

(36)　Cheryll Glotfelty and Harold Fromm eds. *The Ecocriticism Reader*. 124 -136.

(37)　本稿ではデヴィッド・ウィルス（David Wills）による英語の翻訳 *The Animal That Therefore I Am*（Fordram University Press, New York, 2008）を参照。

(38)　これは、例えばパースのイコン・インデックス・シンボル（icon, index, symbol）が示すような三段階（直接、間接、抽象）の記号のレベルを想定すると理解しやすいと考えられる。

(39)　ホイーラーの生命論記号学、ベネットの生気唯物論の項を参照。

(40)　マッスミの翻訳による *A Thausand Plateau*. 240。

(41)　このことについてはトム・ギル、ブリギッテ・シテーガ、デビッド・スレイター編『東日本大震災の人類学』（二〇一三年）が詳しく論じている。

第三章

（1） Jamie Lorimer. *Wildlife in the Anthropocene*. 9.

（2） Wendy Wheeler. "How the Earth Speaks Now." *Environmental Humanities*. 295-311.

（3） 『東日本大震災後文学論』においては、重松清の『獅子王』（二〇一一年五月一日毎日新聞日曜版）を「おそらくもっとも早くスタートした震災後文学の長篇」としている（i）。

（4） 佐伯一麦『震災と言葉』（岩波書店、二〇一二年）四―五頁。

（5） 木村朗子は『還れぬ家』について「母親との確執のせいで『還れぬ家』だった場所を被災によって本当に失ってしまったのである。連載の途中で、雑誌連載という即時性の高い媒体で書いているからこそ、はじめの構想をまげてでも応えようとした痕がそこには残されている」とまとめ、南木佳士や井口時男の新聞書評も紹介している（『震災後文学論』一九二―一九三頁）。また、『私小説ハンドブック』にも東雲かやのによる佐伯および『還れぬ家』についての紹介がある（九九）。

（6） 川村湊も「光との戦い――フクシマから遠く離れて」（『群像』二〇一七年四月号）で俵に言及している。

（7） Timothy Morton. *Ecology Without Nature*. 183.

（8） 厳密には、ほとんど同じ文を使用したといえる場面がある。連載第二回では「そういう単純な発想で浮かんだのは『流れる』だった。風も海も流れていく。流れ流れてどこどこいくよ――」（二三五）という表現が後に「いろいろ考えているうちに『流れる』というイメージがつながった。風も海も流れていくよ。流れ流れてどこどこいくよ」（七三）となった。

（9） 「かいじゅうたちがやってきた」を英語に翻訳すると *Here Comes the Monsters* となる。この英訳に現れる「Here」が椎名の私小説における「私」の場を示し、読者と共有することで臨場感をもたらす。

（10） 田中和生は「震災前後を結ぶ――和合亮一「詩の礫」から佐伯一麦『還れぬ家』の方へ」（『新潮』二〇一五年四月号、一六九―一八六頁）において『還れぬ家』が震災によってポストモダン小説となった、とまとめている。

（11） 長谷川泉「南小泉村（真山青果）」『国文学――解釈と鑑賞』、一九五五年、八九頁。

(12) 私小説については近年再評価が進んでおり、その形式に関しても、「破滅型」と「調和型」といった初期の類型からより細分化された形式の妥当性が検討されている(梅澤亜由美『私小説の技法』など)。
(13) 四一節は「私」が妻の視点から語っているが、四二節になると「私」がほぼ不在となる。
(14) 大江健三郎・正村公宏・川島みどり・上田敏『自立と共生を語る』六八頁。
(15) Cary Wolfe. *What is Posthumanism?* 127-142.
(16) ウェンディー・ホイーラーの『全体生物』にも通ずる。
(17) 『すばる』二〇一二年十月号、一四八―一四九頁。
(18) 『晩年様式集』についての先行研究としては松本新「『晩年様式集』に描かれた『カタストロフィー』」(『民主文学』No. 578, 二〇一三年十二月、一二八―一三五頁)や安藤礼二「『世界』と『私』のカタストロフィーに抗って――大江健三郎『晩年様式集(イン・レイト・スタイル)』論」(『新潮』二〇一四年一月号、二六〇―二六三頁)がある。松本は作品が未完であることから、大江が今後も書き続けることを求めている(一三五)。
(19) 『複合汚染』において有吉は化学物質による食物汚染の原因を戦後日本の政策と急激な消費社会化にもとめている。この作品は化学物質の使用の危険性を都市の消費者の立場から訴えたものとして、石牟礼道子の『苦界浄土』と対照的な関係にあると見ることもできる。
(20) 長江はテレビの震災報道による視覚的イメージから抜け出すことが出来ず、文学の言葉に基づく彼の現実感が大きく揺すぶられることになる。また長年反原発の理念を掲げてきた大江は自らの知識が映像によって告げられる真実によって死んでしまったと感じたかのようだ。
(21) 前田潤『地震と文学』は特にこの当事者性の問題を焦点化して論じている。
(22) 大江がバフチンのポリフォニーやカーニバルといった概念に影響を受けていることは明らかであり、例えば『文学再入門』で彼は、ドストエフスキーの『罪と罰』や井伏鱒二「かきつばた」の読解をバフチンの理論を下敷きに行っている。(『文学再入門』。三〇―五一頁)
(23) パトリック・マーフィーはバフチンの人間中心的なポリフォニーの解釈を非人間中心的な方向に拡張することによって自然のエージェンシーをも取り込み、それによってエコロジカルな文学解釈を行うことを提唱している。Murphy,

Patrick D. "Dialoguing with Bakhtin over Our Ethical Responsibility." 157-158.

（24）真木は「パパはアカリさんに対して本気で話をすることがなくなった」と長江を糾弾する（七四）。

（25）東日本大震災後書かれた小説の多くが被災者のエピソードを仮名を用いて描くというスタイルを用いた。大手メディアによって映画化された石井光太『遺体』などはその代表的なものであろう。多くの実話を繋ぎ合せることで臨場感を保ちつつ作品化するこのスタイルは、興味深いことに大江によるフィクションとしての私小説のスタイルに似てくるのである。

（26）「網の目」についてはティモシー・モートンが「あらゆる物が相互に関係しており」、そして「網の目は明確な始まりを持たず、そしてそれらの『群』や『付属のグループ』は線形から遠く……網の目の点は中心であると同時に端でもある」と述べている。（*Ecological Thought.* 28-29）網の目は生物と無生物、人間と非人間を結ぶ。〈3・11〉のようなカタストロフィーは地球の動きと視点を人間に結びつけ、従来の語りの構造、特に発話の起点についての再認識を促す。

（27）初出『新潮』二〇〇七年一月号、一四二―一五七頁。

（28）この点に関してはモートンの議論が参考になる。

（29）斉藤誠『震災復興の政治経済学』一九〇頁。

（30）柄谷行人「批評とポストモダン」『差異としての場所』一六〇―一六一頁。

（31）この違いは、環境批評のポスト人間主義が人間主義に基づく拡張の思想であるか、あるいは人間主義を放棄する思想であるかの違いとなって現れる可能性もあるだろう。

（32）これは多和田葉子が「動物たちのバベル」において人間のいない世界を動物たちの立場から考察したことに繋がる。「人新世」は人間が地球環境を左右する存在であることを認識することによって生まれたが、それは互いの利害が一致していないことへの危機意識の表れでもある。

（33）このような鼠の性質が作者奥泉の作り話であることは言うまでもないが、それをどう評価するかでエコクリティシズムとしての価値も変わるであろう。

（34）ダーウィンの進化論が生物の絶滅を常態とし、生き残りが偶然的な進化によるものであったことを物語ることに通じる。また、ホイーラー等の生命記号論が主張する共生による進化の裏面を表現しているとも解釈できる。

（35）奥泉は対談で『東京自叙伝』の「私」について、「反省をしない存在。それは日本の近代に対する僕の批判ですね」と語っている。「『東京』という名の生命体」『すばる』二〇一四年六月号、一六五頁。

（36）東京の地霊たる「私」にとって天皇はよそ者であり、「尊崇の念が薄い」と書かれている。

（37）東浩紀『動物化するポストモダン』一二六頁。

（38）敢えてステレオタイプな紋切型を用いることで逆説的に批判をしようというポスト近代的な戦略は人間の近代への批判としては有効であるが、その他の生物や物質環境を含めるという目標にとって有効であるかは別の問題であろう。

第四章

（1）熊のイメージについては木村朗子が『震災後文学論』において詳しく論じており、そこで木村は中沢新一の神話的思考論などを手掛かりに川上弘美「神様 2011」、津島佑子「ヒグマの静かな海」、佐藤友哉『デンデラ』、池澤夏樹『双頭の船』などを取り上げている。『震災後文学論』九〇—一一一頁。

（2）木村朗子『震災後文学論』九四—九五頁。

（3）川上弘美『新潮』二〇一一年六月号、一一三頁。

（4）作品中では語り手の父とヒグマさんのことが「兵隊だったふたりは遠くて寒い国にあるとくべつな場所に閉じ込められ、とてもつらい毎日を送っていた」と述べられる（一一四）。

（5）動物に対するハラウェイとドゥルーズの考えの違いに対応するのではないだろうか。

（6）Donna Haraway. *The Companion Species Manifesto*. 16.

（7）Donna Haraway. *The Companion Species Manifesto*. 25.

（8）「人新世」という時代がしばしば一七八四年のワットによる蒸気機関の発明から始まったと考えられることがそのことを物語っている。

（9）作中で猟師は政敵を殺すための狙撃手として雇われることになる。

第五章

（1）　Serenella Iovino and Serpil Oppermann eds. *Material Ecocriticism*. 26-27.

（2）　『新潮』四月号は実際には三月八日、六月号は五月八日に発売されているため、おそらく四月号への執筆は震災前の二月、六月号への執筆は震災直後の三月下旬から四月中にされていると考えられる。高橋は『「あの日」から考えている「正しさ」について』の「五月に書いたこと」の五月七日（土）に「御伽草子」について述べている（二〇六）。

（3）　Serpil Oppermann. "From Ecological Postmodernism to Material Ecocriticism." *Material Ecocriticism*. 21-36.

（4）　『ポスト・モダンの条件』八頁。

（5）　Fredric Jameson. *Postmodernism, Or The Cultural Logic of Late Capitalism*. ix.

（6）　こうした考えを最も端的に表現してみせたのが構造主義に多様性を導入し脱構築してみせたジャック・デリダの「テクストの外部には何もない」という言葉である。

（7）　気象庁によれば、東北地方太平洋沖地震で震度四以上が続いた時間は福島県いわき市で約一九〇秒、仙台市宮城野区で約一七〇秒、東京都千代田区で約一三〇秒などとなっている。気象庁ホームページ「平成二十三年（二〇一一年）東北地方太平洋沖地震時に震度計で観測した各地の揺れの状況について」平成二十三年三月二十五日。http://www.jma.go.jp/jma/press/1103/25a/201103251030.html　二〇一六年九月二十二日参照。

（8）　この「戦争」とは、世界中でテロ行為が行われるようになった未来を暗示しているとも言えるし、また「鉄腕アトム」においてトビオが車に乗って死んだことを考えると、現代の「交通戦争」を示唆しているとも考えられる。むしろ、グローバル化の進展によって「戦争」が形を変えて至る所に拡散していく状況そのものなのかもしれない。

（9）　Jacques Derrida. *Animal That Therefore I Am*. 137.

（10）　SNSアカウント保持者の死とその権利をめぐる問題はそうした現象の現れである。

（11）　アーシュラ・K・ル＝グウィン『いまファンタジーにできること』谷垣暁美訳、河出書房新社、二〇一一年、六一頁。

（12）　Timothy Morton. *Ecology Without Nature*. 34.

(13)「星降る夜に」は震災以前に書かれた作品であるが、「死」を正面から見据えることで基準のあいまいな創作の世界における根源的な価値を見出そうという意図が窺える。高橋は震災以前から震災後の状況に対応できる問題意識を抱いていたといえるだろう。
(14) Timothy Morton. *Realist Magic, Objects, Ontology, Causality*. 210-211.
(15) 多和田はロバート・キャンベルとの対談で「『献灯使』は未来小説じゃないんです」と発言しているが、それは現在既に起こりつつあることの行く末を作品にしたという意味であろう。『群像』二〇一五年一月号、二一六頁。
(16) 木村朗子の『震災後文学論』は多和田葉子の「不死の島」と「雲をつかむ話」にかなりの紙数を費やしている。
(17) 木村の他に、谷口幸代は「多和田葉子の文学における境界――『夕陽の昇るとき～STILL FUKUSHIMA～』を中心に」(二〇一五年)において「不死の島」のパスポートのエピソードが「雲をつかむ話」からの変奏であることを指摘している(五六―五七)。
(18) 曾秋桂は「エコクリティシズムから見た多和田葉子の書くことの『倫理』――『不死の島』と『献灯使』との連続性・断絶性」(『比較文化研究 No. 119』、二〇一五年)で「必ずしも『献灯使』は『不死の島』の後日談として見なくてもよい」と述べ(三六)、「献灯使」に環境適応を積極的に捉える一面があることを指摘している(四二)。また同音異義や擬人化や物象化などといった様々な手法を用いて言葉によって表現される世界の拡張を試みるのは多和田作品の特徴であり、こうした言葉の分析を試みた先行研究も少なからず存在する。
(19) その他にも岩川ありさが「伝達する身体／記憶する身体――多和田葉子の『献灯使』をめぐって」と題しクィア理論を用いて研究発表を行っている。
(20) 越川瑛理は「取り換えられる言葉」で「つまり、『～らしさ』という形容は限りなくその性質をもちながらも、到達することがないもの、あるいは不可能なものの形容なのである」と述べ、多和田の言葉遊びが脱中心化によって言語の拡張を目指すものであることを指摘している(二三)。ベイトソンの議論に関しては「生命記号論的エコクリティシズムの展開」を参照して頂きたい。
(21) 多様性が進化の可能性を生み出すという「創発」の考えに通じている。
(22) 多和田はロバート・キャンベルとの対談で「小説を書くことで、身体の可能性を探ってみたい」(二二〇)、あるいは「『献灯使』という題名には、外に出て、大陸に学ばないとだめなんじゃないか、という思いが込められています」とも述べている（二二一）。

(23) 松本健一『海岸線は語る　東日本大震災のあとで』一三一一四頁。

(24) エージェンシーの意味についてはエコクリティシズムの理論におけるジェーン・ベネットの議論を参照。簡単に述べれば「あらゆる物が相互に及ぼす力」であり、それは「意図」のあるなしに関わらず効果を生み出す。

(25) ルイーズ・バレット『野生の知能』インターシフト、二〇一三年。

(26) 演劇においては動物たちが人間の皮を被っていることが指示されており、観客は「視覚的」に動物たちの人間化を知らされることになっている。

(27) 小説にも様々な形式があることは確かだが、ここでは「内面」の描写に価値をおく近代小説のことを指している。

(28) もちろん手塚作品の中でアトムの妹として作られたウランそのものとも想像できる。

(29) 高度成長期の夢物語が今や汚染されてしまったことを示すアイロニーである。やがてウランが被災地出身のヤソウと恋に落ちることでその度合いはますます高まっていくが、同時にそれは現代のあらゆる関係がアイロニックであると語っているのだ。

(30) ヤソウの母親は飼い犬の肢にできた癌の瘤が汚染のために出来たのではないかと自衛隊の研究者らに示唆されて激高し、彼らを刺して自らも自殺してしまう（三七二）。

(31) こうした中心と周縁の転倒劇は大江健三郎や中上健次の作品にも見られるが、古川の場合、周縁と同様に中心の純血性もまた作為的に作られる。

(32) 高濃度の放射能で汚染された原発内部に侵入する遠隔操作ロボットの鏡像のようだ。

(33) 無論、この小説のタイトルは宮澤賢治の「春と修羅」の序文の中の言葉から採られている。修羅は仏教世界の悪神であり、その「修羅」の戦いという側面からも解釈されねばならないだろう。作中で世阿弥の風姿花伝が言及されていることを鑑みれば、日本の中心と周縁の構造を攪乱、混濁し解体するというモチーフが小説を貫いていると考えられる。また、古川は『南無ロックンロール二十一部経』において「億」という数が「あまりにも超越的」だと書いている（一三）。また『春の先へ』で古川は宮澤賢治の「春と修羅」における修羅が「人間と動物たちの『はざま』にある」とも語っている（四四）。

第六章

（1） http://www.pref.fukushima.lg.jp/uploaded/life/321347_777787_misc.pdf　二〇一八年一月九日閲覧。

（2） http://www.asahi.com/articles/DA3S12815146.html　二〇一七年二月二十七日閲覧。

（3） http://www.huffingtonpost.jp/2016/11/29/svetlana-alexievich-_n_13295940.html　二〇一六年十一月二十九日。二〇一七年四月十日閲覧。

（4） 大和朝廷による武力制圧と強制移住は、三十八年戦争の終結（八一一年）によって一旦終息に向かうが、その後も騒乱は続くことになる。

（5） 東北大学方言研究センター『方言を救う、方言で救う――3・11被災地からの提言』（ひつじ書房、二〇一二年）。

（6） ここでは、モートンが Thillich を参照する形で用いている「絶対的無」に対する「非存在論的無」を「空」に近い概念と解釈して使用している。初期仏教においてほぼ同義的であったと考えられる無と空の概念が大乗仏教において変化し中国や日本で多様な発展を遂げてきたことを考えると、古川とモートンの概念に多くの違いがあることは当然であろう。しかし、両者は共にポストモダン的な虚無を乗り越える概念としての「空」（西谷啓治）を探求しているというのが筆者の解釈である。

（7） モートンは絶対的無（oukontic nothingness）と非存在論的無（meontic nothingness）を区別し、非存在論的無が幽霊的な存在であると説明する（"Liminal Space Between Things." 276）。ここではモートンの非存在論的無を空に近い概念と解釈している。

（8） 柄谷行人『トランス・クリティーク――カントとマルクス』の一三二頁に同様の解釈があることは興味深い。

（9） 川村湊「光との戦い――フクシマから遠く離れて」で『笑いオオカミ』に言及し、津島が「3・11」以前から「ロード・ムービー的」な漂泊の旅を描いてきたことを指摘している。『群像』二〇一七年四月号、一五一―一七四頁。

（10） https://arxiv.org/pdf/1608.05185.pdf　二〇一七年三月七日閲覧。

第七章

(1) Jane Bennet. *Vibrant Matter*. 253-259.
(2) 『ものの人類学』二三五—二五三頁。
(3) 小説は、モノによって導かれる仮説的因果関係の世界を表現することにより、ドゥルーズの潜在性、あるいはモートンの隠れた本質が顕在化・現実化することを可能ならしめる。
(4) この小説が語られる時期は明らかではないが、おおよそ津波から二年以上三年未満の時間が経過していることが推測される(一八〇)。二〇一三年三月であれば、既に瓦礫は到着している。
(5) 『プラスチックの海』(*Plastic Ocean*)によると、津波による瓦礫の北米への到達は当初二〇一三年三月から二〇一四年三月の間と予想されていたが、二〇一二年四月には津波によって流された船がアラスカ沖で発見され沈められた。その後まもなく、カナダのブリティッシュ・コロンビアのグラハム島でゴルフクラブとハーレーダビッドソンのバイクが入った木箱が発見された(320)。『あるときの物語』はブリティッシュ・コロンビア州のコルテス島を舞台にしている(九一)。
(6) Timothy Morton. *The Ecological Thought*. 135.
(7) 「体の気象変動」(六二)などの他、随所に「波」や「水」の比喩が使われている。
(8) レイコフの *Metaphor We Live By* を念頭におけば(これがホイーラーの生物学的環境批評へのインスピレーションのひとつだったことを思い出してもよい)、地震、津波、放射能が原イメージ化され、肉体化されるということなのである。
(9) フロイトの無意識の世界における言葉の在り方やライティング・パットの比喩を想起させる。

第八章

(1) カタカナの「フクシマ」については『東日本大震災の人類学』を参照。
(2) この点については、同質性の中に異質性を見出すアブダクションの論理と異質な物の中に同質性を見出すメタファーを記号論的進化の重要な鍵と考える生命記号論を下敷きに考えれば、この小説は正に記号的な進化の物語といえる。
（3）　小説では「人間由来」の人間が三体造られたと語られる。

ポスト〈3・11〉小説リスト

＊　筆者がこれまで読んだポスト〈3・11〉小説をほぼ全て載せているが、アマチュア作家の作品でいくつか見合わせたものもある。リストが「完成」することは永遠にないかもしれないが、今後も継続してリストの充実を図っていきたい。

愛葉常二『海よ、永遠に』エリート情報社、二〇一二年。

相場英雄『鋼の綻び』徳間書店、二〇一二年。

――『共振』小学館、二〇一三年。

――『リバース』双葉社、二〇一五年。

青木淳悟「西池袋特集――亀が袋を背負って」『早稲田文学記録増刊　震災とフィクションの〝距離〟』二〇一二年三月。

赤坂真理「大津波のあと」『新潮』二〇一五年十月号。

明川哲也「箱のはなし」『それでも三月は、また』講談社、二〇一二年。

阿部和重「RIDE ON TIME」『早稲田文学記録増刊　震災とフィクションの〝距離〟』二〇一二年三月。

天久聖一『少し不思議』文藝春秋、二〇一三年。(『文學界』二〇一三年三月号～二〇一三年六月号)

いしいしんじ「ルル」『それでも三月は、また』講談社、二〇一二年二月。

伊格言『グラウンド・ゼロ――台湾第四原発事故』倉本知明訳、白水社、二〇一七年。

石野晶「純愛」『あの日から　東日本大震災鎮魂　岩手県出身作家短編集』岩手日報社、二〇一五年。

いとうせいこう『想像ラジオ』河出書房新社、二〇一三年。(『文藝』二〇一三年春季号)

飯島勝彦『夢三夜』梨の木舎、二〇一三年。

池澤夏樹「大聖堂」『群像』二〇一一年十二月号。

――『アトミック・ボックス』毎日新聞社、二〇一四年。(『毎日新聞』二〇一二年九月十六日〜二〇一三年七月二十日)

――『双頭の船』新潮社、二〇一三年。(『新潮』二〇一二年一、三、五〜十二月号、二〇一三年一月号)

――「美しい祖母の聖書」『それでも三月は、また』講談社、二〇一二年。

伊坂幸太郎『火星に住むつもりかい?』光文社、二〇一五年。

石井光太『遺体　震災・津波の果てに』新潮社、二〇一一年。

――『津波の墓標』徳間書店、二〇一三年。(『読楽』二〇一二年一月号〜二〇一二年十一月号)

伊藤たかみ「ある日の、ふらいじん」『文學界』二〇一二年一月号。

――『あなたの空洞』文藝春秋、二〇一五年。

伊藤道子「この町のこれから」『いわき文学』二六号、3・11震災特集、二〇一一年八月。

今村有紀「クリスタル・ヴァリーに降り注ぐ灰」『文藝』二〇一一年冬季号。

岩井俊二『番犬は庭を守る』幻冬舎、二〇一二年。

于強『津波、命がけの絆』泰文堂、二〇一三年。

江上剛『翼、ふたたび』PHP研究所、二〇一四年。

Ehrlich, Gretel. *Facing the Wave*. Pantheon Books, 2013.

円城塔「Silverpoint」『早稲田文学記録増刊　震災とフィクションの〝距離〟』二〇一二年三月。

大江健三郎『晩年様式集』新潮社、二〇一三年。(『新潮』二〇一二年一月号〜二〇一三年八月号)

近江静雄「鹿ケ城」『仙台文学』七八号、二〇一一年。

大村友貴美「スウィング」『小説すばる』二〇一五年九月号。

岡映里『境界の町で』リトルモア、二〇一四年。

岡崎大五『黒い魎』祥伝社、二〇一二年。

岡田利規「問題の解決」『群像』二〇一一年十二月号。

――「地面と床」『新潮』二〇一四年一月号。

――『現在地』河出書房新社、二〇一四年。

岡本貴也『神様の休日』幻冬舎、二〇一四年。

小川洋子「夜泣き帽子」『モンキー・ビジネス』Summer vol.14. 二〇一一年。

荻野アンナ『電気作家』ゴマブックス、二〇一五年。(『すばる』二〇一二年四月号〜五月号)

奥泉光『東京自叙伝』集英社、二〇一四年。(『すばる』二〇一二年十一月号〜二〇一三年十一月号)

Ozeki, Ruth. *A Tale for the Time Being*. Canongate Books, 2013.

オゼキ、ルース『あるときの物語』田中文訳、早川書房、二〇一四年。

恩田陸『錆びた太陽』朝日新聞出版、二〇一七年。

海堂尊「被災地の空へ――DMATジェネラル」『新潮』二〇一一年十一月号。

垣谷美雨『避難所』新潮社、二〇一四年。

角田光代「ピース」『それでも三月は、また』講談社、二〇一二年二月。

風見梢太郎『風見梢太郎　原発小説集』光陽出版、二〇一四年。

――『再びの朝』新日本出版社、二〇一五年。

鹿嶋田真希「波打ち際まで」『文藝』二〇一二年冬季号。

――「インタビュー」『早稲田文学記録増刊　震災とフィクションの〝距離〟』二〇一二年三月。

柏葉葉子「お地蔵様　海へ行く」『月刊ちゃぐりん』二〇一二年三月号。

――「風待ち岬」『月刊ちゃぐりん』二〇一三年三月号。

――「海から来た子」『あの日から　東日本大震災鎮魂　岩手県出身作家短編集』岩手日報社、二〇一五年。

金原ひとみ『持たざる者』集英社、二〇一五年。(『すばる』二〇一五年一月号)

川上弘美「神様 2011」『群像』二〇一一年六月号。

――「形見」『群像』二〇一四年二月号。

――『大きな鳥にさらわれないよう』講談社、二〇一六年。

川上未映子「三月の毛糸」『早稲田文学記録増刊　震災とフィクションの〝距離〟』二〇一二年三月。

河原れん『ナインデイズ』幻冬舎、二〇一二年。

姜尚中『心』集英社、二〇一三年。

菊池幸見「海辺のカウンター」『あの日から　東日本大震災鎮魂　岩手県出身作家短編集』岩手日報社、二〇一五年。

北野慶『亡国記』現代書館、二〇一五年。

北野道夫「関東平野」『文學界』二〇一二年九月号。

木下古栗「カンブリア宮殿爆破計画」『早稲田文学記録増刊　震災とフィクションの〝距離〟』二〇一二年三月。

木村友祐「イサの氾濫」『すばる』二〇一一年十二月号。

――「埋み火」『すばる』二〇一二年十二月号。

――「猫の香箱を死守する党」『新潮』二〇一三年七月号。

――「聖地Cs」『新潮』二〇一四年五月号。

桐野夏生『バラカ』集英社、二〇一六年。

――『夜の谷を行く』文藝春秋、二〇一七年。

窪美澄『アニバーサリー』新潮社、二〇一三年。(『週刊新潮』二〇一二年一月五日〜八月九日号)

熊谷達也「超絶なる鐘のロンド」『オール讀物』二〇一二年八月号。

――「冷蔵家族」『小説すばる』二〇一二年十二月号。

――「幻想と別れのエチュード」『オール讀物』二〇一二年十一月号。

――『光降る丘』角川書店、二〇一二年。(『家の光』二〇〇九年五月号〜二〇一二年四月号)

――『調律師』文藝春秋、二〇一三年。

――『微睡みの海』角川書店、二〇一四年。(『野生時代』二〇一二年三月号〜二〇一四年一月号)

――「リアスのランナー」『小説すばる』二〇一三年九月号。

――「壊れる羅針盤」『小説すばる』二〇一三年十二月号。

――「パブリックな憂鬱」『小説すばる』二〇一四年四月号。

――「永久なる湊」『小説すばる』二〇一四年八月号。

――「リベンジ」『小説すばる』二〇一四年十二月号。

――「ラッツォクの灯」『小説新潮』二〇一四年七月号。

――「卒業前夜」『小説すばる』二〇一五年四月号。

――『ティーンズ・エッジ・ロックンロール』実業之日本社、二〇一五年。(『月刊ジェイ・ノベル』二〇一四年四月号〜二〇一五年二月号。

――「希望のランナー」『小説すばる』八月号。

――『潮の音、空の青、海の詩』NHK出版、二〇一五年。(『河北新報』などに二〇一三年四月より三二〇回にわたって掲載)

――『希望の海　仙河海叙景』集英社、二〇一六年。

――『揺らぐ街』光文社、二〇一六年。

――『浜の甚兵衛』講談社、二〇一六年。

――『鮪立の海』文藝春秋、二〇一七年。

久美沙織「長靴をはいた犬一、二、三」『WEB ダ・ヴィンチNEWS』二〇一五年七月二十一日、八月五日、八月十日。

黒川創「うらん亭」『新潮』二〇一一年十月号。

――「波」『新潮』二〇一一年十一月号。

――「泣く男」『新潮』二〇一一年十二月号。

――「チェーホフの学校」『新潮』二〇一二年一月号。

――「神風」『新潮』二〇一二年二月号。

――『いつかこの世界で起こっていたこと』新潮社、二〇一二年。

――『岩場の上から』新潮社、二〇一七年。

玄侑宗久「あなたの影をひきずりながら」『kotoba』二〇一一年夏季号。

――「蟋蟀」『ストーリーパワー』『小説新潮』二〇一一年十月号別冊。

――「小太郎の義憤」『すばる』二〇一二年四月号。

――「アメンボ」『新潮』二〇一二年十一月号。

――「拝み虫」『文學界』二〇一三年三月号。

――『光の山』新潮社、二〇一三年。(『文藝春秋』二〇一三年三月臨時増刊号)

――「東天紅」『文學界』二〇一四年三月号。

小林エリカ『マダム・キュリーと朝食を』、集英社、二〇一四年。(『すばる』二〇一四年四月号)

コラス、リシャール『波蒼佑、17歳のあの日からの物語』集英社、二〇一二年。

彩瀬まる『川と星――東日本大震災に遭って』、新潮社、二〇一一年。(『小説新潮』二〇一一年五月号)

――『やがて海へと届く』講談社、二〇一六年。

斉藤純「あの日の海」『あの日から　東日本大震災鎮魂　岩手県出身作家短編集』岩手日報社、二〇一五年。

斉藤洋司『晴子の生き方――東日本大震災』本の泉社、二〇一三年。

佐伯一麦『還れぬ家』新潮社、二〇一三年。(『新潮』二〇〇九年四月号～二〇一一年四月号、二〇一一年七月、八月、九月、十一月号～二〇一二年五月号、二〇一二年八、九月号)

――「日和山」『それでも三月は、また』講談社、二〇一二年二月。

――「二十六夜待ち」『群像』二〇一三年二月号。

――「山海記」『群像』二〇一六年七月号～。

榊邦彦「夏のピルエット」『小説新潮』二〇一一年六月号。

崎山多美「うんじゃが　ナサキ」『すばる』二〇一二年十二月号。

桜井亜美『Fukushima Day』祥伝社、二〇一三年。

佐佐木邦子『黒い水』中央公論事業出版、二〇一五年。(『仙台文学』七九号、二〇一二年一月)

佐々木中『らんる曳く』河出書房新社、二〇一三年。

佐藤光美「想定外の渦の中で」『いわき文学』二六号、3・11震災特集、二〇一一年八月。

佐藤友哉「今まで通り」『新潮』二〇一二年二月号。

沢正『つなみ』幻冬舎、二〇一二年。

澤口たまみ「水仙月の三日」『あの日から　東日本大震災鎮魂　岩手県出身作家短編集』岩手日報社、二〇一五年。

沢村鐵「もう一人の私へ」『あの日から　東日本大震災鎮魂　岩手県出身作家短編集』岩手日報社、二〇一五年。

椎名誠「かいじゅうたちがやってきた」『すばる』連載第二回、二〇一一年五月号。

――『三匹のかいじゅう』集英社、二〇一三年。

志賀泉『無情の神が舞い降りる』筑摩書房、二〇一七年。

重松清「獅子王」毎日新聞日曜版二〇一一年五月一日〜二〇一二年七月二十九日。

――「おまじない」『別冊文藝春秋』二〇一一年九月号。

――「また次の春へ――盂蘭盆会」『早稲田文学記録増刊　震災とフィクションの〝距離〟』二〇一二年三月。

――『希望の地図』幻冬舎、二〇一二年。

――『また次の春へ』扶桑社、二〇一三年。

柴田哲孝『漂流者たち』祥伝社、二〇一三年。

島田雅彦『カタストロフ・マニア』新潮社、二〇一七年。

白石一文『幻影の星』文藝春秋、二〇一二年。

清野栄一「チェルノブイリII」『新潮』二〇一四年九月号。

青来有一「人間のしわざ」『すばる』二〇一二年一月号。

瀬名秀明「Wonderful World」『小説現代』二〇一二年九月号。

早助よう子「家出」『文藝』二〇一二年秋季号。

そのべあきら「いのち」『いわき文学』二六号、3・11震災特集、二〇一一年八月。

圓山翠陵『小説 Fukushima』養賢堂、二〇一二年。

高嶋哲夫『震災キャラバン』集英社、二〇一一年。

高橋克彦「さるの湯」『ストーリーパワー』(『小説新潮』二〇一一年十月号別冊)。

――『水壁――アテルイを継ぐ男』PHP研究所、二〇一七年。

高橋源一郎「御伽草子」『新潮』二〇一一年六月号。

――「アトム」『新潮』二〇一一年八月号。

――『恋する原発』講談社、二〇一一年。(『群像』二〇一一年十一月号)

――「ダウンタウンへ繰り出そう」『新潮』二〇一一年十二月号。

――『さよならクリストファー・ロビン』新潮社、二〇一二年。

滝口悠生『死んでいない者』文藝春秋、二〇一六年。

田口ランディ『ゾーンにて』文藝春秋、二〇一三年。

――『リクと白の王国』キノブックス、二〇一五年。(「キノノキ」二〇一五年一月～二〇一五年七月)

多田結李花『ぎゅっと抱きしめようよ――3・11あの日を忘れない』文芸社、二〇一三年。

田野武裕『夢見の丘』新潮社、二〇一四年。

多和田葉子「不死の島」『それでも三月は、また』講談社、二〇一二年二月。

――『雲をつかむ話』講談社、二〇一二年。

――「動物たちのバベル」『すばる』二〇一三年八月号。

――「韋駄天どこまでも」『群像』二〇一四年二月号。

――「彼岸」『早稲田文学』二〇一四年秋号。

――『献灯使』講談社、二〇一四年。(『群像』二〇一四年八月号)

――「地球にちりばめられて」『群像』二〇一六年十二月号～二〇一七年九月号。

津島佑子「ヒグマの静かな海」『新潮』二〇一一年十二月号。

――『ヤマネコ・ドーム』講談社、二〇一三年。(『群像』二〇一三年一月号)

――「半減期を祝って」『群像』二〇一六年三月号。

天童荒太『ムーンライトダイバー』文藝春秋、二〇一六年。(『オール讀物』二〇一五年八、十、十一月号)

友井羊『ボランティアバスで行こう!』宝島社、二〇一三年。

中川昭雄『石巻の天使たち』文藝社、二〇一三年。

中森明夫「東京トンガリキッズ2011」『早稲田文学記録増刊　震災とフィクションの〝距離〟』二〇一二年三月。

中村文則「震災の時」『早稲田文学記録増刊　震災とフィクションの〝距離〟』二〇一二年三月。

中山千里『アポロンの嘲笑』集英社、二〇一四年。（『小説すばる』二〇一三年五月号〜二〇一四年三月号）

長嶋有「光」『文學界』二〇一二年一月号。

――『三の隣は五号室』中央公論新社、二〇一六年。

――「もう生まれたくない」『群像』二〇一七年一月号。

沼田真祐『影裏』文藝春秋、二〇一七年。

西村健『最果ての街』角川春樹事務所、二〇一七年。

野里征彦『渚でスローワルツを』本の泉社、二〇一五年。

橋本治「助けて」『ストーリーパワー』（『新潮』二〇一二年四月号別冊）。

――「海と陸」『新潮』二〇一三年二月号。

――『初夏の色』新潮社、二〇一三年。（書き下ろしで「団欒」が収録）

長谷敏司「父たちの時間」『My Humanity』早川書房、二〇一四年。

馳星周『光あれ』文藝春秋、二〇一一年。

――『雪炎』集英社、二〇一五年。（『週プレNEWS』二〇一三年四月〜二〇一四年六月）

服部真澄『深海のアトム』角川書店、二〇一四年。

平野啓一郎「Re: 依田氏からの依頼」『新潮』二〇一三年七月号。

ピース、デイヴィッド「惨事のあと、惨事のまえ」山辺弦訳、『それでも三月は、また』講談社、二〇一二年二月。

日和聡子「行方」『群像』二〇一二年十一月号。

平谷美樹「加奈子」『あの日から　東日本大震災鎮魂　岩手県出身作家短編集』岩手日報社、二〇一五年。

平山夢明「チョ松と散歩」『小説すばる』二〇一二年八月号。

福井晴敏「震災後――こんな時だけど、そろそろ未来の話をしようか」『週刊ポスト』二〇一一年六月十七日号〜十一月十一日号。

福永信「この世の、ほとんどすべてのことを」『早稲田文学記録増刊　震災とフィクションの〝距離〟』二〇一二年三月。

藤谷治『あの日マーラーが』朝日新聞出版、二〇一五年。（『小説トリッパー』二〇一三年冬季号～二〇一五年春季号）

古井由吉「子供の行方」『群像』二〇一一年八月号。

古川日出男「馬たちよ、それでも光は無垢で」『新潮』二〇一一年七月号。

――「ブーラが戻る」『早稲田文学記録増刊　震災とフィクションの〝距離〟』二〇一二年三月。

――「家系図その他の会話」『早稲田文学記録増刊　震災とフィクションの〝距離〟』二〇一二年三月。

――「二度目の夏に至る」『新潮』二〇一二年二月号。

――「十六年後に泊まる」『それでも三月は、また』講談社、二〇一二年二月。

――『ドッグマザー』新潮社、二〇一二年。

――「きのこのくに」『すばる』二〇一三年一月号。

――「一つめの修羅」『すばる』二〇一三年十月号。

――「あしあと」『すばる』二〇一四年一月号。

――『冬眠する熊に添い寝してごらん』新潮社、二〇一四年。（『新潮』二〇一四年二月号）

――「多年草たちの南フランス」『すばる』二〇一四年五月号。

――「鯨や東京や三千の修羅や」『すばる』二〇一四年十月号。

――『女たち三百人の裏切りの書』新潮社、二〇一五年。

――『あるいは修羅の十億年』集英社、二〇一六年。（『すばる』二〇一五年二月号～十一月号）

辺見庸『青い花』角川書店、二〇一三年。（『すばる』二〇一三年二月号）

――『霧の犬』鉄筆、二〇一四年。

穂高健一『小説３・11――海は憎まず』日新報道、二〇一三年。

穂高明『青と白と』中央公論社、二〇一六年。

牧田真有子「合図」『早稲田文学記録増刊　震災とフィクションの〝距離〟』二〇一二年三月。

マクラッチー、J・D「一年後」ジェフリー・アングルス訳、『それでも三月は、また』講談社、二〇一二年二月。

町田宗鳳『光の海　死者のゆくえ』法藏館、二〇一四年。

町田久次「崩壊する日々」『吾等は善き日本人たらん』わかさ出版、二〇一三年。

松田青子「マーガレットは植える」『早稲田文学記録増刊　震災とフィクションの〝距離〟』二〇一二年三月。

松田武信『不思議な電話』新潮社、二〇一四年。

真山仁「わがんね新聞」『ストーリーパワー』（『小説新潮』二〇一一年十月号別冊）。

――『そして星の輝く夜が来る』講談社、二〇一四年。

――『雨に泣いている』幻冬舎、二〇一五年。

道浦母都子『光の河』潮出版、二〇一四年。

道又力編『あの日から』岩手日報社、二〇一五年。

宮内悠介「百匹目の火神」『小説現代』二〇一二年九月号。

村上香住子『そして、それから』現代思潮新社、二〇一三年。

村上龍「ユーカリの小さな葉」『それでも三月は、また』講談社、二〇一二年。

村雲司『阿武隈共和国独立宣言』現代書館、二〇一三年。

村田喜代子「光線」『文學界』二〇一一年十月号。

――「海のサイレン」『文學界』二〇一一年十二月号。

――「原子海岸」『文學界』二〇一二年二月号。

――「ばあば神」『文學界』二〇一二年四月号。

――『焼野まで』朝日新聞出版、二〇一六年。（『小説トリッパー』二〇一二年冬季号～二〇一四年冬季号）

村田沙耶香「かぜのこいびと」『早稲田文学記録増刊　震災とフィクションの〝距離〟』二〇一二年三月。

――『消滅世界』河出書房新社、二〇一五年。

村松真理「野百合」『三田文学』二〇一二年春季号。

モブ・ノリオ「太陽光発言書」『すばる』二〇一二年一月号。

森川秀樹『救いたい』PHP研究所、二〇一四年。

森村誠一「ただ一人の幻影」『問題小説』二〇一一年七月号。

――『祈りの証明　3・11の奇跡』角川書店、二〇一四年。(『野生時代』二〇一二年四月号〜二〇一三年四月号)

山崎ナオコーラ『昼田とハッコウ』講談社文庫、二〇一五年。(『群像』二〇一〇年三月号〜二〇一二年三月号)

――『反人生』集英社、二〇一五年。(『すばる』二〇一三年十二月号)

山下澄人「水の音しかない」『文學界』二〇一一年十二月号。

柳広司「道成寺」『オール讀物』二〇一五年四月号。

――「黒塚」『オール讀物』二〇一五年七月号。

――「卒塔婆小町」『オール讀物』二〇一五年十月号。

――「俊寛」『オール讀物』二〇一六年一月号。

――『象は忘れない』文藝春秋、二〇一六年。

ユアグロー、バリー「漁師の小舟で見た夢」柴田元幸訳、『それでも三月は、また』講談社、二〇一二年二月。

芳川泰久「逝き暮れ」『早稲田文学記録増刊　震災とフィクションの〝距離〟』二〇一二年三月。

吉村萬壱「ボラード病」『文學界』二〇一四年一月号。

柳美里『JR上野駅公園口』河出書房新社、二〇一四年。(『文藝』二〇一二年冬季号〜二〇一三年冬季号)

若杉冽『原発ホワイトアウト』講談社、二〇一三年。

綿矢りさ「大地のゲーム」『新潮』二〇一三年三月号。

参考文献

＊ ポスト〈3・11〉小説以外で参考にしたもの。

英語文献

Anderson, Perry. *The Origins of Postmodernity*. Verso, 1998.

Barad, Karen. *Meeting The Universe Halfway: Quantum Physics And the Entanglement of Matter And Meaning*, Durham and London: Duke University Press, 2007.

Bateson, Gregory. *Steps to an Ecology of Mind*. New York: Ballantine Books, 1972.

Bennet, Jane. *Vibrant Matter: A Political Ecology of Things*. Durham and London: Duke University Press, 2010.

———. "Of Material Sympathies, Paracelsus, and Whitman." *Material Ecocriticism*. Bloomington and Indianapolis: Indiana University Press, 2014. 239-252.

———. "Powers of the Hoard: Further Notes on Material Agency." *Vegetable, Mineral Ethics and Objects*. Washington DC: Oliphaunt Books, 2012. 237-269.

———. "Systems and Things: On Vital Materialism and Object-Oriented Philosophy." Grusin, Richard ed. *The Nonhuman Turn*. Minneapolis: Minnesota University Press, 2015. 223-239.

Bergthaller, Hannes. "Limits of Agency." *Material Ecocriticism*. Bloomington and Indianapolis: Indiana University Press, 2014. 37-50.

Braidotti, Rosi. *The Posthuman*. Cambridge: Polity, 2013.

Buell, Lawrence, Heise, Ursula K, Thornber, Karen. "Literature and Environment." *Annual Journal of Environment and Resources* vol. 36, 2011. 417-440. http://www.annualreviews.org/doi/abs/10.1146/annurev-environ-111109-144855（閲覧日：二〇一二年六月三十日）

Calinescu, Matei. *Five Faces of Modernity*. Durham: Duke University Press, 1987.

Campbell, Sue Ellen. "The Land and Language of Desire: Where Deep Ecology and Post-Structuralism Meet." *The Ecocriticism Reader*. Athens and London: University of Georgia Press, 1996, 124 -136.

Cheryll, Glotfelty and Fromm, Harold eds. *The Ecocriticism Reader*. Athens and London: University of Georgia Press, 1996.

Christophe Bonneuil and Jean-Baptiste Fressoz. *The Schock of The Anthropocene: The Earth, History and US*. trans. David Fernbach. London and New York: Verso, 2015.

Clark, Timothy. *The Cambridge Introduction to Literature and the Environment*. Cambridge: Cambridge University Press, 2011.

Cohen, Jeffrey Jerome ed. *Animal, Vegetable, Mineral: Ethics and Objects*. Washington DC: Oliphaunt Books, 2012.

————. *Inhuman Nature*. Washington DC: Oliphaunt Books, 2014.

Deacon, Terrence. *The Symbolic Species*. New York: WW Norton and Company, 1997.

————. *Incomplete Nature*. New York: WW Norton and Company, 2012.

Deleuze, Gilles, and Félix Guattari. *A Thousand Plateaus: Capitalism and Schizophrenia*. trans. Brian Massumi. Minneapolis: University of Minnesota Press, 1987.

Derrida, Jacques. *Of Grammatology*. trans. Gayatri Chakravorty Spivak. Baltimore: John Hopkins University Press, 1998.

————. *The Animal That Therefore I am*. trans. David Willis. New York: Fordram University Press, 2008.

Favareau, Donald. *Essential Readings in Biosemiotics Anthology and Commentary*. London and New York: Springer, 2010.

Gersdorf, Catrin and Mayer, Sylvia eds. *Nature In Literary and Cultural Studies: Transatlantic Conversations on Ecocriticism*. Amsterdam and New York: Rodopi, 2006.

Glotfelty, Cheryll and Fromm, Harold eds. *The Ecocriticism Reader*. Athens and London: University of Georgia Press, 1996.

Gratton, Peter. *Speculative Realism*. London, New York: Bloomsbury Academic, 2014.

Grusin, Richard ed. *The Nonhuman Turn*. Minneapolis: Minnesota University Press, 2015.

Harman, Graham. "Physical Nature and Paradox of Qualities." *Toward Speculative Realism*. Winchester and Washington: 2010. 122-139.

Haraway, Donna. *Primate Visions: Gender, Race, and Nature in the World of Modern Science*. New York: Routledge, 1990.

———. *Simians, Cyborgs and Women: The Reinvention of Nature*. New York: Routledge, 1991.

———. *The Companion Species Manifesto*. Chicago: Prickly Paradigm Press, 2003.

———. *When Species Meet*. Minneapolis and London: Minnesota University Press, 2008.

Hassan, Ihab. *The Dismemberment of Orpheus: Toward a Postmodern Literature*. New York: Oxford University Press, 1971.

———. *The Postmodern Turn: Essays in Postmodern Theory and Culture*. Columbus: Ohio State University Press, 1987.

Hayles, N. Katherine. *How We Became Posthuman*. Chicago: The University of Chicago Press, 1999.

Heise, K. Ursula. *Sense of Place and Sense of Planet*. Oxford: Oxford University Press, 2008.

Hoffmeyer, Jesper. *Biosemiotics*. Scranton: University of Scranton Press, 2008.

———. *Signs of Meaning in the Universe*. trans. Barbara J. Haveland. Bloomington and Indianapolis: Indiana University Press, 1996.

Ingold, Tim. *Being Alive*. New York: Routledge, 2011.

Iovino, Serenella and Oppermann, Serpil. eds. *Material Ecocriticism*. Bloomington and Indianapolis: Indiana University Press, 2014.

Jameson, Fredric. *The Cultural Turn*. London and New York: Verso, 1998.

———. *Postmodernism Or, The Cultural Logic of Late Capitalism*. Durham: Duke University Press, 2003.

Knappett, Carl and Malafouris, Lambros eds. *Material Agency: Towards a Non-Anthropocentric Approach*. New York: Springer, 2008.

Kaptelinin, Victor, and Nardi, Bonnie A. *Acting with Technology: Activity Theory and Interaction Design*. Cambridge and London: The MIT Press, 2006.

Lakoff, George, and Johnson, Mark. *Metaphor We Live By*. Chicago: The University of Chicago Press, 1980.

Lyotard, Jean-François. *The Postmodern Condition: A Report on Knowledge*. trans. Geoffrey Bennington and Brian Massumi. Minneapolis: University of Minnesota Press, 1984.

Malafouris, Lambros. *How Things Shape the Mind: A Theory of Material Engagement*. Cambridge, MA: The MIT Press, 2013.

Massumi, Brian. *What Animals Teaches US About Politics*. Durham: Duke University Press, 2014.

Moore, CAPT. Charles. *Plastic Ocean*. New York: Avery, 2012.

Morton, Timothy. *The Poetics of Spice*. Cambridge: Cambridge University Press, 2000.

———. *Ecology Without Nature*. Cambridge: Harvard University Press, 2007.

———. *The Ecological Thought*. Cambridge: Harvard University Press, 2010.

———. *Realist Magic: Objects, Ontology, Causality*. Ann Arber: Open Humanities Press, 2013.

———. *Hyperobjects: Philosophy and Ecology after the End of the World*. Minneapolis and London: Minnesota University Press, 2013.

Murphy, Patrick D. "Dialoguing with Bakhtin over Our Ethical Responsibility." Goodbody, Axel and Rigby, Kate, eds. *Ecocritical Theory–New European Approaches*. Charlottesville and London: Virginia University Press, 2011. 155-167.

Oppermann, Serpil, Özkan, Ufuk, and Slovic, Scott eds. *The Future of Ecocriticism: New Horizons*. Newcastle: Cambridge Scholars Publishing, 2011.

Oppermann, Serpil and Iovino, Serenella eds. *Environmental Humanities Voices from the Anthropocene*. London and New York: Rowman and Littefield, 2017.

Peirce, Charles, S. *Philosophical Writings of Peirce*. New York: Dover Publication Inc., 1955.

———. *The Essential Peirce Volume 1*. Bloomington and Indianapolis: Indiana University Press,1992.

Plumwood, Val. *The Eye of the Crocodile*. Shannnon, Lorraine ed. Canberra: Australian National University E Press, 2012.

Rigby, Kate. "Confronting Catastrophe in a Warming World." Louse Westling, ed. *The Cambridge Companion to Literature and the Environment*. New York: Cambridge UP, 2014. 212-225.

Roth, Philip. *The Great American Novel*. New York: Holt, Rinehart and Winston, 1973.

Rueckert, William. "Literature and Ecology: An Experiment in Ecocriticism." *The Ecocriticism Reader*. Athens and London: University of Georgia Press, 1996. 105-123.

Said, Edward. *Orientalism*. New York: Random House, 1978.

Sebeok, Thomas A. *Sings: An Introduction to Semiotics*. Toronto and Buffalo: Toronto University Press, 1994.

Sukhenko, Inna. "Reconsidering the Eco-Imperative of Ukrainian Consciousness." Slovic, Scotte, Rangarajan, Swarnalatha, and Sarveswaran, Vidya, eds. *Ecoambiguity, Cummunity, and Development*. Lanham: Lexington Books, 2014. 113-130.

Tsing, Anna Lowenhaupt. *The Mushroom at the End of the World*. Princeton and Oxford: Princeton University Press, 2015.

Viney, William. *Waste/A Philosophy of Things*. London and New York: Bloomsbury, 2014.

Weil, Kari. *Thinking Animals*. New York: Columbia University Press, 2012.

Wheeler, Wendy. *The Whole Creature: Complexity, Biosemiotics, And the Evolution of Culture*. London: Lawrence & Wishart, 2006.

————. "Natural Play, Natural Metaphor, Natural Stories." Iovino, Serenella and Oppermann, Serpil eds. *Material Ecocriticism*. Bloomington and Indianapolis: Indiana University Press, 2014. 67-79.

————. "The Biosemiotic Turn; Abduction, or, the Nature of Creative Reasoning Nature and Culture." *Ecocritical Theory New European Approaches*. Charlottesville and Goodbody, Axel and Rigby, Kate eds. London: Virginia University Press, 2011. 270-282.

Williams, Raymond. *Keywords*. Oxford and New York: Oxford University Press, 1983.

————. *The Long Revolution*. Cardigan: Parthian Books, 2012.

Wolfe, Cary. *What is Posthumanism?*. Minneapolis and London: Minnesota University Press, 2010.

————. *Before the Law: Humans and Animals in the Biological Frame*. Chicago: The Universityof Chicago Press, 2013.

Zapf, Hubert. "Creative Matter and Creative Mind: Cultural Ecology and Literary Creativity." Iovino, Serenella and Oppermann, Serpil eds. *Material Ecocriticism*. Bloomington and Indianapolis: Indiana University Press, 2014. 51-66.

日本語文献

青山征彦「アクターネットワーク理論が可視／不可視にするもの――エージェンシーをめぐって」『駿河台大学論叢』第三五号、駿河台大学教養文化研究所、二〇〇八年、一七五―一八五頁。

――――「人間と物質のエージェンシーをどう理解するか――エージェンシーをめぐって（2）」『駿河台大学論叢』第三七

号、駿河台大学教養文化研究所、二〇〇八年、一二五―一三六頁。

アガンベン、ジョルジョ『開かれ　人間と動物』岡田温司、多賀健太郎訳、平凡社、二〇一一年。

東浩紀『動物化するポストモダン』講談社現代新書、二〇〇一年。

新茂之『パース「プラグマティズム」の研究』晃洋書房、二〇一一年。

有馬道子『改訂版　パースの思想　記号論と認知言語学』岩波書店、二〇一四年。

有吉佐和子『複合汚染』新潮社、一九七五年。

アレクシエービッチ、スベトラーナ『チェルノブイリの祈り』松本妙子訳、岩波書店、二〇一一年。

アンダーソン、ペリー『ポストモダニティの起源』角田史幸、浅見政江、田中人訳、こぶし書房、二〇〇二年。

安藤礼二「『世界』と『私』のカタストロフィーに抗って――大江健三郎『晩年様式集（イン・レイト・スタイル）』論」『新潮』一月号、二〇一四年、二六〇―二六三頁。

岩川ありさ「伝達する身体／記憶する身体――多和田葉子の『献灯使』をめぐって」『日本近代文学会会報一二二』日本近代文学会、二〇一五年四月一日、一六頁。

岩谷彩子「ものが魅せる、ものに魅せられる」床呂郁哉、河合香吏編『ものの人類学』京都大学学術出版会、二〇一一年、二三五―二五三頁。

宇治谷孟『続日本紀　上・中・下』講談社学術文庫、一九九五年。

梅澤亜由美『私小説の技法――「私」語りの百年史』勉誠出版、二〇一二年。

海野徳仁「二〇一一年東北太平洋沖地震はどのような地震だったのか？」平川新、今村文彦、東北大学災害科学国際研究所編著『東日本大震災を分析する1　地震・津波のメカニズムと被害の実態』明石書店、二〇一三年、五六―六七頁。

ヴィンス、ガイア『人類が変えた地球――新時代アントロポセンに生きる』化学同人、二〇一五年。

蛯名裕一「慶長奥州地震津波について」平川新、今村文彦、東北大学災害科学国際研究所編著『東日本大震災を分析する2　震災と人間・まち・記録』明石書店、二〇一三年、一八九―二〇〇頁。

大江健三郎『空の怪物アグイー』新潮社、一九七二年。

――『文学再入門――大江健三郎』NHK出版、一九九二年。

――「読むこと、学ぶこと、そして経験」『すばる』二〇一一年十月号。一三六―一四九頁。

大江健三郎、正村公宏、川島みどり、上田敏『自立と共生を語る』三輪書店、一九九〇年。

大野美沙「3・11後の『ことば』を、語る」『文學界』二〇一一年五月号、三〇九頁。

開沼博『「フクシマ」論　原子力ムラはなぜ生まれたのか』青土社、二〇一一年。

春日直樹『〈遅れ〉の思考――ポスト近代を生きる』東京大学出版会、二〇〇七年。

上岡克巳「環境文学入門」『国際社会文化研究　Vol.4』高知大学人文学部国際社会コミュニケーション学科、二〇〇三年、一―二二頁。

柄谷行人「批評とポストモダン」『差異としての場所』、講談社、一九九六年。

――『定本柄谷行人集3　トランスクリティーク――カントとマルクス』岩波書店、二〇〇四年。

川村湊『震災・原発文学論』インパクト出版会、二〇一三年。

――「光との戦い――フクシマから遠く離れて」『群像』二〇一七年四月号、一五一―一七四頁。

木村朗子『震災後文学論』青土社、二〇一三年。

黒板勝美編輯『日本三代実録』吉川弘文館、二〇〇〇年。

熊谷達也「言葉が無力になったとき」『群像』二〇一一年七月号、一七四―一七五頁。

クライスト、H・V『チリの地震』種村季弘訳、河出書房新社、一九九六年。

桑野隆『未完のポリフォニー』未来社、一九九〇年。

限界研編『東日本大震災後文学論』南雲堂、二〇一七年。

鴻巣友季子「カーブの隅の本棚」『文學界』二〇一一年五月号、二六〇―二六一頁。

越川瑛理「取り換えられる言葉　多和田葉子作品における翻訳の問題」『Rhodus』Nr. 27、筑波ドイツ文学会、二〇一三年、一七―二八頁。

小林孝吉『原発と原爆の文学――ポスト・フクシマの希望』菁柿堂、二〇一六年。

斎藤環『原発依存の精神構造』新潮社、二〇一二年。

齊藤誠『震災復興の政治経済学』日本評論社、二〇一五年。

佐伯一麦『石の肺』新潮社、二〇〇七年。

――――『震災と言葉』岩波書店、二〇一二年。

佐々木敦「批評時空間」『新潮』二〇一一年五月号、二三七―二四七頁。

――――『シチュエーションズ』文藝春秋、二〇一三年。

佐々木久春「『東京に空が無い』と『南小泉村』と」『秋田大学教育学部研究紀要』秋田大学付属図書館、一九七三年、一三九―一五一頁。

塩田弘、松永京子他編著『エコクリティシズムの波を超えて――人新世の地球を生きる』音羽書房鶴見書店、二〇一七年。

私小説研究会編『私小説ハンドブック』勉誠出版、二〇一四年。

陣野俊史「『3・11』と『その後』の小説」『すばる』八月号、集英社、二〇一一年、二四八―二六〇頁。

曾秋桂「エコクリティシズムから見た多和田葉子の書くことの『倫理』――『不死の島』と『献灯使』との連続性・断絶性」『比較文化研究』no.119、日本比較文化学会、二〇一五年、三五―四五頁。

高橋源一郎『優雅で感傷的な日本プロ野球』河出書房新社　新装新版、二〇〇六年（初版一九八八年）。

田中和生「震災前後を結ぶ――和合亮一「詩の礫」から佐伯一麦『還れぬ家』の方へ」『新潮』二〇一五年四月号。一六九―一八六頁。

谷川雅彦「福島第一原発事故から六年――福島差別は許されない」『ヒューマンライツ』部落解放・人権研究所、二〇一七年、一八―二四頁。

谷口幸代「多和田葉子の文学における境界――『夕陽の昇るとき～STILL FUKUSHIMA～』を中心に」『比較日本学教育研究センター研究年報』第十一号、お茶の水女子大学比較日本学研究センター、二〇一五年、五五―六四頁。

多和田葉子、キャンベル、ロバート「やがて〝希望〟は戻る――旅立つ『献灯使』たち」『群像』二〇一五年一月号、二一三―二二四頁。

俵万智『オレがマリオ』文藝春秋、二〇一三年。

東北大学方言研究センター『方言を救う、方言で救う――3・11被災地からの提言』ひつじ書房、二〇一二年。

トム、ギル／ブリギッテ、シテーガ／デビッド、スレイター編『東日本大震災の人類学』人文書院、二〇一三年。

中島たい子「吉祥寺　メッセージはない余裕のある街」『すばる』二〇一一年五月号、一八八―一九五頁。

野田研一『失われるのは、ぼくらのほうだ』水声社、二〇一六年。

野田研一、山本洋平、森田系太郎編著『環境人文学Ⅱ　他者としての自然』勉誠出版、二〇一七年。

芳賀浩一「書評――Timothy Morton *The Ecological Thought, Ecology Without Nature, The Poetics of Spice*」『文学と環境』第一四号、文学・環境学会、二〇一一年、四八―五〇頁。

――「エコクリティシズムによるポスト構造主義の受容――文学批評の確立へ向けての課題」『城西国際大学大学院紀要』第一六号、二〇一三年、二五―三五頁。

――「エコクリティシズムの潮流1――生命記号論的エコクリティシズムの展開と文学批評としての課題」『城西国際大学紀要』第二四号、二〇一六年、一―一五頁。

波戸岡景太『オープンスペース・アメリカ』左右社、二〇〇九年。

長谷川泉「南小泉村（真山青果）」『国文学――解釈と鑑賞』二〇（一二）ぎょうせい、一九五五年十二月、八三―九四頁。

バレット、ルイーズ『野生の知能』インターシフト、二〇一三年。

フロム、ハロルド／アレン、ポーラ・G／ビュエル、ローレンス『緑の文学批評』伊藤詔子、横田由理、吉田美津他訳、松柏社、一九九八年。

日野亮太「震源直上での地殻変動と津波生成――海底圧力観測の結果」平川新、今村文彦、東北大学災害科学国際研究所編著『東日本大震災を分析する1　地震・津波のメカニズムと被害の実態』明石書店、二〇一三年、六八―七九頁。

ビュエル、ローレンス『環境批評の未来――環境危機と文学的想像力』伊藤詔子、横田由理、吉田美津、三浦笙子、塩田弘訳、音羽書房鶴見書店、二〇〇七年。

古川日出男『馬たちよ、それでも光は無垢で』新潮社、二〇一一年。

古川日出男、重松清「牛のように、馬のように――「はじまりの言葉」としての『馬たちよ、それでも光は無垢で』をめぐって、そして「始まりの場所」としての福島／日本をめぐって」『早稲田文学記録増刊　震災とフィクションの〝距離〟』早稲田文学会、二〇一二年、一七五―二〇〇頁。

古川日出男、宮澤賢治『春の先の春へ――震災への鎮魂歌　古川日出男　宮澤賢治『春と修羅』をよむ』左右社、二〇一二年。

辺見庸「眼の海」『文學界』二〇一一年六月号。

前田潤『地震と文学』笠間書院、二〇一六年。

松本健一『海岸線は語る　東日本大震災のあとで』ミシマ社、二〇一三年。

松本新「『晩年様式集』に描かれた『カタストロフィー』」『民主文学』五七八号、二〇一三年十二月、一二八―一三五頁。

真並恭介『牛と土　福島、3・11その後』集英社、二〇一五年。

丸山眞男『丸山眞男集』第二巻　一九四一―一九四四、岩波書店、一九九六年。

山田詠美「熱血ポンちゃんから騒ぎ――カタストロフィに思う春」『小説新潮』二〇一一年五月号、五三二―五三九頁。

結城正美『他火のほうへ　食と文学のインターフェイス』水声社、二〇一二年。

吉田精一「自然主義文学論」『國文学――解釈と教材の研究』十二（九）学燈社、一九六七年七月、八―一二頁。

ル＝グウィン、アーシュラ・K「いまファンタジーにできること」谷垣暁美訳、河出書房新社、二〇一一年。

ロス、フィリップ『素晴らしいアメリカ野球』中野好夫訳、新潮社、一九七八年。

あとがき

文学研究は基本的に孤独な作業で、私もひとりコツコツやってきたように感じていましたが、いざ結果を形にするとなると自身の孤独が多くの人によって支えられていたことに改めて思いが至ります。

日本の大学でやりたいことが見つからず、アメリカでアメリカ文学を学びさらに修士課程で比較文学を専攻していた私を日本文学に導いてくれたのはパデュー大学の関根英二先生です。この場を借りて長年のご指導に感謝いたします。

また、私の長い学生生活を締めくくる場所となったUCLAでは、卒業後もたびたび研究発表の機会を与えて下さった清爾・リピット先生、そして最初の指導教官を務めて下さった現在シカゴ大学のマイケル・ボーダッシュ先生に大変お世話になりました。

私が環境批評の研究に取り組んだのはアメリカから帰国後のことですが、アメリカで培った理論的な土台と経験がなければそれは不可能でした。特にパース記号論の世界を紹介してくれたパデュー大学のフロイド・メレル先生やサイバー文学の講義で私の中の「文学」の枠組みを取り払ってくれた当時ＵＣＬＡのキャサリン・ヘイルズ先生らは私のポスト人間学理解の基礎を作ってくれた方々です。

さらに、日本のどの学会にも属しておらず暗中模索の状態であった私に文学・環境学会で執筆と活動の場を与えてくれた金沢大学の結城正美さん、当時学会の会長であった明治大学の管啓次郎さん、そして時間の無い中で本書の草稿を読んで下さった野田研一先生に心より感謝申し上げます。

他に今回の出版に関わるところでは、エコクリティシズム研究学会の伊藤詔子先生ほか会員の皆様や日本近代文学会の皆様にも発表を通してお世話になりました。また、現在の勤務校である城西国際大学の上司・同僚・職員の皆様からも様々なサポートを頂きました。そして水声社の飛田陽子さんには出版の最初から最後まで面倒を見て頂くことになりました。改めてお礼申し上げます。

『ポスト〈3・11〉小説論』の出発点となったのは日本学術振興会の挑戦的萌芽研究「自然が書く文学――環境中心的文学批評への試み」（課題番号26580067）です。このサポートのお蔭で学際的なアプローチによる研究を思いきって進めることが可能になりました。

最後になりますが、今まで曲がりなりにも研究を続けることができたのは、海外での勉学を物心両面で支えてくれた仙台の両親と祖母、ともに留学生だった時代から常に明るい雰囲気を作ってくれた妻・結子、そして時に遊ぶのを我慢してくれた娘・千紘がいたからです。ありがとう。

二〇一八年三月

芳賀浩一

初出について

第二章の生命記号論に関する論考は「エコクリティシズムの潮流1――生命記号論的エコクリティシズムの展開と文学批評としての課題」（『城西国際大学紀要』第二四号、二〇一六年、一―一五頁）を大幅に改稿したものである。ティモシー・モートンについては筆者による「書評――Timothy Morton, *The Ecological Thought, Ecology Without Nature, The Poetics of Spice*」（『文学と環境』第一四号、文学・環境学会、二〇一一年、四八―五〇頁）があり、さらに「文学と環境」国際シンポジウム（二〇一四年）や「エコクリティシズム研究学会」（二〇一七年）等で発表を重ねたものである。キャンベルやデリダについては研究ノート「エコクリティシズムによるポスト構造主義の受容」（『城西国際大学大学院紀要』第一六号、二〇一三年、二五―三五頁）の一部が基になっている。

第三章の佐伯一麦論は「東日本大震災から読む佐伯一麦『還れぬ家』」（『文学と環境』第一八号、二〇一五年、一七―三〇頁）が基になっている。大江健三郎論は "Literary Ground Opened in Fissures: The Great East Japan Earthquake and Kenzaburō Ōe's *In Late Style*." (*Ecocriticism in Japan*. Lexington Books, 2017) に加筆修正を加えたものである。また、奥泉光『東京自叙伝』についての論考は二〇一六年日本近代文学会秋季大会（於福岡大学）における発表が基になっている。

その他は書き下ろし。

著者について——

芳賀浩一（はがこういち）　一九七〇年、宮城県に生まれる。カリフォルニア大学ロサンゼルス校にて Ph.D. 取得。現在、城西国際大学国際人文学部准教授。専攻、批評理論、比較文学。主な著書に、『文学から環境を考える——エコクリティシズム・ガイドブック』（共著、勉誠出版、二〇一四年）、*Ecocriticism in Japan*（共著、Lexington Books, 2017）、『エコクリティシズムの波を超えて——人新世の地球を生きる』（共著、音羽書房鶴見書店、二〇一七年）などがある。

装幀——滝澤和子

エコクリティシズム・コレクション
ポスト〈3・11〉小説論――遅い暴力に抗する人新世の思想
二〇一八年六月一五日第一版第一刷印刷　二〇一八年六月二五日第一版第一刷発行
著者――芳賀浩一
発行者――鈴木宏
発行所――株式会社水声社
東京都文京区小石川二―七―五　郵便番号一一二―〇〇〇二
電話〇三―三八一八―六〇四〇　FAX〇三―三八一八―二四三七
［編集部］横浜市港北区新吉田東一―七七―一七　郵便番号二二三―〇〇五八
電話〇四五―七一七―五三五六　FAX〇四五―七一七―五三五七
郵便振替〇〇一八〇―四―六五四一〇〇
URL : http://www.suiseisha.net
印刷・製本――モリモト印刷
ISBN978-4-8010-0329-3

エコクリティシズム・コレクション

失われるのは、ぼくらのほうだ　野田研一　四〇〇〇円
いつかはみんな野生にもどる――環境の現象学　河野哲也　三〇〇〇円
他火のほうへ――食と文学のインターフェイス　結城正美　二八〇〇円
〈故郷〉のトポロジー――場所と居場所の環境文学論　喜納育江　二五〇〇円
動物とは「誰」か？――文学・詩学・社会学との対話　波戸岡景太　二二〇〇円
ピンチョンの動物園　波戸岡景太　二八〇〇円
反復のレトリック――梨木香歩と石牟礼道子と　山田悠介　四〇〇〇円

＊

水の音の記憶――エコクリティシズムの試み　結城正美　三〇〇〇円
感応の呪文――〈人間以上の世界〉における知覚と言語　デイヴィッド・エイブラム　結城正美訳　四五〇〇円

〔価格はすべて税別〕